A Crown of Fangs and Fury

Ursa Jaumann

2. Auflage

Die Handlung und alle handelnden Personen sind frei erfunden. Jegliche Ähnlichkeit mit lebenden oder realen Personen wären rein zufällig.

Lektorat: Diana Steigerwald
Korrektorat: Lilly Zwetsch
Cover: David Gardias
Satz und Innengestaltung: Ursa Jaumann

Herstellung: Smilkov Print Ltd, Pokrovnishko shose, 2700, Blagoevgrad
Bestellung und Vertrieb: Wunderzeilen Verlag GbR, Hamburg

ISBN: 978-3-98867-019-9

www.ursajaumann.com

Liebe Lesende,

dieses Buch enhält Elemente, die potenziell triggern können. Deshalb findet ihr auf der letzten Seite eine Inhaltswarnung.

Viel Spaß beim Lesen,

Ursa

Für S.
Weil du so viel stärker sein musstest,
als ich es jemals von dir verlangen wollte.

Für J.
Weil deine Narben die Zeichen
deiner Stärke sind.

For Brandon Sanderson.
Because without you,
this would not have been possible.

1

Ich presste den Kolben der Muskete fest in die Schulter, die Augen auf das Ziel fixiert. Mein linker Arm zitterte leicht unter dem Gewicht der Waffe und die kalte Luft brannte in den Lungen.

»Ruhig einatmen, Élèntine, konzentriere dich«, drang Arnoîts Stimme von hinten zu mir. Die Hacken meiner mit Perlen und Saphiren bestickten Schuhe gruben sich tiefer in die Erde und ich korrigierte meinen Stand. Ein Hauch von Tannennadelduft lag in der leichten Brise. Ich drückte ab.

Der Schuss hallte durch den Wald und die Kugel bohrte sich in den Baumstamm einer Ulme. Hinter mir stoben Krähen krächzend auf.

»Schon wieder vorbei.« Ich rammte den Kolben so fest in den Waldboden, dass ein Ruck durch meinen Körper fuhr und die weiße Perücke verrutschte. Ich richtete sie und strich dabei eine braune Locke darunter, die sich hervorgemogelt hatte.

»Das passiert, weil du zu ungeduldig bist.« Arnoît hatte die Stirn in noch tiefere Falten als sonst gelegt und der ruhige Ton seiner Stimme machte mich fast schon aggressiv.

»Wenn ein Werwolf auf mich zurennt, um mich in Stücke zu reißen, habe ich auch keine Zeit ewig zu zielen.«

Arnoît zog eine Augenbraue hoch, in die sich schon erste graue Haare eingeschlichen hatten. »Umso wichtiger, es jetzt richtig zu machen. In Darington werden wir keine Gelegenheit mehr zum Üben haben. Nochmal.«

Ich atmete genervt aus, mein Atem eine kleine Wolke, die sich schnell verflüchtigte. Mit den Zähnen riss ich das Patronenpapier auf, worin das Schießpulver eingerollt war. Die Fitzelchen in meinem Mund spuckte ich auf die verwelkten Blätter, die auf dem in Reif gekleideten Gras lagen. Bis auf einen kleinen Teil entleerte ich das Pulver in den Lauf. Das metallische Klingen der rollenden Kugel war mir mittlerweile so vertraut wie das Feststampfen mit dem Ladestock. Wenn mein Vater das wüsste. Dieser Gedanke brachte mich zum Schmunzeln. Zwei Schüsse gab ein Soldat seiner königlichen Armee in der Minute ab, mit den neuen Musketen sogar drei bis vier. So routiniert war ich lange nicht, aber Arnoît gab sein Bestes, um das zu ändern. Er wollte mich nicht wehrlos diesen Biestern ausliefern, wenn mein eigener Vater schon keine Skrupel hatte es zu tun. Ich steckte den Ladestock zurück in die Scheide, streute den Rest des Schießpulvers auf die Zündpfanne und legte an.

Ein Strahl des Sonnenrings, den ich am linken kleinen Finger trug, kratzte über das Holzgestell, als ich den Griff veränderte. Mein Brustkorb presste sich schmerzhaft an die Rippen des Korsetts. Ich hob den Lauf etwas höher und zielte. Der Glaskelch, den Arnoît in eine Astgabel gestellt hatte, glänzte im spärlichen Licht, das es durch die dicke Wolkendecke auf die Waldlichtung geschafft hatte. Ich verengte die Augen und drückte ab.

Das Glas zerplatzte in tausend Teile. Zumindest nahm ich das an, denn es war nichts mehr davon zu sehen. Ich grinste breit, der Schuss hallte immer noch in meinen Ohren nach.

»Na also, geht doch«, sagte Arnoît und klopfte mir auf die Schulter.

»Prinzessin, nun ist es aber genug. Ihr werdet noch nach Schießpulver stinken. Was soll Euer zukünftiger Gemahl denken?« Floréane war aus der Kutsche gestiegen. Sie hatte die roten Röcke gerafft und ging auf Zehenspitzen über den Waldboden bis zu uns herüber. Die vier königlichen Gardisten hatten weiterhin die Köpfe abgewandt und taten so, als würden sie uns nicht sehen. Ich wollte lieber nicht wissen, wie viele Goldstücke Arnoît ihnen dafür gegeben hatte. Die Prinzessin mit der Muskete. Mein Vater würde sie in den Kerker sperren, wenn er erfahren würde, dass sie mich nicht aufgehalten hatten.

Flo verschränkte die Arme. Ein verwelktes Blatt hatte sich in ihrer weißen, hoch aufgetürmten Perücke verfangen. Ich biss mir auf die Unterlippe, um nicht zu grinsen. Sie verengte die Augen zu Schlitzen. »Ihr habt gesagt, noch eine kurze Pause. Nun sollte es wirklich genug sein.«

Ich seufzte und strich mir den obersten Rock des ausgestellten Kleids zurecht. Die königlichen Hofschneiderinnen hatten extra für den heutigen Tag kleine Monde in Silber und unzählige Perlen wie Sterne auf den blauen Stoff gestickt. Als ob mein Aussehen irgendeinen Unterschied machen würde. In wenigen Tagen fand meine Hochzeit mit König Cayden statt, ob er mich attraktiv fand oder nicht. Zu Hause hätte mich mit den Narben im Gesicht kein Edelmann eines zweiten Blickes gewürdigt, wenn ich nicht die Prinzessin wäre. Warum hatte mein Vater ausgerechnet mich ausgesucht, die unvollkommenste Tochter?

Floréane reichte mir den Hut, an dessen linker Seite ein blauer Seidenschleier herunterhing. Ich setzte ihn auf und schob ihn so lange über der weißen Perücke hin und her, bis er mein zerrissenes Ohr verdeckte. Trotzdem lugten die Narben der Werwolfattacke hervor, da sie bis zur Mitte der Wange reichten.

Die Schminke und der Puder, den mir Floréane heute Morgen zur Maskierung aufgetragen hatte, waren durch das Schwitzen beim Schießen sicher längst verschwunden. Doch früher oder später würden *sie* die entstellte Seite sowieso sehen – eine Erinnerung, was mir einer von *ihnen* angetan hatte. Warum diese Heirat des Friedens willen überhaupt nötig war.

Floréane richtete eine der Pfauenfedern am Hut und nickte zufrieden. »Wie die Sonne, Prinzessin.« Sie bot mir den Arm an, um mich zur vorderen Kutsche zurückzuführen. Ich zögerte.

»Komm, Élèntine. Es ist nicht das Ende der Welt«, sagte sie leise. Arnoît reichte mir die ellenbogenlangen Samthandschuhe und ich zog sie an, bevor ich mich bei Flo einhakte.

»Ich bin bei dir, was auch immer passiert«, flüsterte sie mir verschwörerisch zu und drückte meine Hand. Einer der Diener hielt uns die Kutschtür auf, die mit dem Wappen des Königreichs Ferlacroix beschlagen war: Eine halbe Sonne mit einem Bogen, der sich darum spann. Es sollte den Sonnenaufgang darstellen. Für mich war es heute das Zeichen für den Sonnenuntergang.

Ich schluckte den dicken Kloß in meinem Hals hinunter und blinzelte die Tränen weg. Arnoît fläzte sich neben mich auf die gelb leuchtenden Samtpolster der Kutschbank, bevor der Diener die Tür mit einem leisen Klicken schloss. Mein Leibwächter hielt mir eine Pflanze mit länglichen Blättern vor das Gesicht, die sanft nach Salbei roch.

»Sonnenglanz, wächst auf Waldlichtungen, gut bei Entzündungen von Wunden«, sagte ich reflexartig.

Arnoît schüttelte den Kopf und legte den Kopf an das Glas des Fensters. »Das ist richtig, aber das meinte ich nicht. Weißt du, was die Leute im Volksmund sagen?«

»Nein«, presste ich heraus. Mein Brustkorb war wie zugeschnürt und das lag ausnahmsweise nicht am Korsett. Von vorne hörte ich den Kutscher die Pferde antreiben und das schwerfällige Gefährt aus Holz, Gold und zu viel Glas setzte sich in Bewegung.

»Sonnenglanz gibt den Hoffnungslosen Hoffnung, wenn sie es nachts unter ihr Kissen legen«, sagte Arnoît. Die Krähenfüße an seinen Augen vertieften sich, als er mich mitleidig anschaute. Vorsichtig nahm ich ihm die Pflanze aus der Hand und ließ sie in meinem Dekolleté verschwinden, während Floréane mit den Augen rollte. Ich nahm alle Hoffnung, die ich bekommen konnte.

Der schlammige Boden verfestigte sich, bis die Räder der Kutsche über gefrorene Erde und bald darauf durch knirschenden Schnee fuhren. Vor uns erhoben sich die Berge von Darington wie eine Festungsmauer. Oder vielmehr ein Gefängnis. Als die Menschen die Werwölfe vor über hundert Jahren in diesen abgelegenen Teil von Ferlacroix verbannt hatten, war das wahrscheinlich der Gedanke gewesen. Das Land, umgeben von unüberwindbaren Bergketten mit schneebedeckten Gipfeln, war nur über wenige Täler zugänglich. Die Passagen nach Ferlacrox ließen sich einfach überwachen und machten den Ort zu einem perfekten Gefangenenlager.

Fast perfekt. Schließlich hatte das alles die Werwölfe nicht daran gehindert, Ferlacroix wie eine Flutwelle zu überrollen.

»Alles in Ordnung?«, fragte Arnoît. Ich presste die Lippen aufeinander und steckte die Nase tiefer in das

Kräuterkundebuch. Mein Hintern war von dem Ruckeln der Kutsche über den unebenen Waldweg schon taub. Nichts war in Ordnung und es würde auch nie wieder in Ordnung sein. Als mein Vater mir mitteilen ließ, dass ich *ihn* heiraten solle, hatte ich Mutters wertvolle Tai-Li-Vase im Spiegelsaal gegen die Wand geschmissen. Ich wusste nicht, was mich überkommen hatte. Das Geräusch von zerberstendem Glas und splitterndem Knochenporzellan hatte eine tiefe Zufriedenheit in mir ausgelöst – wenn auch nur kurz. Geändert hatte es nichts.

Wir näherten uns dem letzten Grenzposten von Ferlacroix. Der Holzanbau des Hauses war niedergebrannt und die übrig gebliebenen Steinmauern hatte der beginnende Winter unter einem weißen Leichentuch begraben.

»Schau nicht hin, Élèntine«, sagte Arnoît, aber ich tat es. Die zerborstenen Fenster blickten mit tiefschwarzen Augen zurück. Bis hierhin war noch niemand gekommen, um die Leichen zu beerdigen. Selbst unter dem Schnee erkannte ich die verteilten Gliedmaßen der Grenzwächter. Eine Hand ragte wie eine Warnung aus der Schneedecke, das Fleisch, das nicht von Tieren weggefressen war, von der Kälte konserviert. Ich presste die Lippen zusammen. Der königliche Diplomat hatte streng über seine goldumrandete Brille geblickt und mir drei Regeln eingebläut. *Zeigt keine Schwäche, etabliert Dominanz und was immer Ihr tut, behaltet Eure Haltung.* Danach hatte er die Lippen fest zusammengekniffen, als ringe er mit sich selbst, und mir in fast verzweifeltem Ton zugeflüstert: *Und bei der Sonnengöttin, Eure Hoheit, haltet Euch einmal in Eurem Leben an diese Regeln. Der Frieden hängt nur an Euch und dieser Verbindung.* Der Rest seiner Lektionen war nur noch der Hauch einer Erinnerung. Ich richtete mich gerade auf. Durch die dünnen Glasscheiben drang das laute Wiehern der Pferde und die Kutsche kam ruckartig zum Stehen.

Peitschenhiebe knallten in der Luft, aber wir bewegten uns keine Haaresbreite mehr.

Nach wenigen Herzschlägen öffnete ein Diener die Tür, das Gesicht so blass wie seine weißen Handschuhe. »Tut mir leid, Eure Majestät, die Pferde gehen keinen Schritt weiter. Ihr werdet die letzten Schritte zu Fuß gehen müssen.«

»Sind sie schon da?«, fragte ich mit zusammengebissenen Zähnen.

Der Diener nickte. Er streckte mir zum Aussteigen seine zitternde Hand entgegen, aber ich schüttelte den Kopf, sprang die letzte Leiterstufe der Kutsche hinunter und landete knöcheltief im Schneematsch. Der Saum des Kleids sog das schmutzige Wasser sofort auf. Es würde Ewigkeiten dauern, bis meine neuen Kammerzofen den Schmutz herausgebürstet hatten. Erst dann sah ich die hölzerne Kutsche. Wobei Kutsche zu viel gesagt war. Es handelte sich mehr um einen von einer Plane überdachten Wagen, wie er benutzt wurde, um Heu von den Feldern einzubringen.

»Das ist ein Witz«, sagte ich und musterte die davor gespannten Ochsen.

»Die Pferde haben zu viel Angst vor den Werwölfen, sie können sie riechen«, murmelte Arnoît hinter mir. Noch so ein charmantes Detail, das mein Vater verschwiegen hatte.

Für einen Moment schloss ich die Augen und atmete tief ein, um mich zu sammeln. Ich hoffte, dass die großen, breitschultrigen Männer vor dem Gefährt weit genug entfernt standen, dass sie es nicht sahen. Bis auf einen waren sie alle in Leinentuniken und Hosen gekleidet und trotz der Kälte zitterten sie kein bisschen. Das mit Silbergarn gestickte Symbol auf ihrer Brust hob sich deutlich von der dumpfen, blauen Farbe ab. Es zeigte einen Halbmond mit einem heulenden Wolf davor. Ich unterdrückte ein Schaudern. Floréane legte den Umhang aus schwerem Brokat um meine Schultern und reichte mir einen Muff.

Ein Mann löste sich aus der Formation und schlenderte auf uns zu. Die Pferde wieherten laut, verdrehten die Augen und tänzelten rückwärts.

Der fremde Mann grinste und kam weiter auf mich zu. Er trug als Einziger Schwarz, die Farbe des Königs. Ich versuchte, so einnehmend wie möglich zu lächeln, raffte meine Röcke und stolzierte an den scheuenden Tieren vorbei. Der fremde Mann verneigte sich. Arnoît baute sich als pflichtgetreuer Leibwächter neben mir auf.

»Prinzessin Élèntine Amaille Céloire von Ferlacroix, da seid Ihr ja«, sagte der Fremde.

Ich schauderte in der unmenschlichen Wärme, die von ihm ausging. »Ihr müsst Wyler, der Haushofmeister, sein.« Meine Wangen schmerzten schon vom Lächeln. Der große Mann richtete sich gerader auf und verzog das Gesicht zu einem wölfischen Grinsen. Neben mir quietschte Floréane und wurde blass. Hatten seine Ohren gerade gezuckt?

»Haushofmeister, Leibwächter, Küchenmädchen, was immer Cayden braucht.« Er entblößte seine schneeweißen Zähne. »Er lässt sich übrigens entschuldigen, dass er Euch nicht persönlich empfängt. Dringende Regierungsgeschäfte und so«, sagte er mit grollender Stimme und ich versuchte, unbeeindruckt zu wirken.

»Natürlich.«

»Wenn Eure Diener Eure Koffer bringen würden … Meine Männer können sie aus offensichtlichen Gründen nicht holen«, sagte er.

Floréane winkte unseren drei Bediensteten nervös zu, die mit bleichen Gesichtern und schlotternden Knien einen meiner Koffer anschleppten. Ihre Augen waren weit aufgerissen auf die fremden Männer gerichtet, die uns musterten wie Beute. Die meisten Diener kannten nur den Hof von Laysolleilée und hatten einen Werwolf nie aus der Nähe gesehen. Aber die schaurigen Geschichten, die die Soldaten erzählt hatten, entfalteten ihre Wirkung.

Wyler räusperte sich. »Entschuldigt bitte das ungewöhnliche Gefährt. Uns stand keine große Auswahl zur Verfügung. Unsereins bewegt sich ausschließlich zu Fuß.«

Ein Schauer lief mir über den Rücken, als ich daran dachte, dass jeder dieser Männer sich augenblicklich in einen Werwolf verwandeln und uns in Stücke zerfetzen konnte. *Haltung bewahren, keine Angst zeigen.* Ich zog die Schulterblätter noch enger zusammen. Wyler verneigte sich erneut. »Habt keine Sorge, Prinzessin. Meine Gefährten hier sind sehr diszipliniert und es ist Neumond. Cayden hat jeden einzelnen von ihnen selbst ausgewählt. Ihr habt nichts zu befürchten.«

»Natürlich«, sagte ich durch zusammengebissene Zähne.

Fast schon gelangweilt hob einer der Männer den Koffer hoch und verfrachtete ihn mit einem dumpfen Schlag auf den Wagen. Die Pferde wieherten immer noch, aber der Kutscher brachte sie langsam zum Wenden. Als die letzten Gepäckstücke auf dem Karren verladen waren, stiegen die Diener dankbar auf die Kutsche. Ich seufzte und winkte zum Abschluss den königlichen Gardisten, die salutierten.

»Komm, Floréane, dann machen wir es uns bequem«, sagte ich und stakste durch den Schnee auf das Gefährt zu.

»Sie bleibt hier«, sagte Arnoît leise.

»Was?« Ich wirbelte herum. Ein leises Ratschen war zu hören. Mein ausladender Rock war am Wagen hängen geblieben. Floréane war so blass wie ihre weiße Perücke.

»Anweisung des Königs«, sagte Arnoît und sah betreten zur Seite.

Ohne Floréane in einem fremden Land unter Bestien? Ich hatte schon meinen geliebten Coco zurücklassen müssen. Mir wurde eiskalt und das lag nicht am Schnee. Sie war der einzige Grund, warum ich ohne viel Protest in die Kutsche gestiegen war – und Vater hatte es gewusst. Wie konnte er nur? Ich schaute Flo an. Meine beste Freundin, seit ich sieben Jahre alt gewesen war. Hatte sie mich etwa verraten? Mir waren die Koffer bei unserer Abreise schon zu wenig vorgekommen. Wieso hatte ich nicht auf mein Bauchgefühl gehört?

»Ich … Ich schwöre dir bei der Sonnengöttin, Élèntine, ich wusste von nichts«, stammelte Flo, eine Hand vor den Mund geschlagen.

»Kommt, Prinzessin«, sagte Wyler mit Nachdruck und deutete auf den Karren, neben dem die Männer mit verschränkten Armen warteten.

»Hier.« Floréane nahm mit zittrigen Fingern ihre Halskette mit dem tropfenförmigen Diamantanhänger ab, die ihre Großmutter ihr geschenkt hatte. Sie schloss meine Hand darum. Selbst durch den blauen Samthandschuh bohrten sich die harten Kanten des Diamanten in meine Handinnenfläche.

Ich schluckte den Kloß in meinem Hals hinunter. »Das kann ich nicht annehmen.«

Dicke Tränen rollten über Floréanes Wangen. »Doch. Kannst du. Trag sie, jeden Tag, jede Sekunde. Versprich es mir.« Ich nickte, weil ich meiner Stimme nicht traute.

»Kommt, Prinzessin«, sagte Arnoît leise und zog mich sacht mit sich. Mir blieb nur ein kurzer Blick über die Schulter zu Floréane, die wie eingefroren in ihrem wunderschönen, roten Kleid auf dem eingeschneiten Waldweg stand. Ein Spritzer Blut auf weißem Samt.

Arnoît reichte mir eine Hand, um mir in den Karren zu helfen, aber ich kletterte allein hinein. Verräter. Die Werwölfe hatten einen Heusack für uns hingelegt und mit zusammengepressten Lippen nahm ich darauf Platz. Arnoît legte seine Hand auf mein Knie, ich zog es weg. »Was auch immer passiert, Élèntine, ich bleibe bei dir«, sagte er leise.

Ein geringer Trost. Es fing an zu schneien und schon jetzt drückten sich ein paar Tropfen durch die Plane, die den Wagen überspannte. Einer der Männer zog die Ochsen an ihren Nasenringen nach vorne und der Karren setzte sich ruckartig in Bewegung. Wyler sprang behände über die hölzerne Wand und ließ sich Arnoît und mir gegenüber auf dem Rand nieder. »Herzlich Willkommen in Darington, Prinzessin«, sagte er.

2

Das Gefährt bewegte sich langsam auf der schneebedeckten Straße in das Gebirgsmassiv. Zwischen den himmelhohen Bergen kam ich mir wie eines der exotischen Raubtiere vor, die eine Menagerie in Laysolleilée zwei Monate lang ausgestellt hatte. Die Eisenkäfige waren so winzig gewesen, dass die Tiere sich gerade einmal um die eigene Achse drehen konnten. In keinem Moment in meinem Leben hatte ich ihr wütendes Fauchen so verstanden wie jetzt.

Es dämmerte langsam, als die Ausläufer der zwei Bergketten kleiner wurden und sich vor uns ein lang gezogenes Tal öffnete. Vor dem Gebirgszug auf der gegenüberliegenden Seite thronte auf einem kleinen Gipfel eine Burg. Die Türme aus dunklem Stein reckten sich wie eine Schattenhand der untergehenden Sonne entgegen, als wollten sie sie vom Horizont reißen.

Ich schluckte, das Blut rauschte in meinen Ohren und übertönte den Wind, der durch den Wald im Tal fegte. Mein Blick glitt an der Fassade der Burg entlang. Immer wieder gab es helle Flecken von Steinen, die erst vor wenigen Dekaden eingesetzt worden sein mussten. Eine warme Hand berührte meinen Arm und ich zuckte zusammen.

»Na, was sagt Ihr, Prinzessin?«, fragte Wyler, der mittlerweile neben dem Karren herlief.

»Es ist … Die Berge sind …«

Wyler lachte dröhnend und ich ärgerte mich über meine fehlenden diplomatischen Fähigkeiten. »Aradan meint, Ihr schaut sehr kritisch. Ich habe gewettet, dass du – ich meine Ihr – vielmehr angewidert seid.« Er nickte zu einem unserer Begleiter.

Ich runzelte die Stirn und betrachtete Aradan, den stillen Mann mit den rabenschwarzen Haaren. Er lief fast lautlos neben dem knarrenden Karren her. »Er hat nichts gesagt.«

»Nicht laut, aber in meinem Kopf.«

Ich starrte Wyler an. »Es ist wahr«, flüsterte ich. Das war schlimmer, als ich befürchtet hatte. Natürlich hatte ich von den Gerüchten gehört. Ein unausgleichbarer Vorteil auf dem Schlachtfeld: Kommunikation über Gedanken, auch auf Hunderte Schritte Entfernung und bei Schlachtlärm. Ein *fast* unausgleichbarer Vorteil, wenn ich an die Muskete in meinem Gepäck dachte.

Doch wenn alles nach Plan lief, war ich nach der Hochzeit eine von *ihnen*. Sie alle würden hören, wie furchtbar und abstoßend ich sie fand. Bald gab es keinen Platz mehr auf der Welt, der nur mir gehörte. Nicht mal mehr in meinen eigenen Gedanken. Das gesamte Blut schien aus meinem Gesicht zu weichen und ich klammerte mich so fest an das raue Holz der Wagenwand, das sich trotz der Handschuhe ein Splitter in meinen Zeigefinger bohrte.

Wyler grinste. »Natürlich ist es wahr. Und wisst Ihr, was noch viel besser ist?«

Aradan riss so plötzlich die Hand hoch, dass ich vor Schreck fast vom Wagen gekippt wäre, wenn Arnoît nicht im letzten Moment seine Hand um meinen Arm geschlossen hätte.

»Lustig, oder?« Wyler hob eine Hand und ohrfeigte sich selbst. »Aua«, sagte er und schaute Aradan gespielt empört an. In seinen Augen funkelte der Schalk. »Spar dir das für zu Hause.«

Ich klappte schnell den Mund wieder zu. »Ihr könnt den Körper des anderen kontrollieren?« Wenn ich schon unter den Biestern leben musste, wollte ich lieber genau wissen, was auf mich zukam.

»Ziemlich unnütz die meiste Zeit. Aber manchmal ist es ganz lustig.«

Wieso wusste ich davon nichts? Wie hatte mein Vater mich so unvorbereitet in dieses furchtbare Land schicken können?

Aus dem weitläufigen Tal vor uns drang das Heulen eines Wolfs und hallte von den Bergen wider. Ich schauderte. Nein, nicht das Heulen eines Wolfs. Es war zu laut, zu dröhnend für ein gewöhnliches Tier. Ein Werwolf. Ich suchte die Wälder im Tal ab, die schon zum Großteil im Schatten des Gebirges lagen, aber ich entdeckte nichts Auffälliges. Ein Fluss schlängelte sich breit und träge wie eine überdimensionierte Schlange durch die Landschaft und verband die Wälder und die wenigen freien Schneeflächen.

»Keine Sorge, Prinzessin. Das ist Rosily, die macht gern auf dickes Fell. Aber auch wenn sie hier ihr Revier markiert, König Cayden hat uns geschickt und niemand steht höher in der Rangordnung als er«, sagte Wyler und klopfte mir auf die Schulter. Unter dem schweren Gewicht seiner Hand zuckte ich zusammen. Er zog sie ruckartig zurück und der zu Aradan flackernde Blick ließ mich vermuten, wer ihn an seine Manieren erinnert hatte.

»Was habt Ihr noch für Fähigkeiten?«, fragte ich.

»Nichts mehr so Interessantes. Verschärfte Sinne, etwas

bessere Wundheilung. Aber Ihr werdet es ja bald selbst erleben. Ihr müsst Euch nur noch ein paar Tage gedulden.« Er hatte die Frechheit, mir zuzuzwinkern.

»Warte, bis sie ihr erstes Weinfass geleert hat«, rief ein junger Mann mit strohblonden Wuschelhaaren, den Wyler Edlox genannt hatte.

»Seht Ihr, Prinzessin? Supergehör.« Wyler pfiff ein mir unbekanntes Lied vor sich hin.

Das würde ein Albtraum werden.

Die Ochsen hielten vor der dunklen Mauer von Burg Blackstone. Ich legte den Kopf nach hinten und lehnte mich aus dem Wagen. Die meisten Bleiglasfenster waren dunkel, obwohl es schon dämmerte. Ich schauderte. Wohnlich war es hier definitiv nicht. In meinem Nacken prickelte es und ein kalter Schauer lief mir über den Rücken. Mein Instinkt schrie mich an wegzurennen, aber ich drehte mich nur langsam um. Die eisblauen Augen einer hübschen, jungen Frau mit strohblonden Haaren durchbohrten mich. Der blanke Hass stand ihr ins Gesicht geschrieben. In der Hand hielt sie einen Eimer, mit dem sie gerade Fressen für die Schweine auf den gepflasterten Vorhof gekippt hatte. Eines der Tiere nagte daran und grunzte, aber sie beachtete es nicht. Stattdessen fixierte sie mich wie der Wolf das Reh. Alles in mir zog sich zusammen und letztendlich wandte ich den Blick ab. Arnoît schien von dem Austausch nichts bemerkt zu haben und reichte mir eine Hand zum Aussteigen, aber auch diesmal ignorierte ich sie.

»Ihr werdet Euch bald wie zu Hause fühlen, Prinzessin«, sagte Wyler und sprang über die Holzwand des Wagens. Er hob mich, ohne zu fragen, hinaus und ich versteifte mich. Zum Glück ließ er schnell wieder von mir ab.

Ohne die Plane über mir erdrückten mich die Steinwände der Burg und ich wäre am liebsten zurück zu meinem sicheren Heusack auf dem Karren gestiegen. Der Abend war zu dunkel, die Mauern zu hoch und die Leinenkleidung der Werwölfe zu fremd. So mussten sich die Kanarienvögel im roten Salon fühlen, nur dass ich garantiert keine goldenen Gitterstäbe hatte. Mehr einen verdreckten Käfig aus Rattan.

Eines der Schweine grunzte und schnüffelte an meinem Rock. Erschrocken sprang ich zurück und einer der Werwölfe, die uns auf der Reise begleitet hatten, gab ihm einen Tritt. Quietschend machte das Tier einen Satz nach vorne und verschwand um die Ecke. Ich sah mich um, aber die Frau mit den blonden Haaren war verschwunden. Zittrig holte ich Luft. *Keine Furcht zeigen, Haltung bewahren.* Mein Blick fiel auf den matschigen Boden. Arnoît sagte immer, selbst aus Schiffstrümmern könne man etwas Schönes bauen, und das hier war eine einzige Bruchbude. Aber bis jetzt hatte ich nicht alles gesehen.

Ich zog den blauen Handschuh aus und drehte den Sonnenring am kleinen Finger. »Wo befinden sich die Gärten?«, fragte ich Wyler. Im Gebirge wuchsen andere Pflanzen als in Ferlacroix und ich war begierig, sie mit eigenen Augen zu sehen. Sie hatten den einzigen kleinen Funken Freude ausgelöst, den ich bei der Nachricht der Verlobung mit König Cayden verspürt hatte. Vielleicht wuchs hier an irgendeinem Stein sogar Weißblumenmoos. Dann könnte ich Arnoîts Mutter etwas schicken.

»Wir haben *einen* Garten mit einer Öffnung zum Wald«, sagte Wyler. »Von Euren Gemächern aus könnt Ihr ihn sehen.«

Ich atmete erleichtert aus. Wenigstens etwas.

»Nun, dann lasst uns gehen.« Ich raffte meine Röcke, aber Arnoît hielt mich zurück. Jeder Muskel seines Körpers war angespannt und ich folgte seinem Blick. Ein Mann kam barfuß auf uns zu. Er hatte Tannennadeln in den Haaren und nur eine Hose an. Über seinen breiten Schultern lag ein Reh, dem Blut aus der aufgerissenen Kehle tropfte.

»Das soll sie sein?«, fragte er und spuckte vor Wyler auf den Boden aus. Beschämt wandte ich den Blick von seinem muskelbepackten Oberkörper ab, der in der Kälte vor Schweiß dampfte.

»Da hat sich der König aber eine aufschwatzen lassen. Ihre Perücke stinkt bis zum Himmel und das Schießpulver und das Parfüm stechen in der Nase. Gab es nichts Besseres?«

Seine Worte trafen mich wie ein Schlag ins Gesicht. Ich war die geflüsterten Beleidigungen der Dienerschaft in Laysolleilée gewohnt. Halbohr, Narbenprinzessin oder Schattengesicht waren die netteren Bezeichnungen. Aber wenigstens hatten sie den Anstand, mich hinter meinem Rücken so zu nennen. Ich blinzelte die Tränen weg, denn das Schlimmste war, dass er Recht hatte. Von uns drei Schwestern war ich die schlechteste Wahl, um Königin von Darington zu werden. Trotzdem hatte mein Vater mich erwählt. Mich, nicht Argélique mit ihrem umfassenden Wissen in Politik und Sprachen. Als Älteste eigentlich für die Position geboren, in der ich mich befand. Oder wenigstens Larélie mit ihrer makellosen, weißen Haut, ihrem Puppengesicht und einer Taille so schmal, dass sie sie mit beiden Händen umspannen konnte – wenn sie auch zu jung war. Stattdessen stand ich hier, um den Frieden zu wahren. Prinzessin Élèntine, deren einziges Merkmal es war, eine Werwolfattacke überlebt und sich nicht verwandelt zu haben. Von der Sonnengöttin gesegnet, hatte damals der Sonnenpriester gesagt. Aber wie sich meine momentane Situation entwickelte, war es ein Fluch.

Arnoît funkelte den fremden Mann an und stellte sich vor mich, die Hände fest um die Muskete gekrallt.

Der Mann musterte mich noch immer abfällig. »Offensichtlich will das Dämchen keine Minute hier überleben, sonst hätte sie sich nicht in Sonnenglanz gewälzt.«

Wyler verschränkte die Hände vor dem Körper und baute sich vor mir auf. Neben ihm sah Arnoît fast wie ein schmächtiger Jüngling aus. »Klappe, Morgyn. Das ist deine zukünftige Königin, mit der du da sprichst.«

»Das ist ja das Problem.« Grollend wandte sich Morgyn ab und verschwand mit dem Reh durch eine offene Holztür in die Burg.

»Verzeiht, Prinzessin. Es sind noch nicht alle mit den neuen Umständen ... vertraut«, sagte Wyler.

Ich gab mir nicht die Blöße, mit dem Handrücken die Tränen wegzuwischen. Stattdessen riss ich die Augen weit auf in der Hoffnung, dass keine es auf meine Wange schaffte. »Was ist das Problem mit dem Sonnenglanz?«, fragte ich, um von den Tränen abzulenken, und zupfte einen unsichtbaren Fussel von der Schleife des Kleids.

Wylers Wangen röteten sich. »Wie erkläre ich das einer feinen Dame aus Ferlacroix?« Er kratzte sich am Kopf. »Sonnenglanz fördert die ... animalische Seite in uns. Jeglichen Aspekt.«

»Aber er wächst mitten im Wald.«

»Deswegen meiden wir die Lichtungen und das offene Feld. Zumindest unter den ... meisten Umständen«, sagte Wyler und zwinkerte Aradan zu. Der schwarzhaarige Mann rollte mit den Augen.

»Das ... das wusste ich nicht«, sagte ich.

»Habt Ihr nicht ein Faible für Pflanzen?«

Ich starrte ihn wütend an, aber Wyler lachte nur schallend. »Nicht schlimm, Ihr werdet alles noch lernen. Kommt, ich bringe Euch in Eure Gemächer. Dann könnt Ihr Euch von der langen Reise erholen und schlafen. Morgen Mittag werdet ihr den König treffen. Ich kann es kaum erwarten, dabei zu sein.«

Wyler führte mich durch dieselbe doppelflügelige Holztür, durch die schon Morgyn verschwunden war. In mir sträubte sich alles, nur einen Fuß in dieses Monster aus dunklem Stein zu setzen. Trotzdem trat ich mit der Entschlossenheit einer zukünftigen Königin ein.

Es zog in dem kalten Steingang und die Fackelhalterungen an den Wänden waren leer. Obwohl ich versuchte aufzupassen, war es unmöglich, mir den Weg durch die verwinkelten Gänge und Treppenhäuser zu merken. Ich hatte meine ausschweifenden Röcke gerafft, stolperte aber dennoch über die ein oder andere Stufe. Es war zu dunkel hier. Arnoîts mürrischem Knurren nach zu urteilen, war ihm das genau so wenig recht wie mir.

Auf einer engen Treppe kam uns eine Frau mit einem Korb entgegen. »Herzlose Hexe«, sagte sie hustend hinter vorgehaltener Hand und zwängte sich an mir vorbei, wobei sie mich anrempelte.

Wyler wirbelte herum. »Schweig«, sagte er schneidend und die Frau gab einen Ton von sich, der fast als Fiepen hätte gelten können, bevor sie weiter die Treppe hinuntereilte. Wenigstens auf Wyler war Verlass, wenn er auch die Manieren eines Bauernsohns besaß. *Keine Schwäche zeigen,* wiederholte ich meinen Vorsatz. Ich würde Haltung bewahren und den Frieden erhalten. Was waren schon ein paar Beleidigungen?

»Wisst Ihr, es ist sehr amüsant«, sagte ich mit erzwungener Heiterkeit und rang in dem engen Korsett nach Luft. »Zu Hause hielten mich alle für die passende Braut, weil ich eine Werwolfattacke erlebt habe und nicht zu einem geworden bin. Hier werde ich dafür angefeindet.«

Wyler schaute fast mitleidig. »Sie werden sich an Euch gewöhnen, gebt Ihnen Zeit«. Wir waren im obersten Stockwerk angekommen, über uns befand sich nur der Wehrgang. Der Werwolf führte Arnoît und mich einen Gang entlang und öffnete am Ende eine Tür, die in einen der Türme führte. »Hier wären wir, Prinzessin.«

Es war ein großer Saal, den die Diener zu Wohnräumen umfunktioniert hatten. Meine Mutter hätte einen Herzinfarkt bekommen. Ihr Prädikat für die Gemächer wäre »unakzeptabel«. Der Kleiderschrank aus glatt poliertem, lackiertem Holz mit den feinen Schnitzereien und den geschwungenen Beinen war eindeutig im Elantage-Stil gehalten. Der massive Holztisch hingegen sah aus, als hätte man ihn einer Bauernfamilie während des Abendessens weggezogen. Mehrere kreisförmige Flecken prangten auf dem unbehandelten Holz.

Wyler schlenderte in meine Gemächer, als würde er darin wohnen. Vor dem massiven Himmelbett mit den Bettpfosten aus dunklem Holz stand eine schmächtige junge Frau, die bei unserer Ankunft zusammengezuckt war. Wyler legte den Arm um sie. Sie trug ebenfalls ärmellose, blaue Leinenkleider. Unerhört. Ich versuchte dennoch zu lächeln. Vor der Abreise hatte mir meine Schwester Argélique eingebläut, dass ich nichts ohne meine Hofdamen sei.

Wyler grinste – mal wieder. »Darf ich Euch Eure …« Er musterte die Frau an seiner Seite. »Wie auch immer. Das ist Feanne. Sie hilft Euch bei allem, was ihr so braucht.« Bei der Erwähnung ihres Namens zuckte sie noch mal zusammen und senkte den Kopf tiefer, sodass ihr Gesicht hinter den aschblonden Haaren verschwand. Um ihren Hals war ein Schal zu einer kunstvollen Schleife gewickelt und sie hatte gestrickte Stulpen mit Sternenmuster über Ellenbeugen und Handgelenke gezogen.

»Sie ist also meine Kammerzofe?« Ich runzelte die Stirn.

»Kammerzofe, Gesellschafterin, Ankleidehilfe, was auch immer Ihr gerade braucht.«

»Ich habe *eine?*« Ich krallte mich in den ausladenden Röcken meiner Kleider fest, dass ich beinah Löcher in den feinen Oberstoff bohrte. Das musste ein schlechter Witz sein. Wyler hatte keine Ahnung, wie lange es dauerte, so ein Kleid mit Unterkleidern, Unterröcken und Korsett anzuziehen, wenn nur eine Person dabei half.

Er zuckte mit den Schultern. »Wenn es unbedingt sein muss, kann ich Cayden noch nach jemandem fragen, aber seine Anweisung war ziemlich klar.«

Arnoît stupste mich von hinten an und ich zwang mich zu lächeln. »Vielen Dank, das wird nicht nötig sein.«

Wyler nickte zufrieden. »Umso besser. Gutes Ankommen, Prinzessin. Ich habe jetzt noch andere Sachen zu tun. Für Euren Hofnarr gibt es eine kleine Kammer neben Euren Gemächern.«

Wäre Wyler nicht so nett zu mir gewesen, hätte ich ihn mehr als nur etwas unfreundlich zurechtgewiesen. Meinen Leibwächter als Hofnarr zu bezeichnen, war absolut respektlos. Aber scheinbar gehörten schlechte Manieren hier dazu.

Wyler schlenderte zu Arnoît und klopfte ihm so heftig auf die Schulter, dass er unter dem Gewicht in die Knie ging und hustete. »Ihr könnt Euch gleich einrichten. Kommt mit.« Er schob ihn durch eine Seitentür und drehte sich im Türrahmen zu mir um. »Man sieht sich, Prinzessin.«

Der Wind pfiff unheilvoll an den vergitterten Bleiglasfenstern vorbei und füllte die unangenehme Stille zwischen

Feanne und mir. Ab und zu ertönte das Knacken eines Holzscheits im Kamin.

Ich wagte es nicht, mich nur einen Schritt zu bewegen. Stattdessen stand ich da, zwischen dem fleckigen Tisch und den dunkelblauen Samtvorhängen des Himmelbetts und schaute zu Feanne. Sie verharrte in ihrer knicksenden Position, den Kopf immer noch gesenkt. Ich räusperte mich. »Sehr erfreut, Feanne.«

Sie richtete sich auf und warf mir mit schräggelegtem Kopf ein zaghaftes Lächeln zu. »Ich habe Eure Ankunft bereits erwartet. Der König hatte darum gebeten, dass Ihr Euch frisch macht.«

Ich nickte und mein Blick glitt durch den Raum. Es gab eine Frisierkommode mit einem trüben Spiegel, aber sonst nichts. »Natürlich. Wo habt Ihr den Waschtisch und die Parfüme?«

Feannes rehbraune Augen waren groß wie der Vollmond. »Entschuldigung, Eure Majestät, ich fürchte, ich verstehe nicht so recht.«

»Der Waschtisch«, sagte ich langsam. »Ihr wisst schon. Mit einem Spiegel und einer Porzellanschale, ungefähr so groß.« Mit den Händen formte ich eine Schale. Feanne schaute mich an, als hätte ich sie gebeten, mir Engelsflügel für einen Ausflug über die Berge zu bringen.

»Wohin kommt sonst das parfümierte Wasser, mit dem ich mich reinige?«

Feanne blinzelte schnell. »Wir ... Ich ... ich bin den ganzen Tag hin- und hergelaufen, Eure Majestät, um Euch einen Zuber mit Wasser zu füllen. Der König meinte, Menschen seien sehr empfindlich bei Kälte, deswegen habe ich den Koch gebeten, es im großen Eisenkessel zu erhitzen.«

»Ein Bad?« Ich war bei Weitem nicht zimperlich, aber diese Kreaturen mussten doch wissen, dass häufiges Baden schlecht für die Gesundheit war.

»Der König besteht darauf. Ihr sollt alle eventuellen Flöhe loswerden, die Ihr aus Laysolleilée mitgebracht habt.«

Ich knirschte mit den Zähnen und ballte die Hände zu Fäusten. Wie konnte der König es wagen, vor der Dienerschaft so über mich zu sprechen? Wäre doch nur Floréane hier. Ich umfasste den Diamantanhänger, den sie mir geschenkt hatte. *Haltung bewahren.*

Ich zwang mich zu lächeln. Es hatte Feanne sicherlich große Mühe gekostet, das ganze Wasser hier heraufzuschleppen. Doch allein der Gedanke an ein Bad trieb mir Tränen in die Augen und ich würde mich garantiert nicht von meiner Kammerzofe herumkommandieren lassen. *Dominanz etablieren,* sagte eine leise Stimme in meinem Kopf. »Natürlich. Dann lasst uns das auf morgen oder später verschieben. Ich bin müde. Ihr seid vorerst entlassen.«

Feanne knickste und verließ mit einem harten Zug um den Mund den Raum. Sollte sie doch beleidigt sein. Sie war meine Kammerzofe und ich bestimmte selbst, wann ich badete. Flöhe. So eine Frechheit.

Die Tür war noch nicht ins Schloss gefallen, da rauschte ich durch die kleine Nebentür in Arnoîts Gemächer. Er hatte seinen Rucksack auf das schmale Eichenholzbett gelegt und schaute überrascht auf, als die Tür gegen die Steinmauer knallte. Die Verzweiflung, die Wut auf König Cayden und die Angst verbanden sich zu einem gefährlichen Gemisch, das in mir überschäumte.

»Wie konntest du nur!«, schrie ich Arnoît an. »Du wusstest genau, dass Floréane zurückgehen würde, und hast mich ins Messer laufen lassen. Jetzt bin ich in diesem göttinnenverlassenen Land ganz auf mich allein gestellt mit einer Kammerzofe, die denkt, ich hätte Flöhe!«

»Ich bin immer noch hier«, sagte Arnoît ruhig, aber das versetzte mich nur noch mehr in Rage.

»Du weißt genau, wie ich das meine. Du bist mein Leibwächter. Du bist für mein Wohlergehen zuständig. Du dienst *mir.*« Ich zog die Schultern zurück und richtete mich so groß wie möglich auf, aber Arnoît überragte mich immer noch um einen Kopf und war von dem Wutausbruch unbeeindruckt.

Er faltete eines seiner Seidenhemden zusammen und legte es auf dem Kleiderstapel auf dem Bett ab. »Zuallererst diene ich Ferlacroix und für den Frieden des Reichs ist die Heirat mit König Cayden obligatorisch. Floréane hätte dich nur abgelenkt.«

»Abgelenkt? Wie wäre es denn mit *Gesellschaft geleistet*? Es wäre nett gewesen, wenigstens einen Menschen hier zu haben, der mich nicht hasst. Was soll ich denn hier den ganzen Tag machen? Es gibt nicht mal richtige Gärten! Geschweige denn einen Pferdestall.«

In Arnoîts Augen schimmerte ein Schmerz, den ich nicht einordnen konnte, aber kurz darauf glich sein Gesicht wieder der ruhigen See – so, wie ich es kannte. »Bald werden andere Aufgaben auf dich zukommen. Du wirst genug mit dem Nachwuchs zu tun haben.«

Mir klappte der Mund auf. Natürlich war mir bewusst, dass zu einer stabilen Verbindung der beiden Königreiche ein Erbe gehörte. Aber ich hatte gehofft, dass das Zeit hatte.

»Ich bin keine Zuchtstute«, zischte ich.

»So leid es mir tut, dir das zu sagen, Élèntine, doch bald bist du die Frau von König Cayden und hast als solche eheliche Pflichten zu erfüllen.«

Ich schluckte und stützte mich an der kalten Steinmauer ab. So weit hatte ich nicht gedacht – nicht mal zu denken gewagt. Ich wusste nicht einmal, ob König Cayden und ich … kompatibel waren. Meine Mutter hatte mich vor der Abreise in die Geheimnisse der Hochzeitsnacht eingeweiht, aber ihre Erfahrungen waren auf Menschen bezogen, nicht auf Werwölfe. *Lege dich hin und denke an Ferlacroix*, war ihr Ratschlag diesbezüglich gewesen. Ich zitterte am ganzen Körper und die Galle kam mir hoch. Ich war ohne meine beste Freundin in einer Burg gefangen, in der mich alle hassten, musste einen Mann heiraten, der dachte, ich hätte Flöhe, und ein Kind mit ihm zeugen.

Arnoîts warme Hand an meinem Oberarm holte mich aus der Schockstarre. Er legte einen Arm um meine Schultern und führte mich zu einem gepolsterten Stuhl in meinen Gemächern.

»Ein Schritt nach dem anderen, Élèntine. Ruh dich aus, lies etwas. Danach wird die Welt eine andere sein. Ich bin nebenan, wenn du mich brauchst«, sagte Arnoît und verschwand in seinem Zimmer. Das Schloss klickte und zum ersten Mal erlaubte ich mir, ohne Zurückhaltung zu weinen.

3

Ich wusste nicht, wie lange es dauerte, bis mein stockender Atem wieder regelmäßig ging. Draußen überspannte der Sternenhimmel schon das Tal, das durch die wenigen Lichtquellen aussah wie ein schwarzes Meer. Mit dem Handrücken wischte ich die Tränenspuren weg. Feanne würde die geröteten Augen bemerken, aber ich bemühte mich, meinen Rücken durchzudrücken, und klingelte mit dem silbernen Glöckchen, das auf einem schwarzen Samtkissen in der Mitte des Tischs platziert war. Vorsichtig zog ich den Sonnenglanz aus dem Ausschnitt und legte ihn vor die Bleiglasfenster auf die steinerne Fensterbank. Auf dem, was ich als Himmelbett identifiziert hatte, lag nur ein gemusterter Teppich. Wenn Feanne mir mein Bett zeigte, würde ich die Pflanze unter das Kissen legen. Zu Hause hatten mir im Westflügel drei Säle zur Verfügung gestanden, von denen jeder einzelne deutlich größer war als der Raum hier, aber ich würde mich nicht beschweren. Dafür war die Aussicht hervorragend.

Es klopfte an der Tür und ich rief Feanne herein. Sie mied wieder meinen Blick und knickste tief.

Ich räusperte mich. »Ich bin bereit, ein Bad zu nehmen.«

»Natürlich, Eure Majestät. Wenn Ihr mir folgen wollt«, sagte Feanne, schaute auf, aber legte den Kopf schief, sodass die Schleife ihres Schals zur Geltung kam. Ob sie das deswegen machte?

Sie drehte sich um und führte mich in die kleine Kammer, die Arnoîts Zimmer gegenüberlag. Auf dem nackten Steinboden stand mittig ein hölzerner Badezuber. Vorsichtig tauchte ich die Finger durch die Schaumkrone ins Wasser und zog sie mit einem unterdrückten Schmerzensschrei zurück. Das Wasser war zu heiß, aber ich würde mir keine Schwäche anmerken lassen.

Feanne eilte zu mir und knickste tief. »Verzeiht, Eure Majestät. Wir wussten nicht, wie warm wir es machen sollten und haben immer heißes Wasser nachgeschüttet.« Sie nahm zwei bereitstehende Holzeimer und kippte Wasser nach.

Ich atmete tief ein und zwang mir heute zum hundertsten Mal ein Lächeln auf das Gesicht, obwohl meine Wangen schon schmerzten. *Haltung bewahren.* »Nun, fangen wir besser an.«

Zögerlich lockerte Feanne die Schnürung des Korsetts und als der eiserne Griff mich losließ, atmete ich tief die feuchte Luft ein. Feanne schob ihre Fingerspitzen unter mein weißes Brustband. Ich scheute und wirbelte herum.

»Was tut Ihr da?«, fragte ich mit aufgerissenen Augen.

»Ihr wolltet baden, Majestät«, sagte Feanne langsam, als sei ich ein begriffsstutziges Kind.

»Meine Unterwäsche bleibt an, solange ich nicht allein bin«, zischte ich.

»Wie Ihr wünscht.« Feanne hob das blaue Kleid auf. Was war das hier für ein Land, in dem sich die Königin nackt vor ihren Kammerzofen zeigte? Schnell stieg ich in den Badezuber und versank im Schaum. Wenn ich die Augen schloss, konnte ich wenigstens für einen Moment so tun, als sei ich zurück zu Hause und badete vor dem Sonnenwendenfest. Nur das rauere Holz erinnerte mich daran, dass ich mich mehr als hundert Meilen davon entfernt befand. Wo Floréane jetzt war? Sie hatte die Hinreise schon so schrecklich gefunden und fuhr nun allein über die unebenen Waldwege und später die gepflasterte Reichsstraße entlang. Welche neue Aufgabe sie wohl übernehmen würde? Es tröstete mich etwas, dass sie sich mit Larélie immer schon gut verstanden hatte und vielleicht eines Tages für ihre Kinder sorgte.

Ich seufzte leicht und sank tiefer in das mittlerweile angenehme Wasser. So schlimm war baden vielleicht doch nicht. Meine Finger und Handflächen waren schon schrumpelig, aber ich wollte nicht aus dem Zuber steigen. Irgendwann war das Wasser zu kalt. Ich öffnete die Augen und blinzelte in das Licht von mehreren Laternen, in denen Bienenwachskerzen einen angenehmen Duft verströmten.

Feanne stand immer noch an dem Badezuber, hatte sich nicht davonbewegt. »Soll ich Euch noch schrubben, Eure Majestät?«

»Nein, bring mir mein Nachthemd und frische Unterkleidung«, sagte ich und stieg aus dem Bad. Feanne hatte schon eine warme Wolldecke ausgebreitet und legte sie mir über die Schultern. Die Geste erinnerte mich so sehr an den Moment, als mir Floréane den Brokatumhang über die Schultern gelegt hatte, dass ich Tränen wegblinzeln musste.

Vor der hölzernen Frisierkommode kämmte Feanne mir die Haare und flocht sie mir zu einem langen Zopf.

»Vielen Dank«, sagte ich und unterdrückte ein Gähnen. »Wo sind meine Schlafgemächer?«

»Das ... sind Eure Schlafgemächer, Majestät.«

»Aber wo ist das Bett?«, fragte ich.

Feannes Blick fiel auf das Möbelstück, das fast wie ein Himmelbett aussah. Keine Matratze, keine Bettdecke, keine Kissen. Ich blinzelte. »Ihr schlaft auf einem Teppich, der auf Holz liegt?«

Feanne knickste. »Ich kann Euch Heu zum Polstern bringen lassen.«

»Das wäre hervorragend, danke, Feanne. Eine Decke wäre ebenfalls hilfreich«, sagte ich. Feannes Blick fiel auf das prasselnde Feuer in dem steinernen Kamin. »Oh, natürlich, wir hatten gedacht, das Feuer reicht.«

Offensichtlich musste sie viel über den Wärmehaushalt von Menschen lernen. Wobei ... Wenn alles so lief, wie mein Vater und König Cayden es sich vorstellten, wäre ich nach der Hochzeit eine von *ihnen.* Dann würde ich bei den kalten Temperaturen in der Burg nicht mehr frieren. Schon allein der Gedanke jagte mir einen Schauer über den Rücken und vertrieb das wohlige Gefühl, das das Bad in mir ausgelöst hatte.

Ich wäre beinahe auf dem gepolsterten Holzstuhl eingenickt, als Feanne endlich mit ein paar anderen Frauen zurückkam. Über die Schulter hatten sie Säcke voller Heu geworfen, die einen angenehmen Geruch verströmten. Er erinnerte mich an die unzähligen Male, die ich mich in die Stallungen geschlichen hatte und ausgeritten war, um einer meiner verhassten Verpflichtungen zu entkommen. Aber ich würde nicht schon wieder weinen. Die Heusäcke lagen nun unter dem Teppich verteilt und Feanne brachte einige Felle, die sie auf dem Bett auftürmte. Als die letzte Frau wieder aus meinen Gemächern verschwunden war, legte ich mich auf den Teppich und schloss die Augen. Während mir ein paar heiße Tränen die Schläfen hinunterliefen, fand ich in einen unruhigen Schlaf.

Ich zog den Bauch ein und hielt die Luft an. »Ihr müsst die Schnüre des Korsetts fester ziehen«, sagte ich zu Feanne, die sich ungeschickt an den Bändern des silbernen Kleids zu schaffen machte. Silber wie das Mondlicht, hatte die Hofschneiderin gesagt. Hoffentlich würde wenigstens das König Cayden beeindrucken. Das Vogelnest von Haaren, das ich bei meinem Spiegelbild erspähte, würde es auf alle Fälle nicht tun.

Feanne mühte sich weiter ab, aber am Ende saß das Korsett nicht halb so eng, wie es sollte, und meine Brüste hingen zu tief. Wie sehr hatte ich das Korsett gehasst, als ich es das erste Mal tragen musste. Wie oft hatte ich es über die Jahre verflucht und mich über die Bewegungseinschränkung beschwert, darüber, dass ich kaum Luft bekam. Aber jetzt hier, in der Fremde, fehlte mir der beruhigende Druck um meinen Oberkörper. Mir fehlte der Halt.

»Ich könnte Euren Leibwächter holen«, schlug Feanne vor.

»Nein, das kommt keinesfalls infrage.« Ob die Menschen hier überhaupt in der Lage waren, Scham zu empfinden? Nach meiner gestrigen Begegnung mit dem halb nackten Mann und Feannes Verhalten während meines Bads zweifelte ich daran. Ich schmierte mir etwas der hautfarbenen Paste auf die Narben an der Wange, die die Klaue des Werwolfs hinterlassen hatte. Zum Abschluss setzte ich den Hut mit silbrigem Schleier auf. Auf die Perücke verzichtete ich, um nicht noch mehr Missfallen zu ernten. Feanne trat neben mir von einem Fuß auf den anderen.

»Gibt es eine Sache, die meine Aufmerksamkeit erfordert?«, fragte ich mit einem erzwungenen Lächeln.

»Nein, Eure Majestät«, sagte sie zögerlich.

Ich griff zu dem Glasflakon mit der orange-durchscheinenden Flüssigkeit, aber stellte ihn wieder zurück. Besser kein Parfüm nach dem Kommentar von Morgyn. Ich konnte mir regelrecht vorstellen, wie Floréane bei dieser Entscheidung irgendwo in Ferlacroix in Ohnmacht fiel. Schon allein, dass ich mir nicht bei jedem Schritt helfen ließ, hätte dafür gereicht.

»Was steht heute an, Feanne?« Ich pinselte das letzte bisschen Rouge auf. Seltsam, ich dachte, ich hätte eine Puderquaste mitgenommen.

»Zunächst kommt der Mondpriester, dann wird Frühstück serviert. Vor dem Mittagessen nach dem Königsrat erwartet Euch seine Hoheit, König Cayden.«

»Was möchte der Mondpriester von mir?«, fragte ich.

»Es gibt eine ... Voraussetzung vor der Eheschließung. Der Priester wird sich vergewissern, dass sie erfüllt ist.«

Ich nickte abwesend und zupfte den obersten Rock zurecht, der über dem festeren Stoff darunter lag wie eine dünne Schicht Nebel. In den Büchern der Bibliothek in Ferlacroix hatte ich nicht viel über die Traditionen und Riten der Werwölfe gefunden. Aber ich wusste, dass die Blutzeremonie dazugehörte, in der Bräutigam und Braut ihr Blut austauschten. Soweit ich das verstanden hatte, würde ich dadurch zu einem von ihnen werden. Wenn es klappte. Ich schluckte und verdrängte das Bild einer Pfote und brennendem Schmerz auf meiner Wange. Bestimmt wollte der Mondpriester sich lediglich meiner guten Herkunft vergewissern und die nötigen Dokumente einsehen.

»Nun gut. Dann werde ich mir davor noch den Garten ansehen«, sagte ich. »Arnoît?«

»Ich weiß nicht, ob das eine gute Idee ist«, sagte Feanne leise. Die Tür schwang auf und Arnoît stand mit geschulterter Muskete und ernstem Gesichtsausdruck im Gang bereit. Er hatte tiefe Ringe unter den Augen.

Ich lächelte Feanne zu, zupfte den Schleier des Huts zurecht. »Macht Euch keine Sorgen, ich bin bald zurück.«

Im kühlen Gang atmete ich den modrigen Geruch des alten Gemäuers ein. Ich würde das schaffen. Die Regeln hier waren andere, aber anscheinend weniger streng, wenn der König mir nur eine Kammerzofe zur Seite stellte. Trotzdem lehnte ich kurz die Stirn an den kalten Stein.

»Alles in Ordnung?«, fragte Arnoît mit rauer Stimme.

Ich nickte. »Es ist gerade einfach viel.«

Er klopfte mir auf die Schulter. »Du machst das gut und wirst dich an alles gewöhnen. Gib dir Zeit. Bis jetzt ist es doch ganz in Ordnung. Sie benehmen sich zivilisierter, als ich dachte.«

Ich löste mich von der Wand und drückte seine Hand. Wie sollte ich hier lange wütend auf ihn sein? »Wenigstens bist du da. Komm, lass uns nach dem Garten sehen.« Ich raffte die Röcke und schritt hinter Arnoît den Gang zur Treppe entlang. Seine Fingerknöchel waren weiß, so fest klammerte er sich an die Muskete und in seiner Körperhaltung lag eine Anspannung, die ich selten gesehen hatte. Weiter vorne polterte es und ich zuckte zusammen. Eine Magd in einem dunkelroten Leinenkleid starrte mich mit weit aufgerissenen Augen an. Ein hölzernes Tablett lag vor ihr auf dem Boden. Darauf hatte sich ein kleiner See um Tonscherben gebildet. Ich runzelte die Stirn und die Frau wich in den Schatten des Treppenhauses zurück.

»Halt. Wo geht Ihr hin? Räumt das bitte weg«, rief ich ihr hinterher, weil von ihrem mausbraunen Haar nichts mehr zu sehen war.

Ein unmenschlicher Schrei und das Reißen von Stoff ließen mir das Blut in den Adern gefrieren, ich war wie gelähmt. Ich erkannte zwei gelblich leuchtende Augen im

Treppenhaus, bevor sich ein Werwolf aus der Dunkelheit löste und in den Gang sprang. Ein Schuss hallte wider, die Kugel traf aber nur die Steinmauer. In meinen Ohren summte es. Der Werwolf mit dem mausbraunen Fell fletschte die Zähne.

Ich schrie, stolperte rückwärts und fiel auf den Hintern. Neben mir stopfte Arnoît mit zitternden Fingern Schwarzpulver in die Muskete. Er würde nicht schnell genug sein. Der Werwolf duckte sich, wie zum Sprung. Das war es. Ich hatte keinen Tag in Darington überlebt.

Da schoss wie ein Schattendämon ein schwarzer Werwolf aus dem Treppenhaus. Der andere drehte sich nach ihm um und wimmerte, aber der Schwarze zerrte ihn am Schwanz zurück. Ein Jaulen hallte zu uns, gefolgt von einem dumpfen Poltern, wie es zwei fallende, massige Körper verursachten. Arnoît zerrte mich am Arm nach oben und in Richtung meiner Gemächer. Ich stolperte neben ihm her, verlor dabei einen hochhackigen Schuh. Er knallte die Tür hinter uns zu und schob einen Sessel davor. Mit sich schwer hebendem Brustkorb warf Arnoît sich darauf und stemmte sich gegen das Holz, die Muskete immer noch umklammert. »Alles in Ordnung?«, japste er.

Ich hielt mich an einem Pfosten des Himmelbetts fest, um nicht umzukippen. Das Blut dröhnte in meinen Ohren und meine Handinnenflächen waren schweißnass. Erst jetzt bemerkte ich, dass ich am ganzen Körper bebte und meine Unterhose feucht von Urin war.

»Élèntine?«

Endlich brachte ich ein Nicken zustande. Ich biss die Zähne zusammen, damit das Zittern meines Kiefers aufhörte. Mein Blick glitt durch den Raum und blieb an Feanne hängen. Ich erstarrte. Sie stand vor meinem geöffneten Koffer und hielt ein Kleid hoch. Ihre Augen sprangen zwischen Arnoît und mir hin und her. Würde sie sich auch verwandeln und mich angreifen? Wie sollte ich mich hier sicher fühlen?

Als hätte sie meine Gedanken gelesen, ließ Feanne das Kleid los und stolperte einen Schritt rückwärts. Sie kollidierte mit der geöffneten Tür des Kleiderschranks. »Was … was ist passiert, Eure Hoheit?«, fragte sie. »Ist jemand gestorben? Seid Ihr verletzt?«

Ich atmete erleichtert aus. »Es … Uns hätte fast ein Werwolf angegriffen. Ohne Grund.« Ich sank auf das gepolsterte Bett. Meine Fingernägel gruben sich immer noch in das Holz des Pfostens. In der Brust raste mein Herz, als sei ich alle Treppen von Burg Blackstone auf einmal hochgerannt.

»Dann ist es wohl das Beste, wenn ihr zunächst hierbleibt«, sagte Feanne und ich hatte dem nichts entgegenzusetzen.

Mein Herz polterte immer noch wie Pferdehufe im Galopp. Ohne diesen schwarzen Werwolf … Ich wollte gar nicht daran denken. Der Angreifer musste die Magd gewesen sein. Sonst war niemand im Gang gewesen und ihre Haarfarbe glich dem Fell des Werwolfs. Ohne eine Muskete würde ich hier nirgends hingehen.

Es klopfte an der Tür und ich zuckte zusammen. Ich warf Feanne einen Blick zu, die nickte. »Herein«, sagte ich und durch die Tür trat ein grauhaariger Mann in einer mitternachtsblauen Robe mit Stickereien des Monds in seinen verschiedenen Phasen auf der Brust. Wie alle Werwölfe war er eher stämmig und muskulös, trotzdem zeichnete sich ein kleiner Bauchansatz unter seiner Priesterrobe ab.

Das musste der Mondpriester sein. Den hatte ich fast vergessen. Wenigstens schien von dem Mann keine Gefahr auszugehen. Immerhin war er an Arnoît vorbeigekommen, der sich wieder vor der Tür postiert hatte. Trotzdem ging ich langsam in Richtung meines Koffers, in dem die Muskete lag. Der Mann verneigte sich, schaute mir dabei aber in die Augen. »Eure Hoheit«, sagte er.

Ich nickte. »Ihr seid der Mondpriester, nehme ich an?«

Der Mann lächelte und auf seiner Glatze spiegelte sich das Tageslicht.

Ich räusperte mich. »Nun, dann lasst es uns schnell hinter uns bringen.«

Der Priester schaute irritiert zu Feanne, aber sagte nichts. Ich ließ meine Arme wieder sanft neben meinen Körper gleiten. Vielleicht hatte ich das alles fehlinterpretiert. Ich gab mir noch mehr Mühe zu lächeln. Um nicht so hilflos im Raum zu stehen, beugte ich mich über meinen Koffer und zog eine Schmuckschatulle heraus. Wieso war ich nicht Argélique? Sie hätte gewusst, was in einer solchen Situation zu tun war. Der Mondpriester schwieg noch immer.

Ich räusperte mich. »Wie kann ich Euch helfen, Hochwürden?« Ich sah nicht auf, während ich unauffällig den Koffer nach der Muskete durchwühlte.

»Nun, wie Ihr wisst, bin ich hier, um Eure Fruchtbarkeit zu überprüfen«, sagte er. Die Schmuckschatulle fiel mit einem Poltern hinunter. Eine Perlenkette riss. Prasselnd verteilten sich die Perlen auf dem kalten Steinboden.

»Bitte was?«, platzte es aus mir heraus.

Der Mondpriester blieb ruhig. »Ihr müsst dem König einen Erben schenken können. Ohne Feststellung der Fruchtbarkeit keine Hochzeit.«

Und ohne Hochzeit, kein Friede. Ich sollte etwas sagen, irgendwas, aber mein Mund war staubtrocken und die Zunge klebte an meinem Gaumen. Mir wurde wieder einmal schmerzlich bewusst, dass ich nirgendwo hinpasste.

Für den Hof des Sonnenkönigs zu wild, für den Hof in Darington zu zahm. Wie kam ich da heraus?

»Holt Arnoît«, presste ich hervor.

»Meint Ihr Euren Leibwächter? Seit dem kleinen *Zwischenfall* hat König Cayden ihn von der Tür abgezogen. Es wäre zu gefährlich für ihn, im Gang zu stehen. Er war sowieso übermüdet vom Wache halten die ganze Nacht«, sagte der Priester und lächelte mich an, wobei mich das nicht im Mindesten beruhigte. Arnoît musste hereingekommen sein, als ich meine Notdurft erledigt hatte. Ich streckte den Rücken gerade durch und krallte mich an einem grünen Kleid aus Spitze, Seide und Samt fest, das über einer Stuhllehne lag.

»Nun, Eure Majestät, seid Ihr bereit?«, fragte der Mondpriester.

»Habt ihr niemand anders, der das machen kann?« Meine Stimme zitterte.

»Nein. Die Mondpriesterin wurde zu einer Beerdigung gerufen«, sagte er. Die Antwort war wie ein Schlag in die Magengrube. Ich klammerte mich mit der freien Hand an der Tischplatte fest, meine Knöchel weiß wie Schnee.

»Je schneller wir das erledigt haben, Eure Majestät, desto schneller kann ich Euch wieder in Ruhe lassen«, sagte der Mondpriester mit einem Lächeln, das seine Augen nicht erreichte.

»Was muss ich tun?«, fragte ich tonlos, legte das Kleid in den Koffer und verschränkte die Finger ineinander. Mit der rechten Hand umklammerte ich die Finger der linken so fest, dass es wehtat.

»Zieht Eure Unterwäsche aus und legt Euch auf das Bett«, sagte der Mondpriester, als hätte er mir gerade erklärt, wie die Beichte funktionierte. Mit weichen Knien trottete ich zu dem mit Heu unterfütterten Himmelbett. Die Blicke des Mondpriesters brannten regelrecht zwischen meinen Schulterblättern und ich wandte mich langsam zu ihm.

»Würdet Ihr wenigstens …« Ich machte mit dem zitternden Zeigefinger eine drehende Bewegung. Der Priester zog zwar die grauen Augenbrauen hoch, folgte aber meiner Bitte. Ich hob meine Röcke an und stieg aus der Unterhose. In einem Moment hatte ich den Impuls, einfach zur Tür hinauszurennen. Den Gang rechts entlang, das Treppenhaus hinunter, auf den Vorplatz, raus aus der Burg, runter vom Berg in den Wald. Und dann? Ich konnte nirgendwohin. Von der Tatsache abgesehen, dass ich keinen Tag allein im Wald überleben würde. Wieso hatte ich Arnoît nicht gezwungen, mir etwas Nützliches beizubringen? Ich hätte neben dem Schießtraining auf ein Überlebenstraining bestehen sollen.

»Eure königliche Hoheit?« Durch die tiefe Stimme des Mondpriesters stellten sich mir die Nackenhaare auf. Ich schluckte und kroch auf mein Bett, legte mich auf den Rücken und starrte auf den blauen Baldachin, auf den unzählige Sterne gestickt waren. Feanne raffte meine Röcke bis zur Hüfte.

Ein spitzer Schrei entfuhr mir, als der Mondpriester mit klammen, kalten Händen meine Knöchel auseinanderpresste und unter die Röcke des Kleids abtauchte. Feanne wandte den Kopf ab und zog sich vom Bett zurück, da packte ich sie am Handgelenk.

»Bitte, bleib hier.« Ich umklammerte ihre Hand. Ihr Blick huschte zum Priester, aber der war anderweitig beschäftigt.

Ich presste die Augen zusammen und heiße Tränen rannen die Wangen hinunter, als ich den Priester unter den Röcken schnüffeln hörte und seine zu weichen Finger sich in meine Oberschenkel gruben. Nach einer Ewigkeit tauchte der weißliche Kopf des Mannes wie ein Unheil bringender Mond über meinen Knien auf. »Breite Hüften und ein fruchtbarer Geruch. Wir werden schon bald Welpen im Innenhof herumtollen sehen. Dank der Mondgöttin findet die Hochzeit schnell statt. Wir dürfen uns auf einen Thronerben freuen.« Er grinste.

Säuglinge, dachte ich, Säuglinge, als ich schnell meine Beine ausstreckte und zusammenpresste. Der Priester erhob sich, führte die Arme unter den ausladenden Ärmeln seiner Robe zusammen und verneigte sich – als hätte er auch nur einen Funken Respekt vor mir.

In mir stieg Übelkeit hoch und ich erbrach mich auf den kalten Steinboden. Die Flüssigkeit sammelte sich in den Rillen und breitete sich neben meinem ganzen Bett aus. Feanne schaute mitleidig und reichte mir ein feuchtes Leintuch.

»Tut mir leid«, sagte ich.

»Es ist schon in Ordnung, Eure königliche Hoheit.« Feanne wischte meine Körperausscheidungen auf. Ich brauchte Luft zum Atmen. Der Mondpriester stand immer noch da und seine braunen Augen durchbohrten mich wie Pfeile.

Das letzte bisschen Restwürde zusammenkratzend kletterte ich, so elegant, wie es ging, aus dem Bett und strich meine Röcke glatt. »Wenn weiter nichts ist, Hochwürden, bitte ich Euch, mich zu entschuldigen«, sagte ich und wandte mich ab.

»Halt«, sagte der Mondpriester.

Ich drehte mich mit funkelnden Augen um. Was immer er einzuwenden hatte, ich war die angehende Königin. Er hatte mir gar nichts zu sagen. Er zog einen Gegenstand aus seiner Robe, den ich zunächst nicht erkannte.

»Was?«, fragte ich scharf.

»Ich soll Euch ausrichten, dass Ihr Euer Zimmer nicht verlassen dürft.« Er legte den Kopf schräg und stellte den

Gegenstand auf den Tisch. Es war ein mit silbrig glänzender Seide und Perlen überzogener Schuh. Mein verlorener Schuh.

Ich blinzelte. »Wie bitte?«

»Es ist zu gefährlich. Bis ... nach der Hochzeit werdet Ihr in Euren Gemächern bleiben müssen.«

Bis ich ein Werwolf war, wollte er sagen. Einer von ihnen.

»Das entscheide ich selbst.« Ich konnte das leichte Beben in meiner Stimme nicht unterdrücken. »Ich habe einen Leibwächter und kann mich verteidigen.«

»Die Anordnung des Königs war unmissverständlich.«

Ich presste die Zähne aufeinander, um dem Mondpriester nicht die Faust ins Gesicht zu schlagen, wie Arnoît es mir beigebracht hatte. Immer zuerst auf die Nase zielen, Handgelenk gerade, Daumen nach außen. Es wäre so einfach, stattdessen versuchte ich zu lächeln. »Nun gut, ich denke, das schaffe ich.« Nach dem Vorfall am Morgen war meine Lust auf Ausflüge sowieso vergangen.

Der Mondpriester verneigte sich tief. »Ich werde Euch Bücher und Gesellschaftsspiele bringen lassen. Ihr sollt Euch nicht langweilen.«

Feanne knickste tief und legten den Kopf schräg, als er das Zimmer verließ.

»Wusstest du das?«, fragte ich.

»Ich fürchte, Ihr müsst Euch etwas präziser ausdrücken, Eure Majestät«, sagte sie.

»Dass ich den Raum nicht verlassen darf? Ich bin praktisch eine Gefangene.«

»Wenn Ihr wüsstet, wie mit Gefangenen hier umgegangen wird, würdet Ihr das nicht sagen.« Feanne glättete die Falten der Felle auf dem Bett.

»Was lässt den König glauben, dass es dieses Mal mit meiner Verwandlung klappt, nachdem es das letzte Mal misslungen ist? Vielleicht muss er mich hier bis zum Ende meiner Tage einsperren.«

Feanne schüttelte den Kopf. »Vielleicht hat der Werwolf Euch damals nicht tief genug verletzt, dass die Magie wirken konnte. Das wird dieses Mal anders sein. Euer Blut wird sich mit dem seiner Königlichen Hoheit mischen. Habt keine Sorge, Ihr werdet nur bis zur Hochzeit hierbleiben müssen. Danach könnt Ihr Euch frei bewegen und Eure Verwandlung genießen. Es gibt nichts Schöneres, als Tannennadeln unter den Pfoten zu spüren und den Geruch von Winter in der Schnauze zu haben, während man durch den Wald rennt.« Sie lächelte.

Ein kalter Schauer lief mir den Rücken hinunter. Ein Teil von mir hatte gehofft, dass die Werwölfe ihr inneres Tier genauso verachteten und hassten, wie wir in Ferlacroix es taten. So wie Feanne davon sprach, klang es beinahe romantisch. Ich wandte mich ab, damit sie meinen angewiderten Gesichtsausdruck nicht sah, holte aus meinem Koffer das kleine Buch über Heilpflanzen und setzte mich auf einen der gepolsterten Holzstühle am Fenster, um zu lesen.

4

Die harten Armlehnen des gepolsterten Stuhls bohrten sich in meine Unterarme. In meinem Schoß lag das aufgeschlagene Buch, das mir Arnoîts Mutter geschenkt hatte. Ich versuchte, mich auf die Buchstaben zu konzentrieren, aber sie verschwammen immer wieder vor meinen Augen. *Zeigt keine Schwäche, etabliert Dominanz und was immer Ihr tut, behaltet Eure Haltung*. Mindestens zwei der Regeln hatte ich schon gebrochen.

Es klopfte an der Tür und ich zuckte zusammen. Feanne stand sofort auf und ich schniefte leise, damit mich der Besuch nicht mit laufender Nase vorfand. Ein großer, junger Mann schob seinen braunhaarigen Kopf herein. Nur wenige Finger fehlten, dann hätte er sich unter dem Türrahmen bücken müssen. Seine Haare fielen in leichten Wellen bis zu seinem Kinn und er hatte ein strahlendes Lächeln aufgesetzt.

»Wenn das mal nicht die zukünftige Königin ist.« Er grinste und neigte kurz den Kopf.

Ich verengte die Augen. »Und Ihr seid?«

»Jarson von Darington, der Halbbruder des Königs und damit Kronprinz, zu Euren Diensten«, sagte er. Ob spöttisch oder aufrichtig konnte ich unmöglich einschätzen.

»Ist der Kronprinz nicht der erstgeborene Sohn?«

»Bei Euch vielleicht. Hier gelten andere Regeln.«

Ich räusperte mich hinter vorgehaltener Hand. »Wie kann ich Euch helfen?«

»Ihr solltet eher fragen, wie ich Euch helfen kann.«

»Für solche Spielchen habe ich keine Zeit.« Ich griff mein Buch von dem Stuhl, setzte mich und wandte mich demonstrativ ab.

»Autsch. Das weiche Mädchen aus Ferlacroix hat Zähne wie ein Wolf, wer hätte das gedacht?« Er lachte. »Ich dachte, Ihr wärt vielleicht an einer Führung interessiert?«

»Ich darf meine Gemächer nicht verlassen. Sicher habt Ihr von dem Vorfall heute gehört«, sagte ich kühl.

»In der Tat, aber es wäre eine Schande, wenn Ihr die Burg erst nach der Hochzeit zu Gesicht bekämt. Außerdem solltet Ihr Euch von einer Magd, die wegen Ihres Balgs die Kontrolle verloren hat, nicht den Spaß verderben lassen.« Er drehte sich auf dem Absatz um und ging aus der Tür. »Kommt Ihr?«, schallte es aus dem Flur.

Was für eine Unverschämtheit. Zu Hause hätte es niemand gewagt, so mit mir umzuspringen, auch kein Halbbruder eines Königs. Allerdings sollte ich Dominanz etablieren. Mich an die Aufforderungen des Mondpriesters und meiner Kammerzofe zu halten, war das genaue Gegenteil. Ich war vor einer Magd weggelaufen. Ich hatte Schwäche gezeigt. Die Worte des Prinzen klangen, als sei so eine Verwandlung die Ausnahme. Vielleicht war es draußen weniger schlimm als befürchtet? Die Neugier nagte an mir und der Drang, endlich aus dieser Kammer zu entkommen. Mit einem Knallen klappte ich das Buch zu und warf es auf den Sessel. Stattdessen griff ich nach meiner Muskete.

»Eure königliche Hoheit, Ihr könnt nicht gehen«, rief mir Feanne hinterher, aber ich war schon im Gang und eilte wie ein verlorenes Schaf dem bösen Wolf hinterher.

»Ich sollte wenigstens meinem Leibwächter Bescheid geben«, sagte ich und folgte Jarson die Treppe hinunter.

Er schnaubte. »Ihr seid mit mir unterwegs. Was soll Euch passieren?«

Ich raffte meine Röcke, die Muskete immer noch in der Hand, und stolperte ihm hinterher, seine Schritte waren zu lang. Ob es in Darington verwerflich war, wenn ich als unverheiratete Prinzessin allein mit dem Halbbruder des Königs unterwegs war? Ich schnaubte. Heute hatte mir ein fremder Mann buchstäblich unter den Rock geschaut. So schlimm war ein kleiner Ausflug nicht. Schauernd dachte ich an den Angriff, aber Jarson schien sich sicher zu sein, dass mir nichts geschah.

»Wir gehen zu den interessanten Räumen, hier gibt es nur Gemächer.« Jarson verdrehte die Augen und führte mich immer tiefer durch steinerne Gänge in die Burg. Ich meinte, einen sich bewegenden Schatten aus dem Augenwinkel zu erkennen, aber hinter mir lag nur die leere Galerie, auf deren Steinboden durch die Bleiglasfenster Licht fiel. Nun spielte mir mein Geist schon Streiche. Die Verstrebungen der Fenster bildeten ein symmetrisches Muster, das musste ich gesehen haben.

Ich wandte mich wieder um und eilte Jarson hinterher. Er hielt vor einer großen Tür in einem der unteren Stockwerke. Darin befanden sich vier lange Tafeln vor einem kleinen Podest, auf das vier Treppenstufen führten und auf dem ein langer Tisch quer zu den anderen stand.

»Das ist der Speisesaal. Der König und Ihr esst mit dem Königsrat und mir ganz vorne am Tisch, alle anderen Männer und Frauen sitzen unten.«

»Was ist das?« Ich zeigte auf den Wandteppich, der sich über die gesamte Breite des Saals erstreckte.

»Die Verwandlung der Werwölfe.«

Die Farben des Teppichs verliefen von einem hellen Orange zu einem dunklen Blau. An der oberen Kante war die Sonne zu sehen, der Vollmond am gegenüberliegenden Ende. Unter der Sonne stand ein Mann, der sich Stück für Stück verwandelte, bis nur noch ein übergroßer Werwolf abgebildet war. Die Darstellung war den Glasfenstern im Sonnentempel in Laysolleilée ähnlich. Allerdings hätte ich hier etwas Grobschlächtigeres erwartet.

»Er ist wunderschön.« Mit den Fingerspitzen strich ich über die weichen Fransen an der Unterseite. Ich machte einen Schritt in Richtung des Podests, aber das ausladende Kleid verfing sich an einem Stuhlbein. Beinahe stürzte ich, fing mich aber rechtzeitig. Dabei verrutschte der Schleier meines Huts. Schamesröte stieg in meine Wangen und ich wollte ihn schnell wieder richten, aber Jarson hatte mein zerfetztes Ohr schon entdeckt.

»Ich habe nur Gerüchte gehört«, sagte er leise.

Ich bäumte mich innerlich auf, bereit, mich mit allen Worten, die mir zur Verfügung standen, zu verteidigen. Doch statt mir eine Beleidigung an den Kopf zu werfen, strich sich Jarson die kinnlangen Haare hinter das rechte Ohr. Eine tiefe Einkerbung spaltete die Ohrmuschel in zwei Teile.

»Sieht so aus, als haben wir etwas gemeinsam«, sagte er und lächelte.

»Wie ist das passiert?«, flüsterte ich, ehe ich mich davon abhalten konnte.

»Mein Bruder – Halbbruder. Er hat es mir in unserer Wolfsform zugefügt, da sieht es nur halb so schlimm aus.«

Ich starrte ihn an. Er redete von dem Mann, den ich heiraten sollte.

»Kommt, es gibt noch viel zu sehen.« Jarson zeigte mir die Bibliothek in einem großen Saal, die nicht einmal halb so beeindruckend war wie die in Ferlacroix. Es war zu feucht für die Bücher und die Fenster in der Burg zu klein, aber ich lächelte und war froh, in diesen Mauern wenigstens etwas Abwechslung zu haben. Wieder schlenderten wir durch einen dunklen Gang, dem ein paar Kerzen oder Fackeln nicht geschadet hätten. Ich wäre fast gegen eine alte Rüstung in einem Alkoven gestolpert, da packte Jarson mich am Ellenbogen und zog mich zur Seite.

»Verzeiht, Werwölfe sehen besser im Dunkeln als Menschen«, sagte Jarson und öffnete eine neue Holztür. Zwischen halb gefüllten und leeren Bücherregalen lagen auf Podesten und Holztischen verschiedene Gegenstände. Ein kunstvoll geschnitzter Wolf, der aussah, als sei das Holz genau so am Baum gewachsen, lag auf dem ersten. Ich erschauderte beim Anblick einer überdimensionierten Wolfsfalle, die so groß war wie mein Arm. Ein altes, ledernes Halsband mit Dornen aus einem glänzenden Metall lag daneben und dahinter eine Dornenpeitsche, wie sie während der Werwolfsverfolgung genutzt worden war. Von den wenigen Büchern abgesehen sah der Saal fast wie eine Folterausstellung aus.

»Was ist das hier?« Ich ließ meine Finger über die Bücher gleiten und zog eines heraus. Die Seiten waren vergilbt und verwittert, die Tinte auf der ersten Seite war von Wasser verschmiert und durch unzählige Jahre verblichen. Jarson hatte sich an mich herangepirscht und schaute über meine Schulter. Sein heißer Atem im Nacken beschwor eine Nervosität in mir, die ich nicht kannte. Ich scheute vor seiner unnatürlichen Körperwärme, aber ich hatte keine Angst. Im Gegenteil, er war das einzig Beruhigende in diesem Saal.

»Eine Obsession meines Bruders. Viel unserer Geschichte ist verloren gegangen. Er sammelt alles, was damit zusammenhängt, und kauft jedes Buch, in dem auch nur die Worte Werwölfe oder Sonnenkrieger vorkommen.«

»Sonnenkrieger waren keine Werwölfe«, sagte ich scharf, nur um mir auf die Zunge zu beißen, aber Jarson lächelte.

»Mein Bruder ist da anderer Meinung.«

Ich verengte die Augen. »Sonnenkrieger konnten sich willentlich in Wölfe verwandeln und haben die Menschen schon vor den Chimären geschützt. Sie waren ihren Gefühlen und dem Mond nicht so ausgeliefert wie –«

»Wie wir?«, fragte er mit einem Schmunzeln. »Sagt es ruhig.«

»Verzeiht, Eure Hoheit, so war das nicht gemeint.«

»Es ist schon in Ordnung. Das kann unser kleines Geheimnis bleiben.« Er zwinkerte mir zu. »Kommt, lasst mich Euch noch den Ausblick vom Wehrgang auf das Tal zeigen. Am schönsten sieht es sowieso im Winter aus, wenn die Gipfel schneebedeckt sind.«

Das Messer kratzte über den Tonteller und ich aß das letzte Stück gebratener Rehkeule. Für meinen Geschmack war sie etwas zu blutig, aber die Preiselbeersoße fand ich vorzüglich. Sie hatte sogar gedampft, als die Magd sie in meine Gemächer gebracht hatte. Zu Hause befand sich die Küche weit von den Hauptgebäuden entfernt wegen der Brandgefahr. Wenn das Essen serviert wurde, war es meist schon kalt. Die Werwölfe schienen sich deshalb nicht zu sorgen. Das war wohl der Vorteil davon, dass sie in diesem zugigen, kalten Steinhaufen lebten.

Plötzlich stand eine Dienstbotin im Raum. Wie Feanne hatte sie um Handgelenke, Ellenbogen und um den Hals

Leinenbänder gewickelt, während ihr Kleid kurzärmlig war. »Der König erwartet Euch«, sagte sie und machte auf dem Absatz kehrt. Ihre Schritte im Gang verhallten durch die offene Tür.

Feanne riss mir den Teller unter der Nase weg, klopfte die letzten Krümel des Roggenbrötchens von dem Kleid und zupfte den Stoff zurecht.

»Kommt, Eure Majestät, Ihr müsst Euch beeilen. Ihr könnt ihn nicht warten lassen«, sagte Feanne. Sie wollte nach meinem Ärmel greifen, zog ihre Hand jedoch zurück und knickste tief. Dabei legte sie den Kopf so schräg, dass unter dem Schal ein breiter Streifen hellerer Haut zum Vorschein kam.

»Bringen wir es hinter uns«, murmelte ich und folgte der Dienstbotin. Die Absätze klackerten auf dem Steinboden und es fiel mir schwer, Schritt zu halten ohne zu rennen. Vor dem Thronsaal standen zwei Wachen, ebenfalls in der dunkelblauen Leinenkleidung. Sie trugen keine Waffen und ich schauderte, als mir klar wurde, warum. Wer sich jederzeit in einen Werwolf verwandeln konnte, brauchte kein Schwert. Sie nickten mir grimmig zu und öffneten zeitgleich die beiden Holzflügeltüren mit den eisernen Beschlägen.

Meine Augen folgten dem schwarzen Teppich zu dem Thron und mir stockte der Atem.

Ich wusste nicht, was ich erwartet hatte. Mir war klar gewesen, dass er groß sein musste. Er war nicht nur der König, sondern das Alphatier. König Cayden hatte sich in Rudelkämpfen behauptet und jedes Mal gesiegt. In meinem Kopf war er ein finsterer Mann, mit wilden Haaren und einem dunklen Vollbart. Aber so …

Der Thron selbst war ein schwarzes, weit aufgerissenes Wolfsmaul aus Holz. Über die untere Zahnreihe war rechts und links ein dünnes Eisen gelegt, das als Armlehne diente. Das fast weißblonde Haar von König Cayden wirkte gegen das dunkle Schwarz des Holzthrons beinahe wie Mondlicht. Er war nicht gutaussehend im klassischen Sinne, aber er hatte eine … Präsenz. Der ganze Raum vibrierte förmlich durch seine Aura, alle Augen waren auf ihn gerichtet und die Handvoll Diener standen gerader als sonst. Unter anderen Umständen wäre ich stolz gewesen, ihn meinen Verlobten nennen zu können.

Ich knickste tief. »Eure Majestät.«

Die Körperwärme eines Werwolfs traf mich unvermittelt im Rücken. »Legt den Kopf schief, das ist Euer König«, zischte er.

Ich verstand nichts, aber tat, wie mir geheißen wurde.

»Ihr seid also Élèntine.« Caydens Stimme war tief und samtig. Unwillkürlich lief mir ein Schauer über den Rücken und ich wusste nicht, ob ich lieber weglaufen oder nähertreten wollte.

Ich räusperte mich hinter vorgehaltener Hand. »Das ist korrekt, Eure Majestät.«

Ich schielte nach oben. Er stand von seinem Thron auf und pirschte auf mich zu, wie das Raubtier, das er war. Auf der Jagd nach seiner Beute. Mit langsamen, gezielten Schritten ging er einen Halbmond um mich herum. Jegliche Etikette hatte meinen Kopf verlassen und so verharrte ich in meiner knicksenden Position mit schiefem Kopf.

Er schnaubte, drehte sich um und blieb einen Schritt von mir entfernt stehen. Selbst auf die Entfernung kroch seine unmenschliche Körperwärme über meine Haut wie lange Finger und meine Knie zitterten unwillkürlich – schon allein wegen der Anstrengung, in dieser Position zu bleiben. Ich warf einen Blick zum König. Durfte ich aufstehen? Ich riskierte es und schaute direkt in seine kalten, steingrauen Augen. Auf einmal wich jegliche Wärme aus meinem Körper und ich erschauderte.

Sein Blick haftete an meinem Hut. »Lauft meinetwegen in diesen albernen Kleidern umher. Spätestens nach Eurer ersten Verwandlung werdet Ihr darauf verzichten, doch dieser Hut ist absolut lächerlich. Zieht ihn aus.«

»Aber –«

»Zieht. Ihn. Aus.« Die bedrohlich ruhige Stimme machte deutlich, dass er Widerspruch nicht gewohnt war.

Ich presste die Lippen zusammen und entdeckte Morgyn, der in einer Ecke stand. Er grinste höhnisch. Jede meiner Bewegungen war eine ungeheure Qual, aber ich löste die Haarnadeln, die den Hut fixierten.

»Ich habe nicht den ganzen Tag Zeit«, knurrte der König mit einem harten Gesichtsausdruck.

Mit zitternden Fingern zog ich den Hut ab. Irgendjemand zog scharf die Luft ein. Vielen Dank, ich wusste selbst, dass ich entstellt war. Ich ballte die Hand und einer der Strahlen des Sonnenrings, der sich gedreht hatte, bohrte sich schmerzhaft in meine Handinnenfläche.

Cayden nahm mein Kinn mit sanftem Druck zwischen zwei Finger. Sie waren warm, aber ich hätte fast geschrien. Am Hof in Laysolleilée war es eine Todsünde, eine Prinzessin ohne Erlaubnis zu berühren. Aber hier galten andere Sitten. Es kostete mich alles, meinen Kopf nicht seinem Griff zu entwenden. *Zeige keine Furcht,* erinnerte ich mich. Trotzdem schauderte ich, als sein warmer Atem meine Wange streifte. Er musterte die Narben, als sei mein Gesicht eine komplizierte Karte.

»Erzählt mir von der Werwolfattacke.« Er ließ seine Hand fallen und ich blinzelte. Für den Bruchteil eines Wimpernschlags vermisste ich die Wärme in diesen kalten Mauern.

»Wie bitte, Eure Majestät?«

»Ihr habt mich schon verstanden. Erzählt! Sonst hat es keinen Nutzen, dass Ihr hier seid. Wozu habe ich Euch sonst ausgewählt?« Er drehte sich auf einem Absatz seiner schwarzen Lederstiefel um und fläzte sich wieder auf den Thron.

Ich runzelte die Stirn. *Er* hatte mich erwählt? Mein Vater hatte es so dargestellt, als sei es seine Entscheidung gewesen, mich nach Darington zu schicken. Niemals wäre ich auf die Idee gekommen, dass der König der Werwölfe ausgerechnet mich zur Frau wollte. Für einen Moment kam mir der absurde Gedanke, dass er wissen wollte, wer mich angegriffen hatte, um meine Ehre zu retten. Was konnte ich ihm sagen, das ihm nützte?

»Ich –« Mein Blick flog über die neugierigen Gesichter der anwesenden Werwölfe. Meine Wangen röteten sich. »Ich –«

»Ich habe nicht den ganzen Tag Zeit«, grollte er.

Ich starrte auf einen der Zähne des Throns, um niemand anderem ins Gesicht zu blicken. »Der Werwolf war –«

»Nein«, sagte er mit schneidender Stimme. »Ich will nicht wissen, wie er aussah. Ich will wissen, was passiert ist. Wo habt Ihr ihn getroffen, wie stand der Mond, wie ist die Wunde geheilt?«

Vorsichtig schaute ich nach rechts und links. »Ich war ausreiten, Eure Majestät. Im Wald.« Ich wagte es, einen Blick auf ihn zu richten. Er vollführte eine ungeduldige Handbewegung, damit ich fortfuhr.

»Es hatte schon lange keine Schlacht mehr gegeben und ich dachte, ich sei sicher. Mein Pferd warf mich vor einem umgestürzten Baumstamm ab. Ihr wisst die Herbststürme –, und dann stand die Best–« Ich schlug eine Hand vor den Mund. »Verzeihung«, sagte ich, aber Cayden blinzelte nicht einmal. Er zwang mich, den furchtbarsten Moment meines Lebens öffentlich einzugestehen, und hatte nicht einmal den Anstand, Mitleid zu heucheln?

Und *ich* sollte Haltung bewahren? In diesem Moment scherte es mich nicht.

»Wisst Ihr was? Ich nehme meine Entschuldigung zurück. Ich bin Eure zukünftige Ehefrau, mir gebührt auch Respekt.« Ich wandte mich um. Die Tür war noch nicht in greifbarer Nähe, da hielt mich eine starke, warme Hand am Handgelenk fest und riss mich herum. Er hatte sich so lautlos bewegt, dass ich ihn nicht gehört hatte. Seine steingrauen Augen schienen Löcher in meinen Kopf zu brennen und er beugte sich so weit herunter, dass sich unsere Nasenspitzen fast berührten.

»Ihr werdet mich nicht an meinem Hof blamieren. Das war das erste und letzte Mal, dass Ihr Euren König und Alpha so behandelt habt. Habt Ihr verstanden?«, knurrte er.

Jegliches Blut wich aus meinem Gesicht und die Hände zitterten. Wieso hatte ich nicht den Mund halten können? Meine pelzige Zunge klebte am Gaumen.

»Ja«, flüsterte ich, aber mit ihren Werwolfohren hatte mich sicher jeder im Thronsaal gehört.

»Gut. Verschwindet in Eure Gemächer und bleibt dort bis zur Hochzeit, so ist es besser für alle.«

Ich war stolz darauf, dass ich meine Tränen zurückhalten konnte, bis ich in meinem Zimmer ankam.

Die Sonne stand schon über den Baumwipfeln des Walds, da klopfte es an der Tür zur Nebenkammer und mein Herz hüpfte. Ich kannte dieses Klopfen.

»Herein«, rief ich und blickte von meiner Stickerei auf. Ich hasste Nadelarbeit.

»Eure königliche Hoheit.« Arnoît verneigte sich. Er hatte nach wie vor dunkle Ringe unter den Augen und stockte mitten in der Bewegung. »Wo ist dein Hut?«

»Feanne, würdest du uns kurz allein lassen?«, fragte ich.

Sie nickte, legte den Kopf schief und zwängte sich an Arnoît vorbei aus der Tür. Die war noch nicht ins Schloss gefallen, da nahm ich den Kissenbezug, an dem ich gestickt hatte, zog die Nadel heraus und warf ihn Arnoît an den Kopf. »Wo verdammt noch mal warst du?«

»Ich habe geschlafen.«

»Ja, aber danach? Ich habe den König gesehen und es war eine Katastrophe. Er hat mich vor allen gedemütigt.«

Aus Arnoîts Gesicht wich die Farbe. »Du hast den König gesehen?«

»Hörst du mir überhaupt zu? Er hat mich furchtbar behandelt und als ich mich gewehrt habe, hat er mir gedroht.« Ich stolzierte vor dem Fenster hin und her, knickte mit dem rechten der hochhackigen Schuhe um und schrie kurz vor Schmerz auf.

Arnoît eilte zu mir und wollte mich stützen, ich schüttelte den Kopf und humpelte zu meinem Sessel. Ich benahm mich unfair, das war mir klar. Aber ich hatte ihm immer noch nicht ganz verziehen und er war der einzige Mensch hier, dem ich wenigstens einen Hauch meiner wahren Gefühle zeigen konnte. Arnoîts harte Gesichtszüge wurden weich, als ich mir die feinen Schuhe von den Füßen riss und in die andere Ecke des Raums schmiss.

»Élèntine, du weißt –«

»Jaja, ich weiß, dass ich ihn heiraten muss. Aber wie soll ich hier jemals glücklich werden? Sie sind so anders als wir. Wusstest du, dass ich meine Gemächer nicht verlassen darf?«

»Es ist eine reine Vorsichtsmaßnahme. Bis zur Hochzeit sind es nur noch zwei Tage, danach wird es besser.« Arnoît zog sich einen Stuhl von dem Tisch neben meinen Sessel.

Ich verschränkte die Arme. »Wenn ich zu Hause wäre, könnte ich jetzt ausreiten, aber in diesem göttinnenverlassenen Land gibt es nicht einmal Pferde. Ich will einfach nur zurück.«

»Solange ich da bin, hast du immer ein Stück Zuhause bei dir«, sagte Arnoît und legte mir die Hand aufs Knie.

»Was mache ich nur, Arnoît?«, fragte ich und raufte meine Haare. Als meine Fingerspitzen die Narben im Gesicht streiften, zuckte ich zusammen.

»Gib dir Zeit. Die Kammerzofe, die hier ist. Feanne. Versuche doch, sie kennenzulernen, sie kann dir bestimmt mehr über Werwölfe und ihr Verhalten erzählen.«

Ich seufzte. »Lass uns die Musketen reinigen, wir sollten vorbereitet sein für den Fall, dass wir sie brauchen.«

»Élèntine, ich bin mir nicht sicher, ob jetzt der richtige Zeitpunkt –«

Ich stand auf und öffnete den Koffer, in dessen Deckel die Muskete gespannt war. Routiniert löste ich die Lederriemen und holte sie vorsichtig heraus.

Arnoît schaute mir über die Schulter auf die farbigen Kleider, mit denen ich hier am Hof eher wie ein Papagei als eine Königin aussah. »Hast du alles Schießpulver und die Kugeln sicher verstaut?«, fragte er.

Ich nickte.

»Gut. Trotz allem ist es besser, etwas in der Hinterhand zu haben.«

»Dann hilfst du mir jetzt, sie instand zu halten, oder nicht?«, fragte ich.

Arnoît seufzte, schob den Tisch zur Seite und holte die Bürsten, Lappen und den Putzstock. Er war noch nicht zurück, da zuckte ich zusammen und umklammerte die Muskete fester. Durch die Glasfenster hörte ich Gejole und Geheule. Ich stürzte rechtzeitig ans Fenster, um zu sehen, wie König Cayden Morgyn am Nacken packte und auf den gepflasterten Boden des Innenhofs schleuderte. Ich konnte nicht hören, was er sagte, aber sein Gesicht war wutverzerrt. Morgyn kniete auf allen vieren vor ihm und fletschte die Zähne wie ein Wolf. Cayden baute sich zu seiner vollen Größe auf und sein Gegner krabbelte rückwärts. Der König verfolgte ihn, bis er sich dicht über ihn beugte. Was hatte Morgyn getan? Wie konnte König Cayden nur so mit seinem Volk umgehen?

Morgyns Oberarme weiteten sich, der Leinenstoff platzte und rostbraune Haare zwängten sich durch die Risse. Nach wenigen Herzschlägen stand an seiner Stelle ein großer, knurrender Werwolf mit rostbraunem Fell. König Cayden verschränkte die Arme und ging einen Schritt auf den Werwolf zu.

Um die beiden hatte sich ein Halbmond aus Männern und Frauen gebildet, alle Augen auf die Kämpfenden gerichtet. Cayden stolzierte immer weiter nach vorne und der Wind trug das Winseln des Werwolfs zu mir nach oben. Der König drängte ihn bis an die Burgmauer zurück. Morgyn scharrte mit der Vorderpfote und präsentierte die Reißzähne. Caydens weißblonde Haare leuchteten in der Sonne und er machte einen weiteren Schritt auf den in die Ecke gedrängten Werwolf zu. Da sprang Morgyn nach vorne und verbiss sich in seinem Oberarm.

Ich schrie und presste meine Nase an das kalte Glas. Mein Atem beschlug die Scheibe, aber ich wischte sie schnell mit dem Ärmel sauber. Wieso verwandelte er sich nicht? Blut lief ihm den Unterarm hinunter und tropfte auf den Boden. Trotzdem rührte er sich nicht. Ich schnappte nach Luft und wich einen Schritt zurück. Cayden hingegen beugte sich vor, der riesenhafte Kopf des Werwolfs gegen seinen Bauch gepresst. Ich war mir sicher, einer würde sterben. Ich hielt den Atem an und die Zeit schien stillzustehen. Da zog Cayden die Schultern zurück, hob den

Kopf und starrte den Werwolf mit verengten Augen an. Nach einem Moment zog der den Schwanz zwischen die Beine ein und presste sich an der Wand entlang an Cayden vorbei.

Das Herz raste in meiner Brust und ich presste die Stirn wieder an die Scheibe, um besser sehen zu können, da drehte sich Cayden um und schaute genau zu dem Fenster, an dem ich stand.

Ich stolperte zurück. Hatte er mich gesehen?

»Alles in Ordnung, Élèntine?«, fragte Arnoît, der an dem anderen Fenster stand. Ich hatte ihn ganz vergessen.

Ich presste die Lippen aufeinander und nickte. Einen Hof, an dem es so barbarisch zuging, würde ich nie mein Zuhause nennen können.

5

Feanne trat das vierte Mal neben mein Bett und ich fixierte immer noch zwei gestickte Sterne auf dem Baldachin, die viel weiter auseinanderstanden als die anderen. Mich erfüllte eine gähnende Leere und ein Teil von mir hoffte, dass ich auf der Stelle zu Staub zerfiel.

»Eure königliche Hoheit, wenn Ihr jetzt nicht aufsteht, kommt Ihr zu Eurer eigenen Hochzeit zu spät«, sagte sie.

Ich seufzte und schlug die Federdecke zurück, die Feanne gestern aufgetrieben hatte. Zu Hause hätte Floréane das für mich übernommen, obwohl ich ihr immer wieder gesagt hatte, dass das nicht nötig war. Trotzdem vermisste ich diese kleine Geste und verspürte einen Stich im Herz.

»Was muss ich tun?«, fragte ich.

»Ich habe bereits Euer Bad vorbereitet.« Feanne half mir in den rosa Morgenmantel aus Seide, den ich von zu Hause mitgebracht hatte. Ich atmete erleichtert aus, als sie hinter mir die Tür schloss und mich mit dem dampfenden Wasserzuber allein ließ.

Ich schrubbte die Haut so lange mit der Bürste, bis sie rosarot wie der Morgenmantel war. Feanne hatte ich vor die Tür geschickt, um einen letzten Augenblick in Freiheit zu genießen, allein mit meinen Gedanken. Doch irgendwann war das Wasser zu kalt und ich konnte den Moment nicht länger hinauszögern. Die Seide des Schlafrocks klebte an meinem nassen Körper, als ich aus dem Bad tapste. Feanne hatte auf der breiten Holzkommode auf einem Samtkissen acht goldene Armreifen mit Edelsteinen ausgebreitet, wie ich sie noch nie gesehen hatte. Statt aus einem stabilen Goldring bestanden sie aus einem dünnen, spiralförmigen Golddraht. Die Edelsteine waren in kleine, runde Platten eingesetzt, die in regelmäßigen Abständen darauf befestigt waren. Daneben lag auf einem separaten Kissen ein dünnes, goldenes Diadem. In dessen Mitte prangte eine Mondsichel.

»Wieso ist euer Schmuck so ... ungewöhnlich?«, fragte ich.

»Er macht die Verwandlung mit, Eure Majestät.« Feanne rührte in einer kleinen Holzschale mit einem Spatel eine silbrige, zähe Flüssigkeit. »Wenn Ihr Euch in einen Werwolf verwandelt, würdet Ihr ein festes Band sprengen. Diese Armreifen dehnen sich mit.«

Mir fiel König Caydens Kommentar ein. *Spätestens nach Eurer ersten Verwandlung werdet Ihr auf solche Kleider verzichten.* »Wie macht Ihr das mit der Kleidung?«, fragte ich.

Feanne schlug die Augen nieder. »Deswegen legen wir wenig wert auf teure Stoffe. Es ist schon mehr als einmal passiert, dass ein aufgewühlter Werwolf sich verwandelt hat und seine Kleidung in Fetzen lag.« Sie zog ein schlichtes, weißes Samtkleid mit Stickereien aus einer Truhe, die gestern Abend ein grimmig aussehender Dienstbote in meine Gemächer gestellt hatte.

»Das ist alles?« Ich biss mir auf die Unterlippe.

Feanne lächelte. »Vertraut mir, Eure Majestät. Wenn

ich mit Euch fertig bin, werdet Ihr wie eine Königin aussehen.« Sie stellte die Schale mit der silbrigen Flüssigkeit vor mich auf die steinerne Platte der Frisierkommode und streckte die Hand aus. »Eure Robe – bitte.«

Ich schloss kurz die Augen, aber schälte mich aus dem nassen Morgenmantel. Feanne tauchte einen fingerbreiten Pinsel ein und ich zuckte, als die kalte Farbe mit meinem Handgelenk in Kontakt kam.

»Haltet bitte still, sonst müsst Ihr gleich noch einmal baden«, sagte sie.

»Was tust du da?«

Feanne malte auf meine Arme, meinen Hals und unter den Achseln Kringel und Schnörkel und verband sie miteinander.

»Das ...« Feanne stockte und malte, mit der Zunge zwischen den Zähnen, einen Kringel zu Ende, »ist die traditionelle Hochzeitsbemalung. Es ist bei Werwölfen eines Rudels nicht untypisch, dass sie sich schon nackt gesehen haben, bevor sie den Bund eingehen. Trotzdem soll in der Hochzeitsnacht auf den Partner eine Überraschung warten. Jede Bemalung ist einzigartig, wie ihre Trägerin.«

Ich wurde rot wie die kleinen Kirschtomaten, die ich heimlich mit Floréane im Rosengarten angezüchtet hatte. Mit der kalten Pinselspitze malte Feanne über meine Arme bis zum Hals und ich zuckte. Die geschwungenen Linien führten über meinen Hintern bis zu den Kniekehlen und Feanne verzierte sie mit Schnörkeln. Meine Lippen schmerzten, so sehr presste ich sie aufeinander, und ich betete zur Sonnengöttin, dass diese Folter endlich vorbei war und ich meine Unterwäsche anziehen durfte. Ich zitterte am ganzen Körper, ob vor Kälte oder Scham wusste ich nicht. Die letzten Pinselstriche waren etwas verwackelt, aber Feanne reichte mir endlich das Brustband und die Unterhose.

»Seid bitte vorsichtig, sonst verwischt die Bemalung.« Feanne musterte ihr Werk fast so wie meine ehemalige Gouvernante mich, wenn ich wieder zwei elfische Runen verwechselt hatte. »Kommt, ich helfe Euch in Euer Kleid«, sagte sie und zog mir den weißen Samtstoff über den Kopf.

Ich steckte die Arme mit ihrer Hilfe durch die Löcher. Der Schneider hatte entweder hellseherische Fähigkeiten oder eine Meisterleistung vollbracht. Das Kleid war mit silbernen Stickereien übersät, die sich mit den Kringeln und Schnörkeln auf meinem Körper zu einem Muster zusammenfügten. Dort, wo eine silberne Ranke auf meinem Arm unter dem Stoff verschwand, führte sie auf der Stickerei weiter.

Mit dem Finger fuhr ich über den Stoff und die Verzierung am runden Kragen, die den Mondzyklus abbildete und sich am Saum des Kleids wiederholte. Unwillkürlich ging ich in die Knie, damit der Saum den Boden berührte. In Laysolleilée ziemte es sich nicht, die Fußknöchel zu zeigen.

Feanne spannte den ersten der Armreifen auf und ich schlüpfte hinein, bis je zwei Armreifen meine Ober- und Unterarme zierten. Da polterte die Tür zu meinen Gemächern und schlug gegen die Wand und ich zuckte mal wieder zusammen. Eines Tages starb ich an einem Herzinfarkt.

Jarson lehnte sich in einem schwarzen Samtfrack in den Türrahmen und grinste über das ganze Gesicht. »Gut seht Ihr aus, Eure Majestät.«

Er stieß sich ab und schlenderte mit einer wölfischen Eleganz und Gelassenheit auf mich zu, die mich in ihren Bann zog. Wieso konnte er nicht der Werwolf sein, den ich heiratete? Er beugte sich zu mir, streifte fast mit seinen Lippen meine Ohrmuschel und ich schauderte. »Noch ist es nicht zu spät, es Euch anders zu überlegen. Es gibt noch andere Werwölfe«, flüsterte er, als hätte er meine Gedanken gelesen, und zwinkerte mir zu.

Ich verdrehte die Augen. Trotzdem war meine Kehle staubtrocken und ich schluckte. Schon bei seinem Besuch gestern war er unverschämt charmant gewesen. In Laysolleilée hätte sich höchstens ein Prinz so einen Umgangston erlauben können. Nun, genau genommen war er ein Prinz. »Ihr beliebt zu scherzen, Eure Majestät. Humor ist durchaus eine Qualität, die ich schätze. Aber sprecht, wie kann ich Euch heute behilflich sein?«, fragte ich und bürstete mein nasses Haar aus. Die langen Strähnen hatten sich hässlich verknotet. Ich schmunzelte bei dem Gedanken, wie unangebracht es zu Hause gewesen wäre, mich so einem Prinzen zu zeigen. Dennoch wandte ich den Kopf ab, damit er die Narben nicht sah.

Aber Jarson suchte meinen Blick im stumpfen Spiegel. »Bei meiner Ehre, sprecht ein Wort und ich bringe Euch hier weg.« Ich öffnete den Mund und überlegte, was ich antworten sollte, da trat er einen Schritt zurück und grinste. »Das war ein Witz.«

»Selbstverständlich, Eure königliche Hoheit.« Natürlich war das ein Witz gewesen. Wieso sollte sich ein gutaussehender Prinz auf den ersten Blick in eine Narbenprinzessin verlieben? Noch dazu in eine, die seinen Bruder heiraten sollte.

Ich setzte mich auf den Sessel, den Feanne hinter mich stellte. Sie nahm mir die Bürste ab. Jarson legte mein Buch zur Seite und setzte sich auf den Tisch. Feannes Mundwinkel zuckte leicht. Obwohl seine Bemerkung noch stach, schlich sich ein Schmunzeln auf mein Gesicht. Es sah so aus, dass nicht nur ich Probleme mit gewissen Regeln hatte.

»Mein Halbbruder hat mich geschickt. Ich soll Euch das hier geben.« Jarson ließ ein Ledersäckchen in meinen Schoß fallen.

»Was ist das?«, fragte ich.

»Rohes Fleisch«, sagte er, als hätte er mir erzählt, dass der Himmel blau ist. Ich stieß das Säckchen mit spitzen Fingern von meinem Schoß. Jarson baumelte mit den Beinen, wobei seine schwarzen Feinlederstiefel fast den Boden streiften. »Na, na, Ihr müsst es schon bei Euch tragen, sonst wirkt es nicht.«

»Wirkt was nicht? Ihr müsst Euch etwas präziser ausdrücken, fürchte ich.« Ich beäugte den Lederbeutel misstrauisch und schob ihn mit der glänzenden Schuhspitze von mir.

»Es ist Tradition. Ihr tragt es bei der Hochzeit am Körper, auf dass Euer Nachwuchs immer genug zum Jagen hat.«

Ich versuchte, nicht das Gesicht zu verziehen, und hob den Lederbeutel mit spitzen Fingern wieder auf. Meine Mundwinkel zwang ich nach oben. »Vielen Dank?«

Jarson grinste mich an und zog eine Fluse von seiner schwarzen Hose. »Ich kann Eure Reaktion gut verstehen. Fleisch gehört auf einen Teller und nicht an den Körper. Noch ein Grund, warum ich mich niemals an jemanden binden würde.« Er zwinkerte mir zu.

Ich zog die Augenbrauen hoch, unterdrückte den Drang, auf einer Haarsträhne zu kauen. Stattdessen zwirbelte ich den Diamantanhänger von Flos Kette zwischen den Fingern. »Ihr wirkt auf mich auch eher wie der ungebundene Typ Wolf.«

Das Grinsen auf Jarsons Gesicht verbreiterte sich. »Endlich jemand, der mich versteht. Es gibt so viele nette Mädchen. Wieso sich für eines entscheiden? Außerdem: Wer will schon die Stimme seiner Partnerin permanent im Kopf hören? Etwas Privatsphäre wäre nett.«

Ich verkniff mir den Kommentar, wie wenig Privatsphäre mir während des Ankleidens gestattet war, und nickte.

Wenn man nur die Stimme des Partners hörte und nicht die aller Werwölfe ... »Wyler und Aradan sind ein Paar?«, platzte es aus mir heraus.

»Klar«, sagte Jarson und sprang vom Tisch herunter. Das Herz pochte schnell gegen meine Rippen und das leichte Zucken seiner linken Oberlippe verriet mir, dass er es hörte. So etwas gab es zu Hause nur hinter verschlossenen Türen. Niemals wurde darüber gesprochen, aber wie immer galten hier in Darington andere Regeln. Da fiel mir ein ...

»Und der König kann dann meinen Körper kontrollieren?«

Jarson nickte.

»Kann ich etwas dagegen tun?«

»Es ist möglich, zeitweise eine Wand zu errichten. Damit hört man weder die Stimme, noch kann der andere die Kontrolle übernehmen. Die meisten verzichten aber darauf«, sagte Jarson und schlenderte zur Tür. »Ihr werdet Euch daran gewöhnen.« Im Türrahmen drehte er sich noch mal um. »Und wenn nicht – mein Angebot steht.« Er zwinkerte mir zu und verließ meine Gemächer. Ich presste die Lippen zusammen. Irgendwie wurde ich aus ihm nicht schlau.

»Alles in Ordnung, Eure Hoheit?«, fragte Feanne. Ich nickte gedankenverloren. Sie teilte mit ihren warmen Fingern das Haar in Strähnen und kraulte an einer Stelle meinen Nacken. Sofort fielen meine Schultern nach unten, obwohl ich nicht gemerkt hatte, dass ich sie hochgezogen hatte. Ein leiser Seufzer entwich mir. Feanne fuhr mit den Fingernägeln sanft über meine Kopfhaut und noch mehr der Anspannung wich aus meinen Knochen.

»Wenn ich mir eine Bemerkung erlauben darf ...«, sagte Feanne. Ich schaute in ihre blauen Augen. »Ihr ... solltet ihm nicht vertrauen.«

»Dem König?«
»Nein. Jarson. Es hat … Früher … Ich sollte nichts sagen.«
»Ist es dafür nicht etwas zu spät? Ich werde schweigen.«
Feanne kaute auf der Innenseite ihrer Wange. »Nun, es –«
Die Tür schwang auf und Arnoît trat ein, der in ein weißes Seidenhemd gekleidet war. Sofort blickte Feanne auf den Boden.
»Was wolltest du sagen?«, fragte ich.
»Nichts, Eure Majestät.« Ihr Blick flackerte zur verschlossenen Tür, die in den Gang führte. Was hatte sie gehört? Ich trommelte mit den Fingern auf den weichen Samt der Sessellehne. Feanne flocht meine noch feuchten Haare zu mehreren Zöpfen, die eng an meinem Kopf anlagen. Im Nacken fasste sie sie zu einem Dutt zusammen und reichte mir am Schluss einen glatt polierten Silberspiegel. Ich wandte den Blick ab. Nicht nur, dass die Narben sichtbar waren, mit der Frisur kamen sie und das zerstörte Ohr nur allzu deutlich zur Geltung. Ich zwang mich zu einem tiefen Atemzug und riss die Augen auf in der Hoffnung, dass die Tränen nicht meine Wangen hinunterkullerten.
Feanne brachte einen weißen Schleier und steckte ihn zwischen den Zöpfen fest. Vor Erleichterung hätte ich fast gelacht. Ich musste der Horde Werwölfe wenigstens nicht vollkommen schutzlos gegenübertreten.
»Fast fertig.« Feanne streckte ihre offene Hand zögerlich vor mich. »Bitte den Ring und die Halskette«, sagte sie leise und wich meinem Blick aus.
Ich legte die Hand auf den weichen Stoff, unter dem Floréanes Anhänger ruhte, und schüttelte den Kopf. »Nein. Die bleiben.«
»Aber Eure Majestät, das ist gegen die Tradition. Außerdem wird Euer Schmuck bei einer versehentlichen Verwandlung kaputt gehen«, sagte Feanne.

»Das wird nicht passieren. Der Ring und die Halskette bleiben.« Ich fixierte den Punkt zwischen ihren Augen. Den Trick hatte mir Arnoît beigebracht, damit es mir leichter fiel, den Blick zu halten.

Sofort neigte Feanne den Kopf nach links, bevor sie einen kleinen Schritt zurückging. »Wie Ihr wünscht.« Sie räusperte sich. »Wir sollten uns nun auf den Weg machen.«

Ich atmete tief ein. Ich hatte gewusst, dass dieser Moment kommen würde, aber ein winziger Teil in mir hatte gehofft, dass es trotzdem nie geschehen würde. »Bringen wir es hinter uns«, murmelte ich.

Der Staub tanzte in den Lichtstrahlen, die durch die sieben Glasfenster im vorderen Bereich des Mondtempels fielen. Auf ihnen war der Mond in seinen unterschiedlichen Phasen abgebildet, doch das Einzige, auf das ich mich konzentrieren konnte, waren die kleinen glitzernden Körnchen in der Luft. Die Blicke der Anwesenden auf den Holzbänken brannten sich durch den Schleier und hafteten an meinen Narben. Obwohl ich wusste, dass Arnoît ein paar Schritte hinter mir in seinem schwarzen Frack stand, war es für mich fast unerträglich. Vielleicht waren wir nicht so unterschiedlich, die Staubkörner und ich. Beide haltlos, getrieben von den Winden der Zeit. *Haltung be-wahren, keine Furcht zeigen.*

Die Stille dröhnte in meinen Ohren und ich brauchte einen Moment, um zu realisieren, dass alle auf eine Reaktion von mir warteten. Cayden stand in seinem schwarzen Anzug nur einen Schritt entfernt von mir und verengte die Augen.

Die Mondpriesterin räusperte sich. »Eure Hoheit, Ihr müsst mir nachsprechen«, flüsterte sie.

Ich schluckte schwer. »Verzeiht. Könntet Ihr es wiederholen?«, sagte ich leise. Caydens Ohren zuckten und sein Kiefer spannte sich an.

Die Mondpriesterin hob ein in Leder gebundenes Buch höher. »Ich, Élèntine Amaille Céloire von Ferlacroix ...«

»Ich, Élèntine Amaille Céloire von Ferlacroix ...«

»Nehme Cayden von Darington unter den wachen Augen der einzig wahren Göttin ...«

Ich stockte. Die Sonnengöttin war meine einzige Göttin. Wie konnte ich hier auf eine andere Göttin schwören? Hinter mir räusperte sich Arnoît.

»Nehme Cayden von Darington unter den wachen Augen der einzig wahren Göttin ...«

»Zu meinem verbundenen Partner mit einem Herz so offen und so rein wie das Mondlicht.«

Ich sprach die letzten Worte nach und eine Gänsehaut überzog meine Arme. Der Mondpriester, der mir unter die Röcke gesehen hatte, brachte auf einem schwarzen Samtkissen einen komplett schwarzen Dolch mit einer Blutkehle. Ich wandte den Blick ab. Erst jetzt fiel mir auf, dass Jarson mir nicht gesagt hatte, *wie* der Bund geschlossen wurde.

Entschieden griff Cayden nach der Klinge und fixierte mich. Dann schnitt er sich mit dem Dolch die Handfläche auf. Ein kleiner Schrei entwich mir und ich schlug die Hand vor den Mund. Ein bärtiger Mann in der ersten Reihe rollte mit den Augen und drehte sich um. Ich entdeckte ein paar grinsende Gesichter auf den Bänken.

Cayden räusperte sich so tief, dass es fast ein Donnergrollen war. Er hatte die blutige Klinge des Dolchs zwischen Daumen und Zeigefinger gefasst und streckte mir den Griff entgegen. Aus seiner anderen Hand tropfte das Blut auf den hellen Sandsteinboden. Ich reagierte nicht. Ich konnte nicht reagieren. Ich wusste, dass ich nach dem Dolch greifen sollte, aber meine Hand gehorchte mir nicht.

»Ihr müsst Euch in die Handfläche schneiden«, knurrte er.

Ich presste die Lippen zusammen und schüttelte den Kopf. »Ich ... ich kann nicht«, flüsterte ich. Wie konnte er erwarten, dass ich mich selbst verletzte?

Cayden rollte mit den Augen und nickte dann der Mondpriesterin zu.

»Seid Ihr Euch sicher, Eure ...«

»Sofort«, befahl er.

Die Mondpriesterin griff meine verkrampfte Hand und zog die Spitze des Dolchs über die klamme Handfläche. Ich wollte die Hand wegziehen, aber der eiserne Griff der älteren Frau machte es unmöglich. Sie zeichnete mir einen blutigen Halbmond auf die Hand und ließ mich erst dann los.

Der Schnitt brannte, aber ich wendete jegliche Energie auf, um eine starre Miene zu behalten. Ich würde mich kein zweites Mal blamieren. König Cayden hingegen drückte seine Hand auf meine.

Für einen Augenblick erlaubte ich mir, die Augen zu schließen, und erwartete – ich wusste auch nicht was. Vielleicht ein Brennen in meinen Adern. Vielleicht einen animalischen Hunger nach Fleisch. Aber ich fühlte mich wie immer.

König Cayden griff meine Hand fester, fast schmerzhaft drückten sich seine weichen Fingerspitzen in meine Haut. Die Strahlen des Sonnenrings mussten sich in seine Wunde bohren, aber sein Griff blieb eisern. »Ich spüre sie nicht in meinem Geist. Wieso spüre ich sie nicht?«

Ich öffnete die Augen, die Mondpriesterin trat von einem Fuß auf den anderen.

»Mehr Blut«, sagte Cayden.

»Eure königliche Hoheit, sie ist nur ein Mensch. Sie wird viel mehr Blutverlust nicht ertragen.«

»Ich sagte, mehr Blut.«

Die Priesterin ließ die Klinge über meinen Arm gleiten und ich schrie auf. Die rote Flüssigkeit tropfte mir den Ellenbogen hinunter. Ohne die Miene zu verändern, schnitt Cayden sich den Unterarm auf und presste mit der anderen Hand unsere Arme aneinander.

»Was ist los mit Euch?«, zischte er mich an. Im Tempel erhob sich ein bedrohliches Gemurmel. Der Friede war verloren, ich hatte *eine* Aufgabe gehabt und die hatte ich nicht erfüllt. Ich war wie versteinert.

»Hexe!«, schrie eine weibliche Stimme aus der Masse.

»Ruhe«, knurrte Cayden und augenblicklich war der ganze Saal totenstill. Er ließ meinen Arm los und das löste mich aus meiner Schreckensstarre. Wimmernd umklammerte ich mein Handgelenk und der Mondpriester reichte mir ein weißes Leintuch, das ich schnell um den blutenden Arm wickelte.

Cayden funkelte die Menge an und die meisten senkten den Blick. Ich meinte, ein leises Jaulen zu hören. »Wenn ich noch einmal von irgendjemandem dieses Wort höre, darf er mich bei Vollmond im Garten treffen.«

Ich verstand die Drohung nicht, aber einige Gesichter wurden aschfahl.

»Der Bund ist gültig«, sagte Cayden und wandte sich ab. Er schritt den Gang zwischen den Bänken hinunter in Richtung Tür. Auf der Empore zuckte der Dirigent zusammen und die Laute eines Spielers fiel polternd zu Boden.

Warum hatte der König den Bund für gültig erklärt? Was sollte ich jetzt tun? Mein Blick wanderte fragend zur Mondpriesterin und sie nickte mir zu. Ich raffte den Rock des Hochzeitskleids und stolzierte mit dem letzten Rest Würde den Gang entlang. Mit jedem Schritt brannten sich hasserfüllte Blicke in meinen Rücken und nur aus Trotz schaffte ich es, den Kopf oben zu halten. Erst auf der Hälfte des Wegs ertönte eine fröhliche Melodie aus Flötenklängen und Lautenschlägen von der Empore nach unten, die mich zu verspotten schien.

Ich hatte versagt. Ich hatte eine Aufgabe gehabt und mal wieder versagt. Es fühlte sich hundert Mal schlimmer an als damals, als ich die verschiedenen Königswappen auswendig lernen musste und sie andauernd verwechselte. Mademoiselle Guelle de Harton hatte damals gesagt, wenn ich nicht mal in der Lage war, das zu lernen, wäre ich des Titels einer Prinzessin nicht würdig. Und sie hatte recht behalten. Nur, dass dieses Mal der Frieden zwischen Ferlacroix und Darington von mir abhing.

6

Ich schattete mein Gesicht mit der Hand vor der grellen Sonne ab, anstatt auf einen Schirm zurückzugreifen, wie ich es zu Hause gemacht hätte. Keinen Atemzug später fühlte ich die beruhigende Präsenz von Arnoît hinter mir.

»Das hast du gut gemacht, das Wichtigste ist geschafft«, sagte er.

»Ich habe mich und ihn vor dem ganzen Hof blamiert.« Ich warf ihm einen Blick zu. Hinter uns drängten die Werwölfe aus dem Tempel nach draußen. Die Dienerschaft hatte weiße Blütenblätter im ganzen Innenhof verstreut, aber der eisige Wind hatte sie zu verwelkten Häufchen im Schnee zusammengetrieben.

»Es wird sich eine Lösung finden«, sagte Arnoît.

Ich wollte etwas erwidern, da knuffte mich jemand in die Seite. Jarson grinste über das ganze Gesicht. »Na, hättet Ihr mal auf mich gehört.«

»Es ziemt sich nicht, eine Dame anzufassen.«

»Bei Euch vielleicht nicht, Eure Hoheit, hier schon«, sagte er. Ich starrte ihn immer noch wütend an, da bot er mir seinen Arm an. Zögerlich schob ich meine Hand in seine Ellenbeuge. »Lasst den Kopf nicht hängen, Cayden kriegt sich schon wieder ein. Doch da mein Bruder seine frisch angetraute Braut allein im Schnee stehen lässt, erlaubt mir, Euch zum Festsaal zu geleiten.«

Ich hätte es niemals zugegeben, aber ich war unendlich dankbar für seine Anwesenheit. So fühlte ich mich ausgegrenzt, als hätte ich die Beulenpest.

Schweigend schlenderten wir in die Festung. Mit etwas Abstand folgten uns die meisten Hochzeitsgäste. Die Dienerschaft hatte in regelmäßigen Abständen große Feuerschalen aufgestellt. Es war nicht nur heller, sie verbreiteten auch eine angenehme Wärme. Wozu die Werwölfe sie wohl brauchten? Ich drückte mich kurz näher an Jarson, damit mein Kleid nicht in einer der Schalen Feuer fing.

»Was meinte der König damit, dass ihn jemand im Garten treffen darf?«, flüsterte ich ihm zu.

»Im Garten und im Innenhof werden hin und wieder Rudelrangeleien ausgetragen. Kaum einer legt sich mit dem König an. Er ist in allen Kämpfen ungeschlagen«, flüsterte Jarson zurück. Ich wagte es, einen Blick auf sein zerfetztes Ohr zu werfen. Und dieses Monster von seinem Bruder hatte ich geheiratet. Er hatte nicht einmal auf mich gewartet.

Ich räusperte mich, damit der Kloß im Hals nicht zu dick wurde. »Letztens stand er mit Morgyn im Innenhof. Hat er ihn herausgefordert?«

»Das habt Ihr mitbekommen? Nein, er hat etwas getan, das Cayden sehr wütend gemacht hat. Es musste bestraft werden.«

»Was hat Morgyn getan?« Ich klammerte mich am weichen Stoff von Jarsons Gehrock fest.

»Wenn ich Euch das sagen würde, wo bliebe dann der Spaß?« Jarson grinste und führte mich durch die breiten Türflügel in den Festsaal. Über langen Tischen hingen

Girlanden aus den gleichen weißen Blumen, deren Blütenblätter im Innenhof verstreut lagen.

»Dann sagt mir wenigstens, wo Ihr im Winter die Blumen gefunden habt.«

»Ach, ich vergaß, Ihr habt Euer Zimmer kaum verlassen. Wir haben hinter der Burg ein kleines Gewächshaus aus Glas. Darin brennt immer Feuer, das fast für elfische Temperaturen sorgt.«

»Ihr habt ein Gewächshaus?«

»Es ist nicht der Rede wert, kaum größer als der Karren, mit dem ihr gekommen seid. Aber es war notwendig, wir hätten sonst nicht die ganzen Heilkräuter anziehen können, die wir für den Krieg gebraucht hätten.«

Sofort fiel meine Laune wieder, die sich gerade gebessert hatte. Mein Blick fiel auf Cayden, der an der langen Tafel auf dem Podest saß. Er streckte mit missmutigem Gesicht einem Diener einen goldenen Kelch entgegen und sah aus, als hätte jemand das Ende der Welt verkündet. Der letzte Rest Erleichterung löste sich in Luft auf. Cayden starrte mich an und leerte seinen Wein in einem Zug, nur um den Kelch dann wieder dem Diener hinzustrecken. Ich würde hier niemals glücklich werden. Nicht mit ihm. Dabei müsste ich wahrscheinlich dankbar sein, dass er nach dem Eklat im Tempel überhaupt an der Feier teilnahm.

Mit weichen Knien stolperte ich zur rechten Seite des Königs. Langsam trudelten die anderen Gäste ein und auch die Musiker aus dem Tempel hatten den Umzug geschafft. Mein Hintern hatte noch nicht das Kissen des Stuhls berührt, da kam Feanne mit einem verkniffenen Gesichtsausdruck auf mich zu. Sie zeichnete mir mit der silbernen Farbe die Kringel auf meinem Arm nach, die das Blut verwischt hatte, und wickelte das Leintuch wieder fest um die Wunde. Eine Erinnerung daran, wie sehr ich versagt hatte.

»Es … es tut mir leid«, sagte ich leise in Caydens Richtung. Feannes Wangen röteten sich und sie huschte an einen der Tische, also musste der König mich auch gehört haben. Aber er drehte nicht mal den Kopf, so egal war ich ihm. Nur eine Ader an seinem Hals trat pochend hervor.

Die Musiker spielten auf und langsam stiegen die Gespräche im Raum zu einem gleichmäßigen Rauschen an. Trotzdem fühlte ich mich, als säße ich abseits mit Cayden in einem Glaskäfig. So nah nebeneinander und doch trennten uns Meilen. Wyler plumpste auf den Stuhl neben mir und vor Erleichterung stiegen mir die Tränen in die Augen. Wenigstens ein vertrautes Gesicht.

»Eure Majestät, Prinzessin.« Wyler zwinkerte mir zu. Cayden sah auf und grunzte, bevor er ihm zunickte. Es hätte mich stören sollen, dass er mich nicht ebenfalls mit Majestät ansprach, aber in dem Moment war es mir egal.

Wyler beugte sich vor. »Da niemand von Eurer Familie an dem heutigen Fest teilnimmt, habe ich dem König vorgeschlagen, neben Euch zu sitzen. Es war immer so nett, mit Euch zu plaudern.«

»Das war großzügig von Euch«, sagte ich.

»Immer wieder gern.« Er drehte sich zu Arnoît um und rückte den Stuhl neben sich zurück. Der Festsaal hatte sich gefüllt und an den langen Holztischen war fast kein leerer Sitzplatz. »Setzt Euch doch.«

»Vielen Dank. Ich stehe lieber zum Schutz Ihrer Majestät«, sagte Arnoît und stand etwas strammer vor der kargen Steinmauer.

Wyler rollte mit den Augen. »Seid Euch gewiss, der sicherste Platz im ganzen Land ist neben dem König.«

Arnoît schaute mich an und zog die Augenbraue hoch. Ich nickte und er setzte sich. Die anderen drei Plätze auf meiner Seite blieben leer. König Cayden saß zurückgelehnt auf seinem Stuhl, das Gesicht finster wie die Nacht bei Neumond. Dann war er eben wütend, dass ich mich nicht verwandelt hatte. Es war seine Schuld, *er* hatte mich ausgesucht. Trotzdem machte sich in meiner Magengegend ein eiskaltes Gefühl breit. Vor allem bei dem Gedanken an die Hochzeitsnacht.

Es dauerte nicht lang, da brachten Diener silberne Platten, auf denen sich neben grünen Bohnen und exotischen Früchten hauptsächlich Fleisch türmte. Zu viel Fleisch, zu roh und zu blutig, für meinen Geschmack. Trotzdem zwang ich mich, den Gesichtsausdruck neutral zu halten. Der Tisch ächzte unter dem Gewicht und kurz hatte ich Sorge, dass er zusammenbrechen würde.

Die vorderste Platte hatte noch nicht das weiße Tischtuch berührt, da stieß Cayden mit seiner Gabel in ein blutiges Steak. Gleich danach häufte er drei Stücke Fleisch auf den Teller, die aussahen wie Putenkeulen. Neben mir wartete Wyler und nickte mir aufmunternd zu, aber mein Magen war wie zugeschnürt. Zu Hause durfte der Hofstaat nur so lange essen, wie der König und die Königin aßen. Allein deswegen hatten Argélique, Larélie und ich von Kindesbeinen an gelernt, langsam zu speisen – selbst dann, wenn wir keinen Hunger hatten. Ich seufzte leise und nahm mir eine der geschälten, gelben Früchte, die jemand zu Halbmonden geschnitzt und auf der Platte aufgefächert hatte. Es gab kein Servierbesteck, daher bohrte ich die Silbergabel in eine kleine Hasenkeule mit Preiselbeersoße. Wyler nahm sich noch immer nichts.

Neben mir schlang Cayden wie ein wildes Tier einen Berg von Fleisch hinunter, bis er seinen leeren Teller einem Diener gab. Es verdarb mir noch mehr den Appetit, aber wenn er sich seinem Volk gegenüber so rücksichtslos verhielt, wollte wenigstens ich einen guten Eindruck machen.

Mein Messer kratzte über den Messingteller und Caydens Ohren zuckten wie die von einigen anderen Werwölfen. Ein Mann in brauner Gewandung funkelte mich an, während die Frau neben ihm schnell den Kopf abwandte, als sich unsere Blicke kreuzten. Außer Cayden und mir hatte sich niemand etwas genommen. Stattdessen starrten sie mich unverhohlen an.

»Was ist los, Wyler?«, fragte ich und lehnte mich nach rechts. Trotzdem war ich mir sicher, dass jeder andere Werwolf im Saal mich ebenfalls verstanden hatte.

»Seine Majestät ist mit Euch das ranghöchste Rudelmitglied. Die anderen dürfen erst essen, wenn Ihr zu Ende gespeist habt.«

Ich blinzelte. Was für eine absurde Regel. Mit meinem Verhalten hatte ich sicher die Werwölfe verärgert. Aber noch war es nicht zu spät. »Wenn das so ist.« Ich drehte mich um und gab einem Diener den Teller. »Ich bin fertig.«

Der Teller hatte meine Hand noch nicht verlassen, da wurde die unerträgliche Stille durch klapperndes Geschirr, das Kratzen von Gabeln auf silbernen Platten und munterem Geschwätz durchbrochen. Die Gäste stürzten sich auf die Speisen wie ein Rudel ausgehungerter Wölfe. Trotzdem fand ich den ein oder anderen Gast in der Menge, der mir einen gehässigen Blick zuwarf, bevor er sich den Fleischbergen zuwandte, die sich auf dem Tisch türmten. Zwei blaue Augen, die der Schweinemagd vom Tag meiner Ankunft, fixierten mich. Aber ein Kopf schob sich zwischen uns und als ich nach der Frau suchte, entdeckte ich sie nicht.

Das nächste Mal, dass ich versagt hatte. Wann würde dieser Tag endlich enden?

Durch eines der großen Fenster beobachtete ich einen Diener, wie er im Hof eine Feuerschale anzündete. Wyler stieß mich unter dem Tisch an. Schnell wandte ich meinen Blick wieder dem vorletzten Gratulanten zu. Er verneigte sich tief und verließ den Platz vor unserer Tafel, um sich wieder zu setzen. Meine Wangen schmerzten vom vielen Lächeln und ich war so müde wie selten in meinem Leben.

Ich lehnte mich ein Stück zu Wyler hinüber. »Was kommt jetzt?«

»Es folgt der traditionelle Tanz zur Eröffnung der Feier«, sagte Wyler und ich nickte dem Gesandten aus Edinton, einer fernen Ecke von Darington, zu. Er überreichte einer Dienerin eine große Holztruhe, worin ein schön geschwungener Dolch mit einem Wolfskopfgriff auf einem Samtkissen ruhte. Er verzog den Mund zu einem fast gequälten Lächeln, seine Lippen waren seltsam bläulich. Aber bevor ich die Gelegenheit hatte, ihn mir genauer anzusehen, streifte ein kalter Luftzug meinen Nacken. Eine Magd eilte hinter dem Tisch vorbei und flüsterte König Cayden etwas ins Ohr. Sein ohnehin grimmiges Gesicht verfinsterte sich, er nickte und bedeutete der Frau mit einer Handbewegung, sich zu entfernen.

»Habt Dank, Count Faroby. Ich hoffe, Eurem Pack geht es gut und Ihr amüsiert Euch«, sagte König Cayden.

»Selbstverständlich, Eure Majestät.« Der Count verneigte sich so tief, dass seine Nasenspitze fast das weiße Tischtuch unserer Tafel berührte, und zog sich auf seinen Platz zurück. Etwas an ihm war seltsam. Allein sein Anblick reichte, damit ich schauderte.

Neben mir kratzten Stuhlbeine über den Steinboden.

»Ich komme gleich wieder«, sagte Cayden, stand auf und verließ den Saal. Die meisten Köpfe drehten sich nach ihm um. Ich versuchte, Haltung zu bewahren, aber mein Herz pochte wie wild. Garantiert hörte das jeder Werwolf im Raum. Wenn Cayden fort war, war ich hier in Gefahr?

Jarson stand von seinem Platz neben Cayden auf und schlenderte zu einem der Tische. Er beugte sich zu Morgyn, der den König letztens in seiner Wolfsform in den Arm gebissen hatte, und tuschelte mit ihm. Hinter ihm blitzte das aschblonde Haar von Feanne auf. Ein ungutes Gefühl machte sich in meinem Magen breit wie Eiswasser.

»Wyler, was ist eigentlich mit Caydens und Jarsons Eltern passiert?«, fragte ich.

Der Werwolf nahm einen großen Schluck aus seinem goldenen Kelch und schaute mich nachdenklich an. »Man hat es Euch nicht gesagt? Königin Tarine, Caydens Mutter, ist damals im Krieg gegen die Alben gefallen. Jarsons Mutter hat sich ziemlich bald aus dem Staub gemacht, nachdem sie realisiert hatte, dass ein Kind mit dem König sie auch nicht näher an die Macht bringt, und der Vater der beiden ... Hässlicher Jagdunfall. Eine Zeit lang war Morgyns älterer Bruder König, als Cayden noch klein war. Aber er hat sich den Thron zurückerobert.«

»Wie?«

»So wie letztendlich alle Unstimmigkeiten bei den Werwölfen gelöst werden. Im Kampf.«

»Und wo ist er jetzt?«

»Tot.«

Das Wort reichte aus, damit mir das Blut in den Adern gefror. Meine Mimik musste mir entglitten sein, denn Wyler ergänzte: »Cayden hatte keine Wahl. Alles andere hätte ihn schwach erscheinen lassen. Außerdem wäre es zu gefährlich gewesen, ihn als Verräter an Eure Seite zu verlieren.« Wylers Gesichtsausdruck war fast schon entschuldigend. »So ist Cayden nun mal. Er nimmt sich das, was er will, und nichts und niemand kann sich ihm in den Weg stellen.«

Ich fröstelte und wünschte mir meinen fellbesetzten Umhang her. Cayden hatte jemand getötet, nur, weil er seine Macht zurückwollte. Was tat er mit mir, wenn er merkte, dass ich ihm nicht nutzte? Viel schlimmer, was machte er in unserer Hochzeitsnacht? *Er nimmt sich das, was er will.* Erst jetzt war mir klar, dass mit der Hochzeit nicht nur der Frieden zwischen Darington und Ferlacroix auf dem Spiel stand. Auch mein Leben hing davon ab, dass sich unsere Verbindung als vorteilhaft erwies. Cayden würde sich sicher nicht den Aufwand machen, mich nach Ferlacroix zurückzuschicken. Ich musste mir mehr Mühe geben, ich konnte nicht schon wieder versagen.

Ich spürte einen Blick auf mir und begegnete den eisblauen Augen der jungen Frau, die mich schon vorher angestarrt hatte. Sie fixierte mich und so war wieder ich diejenige, die den Kopf abwandte.

Cayden war noch immer fort und ich drehte den Sonnenring am kleinen Finger hin und her. Was tat ich jetzt? Erwarteten die Anwesenden eine Rede von mir? Wieso schauten mich immer mehr von ihnen an? Ich lehnte mich zu Wyler, der die Gabel zwischen den Händen hin- und herwarf. »Warum werden alle so nervös?«, flüsterte ich.

»Sie wollen tanzen. Können sie aber nicht, solange die Fläche nicht eröffnet wurde.«

Ich presste die Lippen zusammen. Wann kam endlich Cayden? Die Werwölfe durften mich nicht noch mehr hassen. Mit einem kratzenden Geräusch zog Jarson Caydens Stuhl zurück und fläzte sich darauf. Er grinste charmant. »Etwas langweilig, findet Ihr nicht?«

»Es wird sicher bald getanzt«, sagte ich.

»*Wenn* getanzt wird. Keine Ahnung, wann Cayden zurückkommt.« Jarson legte den Kopf schief und musterte mich fast schon mitleidig. »Wisst Ihr was? Da mein Bruder mit wichtigen Regierungsgeschäften beschäftigt zu sein scheint, sollten wir die Tanzfläche eröffnen.« Jarson stand auf, verneigte sich und streckte mir die Hand entgegen. Ich schaute über meine Schulter zur Tür, durch die Cayden verschwunden war. Mein Blick fiel auf die Werwölfe. Einige rutschten auf den Holzbänken oder ihren Stühlen hin und her. Wie lange würden sie sich gedulden?

»Sollten wir nicht lieber auf Euren Bruder warten?«, fragte ich.

»Ach, das kann ewig dauern und solange Ihr nicht getanzt habt, dürfen die anderen nicht.«

Mein Blick schweifte durch den Saal. Fast jedes Augenpaar war auf uns gerichtet. Ich hatte sie schon genug damit verärgert, dass ich so langsam gegessen hatte. Immer noch hallte mir dieses eine, kleine Wort durch den Kopf. *Tot.* Einen weiteren Fehltritt würde ich mir nicht erlauben. Jarson war Caydens Bruder und würde sicher nichts vorschlagen, was mir oder ihm schadete. Ich lächelte und strich das Hochzeitskleid glatt. »Es wäre mir eine Ehre.«

Jarsons Gesicht leuchtete auf. Er griff nach meiner Hand und führte mich zu der freien Fläche vor unserem Tisch. Das war ein Spiel, das ich nur gewinnen konnte. Ich hatte unzählige Tanzstunden bei Monsieur D'Argont genommen. Ich beherrschte nicht nur die höfischen Schrittfolgen aus Laysolleilée, sondern auch die aus Challagner und Breton. Wie von selbst fand meine Hand Jarsons Bizeps.

Am Rand der Tanzfläche standen die Musiker und warfen sich unsichere Blicke zu. Die Geigenspielerin hatte nicht einmal ihr Instrument an das Kinn gelegt.

»Auf was wartet Ihr? Spielt«, rief Jarson. Der Lautenspieler schaute mich an, als wartete er auf ein Zeichen von mir. Ich nickte. Endlich erklang eine heitere Melodie und Jarson und ich setzten uns in Bewegung. Die Schritte waren ein Kinderspiel, Jarson führte gut und so vergaß ich sogar für einen Moment, wo ich mich befand – bis ich Wyler erspähte, der finster dreinblickte. Vielleicht hätte ich ihn zuvor besser um Rat fragen sollen. Aber dafür war es jetzt zu spät. *Haltung bewahren,* erinnerte ich mich, doch der Gedanke löste sich in Luft auf, weil wieder ein Paar eisblaue Augen aus der Masse stachen. Die junge Frau mit goldblonden Haaren und dem wunderschönen, grünen Kleid fixierte mich schon wieder.

Jarson schien von alledem nichts zu merken und wirbelte mich über die Tanzfläche.

»Kennt Ihr die Frau, die mich die ganze Zeit anstarrt, als wollte sie mich fressen?«, fragte ich, als wir wieder an ihr vorbeikamen.

Jarson warf einen Blick über meine Schulter. »Ich bin mir nicht sicher, ob ich Euch das sagen sollte.«

»Ich bin Eure Königin und befehle es Euch«, sagte ich und setzte einen Fuß neben Jarsons für eine Rechtsdrehung. Dabei lehnte ich sogar den Kopf nach hinten, damit der Schleier flatterte.

»Uiuiui, noch keine Woche am Hof und schon werde ich herumkommandiert. Aber wie Ihr befehlt, Eure Majestät.« Jarson neigte fast schon spöttisch den Kopf und grinste. Er nahm die Hand von meiner Taille, wirbelte mich noch mal herum und ging wieder in Tanzhaltung. »Das ist Alandria. Sie war Caydens Geliebte – bis die Verlobung mit Euch bekannt wurde.«

Grandios. Eine verstoßene Geliebte, mit der ich konkurrieren durfte. Ich hatte keine Zeit, mehr herauszufinden, denn die Musik verstummte und Jarson wirbelte mich einmal mehr herum, bevor er sich unter Applaus vor mir verneigte. Ich knickste tief. Die Geige spielte wieder und jetzt drängte sich das erste Paar auf die Tanzfläche, während Jarson mir den Arm anbot und mich zu unserem Tisch zurückführte.

Davor stand Cayden mit finsterem Gesichtsausdruck, die Arme verschränkt. Unter seinem Blick wurde mir eiskalt. Er wirkte hasserfüllt und so kalt wie ein Schneesturm.

»Bruderherz!«, sagte Jarson. »Das ging aber schnell.«

»Jarson, ein Wort.« Caydens Stimme klang hart und unerbittlich wie eine Schwertklinge. Hätte ich mich nicht bei seinem Bruder eingehakt, wäre ich einen Schritt zurückgewichen.

Der Prinz löste sich von mir und ging beschwingt mit dem König an den tanzenden Paaren vorbei. Er schaute über die Schulter und zwinkerte mir zu. Ich huschte um den Tisch und setzte mich schnell auf meinen Stuhl, aber ließ die beiden nicht aus den Augen.

Cayden führte seinen Halbbruder in eine dunkle Ecke, packte Jarson am Kragen und presste ihn an die Wand. Ich schnappte nach Luft. Selbst aus der Entfernung erkannte ich, dass er die Zähne fletschte und eindringlich auf Jarson einredete. Der grinste nur frech und erwiderte etwas. Ein tanzendes Paar drängte sich zwischen mich und die beiden Brüder und als sie wieder in mein Blickfeld kamen, hatte Cayden Jarson losgelassen, der sich die Schleife am Kragen richtete.

Der König stapfte mit einem finsteren Gesichtsausdruck über die Tanzfläche und links und rechts stoben die Paare auseinander, um ihm Platz zu machen. Er überwand die Stufen des Podests mit einem Sprung und blieb vor mir stehen. Trotz des Tischs zwischen uns spürte ich seine Körperwärme ärgerlich pulsieren.

»Wir gehen«, sagte er, keinen Widerspruch duldend. Ich schluckte und stand auf. Würde er mich jetzt bestrafen?

»Wyler, bring sie in meine Gemächer und bereite alles für die Hochzeitsnacht vor.«

Wyler sprang auf. »Geht klar.« Er wandte sich an mich und verneigte sich. »Prinzessin, wenn Ihr mir folgen wollt.«

Dieser Abend würde in einem Desaster enden, ich fühlte es in den Knochen.

7

Die arme Dienerin nahm mir schon zum dritten Mal den Nachttopf ab. Ich schaffte es nicht einmal, entschuldigend zu lächeln. Wenigstens war es Feanne gewesen, die mir beim Auskleiden geholfen hatte. Sie hatte noch einmal die Schnörkel und Kringel auf meinem Körper gemustert und zufrieden genickt, weil keiner verschmiert war. Sobald sich die Möglichkeit ergeben hatte, hatte ich nach dem weißen Leintuch auf dem Bett gegriffen und mich darin eingehüllt. Ich fühlte mich schutzlos ohne das Kleid – noch schutzloser als sonst. Cayden nahm sich, was er wollte, das hatte Wyler gesagt. Mir wurde schlecht und das lag nicht an dem rohen Fleisch im Beutel, den ich in der Hand hielt. Der König wollte diese Verbindung, sonst hätte er nicht auf deren Gültigkeit bestanden.

Ich musterte das Himmelbett aus Ebenholz, auf dem statt einer Matratze ein schwarzes Fell lag, und ein Schauder lief mir über den Rücken. Der Raum war dunkel, zu dunkel. Mit schwarzem Leder bezogene Sessel, schwarzer Teppich, eine dunkle Kommode. Auf der dunklen Schreibtischplatte häuften sich Dokumente und ein schwarzer

Federkiel stand in einer silbernen Halterung. Im Kamin brannte ein kleines Feuer, das gespenstische Schatten auf die wenigen Möbel warf. Es gab allerdings keinen Schürhaken, mit dem ich mich im Notfall verteidigen könnte. Wahrscheinlich wurde die Feuerstelle zu selten benutzt.

Ich bibberte in der Kälte des alten Gemäuers und legte mich trotzdem weiter weg vom Feuer auf das Bett. Das Fell zog ich über mich bis zum Hals, statt mich darauf zu legen, sodass meine bloße Haut auf dem rauen Holz lag. Allein bei dem Gedanken, dass *er* hier hereinkäme und mich nackt sähe, wurde mir so übel, dass ich mich beinahe erbrach.

Ich durfte nichts mehr falsch machen. Zu viel war heute schon schiefgelaufen. Selbst der Tanz war eine Fehlentscheidung, wobei ich Wyler fragen musste, was genau ich falsch gemacht hatte. Hinter der schweren Holztür, in die wunderschöne Ornamente geschnitzt waren, hörte ich nichts. Vorsichtig legte ich den Lederbeutel neben mich. Ich wartete.

Und wartete. Hatte er nicht gesagt, *wir* würden gehen? Schloss das nicht ihn mit ein?

Ich war schon eingedöst, als die Tür quietschte. Sofort war ich wieder hellwach und das Blut rauschte in meinen Ohren. Ein großer, schwarzer Schatten fiel aus dem Gang in den Raum. Alles in mir schrie wegzulaufen, aber das war mein *Ehemann.* Ich musste der ehelichen Pflicht nachkommen.

Denk an den Friedenspakt, denk an den Friedenspakt, flüsterte eine Stimme in meinem Kopf. *Zeig keine Furcht und bewahre Haltung.* Mutter hatte gesagt, dass es wehtun könnte, und innerlich wappnete ich mich für einen schlimmeren Schmerz als nach dem Reitunfall.

Wie das Raubtier, das er war, schlich er auf mich zu, seine Schritte fast lautlos. Ich zitterte nackt unter dem Fell, das weiche Leder zu rau an meiner Brust.

»Ich kann Eure Angst riechen«, sagte er bedrohlich. Unter seinen Knien gab das Fell etwas nach. Seine großen Muskeln spannten sich im Feuerschein, als er auf allen vieren auf mich zukam. Das gefährlichste Raubtier von allen. Jede Faser meines Körpers war verkrampft, obwohl er mich noch nicht berührte. Ich zwang mich, die Lider offen zu halten. Seine grauen Augen funkelten und er beugte sich langsam vor. Ich starrte wie eingefroren an den Baldachin des Himmelbetts. Mein Herz pochte so wild, dass es mir fast aus der Brust sprang. Kalter Schweiß stand auf meiner Stirn und bedeckte meine Handflächen, doch ich traute mich nicht, sie am Leder abzuputzen, und blieb reglos liegen. Caydens heißer Atem strich mir über die Wange und ich rechnete damit, dass er einen Kuss erzwingen wollte. Eine Welle der Übelkeit überrollte mich. Stattdessen beugte er sich weiter vor, bis sein Kopf neben meinem schwebte.

»Wenn Ihr denkt, ich würde Euch vergewaltigen, habt Ihr Euch getäuscht. Ich würde mich niemals einer Frau aufzwingen«, flüsterte er mir ins Ohr. Seine heißen Lippen streiften meine Ohrmuschel und ich schauderte.

Im nächsten Moment hatte er sich mit einigen großen Schritten von dem Bett entfernt. An der Tür drehte er sich noch mal um. »Ich bin nicht das Monster, für das Ihr mich haltet.«

Mit einem lauten Knall fiel die Tür ins Schloss und das Geräusch hallte lang in meinen Ohren nach. Zitternd lag ich unter dem Fell und traute mich nicht, mich nur einen Fingerbreit zu bewegen. War das eine Finte? Würde er gleich zurückkommen? Oder schlimmer: Wollte er doch, dass die Ehe ungültig war?

Die Tür schwang auf und Cayden trat ein. Mir entfuhr ein spitzer Schrei. Er verzog das Gesicht. »Gebt mir Eure Hand.«

Sofort streckte ich sie entgegen und mit dem Dolch, den uns Count Faroby geschenkt hatte, schnitt er mir in den Zeigefinger. Nicht tief, aber ich schrie dennoch. Cayden griff sich das weiße Tuch, das ich vorher um mich geschlungen hatte, und tropfte drei Tropfen Blut darauf. »Das sollte genügen. Schlaft darauf, damit es Euren Geruch annimmt«, sagte er. Wieder knallte die Tür und er war verschwunden.

Ich lag da und hielt die Lider geöffnet. Wann kam er wieder? Wieso hatte er das gemacht? Würde er jetzt zu Alandria gehen? Aber die Angst erschöpfte mich und irgendwann schlossen sich meine Augen und ich schlief ein.

Das leise Fluchen von Feanne, die das Kaminfeuer entzündete, weckte mich.

»Guten Morgen, Eure Majestät«, sagte sie und verneigte sich tief. Mein Rücken schmerzte und ich zog das Fell hoch, damit meine nackte Brust bedeckt war. Der Sonnenschein spiegelte sich auf den glatt polierten dunklen Möbeln und gab dem Raum fast ein freundliches Aussehen.

»Seine Majestät lässt ausrichten, dass er sich um Regierungsgeschäfte kümmern muss«, sagte sie.

Ich blinzelte und versuchte, mir die Überraschung nicht anmerken zu lassen. War Cayden gestern nicht noch einmal hier gewesen?

Die Kammerzofe wuselte durch das Zimmer und legte ein Leinenkleid und eines der Kleider, die ich mitgebracht hatte, auf das Bett. Sie hob das weiße Laken mit dem Blut vom Steinboden auf und ein Lächeln machte sich auf ihrem Gesicht breit. Unsere Blicke trafen sich und sie errötete. Erst jetzt verstand ich den ganzen Zweck. Es sollte als Beweis dienen für unsere ... Vereinigung. Ich räusperte mich, um meine Verlegenheit zu überspielen. »Wo ist Wyler?«

»Er muss einiges erledigen«, sagte Feanne. »Soll ich Euch kurz allein lassen, damit Ihr Euch ankleiden könnt? Ich habe Euch eine Schale mit warmem Wasser zum Waschen bereitgestellt.«

Ich nickte dankbar, da verschwand sie schon durch eine unscheinbare Seitentür neben dem goldgerahmten Porträt einer Frau. Gähnend schlurfte ich zu der Kommode mit der Waschschüssel aus Ton. Zu Hause wäre sie aus Silber oder Porzellan gewesen und obwohl ich immer gedacht hatte, Larélie wäre die oberflächliche von uns Schwestern, störte es mich etwas. Das Wasser färbte sich grau von den Kringeln und Schnörkeln, die zum Teil verschmiert waren. Ich hielt kurz das Leinenkleid in der Hand, legte es dann aber doch zur Seite und zwängte mich in das aufwendigere Kleid, das ich zu Hause mitgebracht hatte. Ein zaghaftes Klopfen ertönte und Feanne trat durch die Tür.

»Seid Ihr bereit, Eure Majestät?«

»Fast.« Ich drehte mich um und sie schnürte mir das Korsett zu, während ich mich auf die Ebenholzkommode abstützte. Sie wurde besser darin. Weil ich weder eine Perücke noch einen Hut hier hatte, setzte ich kurzerhand den Schleier von gestern auf, um meine entstellte Gesichtshälfte zu verbergen. Ich lächelte. »Jetzt bin ich fertig.«

»Dann geleite ich Euch in Eure Gemächer. Der König hat angewiesen, dass Ihr euch unverzüglich dort einfinden und sie nicht verlassen sollt.«

»Wie bitte?« Ich hatte schon die geschwungene Türklinke in der Hand und blieb stehen.

Feanne errötete und starrte auf ihre schlammbespritzten Stiefelspitzen. »Da Ihr nicht zum Werwolf wurdet, ist es für Euch in der Burg zu gefährlich.«

»Aber ich kann doch nicht mein Leben lang in diesem Dienstzimmer bleiben!«

»Mit der Zeit werden sich alle an Euren Geruch gewöhnen und es wird sicherer für Euch. Aber momentan ist das der Befehl des Königs.« Feanne trat von einem Fuß auf den anderen und betrachtete mit höchstem Interesse ihre Hände.

»Dann lasst uns gehen«, sagte ich und warf einen Blick auf den Schreibtisch aus Ebenholz, auf dem sich Pergamente und Bücher stapelten. Ein bisschen bereute ich, nicht etwas gestöbert zu haben.

Feanne steckte den Kopf zur Tür hinaus, schnüffelte und nickte mir zufrieden zu. »Wir sollten uns beeilen. Die meisten sind jetzt bei der Morgenandacht.«

Sie rannte fast durch die Gänge und hielt immer nur kurz an, wenn sie feststellte, dass ich nicht mehr neben ihr lief. Es erstaunte mich, wie lautlos sie dabei war.

Ich schnappte nach Luft und bereute für einen Moment, dass ich mich für das Kleid aus Laysolleilée entschieden hatte. »Feanne? Bist du keine Gefahr für mich?«

»König Cayden hat mich extra ausgewählt. Er hat mich einige Prüfungen durchlaufen lassen, um meine Willenskraft zu testen und zu sehen, wie gut ich Wut regulieren kann.«

»Was waren das für Tests?«

»Er hat meinen Kopf zum Beispiel so lange in einen Wassereimer gepresst, bis ich mich verwandelt habe.«

»Das ist furchtbar.«

Feanne zuckte mit den Schultern. »Er ist der Packanführer. Er muss tun, was notwendig ist.«

Meine Augen weiteten sich. Ich verstand Cayden nicht. In den wenigen Tagen, die ich hier war, hatte ich ihn schon gewalttätig, fast brutal, erlebt und trotzdem hatte er mir gestern kein Haar gekrümmt. Im Gegenteil, er hatte mir einen gesichtswahrenden Ausweg aus der Misere geboten. An Feannes Stelle würde ich ihn glühend hassen. Ich musterte ihr feines Gesicht von der Seite.

»Feanne, kann ich dich etwas fragen?«

»Natürlich, Eure königliche Hoheit.«

»Gestern bei der Hochzeitsfeier … Ich habe Fehler gemacht.«

»Wie meint Ihr das, Eure Majestät?«

Ich hatte das Gefühl, Feanne hastete noch schneller durch die Gänge. Als wollte sie wegrennen. »Bitte, Feanne, halte einen Moment an. Es ist wichtig.«

Sie blieb vor einem Alkoven stehen, in dem eine alte Ritterrüstung stand. Die Chimärenkrallen hatte tiefe Einkerbungen im Brustpanzer hinterlassen und schon längst hatte das Metall Rost angesetzt. Feanne betrachtete es wie Argélique ein Stillleben von Monsieur D'Auton.

Ich griff nach ihren in Leinen eingewickelten Handgelenken. »Bitte, ich kann hier nur eine gute Königin sein, wenn ich weiß, wie ich mich verhalten muss. Wieso hat der König Prinz Jarson nach unserem Tanz an die Wand gedrückt?«

»Der erste Tanz …« Feanne kaute auf ihrer Unterlippe. »Er ist das Privileg des Königs. Dadurch, dass Prinz Jarson mit Euch getanzt hat, hat er den König herausgefordert. Bei jedem anderen Mann wäre sicherlich ein Kampf die Folge gewesen – und der Tod des Gegners. Als Packanführer, als Alpha, kann König Cayden keine Rivalität dieser Schwere dulden.«

Ich lehnte meine Stirn an den kalten, rauen Stein. Grandios. Und ich hatte mitgemacht. Wut kochte in mir hoch. Jarson kannte die Regeln und hatte mich trotzdem überredet. Feannes Warnung hallte in meinem Kopf. Wieso war ich manchmal so stur? Das würde mir eine Lehre sein. »Sonst noch was? Erklär mir alles.«

Feanne kaute auf der Innenseite ihrer Wange und staubte die Schulterpanzer der Rüstung mit den Fingern ab. »Vieles aus unserer Wolfsform hat sich im menschlichen Umgang etabliert. Wenn Ihr direkten Augenkontakt sucht, demonstriert ihr Dominanz. Das ist nur akzeptabel, wenn der Werwolf, mit dem ihr sprecht, rangniedriger ist. Ansonsten seid Ihr es, die Blickkontakt vermeiden sollte.«

Sofort tauchten vor meinem inneren Auge Alandrias eisblaue Augen auf. Ich hatte mich immer abgewandt und ihr freies Feld überlassen. Das durfte nicht wieder vorkommen. Ich seufzte. »Sonst noch was?«

»Wenn Ihr den Kopf schief haltet, offenbart Ihr Eure verwundbarste Stelle, den Hals. Damit zeigt Ihr, dass Ihr Euch unterordnet. Gleiches gilt für einen gesenkten Kopf. Eure Fußspitzen sollten zudem immer von ranghöheren Mitgliedern wegzeigen, das ist sonst ein Zeichen der Konfrontation.«

Ich blinzelte. Was für absurde Regeln. »Und was hat es mit diesen Bändern auf sich?«

»Die Schweißdrüsen an den Gelenken strömen einen unverwechselbaren Duft aus. Als rangniedrigeres Rudelmitglied steht es mir nicht zu, hier meinen Geruch zu verbreiten.«

Ich nickte gedankenverloren. Daran würde ich mich erst gewöhnen müssen. Hinter uns schepperte etwas und ich wirbelte herum. »Hast du das gehört?«

»Ich weiß nicht, was Ihr meint, Eure Majestät«, sagte Feanne und wich meinem Blick aus. »Ich sollte Euch in Eure Gemächer bringen.«

Mein Gehör spielte mir keine Streiche, im Gang war etwas. Ein schwerer Samtvorhang vor einer Tür schwankte hin und her. Der Wind, der durch das Gemäuer pfiff, wäre nicht stark genug. Ich verengte die Augen, aber ich erkannte weder ein Tier noch einen Menschen.

Wir stiegen die Treppenstufen zu dem Gang hoch, an dessen Ende meine Gemächer lagen. Feanne blieb plötzlich stehen. »Wenn ich Euch auch eine Frage stellen darf, Eure Majestät?«

»Bitte.«

»Ihr habt nicht nach ihm gerochen, aber es war Blut auf dem Laken.«

Konnte ich ihr vertrauen? Der Frieden hing davon ab, ob diese Verbindung Bestand hatte oder nicht. Allerdings würde ich den Rest meines Lebens hier verbringen. Eine Freundin konnte ich gut gebrauchen. Ich lächelte und biss mir auf die Unterlippe. »Weil wir uns nicht nennenswert nähergekommen sind. Das Blut stammt aus meinem Finger, nicht von …« Ich wandte den Blick ab. Schon allein an das Wort zu denken, trieb mir die Schamesröte ins Gesicht.

Feanne kicherte. »Die Männer und Frauen in der Wäscherei werden den ganzen Tag über nichts anderes reden. Das war sehr schlau.«

Die Tür am anderen Ende des Ganges öffnete sich. »Feanne?« Eine Magd streckte den Kopf heraus. Neben mir zuckte Feanne zusammen, legte den Kopf schief und zog die Schultern nach vorne. »Ein Wort. Es geht um den König«, sagte die Frau und musterte uns fast missfallend.

»Verzeiht, Eure Hoheit. Es ist nicht mehr weit und hier kommt selten jemand hin. Ihr könnt das letzte Stück allein zurücklegen«, sagte Feanne und verschwand. Ich schlenderte zu meiner Tür. In meinen Gemächern saß Arnoît auf dem Sessel am Fenster und schnitt von einem schrumpeligen Apfel Stücke ab, die er sich gleich in den Mund steckte. Er zog eine Augenbraue hoch, als ich eintrat.

Ich setzte mich ihm gegenüber, aber Arnoît schwieg. Stattdessen schaute er mich an und runzelte die Stirn.

Arnoît hielt mir ein Apfelstück hin. »Du hast es nicht getan«, sagte er.

Ich biss mir auf die Lippe und schüttelte den Kopf. »Ich konnte nicht. Und er hat mich nicht gezwungen.«

»Du wirst nicht für immer davor weglaufen können. Das ist jetzt deine Verantwortung.«

Der Apfel schmeckte säuerlich und ich verzog das Gesicht. Trotzdem biss ich noch mal ab, um nicht antworten zu müssen.

In Arnoîts Blick lag kein Vorwurf, eher Resignation. »Ich hätte es dir anders gewünscht, Élèntine. Bei der Sonnengöttin. Aber wir können die Dinge nicht ändern. Ich kann dich nur, so gut es geht, auf deinem Weg begleiten.«

Ich zog den Schleier ab und vergrub das Gesicht in den Händen. »Ich will nur wieder nach Hause.«

»Und was machst du dann? Glaubst du, dein Vater hätte dich dein Leben lang Spielchen treiben lassen? Glaubst du, er wusste nicht, dass du regelmäßig zum Ausreiten abgehauen bist oder dich bei jedem Ball nach einer Stunde weggestohlen hast? Es wäre nur eine Frage der Zeit gewesen, bis er dich an einen Grafen verheiratet hätte – wenn nicht sogar an einen anderen König – oder du wärst in ein Kloster gesteckt worden.«

Ich zog an einem losen Faden der feinen Spitze des Schleiers. Er führte quer durch das Gewebe und riss eine hässliche Kräuselung in den Stoff. »Mir würde schon was einfallen.«

»Dann lass dir hier was einfallen.«

Ich nahm den Rest des Apfels und warf ihn Richtung Arnoîts Kopf, aber er fing ihn mit der freien Hand in der Luft auf. »Wie alt bist du? Neunzehn oder neun?«

Ich unterdrückte den Drang, ihm die Zunge herauszustrecken. »Ich habe schon zu viel falsch gemacht. Wie soll ich das wiedergutmachen?«

»Du bist eine schlaue Frau, dir fällt etwas ein. Es wäre vielleicht ein Anfang, wenn du dich an die Regeln halten würdest, die dein Gatte dir auferlegt hat.«

Ich stieß genervt Luft aus und griff nach einem der Bücher, die ich mitgebracht hatte. Arnoît hatte also schon von den Neuigkeiten gehört und ich konnte ihn nicht überzeugen, mit mir im Garten zu flanieren. Doch Cayden würde mich nicht die ganze Zeit in meinen Gemächern schmoren lassen. Früher oder später musste er mit mir reden oder mich zumindest hinauslassen. Er konnte unmöglich von mir verlangen, meinen Lebensabend in dieser Kammer zu verbringen. Das war eine Geduldsprobe. Und ich würde sie gewinnen.

8

Am ersten Tag lenkte ich mich mit Lesen ab. Am zweiten Tag packte Arnoît die Karten aus, die er aus Ferlacroix mitgebracht hatte, und wir spielten Gendarm und Comtesse. Am dritten Tag hatte ich das neue Buch über die Verwendung von Kräutern gegen Vergiftungen zum zweiten Mal gelesen. Ich hatte mich sogar an die elfische Übersetzung gesetzt – eine Hausaufgabe meiner Lehrerin Mademoiselle Guelle de Harton. Am vierten Tag hatte ich alle dreihunderteinundsiebzig sichtbaren Steine im Raum gezählt. Dreimal. Am fünften Tag erstickte meine schlechte Laune jegliche gute Stimmung, sodass Feanne sich unter einem Vorwand entschuldigte. Kurz darauf beobachtete ich einen Werwolf, wie er durch den Garten in den Wald verschwand. Das blond-braune Fell war Feannes Haarfarbe erstaunlich ähnlich. Sie kam zurück mit einem Lächeln auf den Lippen und einer inneren Ruhe, um die ich sie beneidete.

Ich atmete tief ein, nahm eine aufrechte Haltung ein und fragte: »Feanne, könntet Ihr dem König bitte ausrichten, dass ich mit ihm sprechen möchte?«

Sie presste die Lippen zusammen. »Wie Ihr wünscht.« Feanne verschwand wieder. Zu Hause wäre es ein kleiner

Skandal gewesen, wenn Mutter eine Audienz bei Vater verlangt hätte. Hier galten andere Regeln, da war es vielleicht nicht so schlimm. Hoffte ich zumindest. Ich atmete so tief ein, dass die Korsettrippen des roten Kleids schmerzhaft gegen meinen Oberkörper pressten.

»Was willst du ihm denn sagen?«, fragte Arnoît und verzog den Mund. Das wusste ich selbst nicht genau. Ich wollte einen Weg finden, um nicht in diesem zugigen Gemäuer eingesperrt zu sein.

Den restlichen Tag streifte ich um den Tisch wie ein eingesperrter Wolf, aber kein Diener holte mich ab. Ich blieb sogar weit über meine sonstige Schlafenszeit auf, vielleicht waren Werwölfe eher abends aktiv. Trotzdem rief der König mich nicht zu sich und kurz nach Mitternacht musste ich mir eingestehen, dass es so schnell nicht passieren würde.

Den nächsten Vormittag verbrachten Arnoît und ich damit, einen Gummiball über den großen Tisch hin- und herhüpfen zu lassen, bis das Mittagessen kam. Ich hatte den letzten Bissen der Rehkeule verspeist, da ertönte ein scharfes Klopfen. Arnoît zwinkerte mir zu, ich stand auf und strich das rote Kleid glatt. »Herein«, sagte ich mit einem Lächeln auf den Lippen. Ich würde Cayden diesen Triumph nicht gönnen. Er würde nicht erfahren, wie sehr es mich mitgenommen hatte, hier eingesperrt zu sein.

Die Tür schwang auf und meine Mundwinkel fielen nach unten. »Ihr seid es.«

»Ist das die Art, Euren Lieblingsschwager zu begrüßen?« Jarson grinste über das ganze Gesicht.

»Soweit ich weiß, habe ich nur einen Schwager.«

»Eben. Da kann ich ja nur der Liebling sein.«

Ich wandte mich ab. »Nach der Hochzeitsfeier nicht mehr.«

Aus dem Augenwinkel beobachtete ich, wie Jarson sich theatralisch ans Herz griff. Das dünne Leinenhemd schmiegte sich dabei enger an seine Muskeln. »Ihr trefft mich zutiefst. Nur, weil mein Halbbruder etwas pikiert war, dass er den ersten Tanz mit Euch verpasst hat.«

»Er sah mehr als nur *etwas pikiert* aus.« Ich erinnerte mich zu gut daran, wie er Jarson an die Wand gepinnt hatte.

»Freundliche Rivalität zwischen Brüdern. Nichts, was Euch besorgen sollte, Majestät. Ihr habt doch zwei Schwestern. Wollt Ihr mir etwa erzählen, dass Ihr Ihnen nie einen Streich gespielt habt?«

Argélique war wenig begeistert gewesen, als ich vor Jahren vor einem wichtigen Empfang die Samen der Stechklette in ihrem Kleid verteilt hatte. Es musste sie fast wahnsinnig gemacht haben, sich nicht zu kratzen. Jarson hatte meine Gedanken wohl erraten, denn sein Grinsen wurde wieder breiter. »Seht Ihr? Alles harmlos. Und wer hätte so eine schöne Braut guten Gewissens neben der Tanzfläche sitzen lassen?«

Meine Wangen glühten und es wäre eine Lüge zu behaupten, dass mir sein Kompliment nicht gefiel. Ich atmete tief ein und drehte mich wieder zu ihm um. »Wie dem auch sei. Wie kann ich Euch weiterhelfen, Mylord?«

»Da Ihr seit Tagen nicht aus Eurem Zimmer herausgekommen seid, dachte ich, Ihr könntet etwas Gesellschaft vertragen – und vielleicht einen Spaziergang.«

Ich blickte Hilfe suchend zu Feanne. Ob das Angebot akzeptabel war? Aber sie hatte den Kopf gesenkt und schaute mich nicht an. Natürlich, Jarson stand über ihr in der Rangordnung. Ich sollte ablehnen. War es unhöflich, den Halbbruder des Königs zurückzuweisen?

»Mylord, ich soll aus Gründen der Sicherheit hierbleiben.«

»Das hatten wir doch schon beim letzten Mal geklärt. Wenn Cayden nicht da ist, bin ich die nächstbeste Wahl.

In uns fließt zur Hälfte das gleiche Blut. Was, zumindest bei mir, die bessere Hälfte ist.« Er zwinkerte mir zu, schnappte sich den Gummiball, mit dem Arnoît und ich gespielt hatten, und warf ihn immer wieder in die Luft. »Was meint Ihr? Oder wollt Ihr noch länger warten?«

»Vielen Dank, aber ich warte lieber, bis der König Zeit für mich hat.«

»Kommt schon, hier ist es doch langweilig. Ihr interessiert Euch für Pflanzen, richtig? Lasst mich Euch wenigstens den königlichen Garten zeigen.«

Ich verengte die Augen. Jarson hatte sich schon umgedreht und war an der Türschwelle. Er warf einen Blick über die Schulter. »Vielleicht habt Ihr es schon entdeckt: Wir haben Sternensand. Mindestens vier Büsche.«

Ich zählte leise bis zehn, bis ich meinen fellbesetzten Winterumhang griff und ihm hinterherhechtete. Arnoît folgte mir, obwohl er im Notfall ohne Muskete wenig ausrichten konnte.

Im Gang lehnte Jarson kurz vor den Treppen und grinste. »Ich wusste, dass Ihr mitkommen würdet.«

»Ich hoffe für Euch, dass Ihr wegen der vier Büsche Sternensand nicht gelogen habt.«

»Das würde mir nicht im Traum einfallen.«

Seite an Seite stiegen wir die Treppe hinunter und ich atmete erleichtert ein. Es war so befreiend, nach Tagen des Eingesperrtseins endlich wieder das Gefühl zu haben, Luft zu bekommen. Schon zu Hause hatte ich es nie lange in einem Raum ausgehalten, egal wie hoch die Decken oder wie groß die Glasfenster gewesen waren. Aber hier war es schlimmer mit dem dunklen Stein überall. Meine Gemächer wirkten wie eine Gruft.

Im untersten Gang kam uns eine Frau in lockerer Tunika und Leinenhose entgegen. Sie knurrte leise, ich zuckte unwillkürlich zusammen und hätte mich beinahe an die karge Steinmauer gepresst. Kurz schien es, als wollte sie sich uns in den Weg stellen, da sah sie zu Jarson und wich zur Seite. Trotzdem bohrten sich ihre Blicke in meinen Rücken wie Dolche. Wieso hatte ich Arnoît nicht gebeten, die Muskete mitzunehmen? Aber sie vorher unauffällig mit Schießpulver zu stopfen wäre unmöglich gewesen und sie mit uns zu führen, hätte nur unnötige Fragen aufgeworfen.

Jarson hielt kurz an und ließ mir mit einer Handbewegung den Vortritt in den Garten. Ich schritt auf eine sonnige Fläche, die nicht mal annähernd vom Schnee befreit war. Verschiedene Stiefelabdrücke und auch der ein oder andere handgroße Pfotenabdruck waren zu erkennen. Jarson bot mir seinen Arm an und ich hakte mich unter. Er führte mich über den zum Teil vereisten Schnee zu einer Treppe.

»Woher habt Ihr den Sternensand?«, fragte ich.

»Vor langer Zeit hatten wir gute Beziehungen zu den Elfen«, sagte Jarson.

Ich schaute ihn mit hochgezogenen Augenbrauen an.

»Ob Ihr es glaubt oder nicht, mein Vater konnte diplomatisch sein. Cayden hat seine Besonnenheit geerbt.« Jarson grinste und stützte mich, als ich auf den vereisten Stufen fast ausrutschte. Sie führten auf eines von drei Plateaus, die wie Kaskaden anmuteten. Auf dem ersten Plateau befanden sich einige Beete. Feenflügelgras und verwelkte Sonnenfeuerblumen ragten aus der weißen Schneedecke.

Ich löste ein Band aus meinem Hut und schüttelte von den zarten, durchscheinenden Spitzen des Grases den Schnee ab. Sie klingelten leicht, wenn der Ton auch dumpfer klang als gewohnt, weil Teile der Pflanze gefroren waren. Dann legte ich das blaue Band um die Stängel, zog sanft daran und verknotete es. »Sagt Eurem Gärtner, er muss das Feenflügelgras zusammenbinden. Wenn der Schnee taut, wird sonst das Pflanzenherz zu nass und es fängt an zu schimmeln.«

»Ich werde es ihm ausrichten.« Jarson grinste breiter. »Ich wusste, dass es Euch hier gefallen würde.«

»Ich habe Euch immer noch nicht für Euren Streich auf meine Kosten verziehen.« Ich richtete mich auf und ging an Jarson vorbei. Der schneebedeckte Kies knirschte unter den hochhackigen Schuhen und ich bewegte mich langsam vorwärts, um nicht auszurutschen. Mit einem großen Schritt war Jarson wieder neben mir und führte mich die nächsten Stufen zum mittleren Plateau hinunter. Der Schnee reichte mir hier bis zur Wade.

»Ich werde mich redlich bemühen, wieder in Eure Gunst zu kommen, Eure königliche Hoheit. Und seht, hier sind wir schon.«

Jarson hatte nicht zu viel versprochen. Neben Winterrosen, deren rote Blüten mit einer zauberhaften, glitzernden Frostschicht bedeckt waren, stand Sternensand. Der Busch war so wohlgeformt und in sich verdreht, dass er ein bisschen wie ein beschnittener Buchsbaum aussah. Bis jetzt hatte ich nur von dieser Pflanze gelesen und nie eine gesehen. Die unzähligen Blütenknospen waren alle geschlossen. Aber durch das satte Grün, das von kleinen Eiskristallen überzogen war, schimmerte das Weiß der Blütenblätter hindurch wie Mondlicht.

»Trotz unserer langen, harten Winter haben sie all die Jahre überlebt. Unsere Gärtner haben es sogar geschafft, einen einzigen Ableger anzuziehen«, sagte Jarson. Ich reagierte nicht, ließ meine Fingerspitzen stattdessen über die kleinen, herzförmigen Blätter gleiten, die sich trotz der dünnen Eisschicht fast warm anfühlten. Aber der Schein trog. Würde ich versuchen, einen der Zweige abzuschneiden, wären sie scharf wie Dolchklingen. Nur bei Vollmond war das anders. Eine wahrhaft magische Pflanze.

»Obwohl sie am Anfang schwer anwachsen, gedeihen sie auch bei widrigsten Bedingungen«, sagte Jarson.

»Ich weiß.« Der Schnee und Kies knirschten unter meinen Sohlen und ich umrundete den Springbrunnen. Auf der anderen Seite hinter einer steinernen Bank entdeckte ich einen weiteren Sternensand.

»Sie sind wunderschön.« Ich wollte mich setzen, da umschloss Jarson sacht meinen Arm. Seine Hand war warm und er lächelte mich so herzlich an, dass meine Knie weich wurden. Dennoch zuckte ich aufgrund der überraschenden Berührung zusammen. Mein Nacken glühte und ich wandte den Blick ab. Das war mein Schwager, nicht mein Ehemann. Die Gedanken, die er in mir weckte, waren verboten und gefährlich. Was würde der König sagen, wenn er wüsste, wie sein Bruder mich angefasst hatte? Jarson schien das nicht zu stören.

»Bitte, erlaubt mir.« Er trat nach vorne und strich den Schnee von der Bank. »Jetzt.« Hinter ihm schmunzelte Arnoît.

Ich schluckte, mein Mund war trocken. »Habt Ihr sie jemals blühen sehen?«, fragte ich und deutete auf den Busch.

»Ungefähr bei jedem zweiten Vollmond. Das kommt darauf an, wie die Planeten stehen oder so. Genauer habe ich mich damit nie beschäftigt.« Er plumpste neben mich und strich sich eine Schneeflocke vom Hemd. Leise trudelten die kleinen weißen Sterne vom Himmel und verliehen dem Garten eine Magie, die selbst das Labyrinth im Rosengarten zu Hause nicht ausstrahlte. Wie verzaubert stand ich auf und ging zu dem dritten Busch.

»Ich kann mir nicht vorstellen, dass das jemals langweilig wird.« Ich umrundete das Beet, um den Sternensand von allen Seiten zu betrachten.

»Das geht schneller, als Ihr glaubt.« Jarson legte sich auf die Bank.

»Setzt Ihr sie zu magischen Zwecken ein?«

»Wieso sollten wir das tun?«

»Weil Ihr auch Hexenkralle nutzt und Sternensand hochmagisch ist?«

Jarson zuckte mit den Schultern. »Ich wüsste nicht, wozu. Aber kommt.« Er stand auf und bot mir wieder seinen Arm an. »Wenn wir schon hier sind, möchte ich Euch den Rest des Gartens zeigen.«

Ich warf einen Blick über die Schulter auf das schwarze Ungetüm von einer Burg, die so gar nicht zu diesem Garten passte. Hinter einem meiner Fenster erahnte ich Feanne, die mich ansah.

»Ich wäre etwas vorsichtig bei ihr«, drang Jarsons Stimme an mein Ohr, der meinem Blick folgte. »Hinter vorgehaltener Hand wird gemunkelt, dass sie auf Menschen nicht gut zu sprechen ist.«

»Wer? Feanne?«

Jarson nickte.

»Wieso nicht?« Ich wandte mich ab und wir schlenderten den Kiesweg an der Balustrade entlang, die am Rand des mittleren Plateaus entlangführte.

»Als Kind haben Menschen sie immer wieder in einen Keller gesperrt«, sagte Jarson.

»Aber Euer Bruder hat sie extra für mich ausgewählt.«

»Und Cayden macht keine Fehler? Wollt Ihr dem Mann blindlings vertrauen, der Euer Heimatland angegriffen hat?«

Ich presste die Lippen aufeinander und schubste etwas Schnee in die Tiefe auf das nächste Plateau. Jarson legte seine Hand auf meine und wir blieben stehen. Ich wollte sie wegziehen, aber etwas hielt mich davon ab. Er schaute grimmig. »Tut, was Euch beliebt, aber nicht alle schätzen den neuen Frieden. Im schlimmsten Fall war meine Warnung umsonst, im besten Fall bewahre ich Euch vor Schlimmerem.«

Dagegen konnte ich nicht argumentieren und nickte. Mein Herz pochte laut und ich wusste nicht, ob das an seiner Nähe oder der vermeintlichen Bedrohung lag. Schnell zog ich meine Hand zurück und spazierte weiter. Die kalte Luft brannte auf meinen Wangen, aber sie verschaffte mir wenigstens einen klaren Kopf. Trotzdem glühte die Stelle auf meinem Handrücken, an der Jarson mich berührt hatte. Wir waren mittlerweile auf dem dritten und letzten Plateau gelangt. In dessen Mitte stand eine weiße Hirschkuh aus Marmor, in deren Brust ein Pfeil steckte. Etwas weiter hinten öffnete sich die steinerne Balustrade in den Wald und ich hörte ein Rauschen.

»Was ist das?«, fragte ich.

»Unter dem Garten führt ein Fluss entlang. Von dort holen wir frisches Wasser.«

Ich spazierte zur Öffnung in der Balustrade, neben der sich zu meiner Überraschung geteerte Holzkisten türmten. Vorsichtig beugte ich mich über eine, um deren Inhalt zu inspizieren, da fiel ein Schatten auf mich. Ich zuckte zusammen und Jarson machte einen Schritt vor mich. Ein älterer Mann stand vor mir, der mir bekannt vorkam. Er trug eine Leinenhose, das Hemd war nur halb zugeknöpft und die Schnürsenkel der Stiefel offen. Ich wollte nicht darüber nachdenken, in welcher Form er sich bis vor Kurzem durch den Wald bewegt hatte. In seinen Haaren hing ein verwelktes Blatt.

»Eure Majestät, welch eine Überraschung, Euch hier zu sehen.« Aus seiner Tasche holte er eine dunkelblaue Beere, warf sie sich in den Mund und streute aus einer kleinen Schnupftabakdose etwas weißes Pulver darauf, bevor er sie zerkaute. Seine Lippen färbten sich bläulich und erst jetzt erkannte ich ihn als Count Faroby, der uns den Dolch mit dem Wolfskopfgriff geschenkt hatte.

Ich nickte gefällig und knickste. »Habt Dank, Count Faroby.«

»Ich möchte Euch nochmals zu Eurer Hochzeit gratulieren, Eure Majestät. Wir erwarten alle gespannt einen Thronfolger.« Er lächelte und hielt den Kopf schief. Die blaue Farbe auf seinen Lippen intensivierte sich von der Beere, die er kaute. Was war das?

»Wir werden unser Bestes geben, Eure Lordschaft.«

Der Mann nickte. »So hört man. Nun möchte ich Euch nicht länger aufhalten, Eure königliche Hoheit.« Er verneigte sich und ging in Richtung Burg davon, wobei er sich das Hemd zuknöpfte.

»Bin ich froh, wenn der wieder weg ist«, murmelte Jarson und verfolgte jede Bewegung von Count Faroby mit zusammengekniffenen Augen.

»Wie meint Ihr das?«

»Ich hasse Leute, die Argylusbeeren nehmen. Man weiß nie, wann sie schnappen.«

»Schnappen? Wie *beißen?*«, fragte ich.

Jarson hob die Augenbrauen. »Es überrascht mich, dass Euch das neu ist.«

»Erinnert Ihr Euch daran, wie Ihr vor fünf Minuten gesagt habt, Ihr wollt wieder in meine Gunst gelangen? Das ist kein guter Weg.«

Jarson grinste. Langsam bezweifelte ich, dass er zu einer anderen Emotion imstande war. Er kam bestimmt blendend mit Wyler zurecht. »Verstanden, Eure königliche Hoheit.« Er räusperte sich. »Argylusbeeren in Kombination mit Kalk verhindern, dass wir uns ungewollt verwandeln.«

Der Samthandschuh hielt mich davon ab, den Sonnenring zu drehen. Stattdessen nahm ich den Diamantanhänger von der Kette, die mir Flo geschenkt hatte, und zwirbelte ihn zwischen den Fingern. »Aber das ist doch gut.«

»Wenn das der einzige Effekt wäre. Leider führt das nur zu einer Aufstauung der Verwandlung.« Jarson bot mir wieder seinen Arm an und half mir über einen Schneehügel, der im Weg war. Mittlerweile hatte sich am Saum meines Kleids eine handbreite Kruste aus Eis, Wasser und Schnee gebildet.

»Was meint Ihr mit Aufstauung?«, fragte ich.

»Irgendwann – und das Schlimme ist, wir wissen nicht wann – verwandeln sich die Leute und der wölfische Teil übernimmt sie völlig. Es gab schon Berichte von Müttern, die ihre Kinder gerissen haben, Männer ihre Frauen. Es ist ein gefährlicher Handel.«

»Wieso machen Eure Leute das dann?«

»Weil sie Angst haben, dass sie davor die Kontrolle verlieren und dasselbe passiert. Viele nehmen die Argylusbeeren und ziehen sich irgendwann allein in den Wald zurück, damit sie niemanden verletzen, wenn sie schnappen. Sie werden im wahrsten Sinne zu einsamen Wölfen.«

Mittlerweile waren wir fast an der Burg angekommen und Jarson half mir die letzten, vereisten Stufen hinauf. »Ich würde mein Lieblingsschwert darauf verwetten, dass Euch ein solcher Wolf angegriffen hat.«

Unsere Schritte hallten durch die leeren Gänge der Burg. Irgendjemand hatte zumindest in größeren Abständen Fackeln in den Halterungen entzündet. Jarsons Worte und die Argylusbeere gingen mir nicht mehr aus dem Kopf. Ehe ich mich's versah, standen wir vor der Tür meiner Gemächer. Arnoît sprang nach vorne und öffnete sie.

»Meine Hoheit, es war mir ein seelisches Volksfest«, sagte Jarson und verneigte sich. Ich verfolgte seinen beschwingten Schritt noch, bis er im Treppenhaus verschwand. In mir blubberte ein Glücksgefühl nach oben, das sein Kompliment in mir ausgelöst hatte, doch ich schob es zur Seite. Trotzdem war es besser gelaufen als gedacht.

Ich löste den Knoten meines Umhangs und reichte ihn Arnoît, aber ich fror mitten in der Bewegung ein. Feanne war nirgends zu sehen und der Kleiderschrank stand sperrangelweit offen. Zwei der Kleider lagen als trauriger Haufen funkelnden Stoffs auf dem Boden, Goldketten, Armbänder und meine Hüte im ganzen Raum verteilt. Ich stürzte nach vorne. Die Muskete an der Schrankwand war der Sonnengöttin sei Dank noch da. Aber auf dem Fußboden vor der aufgezogenen Schublade mit den Schuhen lag die Patronentasche. Mit zitternden Fingern öffnete ich sie. Keine einzige Kugel mehr, nur das in Papier eingewickelte Schießpulver.

Arnoît stürmte aus seiner Kammer, die Muskete im Anschlag. Er kickte die Tür zum Waschraum auf.

»Leer. Es sieht so aus, als wollte sich jemand absichern«, knurrte Arnoît. »Meine Munition ist weg – bis auf die zwei Reservekugeln.« Er stellte die Muskete ab, öffnete die versteckte Tasche an seinem Gürtel und drückte mir eine Kugel in die Hand. »Behalte die immer bei dir.«

Ich schluckte, mein Mund war staubtrocken, und klemmte das kleine Stück Eisen unter das Korsett in das Brustband. Arnoît schaute unter das Himmelbett und stand kopfschüttelnd auf. »Diese Mistkerle.«

Meine Knie gaben nach und ich setzte mich auf den Sessel am Fenster. Obwohl mein Atem zu schnell kam und mein Herz galoppierte wie ein Pferd, änderte der Vorfall nichts. Ich war hier nie sicher gewesen, Muskete hin oder her. Die fehlenden Kugeln hatten mein Überleben nicht garantiert. Meine einzige Chance, hier zu bestehen, lag darin, als Königin von Darington anerkannt zu werden. Das wäre unsere Lebensversicherung, der Garant für Frieden. Das Gespräch mit Count Faroby hallte in meinem Kopf wider. Der Hof hoffte auf einen Thronnachfolger. Das bedeutete, Cayden hatte es für sich behalten.

Er hatte darüber geschwiegen, dass wir die Ehe nicht vollzogen hatten. Außerdem hatte er den unvollständigen

Bund anerkannt. Das erste Mal kam mir der Gedanke, dass er den Frieden womöglich genauso brauchte wie wir. Das konnte ich zu meinem Vorteil nutzen. Bei der Sonnengöttin, es war nicht alles vergebens – ganz egal welchen Fauxpas ich mir bis jetzt geleistet hatte. Ich hatte hier eine realistische Chance.

Ich würde genau das machen, worauf mich das ganze Leben am Hof von Laysolleilée vorbereitet hatte. Ich würde still sein und versuchen, König Cayden so gut wie möglich zu gefallen. Nicht nur der Frieden, sondern Arnoîts und mein Überleben hingen davon ab.

Es war weit nach dem Nachmittagstee – fast schon Abendessenszeit, da führten mich ein Diener und zwei Wächter endlich in Caydens Arbeitszimmer. Er saß an einem massiven Schreibtisch, der auf geschnitzten Pfoten stand. Ich schauderte beim Anblick des großen, ausgestopften Wolfskopfs an der Wand hinter Cayden. Aber ich würde ihm nicht die Genugtuung geben und meine Furcht zeigen. Ich lächelte.

»Ihr wart heute mit meinem Bruder im Garten, habe ich gehört.« Er schaute nicht einmal auf.

»Ja, Eure Majestät, er ist äußerst beeindruckend.«

König Cayden tauchte seine Feder in ein Tintenfass und streifte sie am Rand ab. Von einem Stapel nahm er ein Dokument und schrieb weiter. »Erstens, lügt nicht. Mir ist bewusst, dass die Gärten in Ferlacroix umfangreicher und weitläufiger sind, aber auf unnötigen Firlefanz legen wir hier keinen Wert. Außerdem hasse ich es, angelogen zu werden. Zweitens hatte ich gesagt, Ihr sollt in Eurer Kammer bleiben.«

Ich presste die Lippen aufeinander und versuchte, mein wild schlagendes Herz zu beruhigen. Meine Finger klammerte ich an die waldgrünen Röcke des Kleids. Die aufgestickten Perlen und Amethyste bohrten sich in meine Handinnenflächen. »Ich kann unmöglich mein ganzes Leben in dieser Kammer verbringen. Ihr behandelt mich wie eine Gefangene.« Ich biss mir auf die Unterlippe. Die Worte waren mir herausgerutscht, so hatte ich das nicht geplant.

»In Eurer Heimat bekommen Gefangene Rehkeule mit Bratkartoffeln und Erbsengemüse zum Mittagstisch?« Er blickte auf, zog eine Augenbraue hoch und ich errötete.

»Ihr versteht, was ich meine.« So viel zu meinem Vorsatz, besonnen zu sein und mich an die Regeln zu halten. Ich klammerte mich noch fester an mein Kleid. Wie schwer konnte etwas Beherrschung sein?

Cayden erhitzte schwarzes Siegelwachs über einer Kerze, träufelte es auf das Dokument und presste seinen Siegelring hinein. »Was würdet Ihr tun, wenn Ihr in Laysolleilée wärt? Sitzen so feine Damen wie Ihr nicht sowieso den ganzen Tag in ihren Salons, trinken Brandy und tratschen über die Dienerschaft?«

Ich funkelte ihn an. Erst die Flöhe und dann das. »Zu Eurer Information: Wenn ich zu Hause wäre, würde ich ausreiten. Ich würde mit Arnoît trainieren und mich durch das hintere Tor der Gärten in den Wald schleichen. Ich bin aber nicht zu Hause. Das Einzige, was ich mir wünsche, ist ein wenig Freiraum, Eure Majestät. Etwas anderes sehen als immer dieselben vier Wände.«

»In Darington ist es zu gefährlich für Euch. Ihr seid kein Werwolf, Ihr könnt Euch nicht verteidigen.«

»Ihr meint, weil mir meine Kugeln gestohlen wurden?«

Nur das Zucken einer weißblonden Augenbraue verriet ihn. Ich ging einen Schritt nach vorne. »Dann wäre es mein Wunsch, mich zumindest in der Burg zu bewegen. Im Innenhof oder Garten. Wie gefährlich kann das schon sein? Ihr seid in der Nähe und Eure Leibgarde.« Ich biss mir auf die Zunge. Ruhig, Élèntine, bleibe ruhig.

»Wenn ich es nicht besser wüsste, würde ich sagen, Ihr seid ein Werwolf. Zumindest Euer Temperament gleicht uns.« Cayden holte tief Luft. »Gut, Ihr könnt zweimal in der Woche nach draußen gehen. Ich werde Euch Wyler und Aradan schicken.«

»Zweimal?« Ich biss auf meine Unterlippe, aber das Wort war mir schon entglitten.

»Genügt Euch das nicht? Denkt Ihr, zwei meiner wichtigsten Leute haben nichts Besseres zu tun, als Euch hinterherzurennen wie einem Kind in der Nähe einer Feuerstelle?«

»Wieso kann nicht Feanne auf mich aufpassen?« Ich klang trotzig, aber es war mir bis zu dem Moment egal, in dem Cayden die Augen verengte. Das Kratzen seines schweren Stuhls über den Boden war fast unerträglich. Mit langsamen Schritten kam er auf mich zu und sein Blick haftete an mir. Wie ein hilfloses Reh stand ich da, wartete auf den Angriff des Wolfs. Seine grauen Augen blitzten vor Zorn und er beugte sich etwas herunter. »Vergesst nicht, mit wem Ihr sprecht. Verheiratet oder nicht, ich bin Euer König.«

Ein Schauer lief mir über den Rücken und ich trat einen Schritt zurück, um Distanz zu schaffen. »Verzeihung, Eure königliche Hoheit.« Ich knickste tief. Gelangweilt schlenderte er zu seinem Tisch zurück.

Er nickte, streute Sand über das Pergament, auf das er geschrieben hatte, und legte es zur Seite. »Ich dulde keine Respektlosigkeit.«

»Jawohl, Eure Majestät.« Ich schlug die Augen nieder und er setzte sich.

»Habt Ihr ein weiteres Anliegen? Ich habe noch anderes zu tun.«

Mir fiel das blutbefleckte Leintuch wieder ein. Was auch immer Cayden für ein Interesse daran hatte, es so aussehen zu lassen, als wären wir mit einem Erben beschäftigt – ich musste es ausnutzen. Für Nachwuchs zu sorgen war meine einzige Aufgabe hier und ich würde wenigstens so tun, als wollte ich sie erfüllen. Ich holte tief Luft und richtete mich gerader auf. »Ich möchte Euch einen Vorschlag unterbreiten, Eure Majestät.«

Cayden gab ein Geräusch von sich, das eine Mischung aus einem Knurren und einem Grunzen war. Er ließ den Federkiel über ein neues Pergament fliegen. Als ich nichts sagte, schaute er auf.

Meine Wangen glühten. »Allein.«

Cayden machte eine kleine Handbewegung und die beiden Diener rechts und links neben dem Türrahmen verließen den Raum. Der Knall der Holztür hallte in meinen Ohren. Etwas Staub rieselte von dem Porträt eines grimmig blickenden Mannes mit Vollbart. Caydens Blick bohrte sich wie ein Speer in meinen Kopf. Ich umschloss Flos Diamantanhänger mit einer Hand, vielleicht brachte das Glück, und holte tief Luft. Mehr als ablehnen konnte er nicht.

»Ich möchte Euch vorschlagen, dass wir in der Mitte meines … etwas nach meiner … dass wir fünf Tage während eines Mondzyklus die Gemächer teilen.« Ich hielt die Luft an.

Mit seinen steingrauen Augen musterte Cayden mich von Kopf bis Fuß. »Und was sollen wir tun?«

Meine Wangen brannten und ich nahm höchstinteressiert die wenigen Wolfshaare in Augenschein, die sich auf dem Teppich gesammelt hatten. »Ich … ich weiß nicht. Schlafen und … lesen?«, sagte ich.

Cayden gab ein humorloses Lachen von sich. »Was wollt Ihr damit erreichen?«

Meine Wangen glühten. »Es sollte wenigstens so aussehen, als seien wir um einen Erben bemüht.«

Cayden betrachtete mich und drehte den Federkiel zwischen seinen Fingern. Für so einen brutalen Mann hatte er filigrane Hände, wie die eines Klavierspielers. Er sagte immer noch nichts. Ich überlegte schon, ob ich mich entschuldigen sollte, da legte er ihn mit einem leisen Klicken auf den Tisch.

»In Ordnung. Kommt heute Abend in meine Gemächer. Wyler soll Euch hereinlassen.«

»Sehr wohl«, sagte ich und knickste tief, bevor ich zur Tür schritt.

Caydens tiefe Stimme dröhnte hinter mir. »Weil sie in ihrer Wolfsform nicht so stark ist wie ein Mann.«

»Wie bitte?«

Cayden schrieb konzentriert weiter. »Ihr hattet gefragt, warum Feanne Euch nicht begleiten kann. In ihrer Wolfsform ist sie schwächer als ihre männlichen Artgenossen.«

Ich schluckte. »Ich verstehe, habt Dank, Eure Majestät.« Cayden sagte nichts mehr.

9

Pünktlich nach dem Abendessen brachten mich dieselben zwei Wächter in Caydens Gemächer. Das dunkle Holz seiner Möbel wirkte dieses Mal wenigstens etwas weniger bedrohlich auf mich. Ich stand mitten im Raum auf dem schwarzen Teppich mit dem Mondmuster. Die Hände hatte ich sittsam über meinem Rock überkreuzt und wartete. Nachdem ein Diener schon zweimal Feuerholz nachgelegt hatte, wagte ich es, mich auf einen Sessel zu setzen, und starrte über den dunklen Baumwipfeln an den sternenklaren Himmel. Nebel zog auf und hüllte den Wald in einen weißen Schleier. Unwillkürlich steckte ich die Haarnadeln wieder an dem Hut fest. Eine Angewohnheit, damit die Narben auf jeden Fall verdeckt waren.

Ich trommelte mit den Fingern an das Fenster und dachte schon, Cayden hätte es sich anders überlegt, da öffnete sich die dunkle Holztüre. Er sah müde aus und fuhr sich mit der offenen Hand über das Gesicht.

Sofort sprang ich vom Sessel auf. Kurz regte sich der Drang in mir, ihn in die Arme zu schließen, um ihm all seine Sorgen zu nehmen. Überrascht blinzelte ich. Ich war mit einem gefährlichen Raubtier in einem Raum und das kam mir in den Sinn? Cayden ging zu einem kleinen Servierwagen und schüttete sich aus einer Glaskaraffe eine dunkelrote Flüssigkeit in einen goldenen Becher. Erst dann drehte er sich um und streckte mir den Kelch entgegen. »Wein?«

»Nein danke.«

Er zuckte mit den Schultern und leerte den Becher in einem Zug. »Wollt Ihr den restlichen Abend stehen bleiben?«

Mit hochrotem Kopf setzte ich mich wieder und musterte den Steinboden mit einem Interesse, das er nicht verdient hatte. Cayden schritt zu mir und warf ein dünnes, in feines Leinen eingeschlagenes Buch in meinen Schoß. Über den rot gefärbten Stoff war ein zartes Spitzennetz gespannt, in dessen Löcher mit goldenem Zwirn viele stecknadelkopfgroße Blüten gestickt waren. Ich schlug den Deckel auf und las den Titel. *Klöppeln und Sticken.*

»Das ist nicht Euer Ernst«, sagte ich und schlug sofort eine Hand über den Mund.

»War es nicht Euer Vorschlag zu lesen?«, fragte er und ein Lächeln umspielte seine Lippen. Er rückte den Sessel hinter seinem Schreibtisch zurecht und holte aus einer Schublade einen aufgerollten Text hervor. Die zwei Holzstäbe waren wunderschön geschnitzt und von solcher Exquisität, wie die Kanzel im Sonnentempel.

»Aber doch nicht so etwas«, sagte ich, legte das Buch mit spitzen Fingern auf den hölzernen Beistelltisch und hob das Kinn. »Was lest Ihr denn?«

»Einen Text.«

»Das kann ich sehen.« Ich rollte mit den Augen, trotzdem sagte er nichts weiter.

Ich versuchte, das Buch zu lesen, das ich mitgebracht hatte. Aber die Zeilen verschwammen vor meinen Augen zu einem einheitlichen Brei. Immer wieder lugte ich über den Buchrand zu Cayden, der konzentriert über seinen Text gebeugt war. Ich beobachtete ihn eine ganze Weile, wie er so dasaß, die Stirn in leichte Falten gelegt und die Zungenspitze zwischen seinen perlweißen Zähnen. Wenn er mit seiner massigen Gestalt nicht so gefährlich aussehen würde, wäre es fast schon süß gewesen. Er schien mich nicht zu bemerken oder ich war ihm egal, denn er blickte kein einziges Mal auf. Die Gleichgültigkeit verletzte mich. Wenn er mich wenigstens glühend hassen würde, aber ich war ihm nur lästig. Trotzdem nagte die Neugier an mir. Was bannte seine Aufmerksamkeit so?

Irgendwann hielt ich es nicht mehr aus. »Darf ich einmal sehen?«, fragte ich.

Cayden grunzte. Das deutete ich als Zustimmung. Auf Zehenspitzen schlich ich zu ihm hinüber. Ein kleiner Teil in mir befürchtete, ein Fehltritt könnte ihn dazu bringen, sich auf mich zu stürzen. Mit etwas Abstand stellte ich mich schräg hinter ihn und neigte mich nach vorn.

Die Schrift war grazil, wie die Skelette von Blättern. Elfische Runen. Erst jetzt erkannte ich, dass die beiden Holzstäbe, auf die der Text aufgerollt war, nicht kunstvoll geschnitzt waren. Das Holz war in dieser Form gewachsen. Unter der Rolle lag ein Pergament mit einem Lückentext, wie ihn Mademoiselle Guelle de Harton im Sprachunterricht gerne genutzt hatte. Wobei der Text aus mehr Lücken bestand als ein solonaiser Käse.

Cayden folgte meinem Blick. »Ich konnte nicht alles entziffern. Mein Elfisch ist nicht das Beste.«

Langsam näherte ich mich dem Schreibtisch. Seine Wärme kroch in jede Ritze meines Körpers und auch wenn ich in dieser furchtbaren Burg immer das Gefühl hatte zu frieren, war die Kälte jetzt verschwunden. Mein Nacken glühte und ich unterdrückte den Drang zu schlucken. Er sollte auf keinen Fall bemerken, welchen Effekt er auf mich hatte.

Zögerlich legte ich meine Hand auf das schwarze Leder der Sessellehne und klammerte mich daran fest.

»Und?«, fragte Cayden.

Ich räusperte mich und überflog einige Zeilen. »Was interessieren Euch Essenszeremonien von Elfen?«

Cayden schaute mich überrascht an. »Ihr könnt das alles lesen?«

»Nicht alles, aber mehr als Ihr, wie mir scheint.«

Seine Rückenmuskeln spannten sich an und die Feder in seiner riesigen Hand zerbrach in zwei Teile. Ich sprang zurück und erwartete, er würde sich auf mich stürzen. Kurz danach entspannte er sich wieder, aber die Reaktion hatte mich daran erinnert, mit wem ich es zu tun hatte.

»Verzeiht, Eure königliche Hoheit.« Ich räusperte mich. »Wieso lest Ihr diesen Text?«

Er musterte mich mit verengten Augen und deutete mir an, mich auf den Sessel auf der anderen Seite des Schreibtischs zu setzen. Ich war dankbar für den Abstand. In seiner Nähe verschlug es mir den Atem. Es war, als würden Caydens Macht und Stärke ihn wie eine Aura umgeben. Mit weichen Knien setzte ich mich.

»Was wisst Ihr über mein Volk?«, fragte Cayden.

»Ihr könnt Euch in Werwölfe verwandeln, bei Vollmond –«

Er schüttelte den Kopf. »Jaja, wir haben alle ein Herz und zwei Ohren, aber das meinte ich nicht. Was wisst Ihr über unsere gesellschaftlichen Probleme?«

Wieso war ich nicht wie Argélique? In der ganzen Zeit zwischen der Verlobung und meiner Reise hierher hatte ich mir nicht einmal Gedanken darüber gemacht. Das größte Problem in Ferlacroix war der Krieg gegen die Werwölfe gewesen. Das hatte sich durch unsere Hochzeit erledigt. Ich hatte keine Ahnung, was die Werwölfe beschäftigte.

Caydens Gesichtsausdruck war grimmig. Er warf die zerbrochene Feder in einen Messingeimer, in dem sich schon einige beschriebene Pergamentfetzen gesammelt hatten. »Ungewollte Transformationen sind das größte Problem. Sie führen zu Konflikten innerhalb von Packs. Wegen der Hitzköpfigkeit Einzelner kommt es regelmäßig zu Auseinandersetzungen zwischen den Rudeln, vor allem wegen territorialer Streitigkeiten.«

Ich hätte mich am liebsten geohrfeigt. Darauf hätte ich nach dem Gespräch mit Jarson selbst kommen können. »Aber Darington ist so groß. Es ist doch genug Platz.«

Cayden schüttelte den Kopf. »Wir sehen nicht nur unser Haus als unser Territorium an. Wald ist essenziell – zum Jagen natürlich. Wie Ihr sicher festgestellt habt, können wir pflanzliche Nahrung nur begrenzt zu uns nehmen und Ackerland für Getreide ist rar. Der Boden ist auch nicht sonderlich fruchtbar. Dafür ist unser Energiebedarf hoch.«

»Ihr wollt die Werwölfe in Menschen zurückverwandeln?«, fragte ich.

Cayden öffnete eine Schreibtischschublade und kramte darin. »Wieso sollte ich das wollen? Bei der Verteidigung unserer Liebsten ist das ein massiver Vorteil. Größere Stärke, schnellere Wundheilung – wir sind das perfekte Kriegervolk. Nein, ich brauche eine Lösung, um Zorn und Angst im Zaum zu halten, damit es keine ungewollten Transformationen gibt. Die Mondkrankheit, wie manche Werwölfe es nennen. Je voller der Mond, desto geringer wird die Kontrolle über unseren inneren Wolf.« Er zog eine dünne Kerze aus der Schublade, die er im eisernen Kerzenständer auf seinem Schreibtisch entzündete.

»Jarson hat erzählt, dass Euer Vater sich mit den Elfen gut verstand«, sagte ich. Sofort verhärtete sich Caydens Gesicht. »Wenn Ihr denkt, die Elfen könnten helfen – wieso fragt Ihr sie nicht?«

»Brillanter Plan. Wieso bin ich nicht früher darauf gekommen?«, fragte er sarkastisch und hielt die Kerze in den Messingeimer. Die Flamme erfasste die Feder, verkokelte die Fetzen und ein stechender Geruch erfüllte den Raum. Das Pergament darin verfärbte sich nur etwas schwarz. »Die Elfen haben uns damals schon nicht geholfen und spätestens seit dem Krieg gegen die Menschen haben sie sich zurückgezogen.«

»Aber könntet Ihr nicht einen Kontaktversuch starten? Jetzt, wo der Krieg vorbei ist?«

Cayden schüttelte den Kopf und hielt einen Pergamentfetzen direkt in die Flamme. »Eine Mauer grenzt das Getheldale-Tal ab, die mindestens viermal so hoch ist wie unser Glockenturm. Es gibt kein Tor und die Grenzpatrouille entdeckt höchstens jeden vierten Vollmond einen Elfen auf der Mauer. Wenn wir mit ihnen reden, verschwinden sie.« Die Flamme erfasste das Schriftstück nicht und er warf es genervt zu den anderen in den Eimer.

»Wenn Ihr Euer Werk verbrennen wollt, solltet Ihr überlegen, Papier aus Shioulang zu verwenden. Mit Pergament habt Ihr nur Ärger.« Ich verkniff mir ein Grinsen.

»Habt Ihr weitere erhellende Ratschläge? Zum Beispiel wie ich diesen Text schneller übersetzt kriege?«

Ich verschränkte die Finger ineinander und drückte so fest, dass sich die Nägel schmerzhaft in die Handrücken bohrten. Vorsichtig rutschte ich so weit nach vorne, dass sich die Sesselkante in meinen Hintern grub. Eine solche Gelegenheit würde sich nicht wieder bieten. »Ich stehe gerne zur Übersetzung bereit. Ich bin zumindest schneller als Ihr.«

Cayden lehnte sich in seinem massiven Sessel zurück und musterte mich mit schmalen Augen wie der Wolf das Reh.

»Vorausgesetzt, Ihr wollt das«, sagte ich schnell.

»Vielleicht war es doch eine gute Idee, nach Euch statt Eurer Schwester zu verlangen.« Die Sesselbeine kratzten über den Steinboden, Cayden stand auf und deutete auf den frei gewordenen Sitzplatz. »Dann fangt damit an.«

Ich stand langsam auf, hielt inne und biss auf meine Unterlippe.

»Worauf wartet Ihr?« Cayden nahm den Messingeimer mit dem verkokelten Pergament in beide Hände und trat einen Schritt zur Seite.

Ich nahm meinen ganzen Mut zusammen und holte tief Luft. »Ich möchte Euch einen Handel vorschlagen.« Ich hielt mich an der Tischplatte fest und meine Fingernägel gruben sich in das dunkle Holz. »Ich helfe Euch, eine Lösung für die Mondkrankheit zu finden. Für den Anfang komme ich jeden Abend und helfe bei der Übersetzung. Im Gegenzug dazu lasst Ihr mich gehen. Sucht mir ein kleines Haus am Meer, wo ich mein Leben verbringen kann, weit weg von Blackstone. Hier bin ich als Mensch nur im Weg. Wir gewinnen also beide.«

Es knallte laut, als das Messing sich unter dem Druck von Caydens Händen verformte. Ich sprang einen Schritt zurück und kollidierte mit der Sesselkante. Fast hätte ich das Gleichgewicht verloren. Der Eimer wies tiefe Dellen an beiden Seiten auf. Trotzdem flackerte mein Blick zu den angespannten, wohlgeformten Muskeln seines Oberarms. Auch Caydens Gesicht war hart wie Stein und in seinen Augen funkelte eine Emotion, die ich nicht zuordnen konnte. Ich rappelte mich auf, trat wieder einen Schritt nach vorne und drückte den Rücken durch. Langsam streckte ich meine Hand in seine Richtung aus. »Abgemacht?«

Er verengte die Augen zu Schlitzen und warf den Eimer mit einer Hand über die Schulter. Der kollidierte scheppernd mit der Wand und fiel mit einem Krachen auf den Steinboden. Caydens fester Griff schloss sich um meine Hand. »Abgemacht.«

Die Mondsichel stand schon weit über den dunklen Baumspitzen und meine Finger waren voll Tintenkleckse, als Cayden sich mir gegenüber erhob und streckte. »Wir sollten schlafen. Den Text gibt es morgen auch noch.«

Jede Faser meines Körpers verkrampfte sich. An den Teil des Plans hatte ich nicht so ausführlich gedacht. Es erschien nur logisch, dass wir in einem Raum schliefen, wenn wir den Schein aufrechterhalten wollten.

Cayden rollte mit den Augen. »Macht Euch keine Gedanken. Ich schlafe auf dem Boden.«

»Ist das nicht zu hart?«, fragte ich.

»Ich bin ein Werwolf, das halte ich aus.«

»Ich finde schon das, was Ihr als Euer Bett bezeichnet, eine Zumutung.«

»Wie meint Ihr das?«

»Es ist viel zu hart.«

Cayden zuckte mit den Schultern und die breiten Muskeln an seinem Hals spannten sich an. Eine Hitze kroch meinen Nacken empor und ich wandte kurz den Blick ab. »Wenn wir draußen unterwegs sind, schlafen wir auf dem Waldboden«, sagte er.

»Ist das nicht zu kalt?«

Er zog eine Augenbraue hoch. »Der Kamin ist nicht meinetwegen an.«

Meine Wangen glühten und ich tapste zum Bett, damit ich den Augenkontakt vermeiden konnte. Das brachte mich zum nächsten Problem. Allein würde ich nicht aus dem Korsett kommen und ich würde mir eher die Zunge abbeißen, als ihn zu fragen. Blieb nur eine Lösung. Ich musste in dem Kleid schlafen. Wieso hatte ich auf eines der Kleider bestanden, die ich aus Laysolleilée mitgebracht hatte, und nicht eines der bequemen daringtoner Leinenkleider angezogen? Dafür war es jetzt zu spät. Es gab ein weiteres Problem. Ich kaute auf der Innenseite meiner Wange. Konnte ich den Hut abnehmen oder wäre Cayden abgestoßen von mir? Ich dachte an die perfekte, gebräunte Haut seiner ehemaligen Geliebten im Kerzenschein auf der Hochzeit. Kein Kratzer hatte ihren Teint zerstört.

Ich atmete tief ein, um mein wild schlagendes Herz zu beruhigen, und hatte schon das Knie auf das Bett gesetzt, da sagte Cayden: »Wollt Ihr diese Monstrosität zum Schlafen anlassen?« Er hob beide Brauen und deutete auf den Hut.

»Natürlich nicht.« Mit glühendem Gesicht ging ich zum Schreibtisch zurück. Langsam zog ich eine Haarnadel nach der anderen heraus und legte sie auf das glatt polierte Holz. Den Hut platzierte ich daneben und presste die Lippen zusammen. Ich drehte mich zögerlich um und ging zum Himmelbett. Caydens Blick fiel auf mein Gesicht – auf die Narben. Er verzog keine Miene und legte sich neben das Bett auf den Steinboden. Auf allen vieren kroch ich auf das Fell und legte mich hin. Wenigstens hatte er den Anstand, nicht zu sagen, wie abstoßend ich war. Ein kleiner Gewinn. Ich hob den Kopf und spähte über die hölzerne Bettkante. Er lag so weit wie möglich vom Bett weg. Ich konnte es ihm nicht verübeln.

Das Korsett nahm mir im Liegen die Luft zum Atmen und es war unmöglich, auf der harten Holzplatte eine angenehme Schlafposition zu finden. Dennoch gähnte ich, es war viel später als sonst. Meine Augen fielen schon zu, da grummelte Cayden: »Ich werde Euch morgen Wyler und Aradan schicken. Dann könnt Ihr wenigstens in den Garten.«

»Das ist generös. Vielen Dank.«

Er gab ein Brummen von sich und seine tiefen, regelmäßigen Atemzüge lullten mich in den Schlaf.

10

Als ich am nächsten Morgen aufwachte, war Cayden weg und Wyler begleitete mich zurück in meine Gemächer. Das Frühstücksomelett stand schon bereit und beim Duft der Roggenbrötchen vermisste ich die fluffigen Croissants von zu Hause.

»Hattet Ihr eine angenehme Nacht, Hoheit?«, fragte Feanne. Ich stocherte im Ei herum und fischte ein Salbeiblatt heraus. Nach Jarsons Warnung war ich unsicher, wie ich mit ihr umgehen sollte. Vielleicht hatte sie die Kugeln entwendet und Cayden oder wem auch immer gebracht. Zwar hatte sie anstandslos beim Aufräumen geholfen, trotzdem betrachtete ich sie seitdem mit anderen Augen.

Ich drückte den Rücken durch. »Die beste. Danke der Nachfrage.«

»Ihr ... Ihr riecht gar nicht nach dem König.«

»Ich habe mich heute Morgen dort gewaschen, aber ich denke nicht, dass ich dir eine Erklärung schuldig bin«, sagte ich. Feanne zog den Kopf ein und kauerte sich in eine Zimmerecke auf einen Hocker, wo sie den Saum meines Kleids von gestern ausbürstete. Die kleinen aufgenähten Amethyste funkelten im Tageslicht und der feine Seidenstoff, der in Bahnen um den ausgestellten Rock führte, hatte Flecken bekommen. Wenn ich eine weitere Nacht in einem Korsett verbrachte, würden die Rückenschmerzen unerträglich werden.

»Feanne«, sagte ich.

Sie hob den Kopf, die Augen geweitet, als hätte sie etwas falsch gemacht.

»Lass das sein. Ich werde ab sofort Leinenkleider tragen.«

»Wie Ihr wünscht, Eure Majestät.« Sie legte die Wurzelbürste beiseite.

»Komm, mach mir das Korsett auf.«

Feanne knotete mir gerade die Schnürung an der Brust des Leinenkleids zu, da klopfte es an der Tür. »Bitte«, rief ich. Wyler und Aradan traten ein, beide wieder in den dunkelblauen Leinentuniken.

»Da ist ja unsere frisch geschlüpfte Königin. Wir dürfen heute Kindermädchen spielen. Also, zu Euren Diensten«, sagte Wyler. Seine braunen Locken waren strubbeliger als sonst. »Genau genommen nur so lange zu Euren Diensten, bis Cayden etwas anderes sagt. Aber davon sollten wir uns den Spaß nicht verderben lassen.«

Aradan suchte Augenkontakt zu mir und nickte. Mittlerweile fand ich Gefallen an seiner ruhigen Art.

Wyler warf mir meinen Umhang zu. »Zieht das an, es ist kalt.«

Ich rollte mit den Augen und hängte mir den Muff um. Wyler grinste und stieß die zugefallene Tür mit dem Fuß auf. »Die Aktion mit Silberzunge auf der Hochzeit war übrigens sehr gewagt. Das hätte ich Euch nicht zugetraut, Prinzessin.«

»Silberzunge?«

»Jarson. Ihr kennt ihn. Ziemlich groß, selbst für einen Werwolf. Narbe am Ohr.«

Ich rollte mit den Augen. »Ich weiß, wer Jarson ist.«

»Ihr habt einen ziemlichen Wirbel veranstaltet, als ihr zuerst mit ihm getanzt habt.«

»Das habe ich schon gehört«, murmelte ich. Ein bissiger Kommentar lag mir auf der Zunge, aber Wyler lächelte und ich musste feststellen, dass ich ihm nicht böse war. Wenigstens behandelte er mich nicht wie ein rohes Ei.

»Dann lasst uns in den Garten gehen«, sagte ich.

»Sehr wohl. Und wenn ein Werwolf Euch angreift, werde ich mich dazwischenwerfen. Oder ich werfe ihn dazwischen«, sagte Wyler und deutete auf den schwarzhaarigen Werwolf.

Aradan funkelte ihn an und Wyler wuschelte ihm durch die Haare. »Das war ein Witz. So etwas würde mir im Traum nicht einfallen, keine Sorge. Ich werfe mich für dich vor jede Kugel.«

Wie hatte ich übersehen können, dass sie ein verbundenes Paar waren? Es war so offensichtlich. Ich streifte die gefütterten Lederhandschuhe über und verknotete die Bändel des Umhangs.

Ich stand schon auf der Türschwelle, da drehte ich mich noch mal um. Ein Gedanke kreiste in meinem Kopf. Es war keine Option, ihr ewig aus dem Weg zu gehen. »Feanne, begleite mich doch. Mir ist nach etwas Unterhaltung.«

Sie sprang sofort auf. Arnoît saß am Tisch und zog eine Augenbraue hoch. Ich schüttelte den Kopf.

Auf dem Weg in den Garten war ich froh, Wyler und Aradan an meiner Seite zu wissen. Denn wieder schauten mich einige Frauen an, als wollten sie mir die Kehle aufreißen. Eine knurrte sogar, aber Wyler wies sie zurecht. Es reichte offensichtlich nicht, in ihrer Kleidung umherzuflanieren, um dazuzugehören. Wobei ich lächerlich aussah in dem grünen Leinenkleid mit dem smaragdfarbenen Hut mit Seidenschleier.

Im Garten zwischen schneebedeckten Büschen atmete ich auf. Das hier würde mein Lieblingsplatz in Darington werden. Unter der weißen Decke erspähte ich das Geäst von Waldbeerensträuchern, blattlose Klingenbäumchen und in einem der hinteren Beete Feldsalat. Ich schritt zu einem kleinen Baum, brach sorgsam ein paar dürre Zweige ab und verstaute sie in einer Rocktasche des Leinenkleids. Wenigstens ein Vorteil dieser seltsamen Mode. Klingenbäumchenäste, aufgekocht als Sud, zogen Eiter aus Wunden. Das könnte nützlich sein.

Ich umfasste den Diamantanhänger und zwirbelte ihn zwischen den Fingern. Wenn Flo gewusst hätte, dass sie mich damit zu einer neuen Marotte brachte, hätte sie die Kette sicher behalten. Ich ließ den Diamanten los und überlegte, ob mein Plan zu gewagt war. Doch was hatte ich zu verlieren? Ich holte tief Luft. Es roch nach Kälte und Winter, so wie es nur in den Bergen möglich war.

»Ich wollte mit dir sprechen«, sagte ich.

Feanne hob die Augenbrauen und zupfte ein Blatt einer Winterrose ab. Mein Auge zuckte, aber ich ignorierte den Drang, das Blütenblatt aus der Hand zu schlagen. Ich hasste es, wenn jemand Pflanzen Schaden zufügte, ohne die Ernte verwerten zu wollen. »Ich habe gehört, man hat Euch als Kind in einen Keller gesperrt?«

Feannes Wangen glühten so rot wie die Blüte in ihrer Hand. Sie zerrupfte das Blatt in kleine Teile. »Es ... es ist ein schwieriges Thema.«

»Was ist passiert?«

»Ich bin nicht als Werwolf geboren. Oder vielleicht doch, so genau weiß ich das nicht. Meine El– ... Der Mann und die Frau, bei denen ich aufgewachsen bin, hatten mich im Wald gefunden. Sie waren beide Menschen.«

Ich ballte die Hände im Muff zu Fäusten. Sie hatte »waren« gesagt.

»Kurz vor Vollmond –« Feanne holte tief Luft und fuhr mit den Fingern über die Naht einer geflickten Stelle an ihrem naturweißen Kleid. »Sie haben mich in den Kartoffelkeller gesperrt, bis die Gefahr vorbei war. Sie wussten sich nicht anders zu helfen.«

»Was ist mit Ihnen passiert?« Meine Zunge klebte am Gaumen.

»Ich weiß es nicht. Sie lebten in Ferlacroix. Als ich zwölf Winter zählte, haben sie mich an die Grenze gebracht. Ich wurde zu stark und hatte schon dreimal die Tür eingerissen.«

Ich beäugte Feanne von der Seite. Sie hatte einen betroffenen Ausdruck im Gesicht und ich zweifelte stark daran, dass sie log. Mit einer Hand griff ich nach ihrer. »Danke für dein Vertrauen, das weiß ich zu schätzen.«

Feanne nickte und eine einsame Träne rann ihre Wange hinunter, die sie mit dem Handrücken wegwischte. Ich griff in die versteckte Innentasche meines Umhangs und reichte ihr das bestickte Taschentuch. Das zauberte ihr ein kleines Lächeln auf das Gesicht.

Eine Weile schlenderten wir über das mittlere Plateau des Gartens. Ab und zu nahm ich Blätter oder Äste von Pflanzen mit, von deren Heilkräften ich wusste. Schmetterlingskraut, Bärentatze, Schattenmoos. Alles keine Pflanzen, die ich mit der Kontrolle der Mondkrankheit in Verbindung bringen würde. Aber um herauszufinden, ob es eine passende Pflanze als Heilmittel gab, musste ich irgendwo anfangen. Schneeflocken trieben vor uns wie weiße Daunen, wunderschön, fluffig und weich. In Laysolleilée hatte ich mich mit Floréane bei solchem Wetter hinausgeschlichen und im hinteren Teil des Gartens einen Schneemann gebaut. Oft hatten sich die Kinder der Dienerschaft dazugesellt. Hier war der Garten leer und trostlos. Keine Spuren von Kinderschuhen, nicht einmal der Hauch eines Hinweises auf eine Schneeballschlacht. Seitdem ich hier war, hatte ich auch kein einziges Kind gesehen.

»Feanne?«

Sie schaute auf und machte einen Satz nach vorne neben mich, sodass wir auf einer Höhe gingen.

»Wo sind die ganzen Kinder?«

Feanne starrte auf ihre kurzen Fingernägel und drosselte ihre Schrittgeschwindigkeit. »Sie ... sie wurden weggeschickt.«

»Weggeschickt? Warum? Wohin?«

Feanne warf einen unsicheren Blick über die Schulter zu Wyler, aber er tuschelte mit Aradan. »Der König hat sie weggeschickt. Er sagte, es wäre zu gefährlich für Euch. Junge Werwölfe sind unkontrollierbar.«

Kein Wunder, dass ich mich bis jetzt nicht sonderlich beliebt gemacht hatte. Von der Tatsache abgesehen, dass ich mit den meisten Werwölfen gar nicht interagierte.

Ich hielt so abrupt, dass Aradan fast in mich hineinlief. Der Umhang schlug um meine Beine, als ich mich auf dem Absatz umdrehte. Wyler blinzelte, aber machte mir Platz. Ich stürmte an ihm vorbei und hielt auf der Treppe zum ersten Plateau inne. Von hier aus hatte ich keine Ahnung, wie ich zu Cayden kam.

»Ist alles in Ordnung, Prinzessin?«, fragte Wyler.

»Bringt mich zu Cayden.« Meine Wangen glühten vor Zorn und ich presste die Zähne aufeinander, der ganze Kiefer angespannt. Wyler machte den Mund auf, aber ich verengte die Augen zu Schlitzen. Er war klug genug, nicht zu fragen, wieso oder warum.

Der Werwolf führte mich durch ein Gewirr aus Steingängen und Treppen, Feanne und Aradan hasteten hinterher. Die Wut in meinen Adern flammte bei jedem Schritt auf. Ich wartete nicht darauf, dass mir einer der Diener die Tür zum königlichen Arbeitszimmer aufhielt, sondern stieß sie selbst auf. Cayden saß über ein Buch gebeugt auf einem Stuhl und kritzelte Notizen in ein anderes.

Ich stampfte in den Raum. »Wie konntet Ihr es wagen?«

Caydens Ohren zuckten. »Es ist auch schön, Euch zu sehen.«

»Natürlich hasst mich jede Frau in dieser göttinnenverlassenen Burg. Ihr habt Ihnen meinetwegen die Kinder genommen!«

Der König lehnte sich zurück und legte den Fuß auf sein Knie. Nur der harte Zug um seinen Mund verriet, wie irritiert er war. »Ihr stellt mal wieder eine meiner Entscheidungen infrage?«

Seine Gelassenheit trieb meine Wut zur Höchstform. Haltung bewahren hin oder her, genug war genug. »Holt diese verdammten Kinder zurück!«

Cayden fletschte kurz die Zähne und seine Augen blitzten. Er beugte sich nach vorn und obwohl einige Schritte zwischen uns lagen, fühlte es sich so an, als würde ich seinen Atem auf den Wangen spüren. »Ihr redet von Dingen, von denen Ihr nichts versteht. Es ist viel zu gefährlich. Wisst Ihr, wie oft sich junge Werwölfe aus Versehen verwandeln? Manche mehrmals am Tag.« Er stand auf und tigerte vor seinem Schreibtisch auf und ab, die Hände hinter dem Rücken verschränkt. »Wenn Ihr so wie heute im Garten herumstreift, ist es nur eine Frage der Zeit, bis Euch einer erwischt. Wir wissen nicht, wie sie auf Euch reagieren.«

»Dann bleibe ich eben vorerst in meinen verfluchten Gemächern! Aber holt diese Kinder zurück.« Ich drehte mich auf dem Absatz um, stürmte hinaus und schlug die Tür zu.

Die Tür meiner Gemächer bebte hinter mir in den Angeln, als Feanne durch einen Spalt hineinschlüpfte. Die Lust auf einen Spaziergang war mir vergangen. Ich lief wie besessen um den Holztisch herum und riss einzelne Haare aus dem Muff. Wie konnte er es wagen? Ich verstand wenig von Politik, aber selbst mir war klar, dass die Frauen mich für das Fehlen ihrer Kinder verantwortlich machten. Am liebsten hätte ich den Zinnbecher, der noch auf dem Tisch stand, gegen die Wand geschleudert.

Arnoît legte den Kopf schief. »Schönen Spaziergang gehabt?«, fragte er.

Ich funkelte ihn an. »Was machst du überhaupt hier, wenn du mich nicht beschützen kannst? Du bist hier genauso nutzlos wie ich.«

Für einen Augenblick flackerte ein schmerzvoller Ausdruck über Arnoîts Gesicht.

Ich seufzte und plumpste auf einen Stuhl neben ihm. »Entschuldige, Arnoît. So war das nicht gemeint. Ich bin froh, dass du da bist.« Ich nahm den Hut ab und raufte mir die Haare. Aus meinem geflochtenen Zopf löste sich eine Locke und ich stopfte sie wieder in das Haarband.

»Du bist wütend und verletzt.«

Ich stand wieder auf und setzte mich in meinen Lieblingssessel. Das Gesicht vergrub ich in den Händen. »Wie soll das weitergehen, Arnoît? Ist das jetzt mein Leben? Eingesperrt, ohne Sinn und Nutzen für ein Königreich, das mich nicht will und das ich nicht will?«

Ich schaute entschuldigend zu Feanne. Bei dem scharfen Klopfen an der Tür zuckte ich zusammen. Er würde mich bestrafen, das war mir klar. Aber mit einer so schnellen Reaktion hatte ich nicht gerechnet. Die Tür schwang auf und ein grinsender Werwolf trat ein.

»Ihr habt mich zu Tode erschreckt«, sagte ich, eine Hand an die Brust gepresst.

»Dabei bin ich doch hier, um Euch aufzumuntern.«

»Wieso sollte ich Eure Aufmunterung benötigen?«

Jarson fläzte sich auf den Sessel am Fenster. »Ihr habt meinen Bruder verärgert, der sich jetzt mit Wyler im Innenhof prügelt.«

»Wie bitte?« Ich stürzte zur gegenüberliegenden Wand und presste die Nase an das kalte Glas. Cayden stand Wyler gegenüber, seine Haut fast so weiß wie der Schnee, der sie umgab. Er hatte sein Leinenhemd ausgezogen und so sah ich das erste Mal die Narben, die sich wie silbrige Spinnenfäden über seinen Brustkorb zogen.

Ich wollte wegschauen – ich *sollte* wegschauen – aber ich konnte nicht. Die einzelnen Muskelstränge in Caydens Rücken traten hervor, als er Wyler mit der Faust an der Schulter traf. Der flog direkt in einen Schneehaufen. Cayden ging mit erhobenen Fäusten auf ihn zu. Der braunhaarige Werwolf verzog das Gesicht, rappelte sich auf und stürmte auf Cayden zu. Dieser wich ihm elegant aus und wartete, bis Wyler das Gleichgewicht wiedergefunden hatte. Dann schlug er erneut zu. Ich hielt den Mund zu, um nicht zu schreien. Wylers Schlag auf Caydens Bauchmuskeln nahm dieser unbeeindruckt zur Kenntnis und Cayden beförderte seinen Gegner schon wieder zu Boden. Das war meine Schuld. Cayden bestrafte Wyler, weil er mich zu ihm gebracht hatte.

»Tötet er ihn jetzt?«, fragte ich.

»Das halte ich für unwahrscheinlich. Was habt Ihr denn getan, um meinen lieben Bruder so zu verärgern?«

Ich verengte die Augen, mein Blick immer noch auf die kämpfenden Männer gerichtet – nun, Wyler kämpfte. Cayden sah eher so aus, als würde er mit einem Boxsack trainieren. »Wieso muss ich etwas getan haben? Vielleicht hat er etwas getan.«

Ich warf einen Blick auf Jarson. Er zuckte mit den Schultern, wandte sich ab und nahm sich aus der Holzschale einen Apfel. »So oder so könnt Ihr es jetzt nicht mehr ändern. Wie gesagt, ich bin hier, um Euch abzulenken.«

Ich verkniff mir den Kommentar, dass er mich einmal mehr auf meine aussichtslose Lage aufmerksam gemacht hatte, und schaute wieder aus dem Fenster. Wyler ging zu Boden und blieb liegen. »Und an was hattet Ihr gedacht?« Es sah ernst aus, aber ich bezweifelte, dass Wyler langfristigen Schaden davontragen würde. Dazu hätte Cayden sich in seine Wolfsform verwandelt. Der stampfte mit dampfendem Oberkörper zurück in die Burg. Ich schluckte und wandte mich ab. Hoffentlich war jetzt nicht ich dran.

»Hier.« Jarson zog einen Gegenstand aus dem Inneren seines Mantels. »Ich habe Euch ein Geschenk mitgebracht.« Er streckte mir ein Buch in einem waldgrünen Leineneinband hin. Die goldene Prägung war schon etwas abgeblättert, aber es hatte nichts von seiner Schönheit eingebüßt.

Ich schlug das Buch in der Mitte auf. Die schwarz-weiße Zeichnung eines Sternensands fiel mir sofort ins Auge. Auf der rechten Seite überflog ich den dazugehörigen Text.

Elfen setzen Sternensand als Heilpflanze gegen verschiedene Krankheiten ein, die durch Blutmagie verursacht wurden. Ihre Blüten werden bei Vollmond geerntet und zu einem feinen Sand zerrieben, von dem die Blume ihren Namen trägt. Dazu werden –

Ich schaute auf. »Es ist wunderschön. Woher habt Ihr es?«

»Es hat meiner Mutter gehört.«

Wylers Worte hallten in meinen Ohren. Die Mutter, die ihn verlassen hatte. »Das kann ich nicht annehmen.« Ich klappte das Buch zu und reichte es Jarson.

»Ich bestehe darauf. Seht es als nachträgliches Hochzeitsgeschenk und als Entschuldigung dafür, dass ich Euch in eine missliche Lage gebracht habe. Ich habe dafür sowieso keine Verwendung. Und wer weiß, Ihr mit Eurem

Hang zu Pflanzen findet vielleicht eine Lösung, wie die Werwölfe bei Verwendung von Argylusbeeren nicht schnappen.«

Ich fuhr die eingeprägten Kringel mit dem Zeigefinger nach. »Ich werde gut darauf achten. Habt Dank.« Trotzdem kreisten meine Gedanken immer noch um Cayden. Ich rechnete damit, dass die Tür jeden Moment aufflog und er hereinplatzte.

Jarson lächelte und biss in den Apfel. »Es ist das mindeste. Wie gefällt es Euch bisher hier?«

Ich versuchte, nicht das Gesicht zu verziehen.

»Ihr werdet Euch sicher bald wie zu Hause fühlen. Zugegebenermaßen ist es etwas schwierig, jetzt, wo Ihr … anders seid. Aber mein brillanter Bruder wird eine Lösung finden und Euch nicht den Rest Eures Lebens in diesen vier Mauern gefangen halten. Und wenn ich persönlich dafür Sorge trage.« Er schenkte mir ein Lächeln, ein echtes. Kein Grinsen wie sonst.

Wenn ich doch nur das gleiche Vertrauen in Caydens Fähigkeiten hätte wie sein Bruder. Trotzdem wärmten seine Worte mein Herz. Für einen Moment blitzte vor meinem inneren Auge ein Bild auf. Ein Steinhäuschen am Meer mit einem Kräutergarten, genug Platz für mich und etwas – jemand anderen. Ich verdrängte den Gedanken schnell. Das war absurd.

Aus seiner hinteren Hosentasche zog Jarson einen Stapel verknickter Spielkarten. »Bis dahin gebe ich mir jegliche Mühe, Euch zu unterhalten. Kennt Ihr Wolf und Schaf?«, fragte er.

Ich schüttelte den Kopf. Mir war nicht nach Spielen zumute. Nicht, wenn ich nicht wusste, wie Cayden auf meinen Wutausbruch reagieren würde. Aber Arnoît nickte mir aufmunternd zu. Ich zwang mich zu lächeln. »Ich kann es aber bestimmt schnell lernen.«

»Es ist simpel. Ziel ist es, eine große Schafsherde aufzubauen. Dafür zieht Ihr jede Runde eine Karte und legt eine ab.« Er zeigte mir eine Karte, auf der eine wunderschöne Zeichnung von drei Schäfchen abgebildet war. »Mit diesen Karten hier«, er zeigte mir eine andere, »solltet Ihr einen Zaun bauen, um die Schafe vor Wölfen zu schützen. Kommt aber der weiße Wolf«, Jarson hob eine Karte hoch, auf dem ein weißes Biest mit langen Zähnen und Klauen abgebildet war, »sind Eure Schafe verloren, auch wenn sie hinter dem Zaun stehen. Die anderen Aktionskarten erkläre ich Euch später.«

Ich verkniff mir die Bemerkung, dass ein solches Spiel für Werwölfe etwas ironisch war, und zog den Sessel an den Tisch. Mein Blick fiel auf den Hut und ich setzte ihn schnell wieder auf. Durch die Schlägerei hätte ich das fast vergessen. Jarsons Blick flackerte zu dem Schleier und er reichte mir meine ersten Handkarten.

»Auch, wenn Ihr euch einsam fühlt, seid Euch gewiss, Ihr seid nicht allein.« Jarson legte eine Karte mit zwei Schafen vor sich. »Nachdem meine Mutter fort war, habe ich lange überlegt, ob ich ihr folgen sollte – wenn ich nur gewusst hätte, wohin sie gegangen war.«

Ich schaute überrascht auf, aber Jarson wich meinem Blick aus. »Cayden war immer größer, schneller, besser als ich. Unser Vater hat sich nur für ihn interessiert. Cayden hier, Cayden dort. Cayden soll Darington führen. Cayden, Cayden, Cayden.«

Ich wählte aus meinen Handkarten einen Zaun mit drei Latten und legte ihn ab. Jarson legte vor seine Schafe ebenfalls einen Zaun mit einer Latte und zog eine Karte nach. »Ihr könnt Euch nicht vorstellen, wie oft ich überlegt habe wegzugehen.«

»Aber Ihr seid hier«, sagte ich und fächerte meine Karten neu auf.

»Nur wer da ist, kann einen Platz für sich schaffen.«

»Und seid Ihr zufrieden mit dem Platz, den Ihr Euch geschaffen habt?«

»Noch nicht ganz, aber ich arbeite daran.« Er lächelte, als hätte er einen Witz gemacht, den nur er verstand. Feanne bekam hinter mir einen kleinen Hustenanfall. Ich drehte mich um.

»Verzeiht, Eure königliche Hoheit«, sagte sie.

Nachdem ich mich vergewissert hatte, dass es ihr gut ging, zog ich eine Wolfskarte und legte sie vor Jarson. Er seufzte und legte seine Schafkarte auf den Ablagestapel.

»Wer weiß, vielleicht können wir einen Platz für uns beide schaffen«, sagte er.

»Vielleicht.«

»Wenn das nicht klappt, bringe ich Euch irgendwie weg von hier. Sofern Ihr das wollt.« Jarson zog eine Karte nach und platzierte den weißen Wolf vor mich. »Sieht so aus, als hätte er Euch erwischt«, sagte er und ich legte mit knirschenden Zähnen meinen Zaun und die Schafskarte auf den Ablagestapel.

11

»Ich bin mir nicht sicher, ob das eine gute Idee ist«, sagte Arnoît, die Stirn in tiefe Falten gelegt. Er stützte sich auf die Muskete und lugte über meine Schulter aus dem Fenster in die Tiefe. Unter dem Glockenturm fiel der Berg steil ab. Aus dem Grund hatte niemand daran gedacht, hier eine Mauer um die Burg zu bauen. Mir sollte es recht sein. Ich befestigte das Laken mit einem Seemannsknoten an einem gegenüberliegenden Balken und zog daran. Es hielt. Ein zufriedenes Grinsen machte sich auf meinem Gesicht breit.

»Erinnere mich noch mal daran, warum ich dir Seemannsknoten beigebracht habe«, sagte Arnoît.

»Weil dein Vater sie dir beigebracht hat und ich für dich wie eine Tochter bin?« Ich warf den Rest der zusammengeknoteten Leintücher aus dem Fenster. Vorsichtig schob ich mit dem Fuß die wenigen Glasscherben zur Seite, die nach innen gefallen waren. Sie gaben ein schabendes Geräusch von sich und ich verzog das Gesicht. Zwar hatten vor meiner Tür keine Wachen gestanden und ein Entkommen war einfach gewesen, doch ich wusste nicht, wer sich in diesem Teil der Burg herumtrieb. Ich lauschte in die Stille hinein. Keine Reaktion aus dem Gang und ich bezweifelte, dass hier jemand nachsehen würde. Wir befanden uns in einer Art Rumpelkammer. Waschzuber, Eimer, Besen und Holzlatten waren an der Wand gestapelt. Ich erkannte einen Holzhocker, schob ihn unter das Fenster und stieg darauf.

»Frag doch einfach, ob dir irgendjemand Argylusbeeren mitbringt, wenn sie so wichtig für deine Versuche sind. Feanne hat dir schließlich von der Mondpriesterin auch die ganzen Tontiegel und den Mörser besorgt«, sagte er.

Ich schüttelte den Kopf. »Du weißt selbst, dass ich den Ort, an dem Pflanzen wachsen, sehen muss, weil er viel über sie verrät. Cayden würde mich niemals aus der Burg lassen. Und jetzt sei kein Spielverderber. Wenn ich eine Lösung finde, sind wir beide frei und können machen, was wir wollen.« Ich zog meine mit Edelsteinen bestickten Schuhe aus und warf sie in die Tiefe. Schnee, Moos und getrocknetes Laub dämpften ihren Fall und sie kugelten ein Stück den Berg hinunter, bevor sie zwischen Farnen liegen blieben. Ich atmete tief ein. »Dann wollen wir mal.«

Mit einer Hand raffte ich den Rock und umklammerte mit der anderen das Seil aus zusammengeknoteten Leintüchern. Die Glaszacken des zerstörten Fensters rissen einen kleinen Schlitz in das Leinenkleid. Ich verzog das Gesicht, setzte aber einen Fuß auf den Fenstersims außen. Vorsichtig kletterte ich aus dem Fenster. Bei dem Blick in die Tiefe breitete sich ein mulmiges Gefühl in meiner Magengegend aus. Wir hatten das niedrigste Fenster gewählt, aber das war immer noch hoch genug. Mit dem Seil zwischen meinen Beinen machte ich mich Stück für Stück an den Abstieg. Ich hatte es einmal um meinen Oberkörper geschlungen, damit ich mich bei Bedarf ausruhen konnte. Zum Glück fanden meine Füße an dem rauen

Stein Halt. Mein Atem bildete kleine Wölkchen vor mir und schon jetzt nagte die Kälte an meiner nackten Haut, aber das war ein kleiner Preis für meine Freiheit.

Erleichtert atmete ich aus, als ich endlich festen Boden unter den Füßen spürte, und holte meine Schuhe. Über mir runzelte Arnoît die Stirn, ließ aber an dem Seil zunächst seine Muskete herunter, bevor er sich selbst an den Abstieg machte.

»Ich bin zu alt für so was«, murmelte er, als er neben mir stand.

Ich knuffte ihn in die Seite. »Los, bevor sie merken, dass wir fehlen.«

Wir machten uns an den Abstieg des steilen, schneebedeckten Hangs und kamen mehr rutschend als gehend an der Waldgrenze an. Unsere tiefen Fußspuren im Schnee waren unsere einzigen Verfolger. Wir erreichten den Fuß des Ausläufers, auf dem Blackstone stand, und wanderten in Richtung der hohen Gipfel des Bergzugs an schneebedeckten Steinen und moosbewachsenen Baumstämmen vorbei. Bald war der Saum meines Leinenkleids handbreit mit Schnee verklebt und mir war unter dem Umhang zu warm.

Arnoît keuchte hinter mir und lehnte sich mit der Hand an den Baumstamm einer Rotbuche. »Wie weit willst du denn noch gehen?«

»Nur noch ein bisschen. Beeren wachsen meist an Waldlichtungen. Es kommt bestimmt bald eine.« Ich lächelte ihm zu und wanderte weiter. Hier stieg der Berg noch immer steil an und ich hoffte, dass sich die Werwölfe zum Jagen oder Rennen lieber ins Tal begaben.

Hinter uns knackte es im Unterholz. Ich wirbelte herum. In mir zog sich alles zusammen. Was, wenn ich mich getäuscht hatte? Könnte jemand in der Burg uns schreien hören? Mein Blick glitt über schneebedeckte Büsche, die gräuliche Rinde der Tannen und herunterhängende Zweige, aber ich entdeckte nichts. Arnoît legte die Muskete an.

»Hallo?«, rief ich. Im Tal heulte ein Werwolf und ich klammerte mich an den Rock des Kleids. Ein Reh schreckte auf und sprang bergabwärts davon. Ich atmete aus und wischte mir den Schweiß von der Stirn.

»Könnt Ihr mir verraten, was genau Ihr hier macht?«, sagte eine grollende Stimme.

Ich warf den Kopf zur anderen Seite und verzog das Gesicht. Wie viel Pech konnte ein einzelner Mensch haben? Cayden trug trotz der Kälte lediglich ein schwarzes Leinenhemd und eine einfache Hose. Er sah nicht amüsiert aus, seine massigen Arme vor dem Körper verschränkt. »Hattet Ihr mir nicht versprochen, in Euren Gemächern zu bleiben?« In seinen Augen funkelte der Zorn.

Ich biss die Zähne zusammen und wich seinem Blick aus. »Ich wollte mich nützlich machen und nach Argylusbeeren suchen. Als Heilung für die Mondkrankheit.« Durch meine Wimpern spähte ich nach oben. Caydens Gesichtsausdruck war immer noch hart, aber seine Stirn lag in weniger tiefen Falten. »Erstens gab es genug Versuche mit dieser Beere und die haben zu nichts Gutem geführt. Zweitens hättet Ihr sie Euch einfach bringen lassen können.«

Ich musste nicht über meine Schulter blicken, um zu wissen, dass Arnoît eine Braue mit einem Habe-ich-dir-doch-gesagt-Blick hochgezogen hatte.

»Ihr geht mit mir zurück zur Burg. Jetzt. Hier draußen ist es zu gefährlich«, sagte Cayden.

»Aber –«

Auch er zog eine Augenbraue hoch und brachte mich damit zum Schweigen. Dann drehte er sich um und machte sich an den Abstieg. Ich verschränkte die Arme und schnaubte. Widerwillig stapfte ich ihm hinterher. Er bewegte sich mit einer raubtierhaften Eleganz durch den Wald, die mich noch wütender machte. Konnte er nicht wenigstens ein Wort mit mir wechseln? Ja, ich hatte ihn bei unserem Streit wegen der Kinder wieder einmal missachtet und mein Wort gebrochen. Aber ich tat das auch für ihn. Genau genommen für uns beide, damit wir aus diesem Desaster herausfanden, das manche Ehe nannten.

Wir wanderten schweigend bergab und dann wieder bergauf, bis Blackstone zwischen den Wipfeln in Sichtweite kam. Cayden hatte sich nicht einmal umgedreht. Arnoît wich einem schneebeladenen Tannenzweig aus und musterte mich fast besorgt von der Seite. »Vielleicht solltest du dich bei ihm entschuldigen.«

Caydens Ohren zuckten. Ich presste die Lippen aufeinander, brach ein Stück der Rinde eines Bergahorns ab und pfefferte es in den Schnee. »Wieso? Er hat sich schließlich auch nicht dafür entschuldigt, dass er die Kinder weggeschickt hat, ohne mit mir zu reden.«

Arnoît seufzte leise und ich stiefelte Cayden hinterher, der mich bis zu meinen Gemächern eskortierte, die Tür hinter sich schloss und einen Wächter davor abstellte. Ich fühlte mich wie ein Kind, das sich unerlaubterweise am Gebäck für das Sommersonnenwendenfest vergriffen hatte. An den nächsten gemeinsamen Abend wollte ich lieber nicht denken.

Cayden saß in einem Sessel, den er mit seiner breiten Form fast vollständig ausfüllte, und blätterte durch meine Übersetzung der letzten Abende. Immer wieder schaute er mit zusammengekniffenen Augen auf und musterte mich hinter dem Schreibtisch. Jeden Abend das Gleiche. Die

Feder zwischen meinen Fingern zitterte leicht, aber ich schrieb weiter. Ein Teil von mir erwartete, dass er sich jeden Moment in einen Werwolf verwandelte und mich verschlang. Ich wartete immer noch auf die Bestrafung wegen meines Verhaltens. Aber vielleicht war das seine Strategie. Er ließ mich schmoren. Jedenfalls hatte Wyler mich nach dem Vorfall vor vier Tagen wortlos abgeholt und hierhergebracht.

»Ihr hattet recht«, sagte Cayden. Das Feuer war schon fast heruntergebrannt – unser geheimes Zeichen, schlafen zu gehen. »Es war ein Fehler, die Kinder wegzuschicken. Das nächste Mal frage ich zuvor nach Eurer Meinung.«

Ich blinzelte und versuchte, meine Überraschung zu verbergen. Mir war, als wäre ein zu eng geschnürtes Korsett aufgeschnitten worden. Wieder beugte ich mich über den Text, aber Cayden hielt meinen Blick. »Und mir tut es leid, dass ich einfach die Burg verlassen habe«, murmelte ich.

Cayden nickte und eine unruhige Stille füllte den Raum. Ich klammerte mich fester an die Feder und tunkte sie wieder ins Tintenfass.

»Mein Bruder war die letzten Tage bei Euch.«

Eine Feststellung, keine Frage. Ich drehte an dem Sonnenring am kleinen Finger und legte die Feder beiseite. »Ja. Wir haben Karten gespielt.«

»Hattet Ihr … Spaß?« Er sprach das Wort aus, als sei es etwas Schmutziges, eine Beleidigung. Ich hatte definitiv den falschen Bruder geheiratet.

Den Ring hin- und herdrehend, starrte ich auf einen Fussel auf meinem Kleid. »Es war eine nette Abwechslung zur sonstigen Monotonie. Ich habe auch ein paar Kindern bei einer Schneeballschlacht zugeschaut. Es ist schön, dass sie wieder da sind.«

Cayden nickte nachdenklich und sein Blick blieb an meiner Hand hängen. »Was tragt Ihr eigentlich für einen Ring?«

Ich betrachtete den Sonnenring, der im Feuerschein orange und rot glänzte. »Meine Mutter hat ihn mir zu meinem sechsten Geburtstag geschenkt. Er soll mir Kraft schenken. Angeblich hat er einmal einem berühmten Sonnenkrieger gehört.«

»Kann ich ihn sehen?«

Ich rutschte auf dem Sessel zurück, bis sich das Polster in meinen Rücken drückte. »Ich habe ihn noch nie ausgezogen. Nur, als er nicht mehr an meinen Ringfinger passte ...«

»Bitte.« Seine Stimme war tief und samtig weich, wie ein Kissen, auf das ich mich fallen lassen wollte. Ich öffnete den Mund, um ihm zu widersprechen, aber die Wärme in seinen Augen brachte mich zum Umdenken. Langsam zog ich den Ring aus und präsentierte ihn auf der Handinnenfläche. Cayden stand auf und kam geschmeidig auf mich zu, mehr wie eine Raubkatze als wie ein Wolf. Ich hielt den Ring einen Moment über Caydens ausgestreckter Hand, bis ich ihn fallen ließ. Er umschloss ihn so sacht, als sei er ein Schmetterling, und inspizierte mich.

»Fühlt Ihr Euch anders?«, fragte er.

»Wieso sollte ich?«

»Dem Schmuck der Sonnenkrieger werden magische Fähigkeiten zugesprochen.«

»Ich fühle mich so wie immer – denke ich zumindest.«

Cayden nickte gedankenverloren und hielt mir den Ring zwischen Daumen und Zeigefinger geklemmt hin. Vorsichtig steckte ich den kleinen Finger hindurch und achtete penibel darauf, ihn nicht zu berühren. Trotzdem kroch seine Körperwärme meine Hand entlang, als tauchte ich sie in warmes Wasser. Das Herz polterte in meiner Brust so laut und unregelmäßig, dass er es hören musste. Wir waren zwar nach daringtoner Tradition verheiratet, aber zu Hause gehörte immer ein Austausch von Ringen dazu. Vielleicht fühlte es sich deswegen so intim an. Ich schlug die Augen nieder und nur für einen Moment verharrte seine große Hand um meine, wie eine Umarmung. Meine Wangen brannten, aber er räusperte sich und ich zog schnell den Arm zurück.

Stattdessen griff ich nach meinem Tee in einem gebrannten Tonbecher mit einem eingeprägten Wolf darauf. In Laysolleilée wäre er aus Porzellan mit einem Goldrand gewesen und delikate Schnörkel und Kringel hätten sich wie ein Band darum gewunden. Es hätte eine Untertasse dazu gegeben.

»Tragt Ihr elfisches Blut in Euch?«

Ich spuckte fast den Kräutersud aus vor Lachen und schaute an mir hinunter. »Ich bitte Euch. Eure Kleider verstecken noch weniger als unsere. Ihr müsst gesehen haben, Eure Majestät, dass meine Hüften viel zu breit sind und meine Beine zu kurz, um auch nur annähernd elfisch sein zu können.«

Er summte und vertiefte sich wieder in die Übersetzung, die Stirn in tiefe Falten gelegt. Cayden sah immer so angespannt aus, als lastete die Verantwortung der ganzen Welt auf seinen Schultern.

»Wie kommt Ihr darauf?«, fragte ich.

Cayden fasste sich mit Daumen und Zeigefinger an die Nasenwurzel und schloss kurz die Augen. »Ich bin mir sicher, dass unsere Existenz mit den Elfen zusammenhängt. Es gibt Hinweise. Welches andere Volk kennt Ihr, das Blutmagie praktiziert?«

»Was haben Werwölfe mit Blutmagie zu tun?«

»Das ist die einzige logische Erklärung. Wenn sich unser Blut mit dem eines Menschen vermischt, wird er auch zu einem Werwolf.«

»Außer ich.«

»Außer Ihr. Deswegen die Frage, ob Ihr elfisches Blut in

Euch tragt. Es wäre eine Erklärung, warum Ihr gegen den Effekt immun seid.« Er legte den Kopf auf die Sesselkante und starrte an den Kerzenhalter, der unter der Decke schwebte. Es war der gleiche wie ihm Thronsaal, nur kleiner.

Ich fuhr mit dem Zeigefinger über das kunstvoll gewachsene Holz der Elfenschriftrolle. »Ich kann mir nicht vorstellen, dass die Elfen den Menschen mit Absicht so eine Plage auf den Hals hetzen würden.«

Beim Wort »Plage« verengten sich Caydens Augen und ich biss mir auf die Zunge. Manchmal war es einfach zu vergessen, dass Cayden einer von ihnen war. Nein, nicht nur einer.

Der oberste Wolf. Der König. Das Alphamännchen.

Ich schluckte und presste mich tiefer in den Sessel. Er roch nach Cayden – nach Tannennadeln, Kälte und Kräutertee. Trotz allem fühlte ich mich sicher. Aber dann wurde mir wieder bewusst, wer vor mir saß. Wenn die Werwölfe so gefährlich für mich waren, war er der gefährlichste von allen. Er hatte mir zwar gesagt, dass ich bei ihm sicher war, aber was war sein Wort wert? Und ich saß Abend für Abend mit ihm in einem Raum, ohne Schutz. Er nahm nicht einmal Argylusbeeren. Ich wischte meine feuchten Handflächen unauffällig am Kleid ab.

Caydens Nasenflügel bebten und er schnaubte. »Ich bin in dieser Burg die geringste Gefahr für Euch.«

»Woher wisst Ihr –«

»Werwolf. Wir können den Angstschweiß riechen.«

Ich legte den Kopf schief. »Wie riecht Angst?«

»Das kommt darauf an. Die Angst um einen geliebten Menschen riecht dumpf, schnell pochend. Es ist schwer zu beschreiben. Wie ein dunkles Gelb, ein zu schwerer Mantel, der einen erdrückt. Angst vor Schrecklichem riecht scharf, wie eine Klinge, die in das Herz getrieben wird, ein giftiges Grün. Wir hören auch den Herzschlag, der sich beschleunigt. Es ist der Gesamteindruck«

»Was könnt Ihr noch erkennen?«

»Übermäßige Freude. Erregung.«

Meine Wangen brannten und mein Kopf musste hochrot sein. Ich räusperte mich. »Gut zu wissen.«

»Eure Übersetzungen haben mich übrigens viel weitergebracht«, sagte Cayden und ich war dankbar für den Themenwechsel. Trotzdem runzelte ich die Stirn. Was er wohl als hilfreich empfand? Das meiste waren Übersetzungen von verschiedenen Ritualen, auch nicht magische. Manche schrägen Blutrituale waren dabei gewesen, etwas Pflanzenmagie und ich war etwas dankbarer, dass die Werwölfe mit den Elfen nichts mehr zu tun hatten. Durch einen Tropfen Blut konnte sogar eine andere Person kontrolliert werden. Ich erschauderte und fuhr mit dem Finger über die hauchdünnen Runen und fragte mich, was diese Schriftrolle noch für Geheimnisse in sich barg.

Cayden stand auf und schenkte sich am Servierwagen Wein in einen Kelch ein. Mit ruhigem Blick tastete er meinen Körper ab und lehnte sich unter dem goldumrandeten Porträt an die Wand. »Ich habe jemanden gefunden, von dem ich möchte, dass Ihr ihn trefft. Ein Heiler. Wann passt es Euch morgen?«

»Es ist nicht so, dass ich viel vorhätte«, sagte ich und rollte mit den Augen.

Cayden nickte, stieß sich von der Wand ab und zog unter dem Bett einen Sack hervor. »Gut, ich werde Euch im Laufe des Tages besuchen. Die Lage mit den Wölflingen hat sich etwas entspannt. Ich denke, bald könnt Ihr wieder in den Garten, wenn sie nicht da sind. Die anderen sollten sich langsam an Euren Geruch gewöhnt haben. Dann muss ich Wyler und Aradan nicht immer abstellen.«

Cayden hob das Fell auf seinem Bett an und verteilte den Inhalt des Sacks auf der Holzfläche. Sofort erfüllte der Geruch von Heu den Raum und mir wurde warm ums Herz. Unsere Augen trafen sich und ich senkte den Blick, meine Wangen glühten. »Arnoît kann mich begleiten.«

Der König schnaubte. »Er ist ein Mensch. Selbst mit einer Eurer Schusswaffen richtet er gegen mehrere Werwölfe nichts aus.«

»Wieso habt Ihr mir dann überhaupt erlaubt, einen Leibwächter mitzubringen?«

»Habe ich nicht.«

Ich schaute auf.

»Ich hatte Eurem Vater geschrieben, dass er Euch allein schicken soll. Unter normalen Umständen wärt Ihr jetzt ein Werwolf. Damit hätte ich nicht für die Sicherheit Eurer Begleitung garantieren können. Jeder von uns reagiert anders auf Menschen, besonders bei negativen Emotionen wie Trauer oder Wut. Einige von uns werden unkontrollierbar. Euer Vater versicherte mir aber, dass die Person sich des Risikos bewusst wäre und auf die Begleitung bestände. Ich hatte ehrlich gesagt mit einer Gesellschafterin gerechnet, nicht mit einem mittelalten Mann.«

Ach, Arnoît. Er hatte alles in Ferlacroix zurückgelassen, damit ich zwischen Werwölfen nicht allein war. Das schlechte Gewissen überrollte mich wie eine Lawine. Ich hatte ihn in den letzten Wochen zum Teil schlecht behandelt. Für die nächste Zeit nahm ich mir vor, es besser zu machen.

Cayden setzte sich wieder mir gegenüber und pflückte ein paar Heuhalme von seiner schwarzen Hose. »Seid Ihr mit der nächsten Seite fertig? Den Rest Eurer Übersetzung habe ich gelesen.«

Ich streute Sand auf die nasse Tinte, nickte und reichte ihm den nächsten Bogen.

Zum vierten Mal zupfte ich an dem Baumwolltuch, das über den Heusäcken auf meinem Himmelbett lag. Die letzte Falte glättete ich mit dem Zeigefinger. Spiegelglatt. Ich nickte zufrieden und fuhr noch mal über den Tisch. Nicht mal das kleinste Körnchen Staub. Alles sollte perfekt sein, wenn Cayden kam. Ich hatte ein flaues Gefühl im Magen. Feanne biss sich auf die Unterlippe, aber ich hatte ihr Grinsen gesehen.

»Macht Euch keine Sorgen, Eure Majestät«, sagte sie.

Sie hatte leicht reden. Das war Caydens erster Besuch und er hatte eine Überraschung. Alles musste perfekt sein. Endlich klopfte es an der Tür. Ich krallte mich an der Sessellehne fest. Schnell zupfte ich den etwas zu großen Ausschnitt meines Leinenkleids zurecht und räusperte mich. »Herein.«

Ein hochgewachsener Mann, halb so breit wie Cayden, trat durch die Tür. Seine langen, silbrigen Haare waren strähnig und ich musste nicht auf seine spitz zulaufenden Ohren schauen, um zu wissen, dass er ein Elf war. Trotzdem sah Cayden dahinter aus wie ein Berg.

Der Elf nahm die Kapuze seiner mehrfach geflickten, braunen Robe ab und verneigte sich tief. »Eure Majestät.« Er streckte eine Hand aus, die Innenfläche in Richtung Decke gedreht. Darauf spross ein Schneeglöckchen, das genauso kümmerlich wirkte wie der Elf. Das Einzige, was nicht heruntergekommen aussah, war der lange braune Holzstab, der elegant in sich verschlungen war.

Ich wich zurück. »Das ist Euer Heiler?«

»Einer meiner Männer hat ihn in einer kleinen Hütte im Wanshot-Gebirge gefunden. Er kann uns vielleicht helfen«, sagte Cayden und lehnte sich an den Türrahmen.

»Was meint Ihr damit, er kann uns vielleicht helfen?«

Die Tischkante bohrte sich in meinen Hintern. Ich konnte keinen Schritt mehr zurückweichen.

»Mit seiner Hilfe könnten wir herausfinden, warum Ihr Euch nicht in einen Werwolf verwandelt habt. Euer Blut scheint die Antwort zu sein.«

Die Tischbeine schabten über den Boden, weil ich mich zu sehr dagegenstemmte.

»Aber dafür muss ich Euch näherkommen, Eure Majestät«, sagte der Elf und lächelte. Einige seiner Zähne hatten braune Flecken und es schüttelte mich am ganzen Körper.

»Schickt ihn weg.« Ich schaute Cayden direkt in die Augen. »Habt Ihr mich nicht gehört? Schickt ihn weg!« Meine Stimme war schrill, aber es scherte mich nicht. Ich hatte von den verrückten Blutritualen gelesen. Der Elf könnte meine Gedanken lesen, die Kontrolle über meinen Körper übernehmen oder mich willenlos machen. Nur ein Wahnsinniger würde so etwas gestatten. Mein Brustkorb bebte und meine Fingernägel bohrten sich tief in das Holz des Tischs.

Einen Moment lang sog sich Caydens Blick in meinem fest. Dann machte er eine Kopfbewegung in Richtung Tür. Der Elf schloss seine Hand, wobei das Schneeglöckchen verwelkt zu Boden fiel, und verneigte sich vor ihm.

»Pustet diesen Vogel dreimal an und gebt ihm eine Nachricht mit. Er wird mich finden«, sagte der Elf und überreichte Cayden einen zierlich geschnitzten Holzvogel, bevor seine Schritte im Gang verhallten.

»Seid Ihr verrückt geworden? Ich würde niemals einen gefallenen Elfen an mich heranlassen! Ihr habt die Texte doch auch gelesen. Wenn die Elfen ihn verstoßen haben, wie viel Gutes kann er im Schilde führen? Er wollte Blutmagie an mir praktizieren. Ich fasse es nicht, dass Ihr das überhaupt in Betracht gezogen habt.«

»Er ist der einzige Elf, an den ich komme«, knurrte Cayden. »Ihr wisst genau so gut wie ich, dass die Baumhocker sich für Euereins nicht interessieren – für unsereins sowieso nicht.«

»Aber ein gefallener Elfenheiler kann nicht Euer Ernst sein!« Meine Stimme bebte vor Wut. Ich stürmte ein paar Schritte nach vorne und bohrte den Zeigefinger anklagend in sein Hemd. Darunter hob und senkte sich Caydens Brustkorb viel zu schnell und mir war schlagartig klar, wie nah ich ihm war. Ich blickte beschämt weg, als sich seine Muskelstränge abzeichneten.

»Er wollte nur etwas Blut. Nicht die Seele Eures erstgeborenen Kindes! Ich dachte, Ihr wärt genauso an einer Lösung der Mondkrankheit interessiert wie ich, und Euer Blut ist der beste Weg dorthin«, fuhr Cayden mich an und machte einen Schritt zur Seite.

»Statt als Zuchtstute zu dienen, soll ich Euch also eine Erklärung dafür liefern, warum ich mich nicht verwandelt habe?«

»Das ist doch der ganze Sinn der Sache. Was glaubt Ihr, warum Ihr hier seid? Glaubt Ihr ernsthaft, ich hätte diesen Frieden wirklich gebraucht? Nur, weil Ihr aus dem Osten Schusswaffen importiert habt?«

Ich starrte ihn mit aufgerissenen Augen an.

»Ja, es wäre blutig gewesen. Männer und Frauen wären gestorben. Aber am Ende hätten wir gesiegt. Wir sind schneller als ihr, wir sind stärker. Ein paar Schusswaffen ändern nichts. Ferlacroix hätte am Schluss uns gehört und Ihr weigert Euch, auch nur etwas Blut von Euch zu geben.«

Meine Stimme bebte. »Es ist besser, wenn Ihr jetzt geht.«

»Das denke ich auch.« Er fletschte die Zähne und knallte die Tür hinter sich zu.

Ich zitterte am ganzen Körper und krallte mich an der Tischkante fest.

»Arnoît«, rief ich und sofort öffnete sich die Tür.

Er stürzte nach vorne und griff meine Hände. »Was ist passiert?«

»Hast du den Elfen gesehen?« Tränen liefen über meine Wangen und ich schniefte.

»Ja. Élèntine, bei der Sonnengöttin, was ist passiert?«

»Der König wollte, dass er mich untersucht.« Ich wischte meine Rotznase an dem Leinenärmel ab.

Arnoît legte seine Hand an die Schnürung meines Kleids und führte mich zu einem Stuhl, bevor er aus seiner Tasche ein gepresstes, weißes Baumwolltaschentuch herausholte. Seine Initialen waren darauf gestickt. »Er hat es bestimmt gut gemeint.«

»Ich habe versagt und er hasst mich dafür.«

»Niemand kann etwas dafür, dass du kein Werwolf bist.«

»Da denkt der König anders.« Meine Stimme klang bitter. »Er will, dass ich mein Blut einem Elfen gebe. Obwohl ich ihm Texte darüber übersetzt habe, was sie alles Schlimmes mit meinem Blut anstellen könnten.«

Arnoît strich mir eine braune Locke aus dem Gesicht. »Werwölfe sind hitzköpfig. Gib ihm Zeit, sich zu beruhigen, er wird es verstehen.«

Ich schnäuzte in das Taschentuch und faltete es in meinem Schoß. Es war dasselbe, das ich ihm zur Sommersonnenwende vor vielen Jahren geschenkt hatte. Die Nadelstiche noch ungelenk und der Stoff schon einmal geflickt. Aber er hatte es behalten. Mit Tränen in den Augen schaute ich in Arnoîts besorgtes Gesicht. »Er hat mir gesagt, dass mein Vater dich nicht hierhergeschickt hat. Du hast es selbst entschieden.«

»Da bin ich wohl aufgeflogen«, murmelte Arnoît, aber er lächelte und ging vor mir in die Knie.

»Ich verstehe nicht, wieso?«

Arnoît wischte mit dem Daumen eine Träne unter meinem Schleier weg und nahm meine Hände in seine. Sie waren nicht so warm wie Caydens, aber es beruhigte mich. »Erinnerst du dich an unser erstes Treffen? Als du dich mit Floréane zum Schlittenfahren aus dem Schloss geschlichen hast?«

Wie könnte ich das vergessen? Ich wäre fast erfroren.

»Deine Kleidung war klatschnass, deine Lippen blau, als ich dich aus dem Schneehaufen im Wald zog. Trotzdem waren deine ersten Worte, dass es deine und nicht Floréanes Schuld war. In dem Moment schwor ich mir, dich mit meinem Leben zu beschützen. Und dieses Versprechen werde ich einhalten. Was auch immer passiert, Élèntine, ich bin an deiner Seite.«

12

Auf dem Wehrgang pfiff der eisige Wind durch die Zinnen und ich schlang meinen Umhang enger um die Schultern. Die Aussicht auf die schneebedeckten Gebirgsketten und die weißen Wipfel machte die Kälte wett.

Ich lehnte mich über die Brüstung und spähte in den Garten. Cayden schritt barfuß nur mit einer Hose bekleidet auf dem Kiesweg, bei jeder Treppe nahm er zwei Stufen auf einmal. Meine Reaktion vor ein paar Tagen schien er nicht zu verstehen. Ich bekam fast den Eindruck, dass *ich* seiner Meinung nach einen Fehler begangen hatte. Ich fuhr mit den Fingerspitzen durch den Schnee zwischen zwei Zinnen. Die Oberfläche war schon vereist. Cayden hatte beinahe die Burg erreicht und ich lehnte mich an den kalten Stein. So viel zu meinem Plan, nützlich für ihn zu sein, um meine Position hier zu verbessern. Wyler brachte mich abends nicht mehr in seine Gemächer und der König hatte auch nicht mehr mit mir gesprochen. Trotzdem standen Wyler und Aradan heute für mich zur Verfügung und ich würde mir den Tag nicht von einem eingeschnappten Werwolf verderben lassen.

Ein Rufen, das aus dem Garten nach oben drang, zog

meine Aufmerksamkeit auf sich. Morgyn stürzte sich auf Cayden, eine Frau und ein anderer Mann rissen ihn an den Armen zurück. Der König stiefelte direkt auf ihn zu und beugte sich so weit zu ihm vor, dass sich ihre Nasenspitzen fast berührten. Was immer er sagte, Morgyns angespannte Haltung verpuffte ins Nichts und er stolperte zurück, bevor er sich tief verneigte.

Wyler stieß hinter mir Luft aus, sein Atem stieg als Wolke in Richtung Himmel. »Ich sage doch, heute hängt was in der Luft und es ist nicht nur der nahende Vollmond. Wie leichtsinnig von Morgyn, Cayden anzugreifen.«

»Ist das normal?«, fragte ich.

»Nicht unbedingt. Aber Morgyn hat sich letztens schon mit Cayden in die Haare bekommen. Wenn er sich noch mal so etwas leistet, wird es bald hässlich werden. Cayden kann nur ein gewisses Maß an Respektlosigkeit tolerieren, ohne dass er als Anführer infrage gestellt wird.«

Ich versenkte die gespreizten Hände im Schnee, der auf der Zinne lag, und genoss die beißende Kälte auf meiner Haut. »Was hat Morgyn das letzte Mal getan?«

»Ihr wisst es nicht?«, fragte Wyler. Aradan schaute ihn streng von der Seite an und die beiden wechselten ein paar Blicke, die ich nicht zu deuten vermochte.

Wyler rollte mit den Augen, als Reaktion auf … ich wusste es nicht. »Er hat Euch beleidigt, nachdem Ihr das erste Mal im Thronsaal wart. Hat Euch ein mickriges Mäuschen genannt. Cayden fand das nicht so lustig.«

Ich erinnerte mich zu gut an den Kampf. Fast glaubte ich nicht, dass Cayden dabei *mich* verteidigt haben sollte. Dem König nachzusagen, dass er eine schlechte Brautwahl getroffen hatte oder dass der Frieden eine furchtbare Entscheidung gewesen war, war respektlos. Ich runzelte die Stirn und formte aus dem teilweise gefrorenen Schnee einen Ball. Er war hart wie Eis.

»Verzieht nicht so das Gesicht«, sagte Wyler. »Gerade wart Ihr noch fröhlich.«

»Euer König ist nicht immer leicht zu verstehen.« Ich warf den Eisball von einer Hand in die andere, zielte auf die Mauer des Glockenturms und schleuderte ihn nach vorn. Das Stück Eis zersprang und rieselte in feinen Schneeflocken in den Innenhof.

»Streng genommen ist er auch Euer König. Aber von Caydens Launen solltet Ihr Euch nicht so mitnehmen lassen.«

Ich zuckte mit den Schultern und schlenderte auf die andere Seite des Wehrgangs. Durch den Innenhof zogen sich unzählige Fußspuren. Kurz blieb mein Blick an einem kleinen Paar hängen, das vom Brunnen in der Mitte wegführte.

»Schaut lieber her.« Wyler vollführte mit Aradan zusammen einen kleinen, perfekt synchronisierten Stepptanz, wie ich Ihn aus den südlichen Bacodeau in Ferlacroix kannte. Obwohl Aradan eher so aussah, als hätte man ihn gezwungen, in eine Zitrone zu beißen. Er schüttelte sich kurz und blieb stehen. Wyler hatte ihn durch ihre Verbindung dazu gebracht.

Ich grinste und öffnete den Mund, da knallte die Tür zum Treppenhaus gegen die Steinwand. Schnee rieselte vom Dach des Glockenturms auf den vereisten Wehrgang. Cayden hatte immer noch kein Hemd an. Ich wandte den Blick ab und presste mich an den kalten Stein einer Zinne.

»Kommt her, Ihr macht es mir unnötig schwer«, befahl er in einem Ton, der keinen Widerspruch duldete. Ich starrte auf seine nackten Füße, an denen verwelkte Blätter und Erdkrümel klebten. Warme Finger umfassten mein Handgelenk und der sanfte Druck hätte vor ein paar Tagen noch rückversichernd sein können. Jetzt war ich darauf gefasst, dass Cayden mich zwischen den Zinnen in die Tiefe zog.

Stattdessen rieb er sein blasses Handgelenk an meinem. Er war mir das erste Mal so nahe und ich erkannte die feinen, silbrigen Narben, die sich über seine Arme zogen. In meinem Magen breitete sich ein flaues Gefühl aus, das ich schon kannte, wenn er in der Nähe war.

»Was tut Ihr da?«, fragte ich mit zitternder Stimme.

»Ich markiere Euch. So weiß jeder, dass Ihr zu mir gehört. Das sollte zumindest etwas abschrecken, wenn Ihr Euer Zimmer verlasst«, sagte Cayden, als sei es das Natürlichste der Welt. Ich gehörte zu *ihm*. Die Worte waren bedeutungslos, leere Hülsen. Seit unserem letzten Streit verhielt er sich so distanziert wie am Anfang, ich war ihm egal. Trotzdem lösten sie eine wohlige Wärme in mir aus, ein Gefühl von Geborgenheit, von Zugehörigkeit. Nur für den Bruchteil eines Herzschlags wollte ich daran glauben, dass er damit vielleicht mehr meinte. Aber den Gedanken schüttelte ich schnell wieder ab.

Cayden rieb sein Handgelenk an meinem anderen. »Außerdem ist das eine zusätzliche Lebensversicherung für heute Nacht. Ihr werdet mit eurem Leibwächter allein hier zurückbleiben. Es sollte sich eigentlich kein Werwolf aus dem Dorf hierher verirren, ganz sicher kann ich aber nicht sein.«

»Wo geht Ihr hin?«

»Heute Nacht ist Vollmond. Ich werde mit meinem Rudel jagen. Das stärkt den Zusammenhalt.« Er schob meinen Umhang beiseite und den Wollärmel hoch. Dann rieb er sein Handgelenk an meiner rechten Ellenbeuge. So viel Hautkontakt hatten wir noch nie gehabt. Meine Wangen röteten sich und mein Mund war staubtrocken. Diese kleinen Bewegungen fühlten sich seltsam intim an.

Ich räusperte mich. »Wie genau markiert Ihr mich?«

»Werwölfe haben in ihrer Menschengestalt bestimmte Drüsen an den Achseln und Ellenbogen, am Pulspunkt des

Handgelenks und den Kniekehlen. Indem ich Euch mit meinem Geruch einreibe, übertünche ich Euren und niemand wird es wagen, Euch anzugreifen.«

Ich erinnerte mich, dass Feanne mir davon erzählt hatte. Ein Schauer lief mir den Rücken hinunter bei dem Gedanken, dass ein Werwolf hier hereinkommen könnte. Niemand wäre da, um ihn aufzuhalten. Caydens Nasenflügel blähten sich. Er hatte meine Angst gerochen.

»Es ist höchst unwahrscheinlich, dass Euch etwas geschieht.« Er rieb seinen Unterarm sanft an meinem Hals und sein warmer Atem kitzelte im Nacken. »Alle sind im Wald jagen, das hier ist nur eine Vorsichtsmaßnahme.« Sanft fuhr er mit den Fingerspitzen unter meinem Kinn entlang.

Ich schauderte unter seiner Berührung, aber dieses Mal hatte es einen anderen Grund und ich presste die Oberschenkel zusammen. Caydens Nasenflügel bebten und meine Wangen glühten, als sich seine Pupillen weiteten. Hastig schloss er mich in die Arme und presste mich an seinen harten Oberkörper. Nur für einen Augenblick. Dann ließ er mich los, als hätte ich ihn verbrannt. Trotzdem machte sich in meinem Bauch ein warmes Gefühl breit, das ich so nicht kannte. Wyler grinste breit.

Cayden räusperte sich. »Das sollte reichen.«

Ich war wie versteinert und erst als Wyler mir einen eindringlichen Blick zuwarf, knickste ich tief. Kurz träumte ich davon, wie es wäre, wenn diese Bindung keinem höheren Zweck diente. Eine Ehe aus Liebe, wie in den Büchern. Aber das war ein lächerlicher Gedanke. »Habt Dank«, sagte ich.

»Ich wünsche Euch eine angenehme Nacht.«

»Euch eine angenehme ... Jagd.«

Cayden drehte sich kurz vor der Tür noch einmal um und fixierte mich mit seinen grauen Augen. »Das sollte selbstverständlich sein, aber bei Euch weiß man nie: Ihr findet Euch zum Tee in Eure Gemächer ein. Danach, insbesondere in der Nacht, bleibt Ihr dort.«

»Natürlich, Eure Majestät.« Mir fiel kein Grund ein, der mich bei Vollmond in Darington aus den sicheren Steinmauern meiner Räumlichkeiten bekommen würde.

Cayden verneigte sich und verschwand. Was würde ich dafür geben, in seinen Kopf schauen zu können. Ich seufzte und presste die Stirn an eine Zinne. Wenn das Ritual geklappt hätte, könnte ich das. Aber das hatte es nicht und deswegen befand ich mich in dieser Misere. Es würde eine unruhige Nacht werden.

Das Mondlicht fiel in den Raum und malte Schatten auf meine Bettdecke. Ich wälzte mich zurück auf die andere Seite, schüttelte noch mal das Kissen auf, aber die Unruhe in mir blieb. Mit den Fingern tastete ich nach dem Sonnenglanz, aber ich fand nichts. Er war bestimmt wieder in die Ritze zwischen Wand und Bett gefallen.

Von draußen drang Geheul durch das dünne Fensterglas. Ich zuckte zusammen und zog die Decke ein Stück höher. Trotzdem fröstelte ich. Solange ich die Augen auch zupresste, der Schlaf wollte mich nicht finden. Vielleicht färbten die Werwölfe auf mich ab, dass ich bei Vollmond nicht mehr schlafen konnte. Ich zählte noch mal alle siebenundzwanzig Heiligen der Sonnengöttin auf und war immer noch hellwach.

Mein Blick fiel auf das Pflanzenbuch, das mir Jarson gegeben hatte. Der kalte Wind pfiff durch die Ritzen zwischen Fenster und Mauer und ich schlang meine Bettdecke enger um die Schultern. Ich tappte zum Kamin, entzündete die Kerze vom Nachttisch und wollte es mir gerade im Bett mit dem Buch bequem machen, als mein Blick in den Garten fiel.

Ich hatte Glück, der Sternensand blühte im Schnee und sah im Mondlicht wie der in Nebel gehüllte Nachthimmel aus. Morgen bei Sonnenaufgang würden sich die Blütenkelche wieder schließen. Eine solch wunderschöne Blume hatte ich noch nie gesehen. Die weißen Blütenblätter wirkten fast durchscheinend. Was würde ich dafür geben, sie aus der Nähe zu betrachten. Ich klammerte mich fester an das in Leinen gebundene Pflanzenbuch und ein Gedanke keimte in mir. Wenn die Blume magisch war, wie es darin geschrieben stand, konnte ich mit ihr vielleicht eine Heilung für die Mondkrankheit finden. Wenn mir das tatsächlich gelang, musste ich mir nie wieder Sorgen darum machen, wie meine Stellung am Hof war. Ich könnte für immer von hier verschwinden. Zum Steinhäuschen am Meer. Es wäre ein guter Grund, nach draußen zu gehen und eine Blüte zu pflücken.

Ich knabberte an der Unterlippe. Die Pflanzen blühten nur bei Mondlicht und die Werwölfe unterlagen dessen Einfluss. Ich sollte jemanden bitten, mir eine Blume zu bringen. Aber Feanne, Wyler und Aradan jagten mit im Wald und Jarson hatte gesagt, dass sich nicht jeden Vollmond Blüten zeigten. Ich konnte – ich *wollte* – nicht bis zum Ende des nächsten, vielleicht sogar übernächsten, Mondzyklus warten. Je schneller ich dem König eine Lösung präsentierte, desto schneller war ich weg von hier. Außerdem war der Gedanke verführerisch, die zarten Kelche zwischen den Fingern zu spüren ... Von draußen drang ein Heulen an mein Ohr und ich schauderte.

Konnte ich es wagen, nach draußen zu gehen? Ich hasste es, hier eingesperrt zu sein. Mehr als alles andere und wenn kein Werwolf mehr in der Burg war, dürfte mir nichts passieren. Außerdem hatte Cayden mich markiert. Ich würde nur kurz in den Garten gehen, eine der Blumen pflücken und wieder nach oben zurückkehren.

Ich warf mir den Brokatumhang über das Wollnachthemd und schlüpfte in meine Reiterstiefel. Nur ein kleiner Spaziergang, sagte ich mir, als ich vorsichtig die Klinke niederdrückte.

Arnoîts schlaftrunkene Stimme drang an mein Ohr. »Élèntine, wo gehst du hin?«

Ich zuckte zusammen. Verdammt. Er stand mit einer Laterne in der Hand vor meinem Bett, sein Hemd hing halb aus der Hose heraus.

»Nur kurz nach draußen.«

»Das ist die schlechteste Idee, die du jemals hattest. Und dabei zähle ich das Mal mit, als du die Frösche in den Zeremonienstiefeln deines Vaters versteckt hast.«

Ich verknotete die Bänder des Umhangs um meinen Hals und schnürte die Stiefel. »Du musst ja nicht mitkommen.«

»Dir muss doch klar sein, dass das Wahnsinn ist! Wir sind mitten in Darington! Hast du wenigstens deine Muskete dabei?«

Ich schüttelte den Kopf. Den Kerzenständer in der einen Hand, die Pflanze in der anderen, ich hätte keine Hand mehr frei.

»Was willst du überhaupt da draußen?«

»Eine Blüte des Sternensands pflücken.«

Arnoît seufzte. »Hol schnell deine Muskete, lade sie mit der Kugel, die ich dir gegeben habe, und dann gehen wir. Auf dem Rückweg trage ich sie dann. Aber nur eine Blüte, dann kehren wir wieder um.« Er blickte mich mahnend an. Ich grinste, wandte mich ab und kramte aus den Tiefen des Kleiderschranks die Muskete heraus. Hastig riss ich eine Patrone auf, füllte das Schwarzpulver hinein und legte die Kugel aus meinem Brustband ein, bevor ich in den Gang stolperte. Arnoît hatte seine Muskete angelegt. Zusätzlich glänzte ein Rapier an seinem Gürtel.

»Schau nicht so grimmig. Was soll schon schiefgehen?«, sagte ich und knuffte ihn in die Seite.

Arnoît fuhr mit der Hand über das Gesicht. »Lass es uns einfach hinter uns bringen.«

Wie so oft in letzter Zeit, hatte er Augenringe und sah erschöpft aus. Bis jetzt hatte er immer mich aufbauen müssen. Dabei war er ebenfalls in seiner kleinen Kammer gefangen. Ich war so darauf fokussiert gewesen, dass *ich* hier überlebte und wie unwohl *ich* mich fühlte, dass ich vollkommen vergessen hatte, dass Arnoît ebenfalls seine Heimat zurückgelassen hatte. Im Gegensatz zu mir hatte er das Leben geführt, das er wollte. Ich nahm mir vor, für den Anfang einen Rehbraten mit Pflaumensoße für ihn in der Küche zu bestellen. Einen Moment hielt ich inne und schaute in sein fackelbeschienenes Gesicht.

»Alles in Ordnung, Élèntine?«

»Ja ... Mir ist gerade nur bewusst geworden, wie froh ich bin, dich zu haben.«

»Jetzt komm, bring einen alten Mann nicht zum Weinen. Holen wir schnell deine Blume und dann schlafen wir.«

Unsere Schritte hallten gespenstisch in den verlassenen Gängen wider. Selbst die Tür in den Garten, die sonst immer offen war, musste Arnoît für mich aufdrücken. Die kalte Nachtluft schmiegte sich an meine nackten Beine. Es roch nach Winter, Schnee und Kälte – ein bisschen wie Cayden. Einen Moment schloss ich die Augen und genoss die beißende Kälte auf meinen Wangen. In der Burg hatte ich selten das Gefühl, richtig atmen zu können.

»Komm schon, Élèntine, du hast gesagt, eine Blume und dann geht es wieder rein«, riss mich Arnoîts Stimme aus den Gedanken.

Ich nickte und ging über den gepflasterten Platz, die vier Stufen hinunter in den Garten. Der Kies knirschte unter meinen Schuhsohlen und der Frost darauf funkelte im Mondlicht. An jedem anderen Ort als Darington hätte das zauberhaft ausgesehen. Im Wald heulte ein Wolf und ich zuckte zusammen.

»Élèntine«, drängte Arnoît.

Wir gingen über das erste Plateau. Die Treppen hinunter, dann noch ein paar Schritte weiter und die ersten Büsche wären in Reichweite. Gleich hatte ich es geschafft.

Das Blut gefror in meinen Adern, als ich das Knurren hinter mir hörte.

Viel zu langsam drehte ich mich um. Ein brauner Werwolf stand über uns auf dem Vorplatz und fletschte die Zähne. So groß wie ein Pony, ein Berg aus Muskeln. An einem seiner Reißzähne tropfte der Speichel hinunter.

»Bei der hellen Göttin. Was immer passiert, bleib hinter mir, Élèntine.«

Ich war wie versteinert. Zwei weitere Werwölfe pirschten sich aus dem Schatten der Burg an und flankierten den Braunen. Seine krankhaft gelblichen Augen glitzerten gefährlich im Vollmondlicht. Er knurrte und setzte eine Pfote nach vorn auf die erste Treppenstufe.

»Stehen bleiben!«, rief Arnoît und hob die Muskete, aber seine Stimme zitterte leicht. Der Werwolf knurrte lauter.

»Élèntine, ich will, dass du dich jetzt sofort umdrehst und ganz in Ruhe zum Ende des Gartens gehst. Bis zum Flussufer.«

Ich wagte es nicht zu widersprechen. Der Kies knirschte laut und mit wackeligen Knien drehte ich mich um. Das Knurren war auf einmal mehrstimmig und ich versuchte nicht daran zu denken, was das hieß. Ein Heulen hallte durch die Nacht. Trotz Arnoîts Warnung, langsam zu gehen, hastete ich an den Winterrosenbüschen vorbei. Die Kerzen erloschen im Luftzug und ich warf den Ständer in eines der Beete.

Ein Schuss hallte durch den Garten und zerriss die Spannung in der Luft. Ich schrie und wagte nicht, über meine Schulter zu schauen. Stattdessen rannte ich los, als die ersten Pfoten den Kies berührten. Das dumpfe Geräusch von zwei aufeinandertreffenden Körpern ertönte und ein schmerzerfüllter Schrei trieb mir Tränen in die Augen. Für den Bruchteil eines Herzschlags überlegte ich, Arnoît zu Hilfe zu eilen, aber meine Angst war zu groß. Das Schreien hielt an, verzweifelt und markerschütternd, aber das Heulen und Knurren übertönte es bald.

Ich hechtete an kahlen Büschen vorbei, um den Springbrunnen herum auf die erste Balustrade zu und sprang, ohne darüber nachzudenken, darüber. Kalte Luft pfiff an meinen Ohren vorbei und ich verlor im Fall das Gleichgewicht. Ich kam zwar auf den Füßen auf, aber die Wucht des Sturzes riss mich nach vorne und ich fiel hin. Der Kies riss meine Knie auf und warmes Blut lief mein Schienbein hinunter. Von hinten drang Heulen und Bellen an mein Ohr und die Angst nahm mir fast die Luft zum Atmen. Stolpernd kam ich wieder auf die Füße, aber verlor dabei die Muskete. Über mir knurrte es und ich warf einen Blick über die Schulter. Der braune Wolf stand auf dem Vorsprung, auf dem ich mich gerade noch befunden hatte. Das Mondlicht zeichnete seine Umrisse weiß. Sein Maul war dunkelrot verschmiert und etwas Blut tropfte auf die Steinbalustrade.

Ich drehte mich um und rannte weiter. Wenn ich es bis zum Fluss schaffen und dort hineinspringen würde, hätte ich es geschafft. Hinter mir, neben mir, vor mir hörte ich Gejaule. Sie kreisten mich ein.

Meine Seite stach und die kalte Nachtluft brannte in den Lungen, aber ich rannte weiter. Nur noch dieses Plateau, dann der Wald, dann hatte ich es geschafft. Aus dem Augenwinkel erkannte ich, wie rechts von mir ein Wolf mit grauem Fell parallel zu mir lief und mich langsam überholte. Er durfte mir nicht den Weg abschneiden. Die Pfoten trommelten auf dem gefrorenen Boden und die Erschütterungen fuhren durch meinen ganzen Körper.

Ich hetzte mitten durch ein Beet, als der Weg eine Biegung machte. Mein Umhang blieb im vertrockneten Dorngestrüpp hängen, aber beim Schwimmen wäre er sowieso hinderlich. Ich löste schnell den Knoten an meinem Hals und rannte weiter. Das hatte mich wertvolle Zeit gekostet. Ein Knurren kam von der Seite und mir wurde schlecht. Ich schaffte es gerade noch, zu der Hirschkuhstatue mit dem Pfeil in der Brust zu hechten, damit ich wenigstens etwas Schutz hatte. Im Nu umkreisten mich mehrere Werwölfe. Als der braune hertrottete, hielten sie inne und machten ihm Platz. Das war es. Das Ende. Ich hatte ganze einundzwanzig Tage in Darington überlebt. Der Krieg würde wieder aufflammen und das Leid weitergehen. Aber wenn ich heute starb, würde ich es mit der Würde einer Königin tun. Obwohl mir vor Angst schlecht war, hob ich den Kopf und zog die Schulterblätter zurück. Sollten sie doch kommen.

13

Der braune Wolf fletschte die Zähne und knurrte, während er in geduckter Haltung auf mich zuschlich. Jeder Muskel seines massigen Körpers war angespannt und er sprang mit aufgerissenem Maul auf mich zu. Ich kreischte, schloss die Augen und wartete auf den Aufprall.

Aber er kam nicht.

Stattdessen knallten zwei schwere, muskelbepackte Körper aneinander. Wie aus dem Nichts war ein weißer Wolf aufgetaucht und schleuderte seinen Gegner durch den Aufprall in ein Dornengestrüpp. Der jaulte vor Schmerz auf und ging wieder zum Angriff über. Er machte einen Satz nach vorne, aber der Weiße wich aus und verbiss sich in seinem Nacken. Der Werwolf fiepte und wehrte sich. Die beiden Gegner stemmten sich auf die Hinterläufe, knurrten, bellten und verbissen sich immer wieder im Nacken des anderen. Ich wagte es kaum zu atmen und presste mich an die steinerne Statue. Die anderen Werwölfe sprangen hin und her und als mich der Schwanz des Weißen streifte, schrie ich auf und meine Knie gaben nach. Ich rutschte an dem Sockel der Statue hinunter und blieb wie ein Häufchen Elend in einem Schneehaufen sitzen.

Mein Hintern war nass und kalt, aber es kümmerte mich nicht.

Ich wusste nicht, wie lange die beiden kämpften, irgendwann lag der Braune auf dem Kies. Fell und Schnauze waren dunkelrot gefärbt und er bewegte sich nicht mehr. Der metallene Geruch von Blut legte sich über den von Tannennadeln. Ein fast aschblonder Werwolf machte einen halbherzigen Satz auf mich zu. Ich presste mich fester an den Sockel, aber der weiße Werwolf stellte sich vor mich und fletschte die Zähne. Immer noch umkreisten die anderen mich, aber keiner griff mehr an. Der weiße Werwolf stupste mich mit seiner blutverschmierten Schnauze an und ich schrie fast. Ich durfte ihn nicht verärgern, er war meine Lebensversicherung. Das massige Tier zwängte sich zwischen die Statue und mich, bevor er sich mit einem Geräusch, das fast wie ein Seufzer klang, um mich legte.

Die ganze Nacht umkreisten uns die Werwölfe. Der große Weiße leckte jaulend seine Wunden, trotzdem traute sich kein anderes Biest an uns heran. Im Schnee hätte ich erfrieren müssen, aber der Körper der großen Kreatur hielt mich warm. Ich spähte über den breiten Rücken zu seinen Ohren, aber dort war keine Einkerbung, wie Jarson sie hatte. Einmal wagte sich ein blonder Wolf näher an uns heran, der mich unangenehm an Alandria erinnerte, aber der Weiße knurrte und sein ganzer Körper vibrierte bedrohlich. Sofort zog der andere den Schwanz ein und wich zurück.

In den frühen Morgenstunden, der Vollmond stand schon nah am Horizont, schlief ich vor Erschöpfung an den Wolf gelehnt ein.

Als ich wieder aufwachte, war es später Morgen. Ich zitterte am ganzen Körper, der Schnee unter mir war geschmolzen und mein Wollnachthemd nass. Trotzdem waren Kopf und Rücken warm. Meine Wangen glühten, als mir klar war, warum. Ein nackter, harter, warmer männlicher Oberkörper presste sich an meinen Rücken und ein schwerer Oberarm lag über mir und hielt mich fest. Ich schlüpfte unter dem Arm hindurch und richtete mich benommen auf. Sofort bereute ich es.

In Morgyns glasigen Augen spiegelte sich der graue Morgenhimmel, an seinem Hals und seiner Flanke entdeckte ich eine hässliche Fleischwunde, in deren Blut er lag. Und das keine drei Schritte vor mir. Ein paar andere nackte Männer und Frauen schliefen zusammengerollt im Schnee. Ich erkannte Alandria, die die Augen öffnete, mich keines Blickes würdigte und Richtung Burg verschwand.

Hinter mir stöhnte der Werwolf leicht und ich schloss die Augen, als ich die Stimme erkannte.

»Was habt Ihr Euch dabei gedacht?« Caydens Stimme grollte wie ein Gewitter. »Ich habe Euch ausdrücklich gesagt, Ihr sollt in Euren Gemächern bleiben. Aber nein, Ihr habt nicht auf mich gehört und jetzt ist einer meiner Männer tot!«

Tot. Arnoît. Ich sprang auf und rannte los.

»Und jetzt rennt Ihr weg?«, rief er mir hinterher. Das Nachthemd schlug an meine Beine, das Gewicht der nassen Wolle zog an meinen Schultern. Ich nahm an den unzähligen Treppenstufen immer zwei auf einmal, aber Blackstone war so weit entfernt. Endlich auf dem letzten Plateau angekommen, erkannte ich einen Schemen auf dem Kiesweg zwischen zwei Beeten.

»Nein«, rief ich. »Nein, nein, nein!«

Arnoît lag auf einer rot schimmernden Eisfläche, die Augen weit aufgerissen, als fixierte er den anspringenden Werwolf immer noch. Erst beim Näherkommen erkannte ich die markanten Klauenspuren auf seiner Brust. Irgendjemand hatte eine Sternensandblüte auf seinen Bauch gelegt, die weißen Blütenblätter waren von Frost überzogen und mit Blut befleckt. Mein Blick fiel auf seinen Hals. Ich übergab mich in eines der Blumenbeete. Ein großes Stück Fleisch fehlte, herausgerissen von Morgyn. Ich wischte mir den Mund am weißen Nachthemdärmel ab, den Geschmack von Galle auf der Zunge, und trat wieder näher.

»Arnoît?« Meine Stimme zitterte und ich riss an seinem Arm. Er war schon kalt und steif. »Arnoît, Arnoît, steh auf.« Tränen rannen über mein Gesicht. »Arnoît, lass mich in diesem göttinnenverlassenen Land nicht allein. Arnoît!«

»Élèntine, er ist tot.«

»Nein, das ist er nicht! Das darf er nicht sein!« Ich zerrte immer weiter an Arnoît.

Sanft löste eine starke Hand meinen Griff von Arnoîts Hemd und nahm mich in den Arm. »Sch, sch, Élèntine. Alles ist gut«, sagte Jarson.

Ich weinte an seiner Brust verkrochen. Er strich mit der flachen Hand über meinen Rücken, wieder und wieder, wie bei einem verängstigten Kind. Nichts würde jemals wieder gut sein. Ich hatte den einzigen Menschen verloren, der mich auf dieser verdammten Mission begleitet hatte. Der mehr Vater für mich gewesen war als mein eigener. Er war tot und das nur wegen einer Blume, mit der ich Caydens Problem lösen wollte. Damit *ich* hier wegkam. Sollten sie sich doch alle wegen der Mondkrankheit gegenseitig auffressen. Ich schniefte und zog den Rotz hoch.

»Komm, ich bringe dich rein. Du wirst sonst krank«, sagte Jarson. Ich umklammerte seinen Hals, als wäre es das Einzige, das die Welt vor dem Zusammenbrechen bewahren würde. Er hob mich hoch und hatte mich schon über die ersten Treppenstufen getragen, da tönte hinter uns Caydens schneidende Stimme. »Lass sie runter.«

Jarson fror in seiner Bewegung ein und drehte sich langsam um. Der König würde mich bestrafen, weil ich mein Zimmer verlassen hatte. Schnell vergrub ich mein Gesicht an Jarsons Hals und klammerte mich fester an ihn. Als könnte er mich vor ihm beschützen.

Cayden würde mich bestimmt für immer einsperren – oder töten, wie Arnoît. Ein neuer Schwall Tränen tropfte auf das Nachthemd. Der Tod wäre nicht das Schlechteste, fast schon eine Gnade. Dann würde diese erdrückende Trauer aufhören, die mein Herz umklammerte.

»Ich sage es nicht noch einmal. Lass. Sie. Runter«, knurrte Cayden, aber Jarson presste mich weiter an seinen Körper. Seine kinnlangen Haare kitzelten in der Nase und rochen nach Rosenseife.

»Schon gut, lasst mich hinunter«, flüsterte ich. Besser ich stellte mich Caydens Zorn jetzt. Jarson stellte mich zögerlich neben sich auf die Treppenstufe und ich senkte den Kopf. Mit ein paar Sätzen war Cayden bei uns, seine nackten Füße verursachten auf dem Kies fast kein Geräusch und ich wartete.

Aber anstatt mich zu packen, schubste er Jarson. Der fiel auf die Stufen und starrte seinen Halbbruder an, den Kopf zur Seite gelegt.

»Bei Luna, wieso war Morgyn hier? Ich habe dir gesagt, du sollst ihn mit zum Jagen nehmen!«, fuhr Cayden Jarson an.

Aus dem Augenwinkel sah ich, wie Jarson beschwichtigend die Hände hob. »Du kennst ihn. Er hat noch mal umgedreht mit Eyden und Feanne. Ich bin nicht der Packanführer, er kann machen, was er will.«

Cayden packte Jarson am Revers seines aufgeknöpften Hemds, hob ihn ein Stück hoch, um ihn dann wieder auf die Treppe zu schleudern. Dann wirbelte er herum und baute sich vor mir auf. Nicht nur wegen seiner Nacktheit starrte ich auf meine bloßen Füße. Irgendwann hatte ich meine Schuhe verloren, es war mir nicht aufgefallen.

Obwohl Cayden eine Stufe unter mir stand, überragte er mich immer noch. »Und Ihr! Wieso habt Ihr nicht gehört? Ich habe schon genug Probleme und muss mich auch noch mit einer verzogenen Göre aus Laysolleilée rumschlagen.«

Ich öffnete den Mund, aber ich hatte weder den Willen noch die Kraft, mich zu verteidigen, und schloss die Lippen wieder. Cayden stieß einen frustrierten Schrei aus. Unwillkürlich zuckte ich zusammen und die Härchen an meinen Armen stellten sich auf.

»Wenigstens auf einen göttinnenverdammten Menschen sollte man sich doch in diesem verlorenen Königreich verlassen können!«, brüllte er und stapfte davon.

Ich lag zusammengerollt auf meinem Bett und starrte an die Wand. Das Bettlaken unter meiner Wange war längst getrocknet, denn irgendwann hatte ich keine Tränen mehr gehabt, die ich hätte weinen können. In meiner Brust, da, wo das Herz schlagen sollte, klaffte ein riesiges Loch, das mich zu verschlingen drohte. Und ich würde es zulassen. Wyler war um die Mittagszeit hereingekommen, hatte die Musketen gebracht und gesagt, dass sie Arnoît verbrennen würden. Die Erde war zu hart, um ihn darin zu beerdigen, und sie wollten aus Sorge vor einem Wiedergänger nicht warten. Arnoît wäre es egal gewesen, deswegen widersprach ich nicht. Ich dachte nur daran, dass er nie wieder nach Ferlacroix reisen, mir nie wieder sagen würde, dass ich ruhig einatmen solle. Er würde mich nie wieder mahnend ansehen, wenn ich etwas tat, das er für falsch hielt. Nie wieder. Die Steinwand verschwamm vor meinen Augen und ich blinzelte, aber das erstickende Gefühl blieb.

Durch das Fenster fielen die letzten Sonnenstrahlen, da klopfte es. Mein Puls beschleunigte sich nicht einmal, obwohl ich *seine* Präsenz spürte. Sollte er mich doch bestrafen. Oder nach Hause schicken. Oder töten. Mir war alles gleich. Dann würde wenigstens dieser unendliche Schmerz aufhören. Ich blieb liegen, vergrub mich unter meiner Federdecke und starrte weiter auf die Steinwand, den Rücken ihm zugewandt. Schritte hallten im Zimmer wider.

»Jemand hat im ganzen Garten getrockneten Sonnenglanz verteilt. Es grenzt an ein Wunder, dass nicht schon früher etwas passiert ist.« Ich hörte seine Stimme dicht hinter mir und rührte mich nicht, lauschte seinem regelmäßigen Atem. Die übernatürliche Wärme auf meiner Haut hatte fast etwas tröstliches, aber ich spürte keine Berührung. Ein Teil meines Bewusstseins wusste, dass diese Nachricht mich besorgen sollte. Aber wieso? Es war egal, ob ich lebte oder starb. Arnoît war fort und ich zu einer Ewigkeit in Einsamkeit in diesen kalten Mauern verdammt.

Ich wusste nicht, wie lang Cayden hinter mir stand. Irgendwann klickte das Schloss und ich war wieder allein.

14

Wassertropfen liefen wie Tränen das vergitterte Fenster meiner Gemächer hinunter und ich starrte auf den verschleierten Wald. Der erste Regen in diesem Jahr. Am Anfang hatte Feanne versucht, mich aufzumuntern, aber seit dem ersten Vollmond nach *dieser Nacht* malte sie mit Kreide heimlich Striche an die Steinmauer hinter meinem Sessel. Für jeden Tag einen Strich. Zweiundzwanzig Striche.

Cayden war nicht mehr gekommen. Jarson auch nicht und es war mir egal. Ich würde in diesem Sessel sitzen bleiben, bis ich eines Tages starb. *Im Tod liegt auch Freiheit*, hatte Arnoît einmal gesagt. Seine Erklärung, warum er als Leibwächter wenig Angst gehabt hatte.

Der Geruch des Wildschweinragouts hing in der Luft, aber außer ein paar Bissen hatte ich nichts hinuntergewürgt. Mit der Hand umschloss ich den Anhänger von Floréanes Kette. Am Ende hatte mein Vater recht behalten. Es war besser, dass sie nicht hier war. Wäre Arnoît nach Hause zurückgekehrt, wäre er noch am Leben. Ich hätte mich an die Regeln halten sollen.

Die Tür knallte gegen die Steinmauer. Es war fast schon sein Erkennungszeichen.

»Lass uns allein.« Caydens Stimme war schneidend. Feanne legte sofort das Leinenkleid, dessen Loch sie geflickt hatte, auf den Tisch und huschte nach draußen. Die Stille hüllte mich ein wie eine altbekannte Freundin. Ich schaute ihn nicht an. Wieso auch? Den Vorwurf, die Strafe, egal was kam, ich würde es ertragen. Ich hatte es verdient.

Erst als seine Wärme auf meine Haut kroch, war mir bewusst, dass er direkt neben mir stand. Cayden seufzte, zog sich den anderen Sessel heran und setzte sich mir gegenüber. »Ich wollte Euch die Zeit geben, die Ihr braucht. Aber es sieht so aus, als benötigt Ihr etwas Ermutigung. Seit zweiundsechzig Tagen seid Ihr hier drin.«

Ich schaute weiter durch den Regen auf die schemenhaften Waldwipfel. Das sollte sein Trost sein?

Cayden wischte mit seinem Hemdärmel das beschlagene Fenster frei. »Nachdem meine Mutter starb, fühlte ich mich wie der letzte Werwolf auf der Welt«, sagte er nach einer Pause. »Mein Vater hatte immer nur das Reich im Kopf. Für ihn war es wichtig, dass ich der Stärkste bei den Kämpfen war, der Schnellste auf der Jagd, der Klügste am Verhandlungstisch. Ein Alpha durch und durch. Für mich hat er sich nie interessiert, auch wenn ich jede freie Minute mit ihm verbringen musste. Aber meine Mutter ... sie war immer für mich da. Als sie ihre Leiche gebracht und in ihren Gemächern aufgebahrt haben, legte ich mich neben sie auf den Boden und biss jeden, der ihr zu nahe kam.«

Ich schaute ihn überrascht an.

»In Wolfsform, selbstverständlich«, sagte er mit einem Zucken seiner Mundwinkel. Er drehte den Kopf vom Fenster weg und fixierte mich mit seinen grauen Augen. »Ich könnte Euch anlügen und versprechen, dass Ihr eines Tages aufwacht und der Schmerz und das Loch, das in Eurer Brust klafft, verschwunden sind, Ihr weitermachen könnt wie vorher. Aber so ist es nicht.« Er schüttelte den Kopf, verschränkte die Finger ineinander und stützte sich mit den Ellenbogen auf den Knien ab. »Aber die Zeit wird den Schmerz erträglich machen. Sie wird Euch lehren, mit ihm zu leben, sodass er Euch nicht mehr lähmt. Ihr werdet eines Tages aufwachen und wieder atmen können. Sofern Ihr das zulasst.«

»Arnoît war das Einzige, das von meinem Zuhause übrig war«, sagte ich tonlos.

»Blackstone ist jetzt Euer Zuhause. Es war Euer Zuhause von dem Moment an, in dem Euer Vater der Verlobung zugestimmt hat.«

Ich presste die Lippen aufeinander.

»Seht Euch an, Ihr tragt immer noch das Zeichen von Ferlacroix. Nicht mal das konntet Ihr loslassen.« Er betrachtete den Sonnenring an meinem Finger und ich versteckte ihn schnell unter der anderen Hand. Flos Kette brannte um meinen Hals, obwohl sie unter dem Kleid nicht sichtbar war. Ich wandte den Blick ab. Eine warme Hand legte sich auf mein Knie und mein ganzes Bein kribbelte. »Euer Start war nicht der beste, aber was Ihr jetzt daraus macht, liegt ganz an Euch. Ihr könnt Euch Euer Leben lang in dieser Kammer hier verschanzen und am Fenster zusehen, wie eine Jahreszeit in die nächste übergeht. Oder Ihr versucht wenigstens glücklich zu werden und etwas für Euer Volk zu tun.«

Ich schwieg. Cayden nickte und ging zur Tür. »Solltet Ihr Euch doch entscheiden hinauszugehen, wundert Euch nicht. Vor Eurer Tür steht einer meiner Männer als Leibwächter, der Euch begleiten wird.«

Ich wandte den Kopf. »Was? Wieso?«

»Jemandem lag etwas daran, Euren Tod herbeizuführen. Bis wir wissen, wer das war, können wir nicht vorsichtig genug sein.«

»Wieso kann Wyler das nicht machen?« Beim Gedanken an einen fremden Werwolf, den nur eine Holztür von mir trennte, lief mir ein Schauer über den Rücken.

»Er und Aradan haben anderes zu tun. Carvor steht Euch zur Verfügung.«

Ich verschränkte die Finger ineinander und richtete mich gerade auf. »Ich will Jarson.«

»Auf keinen Fall.« Caydens Stimme war schneidend wie ein Schwert. Er verengte die Augen ein Stück.

»Ich will Jarson oder Wyler. Sie sind die Einzigen, denen ich vertraue.«

Cayden knirschte mit den Zähnen. »Wyler hat eine wichtige Aufgabe zu erledigen, die viel Zeit in Anspruch nimmt.« Er schabte mit den Ledersohlen seiner Stiefel auf dem glatten Steinboden, als würde er unsichtbaren Dreck wegkicken. »Er könnte sich mit Jarson abwechseln, wenn der sich dazu herablässt. Würde das Eurem Wunsch entsprechen?«

Ich nickte.

»Da wäre noch etwas … ich habe bereits versucht, mit Euren anderen Übersetzungen den Rest der elfischen Schriftrolle zu übersetzen, aber ich bin zu langsam. Könntet Ihr –«

»Ich kann heute Abend wieder vorbeikommen.«

Cayden hielt meinen Blick, nickte und ging. Nun hatte ich wenigstens ein Ziel.

Wyler stand zu meiner Abholung bereit, während Feanne mir das bestickte Leinenband um die Taille band. Sie hatte mir neue Stiefel besorgt. Braune Wildlederstiefel mit weichem Fell, die sich anfühlten, als ginge ich auf Wolken. Cayden würde es hoffentlich nicht interessieren, andere Frauen in Darington trugen auch solche Schuhe. Er saß wie immer an seinem Schreibtisch und studierte ein Dokument. Der kleine Holzvogel des Elfen, der am Rand lag, stach mir sofort ins Auge, das helle Holz im Kontrast zur dunklen Schreibtischplatte.

»Eure Majestät.« Ich hob den Rock des roten Leinenkleids und knickste tief.

»Ihr könnt den Unfug lassen. Setzt Euch lieber, ich hänge an dieser Stelle seit zwei Tagen fest.« Er stand auf und bedeutete mir, Platz zu nehmen. Ich runzelte die Stirn, überflog seinen Text und verglich ihn mit dem Original. »Ihr habt die Rune hier falsch übersetzt. Das heißt *gekrönt* und nicht *gehörnt.* Seht Ihr diese kleinen Punkte an dem rechten Kringel? Sie gehören zu der nächsten Rune und nicht zu dieser.«

Cayden grunzte. »Das ergibt mehr Sinn. Dann heißt die auch nicht *Vergessene,* oder?«

Ich presste die Lippen zusammen, um mir ein Grinsen zu verkneifen. Eine Leichtigkeit erfüllte mich, von der ich dachte, dass ich sie für immer verloren hätte. »Ich fürchte, nein.«

»Das hat mich Stunden gekostet.«

Ich spähte über meine Schulter. Cayden presste die Lippen aufeinander und sah so wütend aus, dass es fast süß war. Die kurzen, weißblonden Haare auf seinem Kopf standen schon in verschiedene Richtungen ab, seine Hände tintenverschmiert. Wie ein Schreiberling und kein König.

»Ich mache das für Euch fertig. Wenn ich mich beeile, kann ich die nächsten Seiten heute Abend noch übersetzen«, sagte ich und griff nach der Feder, die im Tintenfass steckte. Das würde mich etwas ablenken. Dabei war ich mir nicht einmal sicher, ob ich die Bedingung unseres Handels einfordern würde. Wenn wir eine Heilung für die Mondkrankheit fänden. Allein in einem Steinhäuschen am

Meer, so hatte ich mir mein Leben nicht vorgestellt. Ich seufzte und setzte den Kiel auf das Pergament.

Caydens Hand schoss nach vorne, er umschloss mein Handgelenk. »Wartet.«

Ich wandte den Kopf ab, als er sich über meine Schulter beugte und seine Wärme mich umhüllte wie ein warmer Umhang. »Ich danke Euch, dass Ihr mir auf der Suche nach einem Mittel gegen die Mondkrankheit helft.«

Ich räusperte mich und versuchte, mich etwas von ihm wegzulehnen. Wenn er so nah war, konnte ich mich nicht konzentrieren. Mein Atem zitterte. »Nun, ich habe zugesichert, Euch und Euren Leuten zu helfen und –«

Cayden raufte sich die Haare und ging um den Schreibtisch. Er stützte sich mit beiden Händen darauf ab und fixierte mich. »Seht Ihr? Genau da liegt das Problem. Es sind nicht meine Leute, es sind genauso Eure Leute. Das ist einer der Gründe, warum Ihr Euch immer noch so sehr als Außenseiterin fühlt. Wyler.«

Wyler stand so schnell in der Tür, dass ich fast vermutete, er habe auf der anderen Seite gelauert. »Mein König, Prinzessin.« Er zwinkerte mir zu.

»Sage meine ganzen Termine für morgen ab. Ich habe eine wichtige Verabredung.«

»Und der Botschafter aus –«

»Wird noch einen Tag warten müssen. Es gibt Wichtigeres zu tun.«

Wyler nickte und schloss die Tür. Cayden setzte sich mir gegenüber und lehnte sich zurück. Sein heller Teint kam vor dem schwarzen Ledersessel erst zur Geltung. Er verlor mich keinen Wimpernschlag aus den Augen. »Ihr müsst etwas tun. Etwas, das Euch mit Sinn erfüllt, wenn diese Trauer Euch nicht auffressen soll.«

»Ich bin mir sicher, Arnoîts Verlust –«

»Davon spreche ich nicht.«

Ich legte den Kopf schief und knabberte an der Unterlippe.

»Ihr trauert immer noch Eurem alten Leben hinterher. Seht Euch an, Ihr tragt immer noch diese lächerlichen Hüte, wenn Ihr auch unsere Kleider anzieht. Wenn Ihr nicht anfangt, Euch einzufügen und einen Sinn in dem zu finden, was Ihr hier tut, werdet Ihr als verbitterte, einsame Frau sterben.«

»Aber ich bin kein Werwolf. Ich werde hier niemals dazugehören«, sagte ich leise. Das hatte ich in Ferlacroix allerdings auch nicht. Ohne Arnoît ... Ich war heimatlos.

Cayden lehnte sich etwas weiter nach vorne zu mir. »Auch als Mensch könnt Ihr Euch Darington zugehörig fühlen. Wenn morgen wieder Krieg ausbräche, auf welcher Seite würdet Ihr kämpfen? Für Ferlacroix oder für Darington?«

Ich schwieg und Cayden sah nicht einmal verletzt aus. Er hatte es gewusst. Ich atmete ein. »Nun gut. Ich werde es versuchen. Aber die Weinflasche füllt nicht nur ein Glas.«

Cayden legte den Kopf schief. »Was meint Ihr damit?«

»Wisst Ihr, Ihr dürft auch mal Spaß haben. Für einen so jungen König seid Ihr doch sehr ernst.«

»Darington ist meine Verantwortung.« Cayden lehnte sich nach vorne, sein Gesicht hart. »Ich diene dem Land, da ist kein Platz für etwas anderes. Das Mittel gegen die Mondkrankheit ist nur ein Nebenprojekt, meine Freizeitbeschäftigung. In Polchester gibt es Revierstreitigkeiten, in Edinton steuern wir auf eine Versorgungskrise zu und eine Rebellengruppe im Norden versucht, über Einzelangriffe den Krieg wieder zu entfachen. Ich bin König. Für mich gibt es keine Pause. Ich tue, was ich tun muss.«

»Auch eine Frau heiraten, die Ihr nicht kennt, und Eure Geliebte dafür verstoßen?«, fragte ich leise. Cayden wandte den Blick aus dem Fenster. Vielleicht konnte er in der

Dunkelheit etwas erkennen, ich sah nur bleierne Schwärze. Um seinen Mund bildete sich ein harter Zug und verriet mir, dass ich die Wahrheit besser getroffen hatte, als mir lieb war. Obwohl wir diese Ehe nie vollzogen hatten, wand sich das Herz in meiner Brust. Egal was ich täte, ich wäre immer nur seine zweite Wahl. Die lästige Verpflichtung.

Um mich abzulenken, nippte ich an dem Kräutertee, den Cayden mir hingestellt hatte. Er schmeckte nach Frühling und einem Hauch von Honig. Ich schluckte den Kloß in meinem Hals hinunter und räusperte mich. »Ich werde mir mehr Mühe geben, mich hier einzufinden, wenn Ihr Euch mehr Mühe gebt, Euch selbst Freiräume zu schaffen. Ich verstehe, dass es keine wöchentlichen Bälle gibt oder mehrere Salons, die dem Kartenspiel gewidmet sind, aber eine Veranstaltung in der Woche würde Euch guttun. Auch ich langweile mich hier zu Tode.«

»Wisst Ihr, wer sich nicht zu Tode langweilt? Menschen, die arbeiten.«

Ich presste die Lippen zusammen. Nicht alle Menschen in Ferlacroix lebten wie am Hof des Sonnenkönigs. Trotzdem gab es selbst im abgelegensten Bauerndorf eine Taverne. Arnoît hatte mich einmal heimlich zu einem Liederabend in eine dieser Kneipen mitgenommen. Es wurde Wein getrunken, Käse gegessen und gelacht. Cayden musterte mich, der Zweifel stand ihm ins Gesicht geschrieben.

»Vergnügen gehört aber ebenso dazu. Es muss kein Ball sein«, sagte ich. »Wenn Ihr Pferde hättet, wäre ein Ausritt eine Möglichkeit. Geht wenigstens einmal am Tag spazieren. Ihr könnt nicht nur Darington dienen.«

Cayden musterte mich so lange, dass ich schon befürchtete, eine Grenze überschritten zu haben. »Gut.«

Ich kaute auf meiner Unterlippe und überlegte, ob ich meinen Gedanken wirklich aussprechen sollte. Allerdings hatte ich nichts mehr zu verlieren. Ich setzte mich gerade auf den Sessel und hob das Kinn. »Und noch etwas.« Ich griff nach dem Vogel und warf ihn ihm zu. Cayden fischte ihn mit einer Hand aus seiner Wurfbahn. »Ich bin gewillt, Euch zu helfen. Mit allem, was mir zur Verfügung steht. Aber ich werde keinem verstoßenen Elfen mein Blut geben. Nicht nach dem, was ich gelesen habe.«

Cayden schnitt mit einem silbernen Brieföffner einen Teil von einem Pergament ab. Dann nahm er mir die Feder aus der Hand, tunkte sie in das Tintenfass und kritzelte etwas auf den Streifen. Er rollte das Stück auf, versiegelte es und blies die Holzfigur in seiner Hand dreimal an. Der hölzerne Vogel spreizte seine Flügel und nahm das zusammengerollte Pergament in seine Klauen, bevor er zum Fenstersims flatterte. Cayden öffnete das Fenster und die Nacht verschlang die Holzfigur.

»Was habt Ihr dem Elfen geschrieben?«

»Dass er nicht wiederzukommen braucht.«

»Danke«, sagte ich leise.

Cayden nickte. Er schnappte sich die alte Übersetzung vom Tisch und lehnte sich wieder in den Ledersessel. Zwischen seinen Brauen bildete sich diese kleine Falte, die immer erschien, wenn er konzentriert las. Ab und zu hatte ich das Bedürfnis, sie mit dem Zeigefinger glatt zu streichen. Ich schüttelte den Gedanken ab und lehnte mich nach vorne. »Aber ich habe eine andere Idee. Argylusbeeren sorgen temporär für mehr Kontrolle und –«

Er schüttelte den Kopf, immer noch in das Dokument vertieft. »Der Preis ist zu hoch. Irgendwann schnappen die Werwölfe. Das ist Selbstmord auf Raten.«

»Die Wölfe sterben nicht.«

»Aber sie müssen irgendwann isoliert leben. Werwölfe sind soziale Wesen. Wenn sie zu lange einsam sind, sterben sie an gebrochenem Herzen. Ein einsamer Werwolf leidet.«

»So wie Ihr, der einsam an der Spitze steht?«, fragte ich.

In Caydens Blick funkelte Zorn. »Seid Ihr jetzt auch noch da, damit ich meine Sorgen mit Euch teile? Dafür gibt es die Mondpriesterin.«

»Ist sie die Alpha-Frau?«

»Wie meint Ihr das?«

»Feanne hat erzählt, dass eigentlich immer zwei Alphas ein Pack anführen. Ein Mann und eine Frau.«

»Die Frau seid theoretisch Ihr.« Cayden zog eine Augenbraue hoch.

»Oh.« Ich räusperte mich und fuhr mit dem Zeigefinger über die harte Schreibtischkante.

»In jedem Pack gibt es ein Alphamännchen und ein Alphaweibchen. Meist sind sie verbunden, müssen es aber nicht sein. Es geht darum, dass sowohl die Frauen als auch die Männer mit ihren Interessen vertreten sind.«

Ich kaute auf der Innenseite meiner Wange. Bis jetzt vertrat ich niemanden, geschweige denn kümmerte mich um die Angelegenheiten der Werwölfe. Ich trommelte mit den Fingern auf das glatt polierte Ebenholz des Schreibtischs. »Aber vielleicht gibt es eine andere Lösung. Sternensand blüht nur bei Mondlicht und Werwölfe verwandeln sich immer bei Vollmond. Da muss es doch einen Zusammenhang geben.«

»Hat Euch das in der Nacht nach draußen gezogen?«

Ich presste die Lippen zusammen und betrachtete mit höchstem Interesse ein Bein des Schreibtischs, das in einer Wolfspranke endete. Zwischen den Krallen hatte sich Staub gesammelt.

»Ihr hättet einfach fragen können.«

»Mir kam der Gedanke erst in der Nacht und ich wusste nicht, wann sie wieder blühen.«

Cayden rollte mit den Augen. »Sie blühen bei jedem Vollmond. So ungeduldig solltet nicht einmal Ihr sein.«

»Könntet Ihr … also nächsten Vollmond –«

»Ich werde Euch einige Blüten pflücken lassen, wenn Ihr denkt, dass uns das weiterhilft.«

»Habt Dank.«

Cayden grunzte. Ich spähte durch die Wimpern nach oben, er behielt mich immer noch im Blick. Ein paar Zeilen der Übersetzung später schaute ich wieder hoch. Er hatte sich nicht bewegt und betrachtete mich, als sei ich ein komplexes Gemälde.

»Was?«, fragte ich.

»Wieso begeistert Ihr Euch so für Pflanzen?«

Ich blinzelte überrascht. Bis jetzt hatte er sich nicht für mich interessiert. In meinem Bauch breitete sich ein seltsam warmes Gefühl aus und kurz wagte ich zu hoffen, dass diese Verbindung eines Tages eine Chance hatte. »Arnoîts Mutter ist ein Kräuterweib, das im Wald lebt. Er hat mich an seinen freien Tagen manchmal zu ihr mitgenommen.« Den Namen auszusprechen stach, aber das war nicht Grund für mein Zögern. Ich kaute auf der Unterlippe und überlegte, ob ich Cayden den nächsten Teil der Geschichte anvertrauen sollte. Er konnte mit diesem Wissen nichts anfangen. So zeigte ich wenigstens Bereitschaft, mich zu öffnen. Ich spielte mit dem Sonnenring an meinem kleinen Finger und holte tief Luft. »Ich hatte einen kleinen Hund, Coco. Eines Tages hatte eine Hofdame im großen Saal ihre heiße Schokolade stehen lassen. Ehe ich mich's versah, hatte Coco das Glas umgeschmissen und aufgeschlabbert.« Die Erinnerung, wie sein kleines Herz unter meinen Kinderfingern zu schnell geschlagen hatte, reichte, damit sich meine Handinnenflächen mit kaltem Schweiß überzogen.

Cayden schaute mich aufmerksam an und ich hielt den Blick auf den Briefbeschwerer ins Wolfsform gerichtet. »Wisst Ihr, er ist nicht groß und schon bald zeigten sich die ersten Anzeichen der Vergiftung. Mein Vater sagte, es sei nur ein Hund und ich solle mich nicht so anstellen. Ich würde einen neuen bekommen.« Mein Mund war staubtrocken und ich nahm einen großen Schluck Tee. Cayden legte den Kopf schief, doch verzog keine Miene, weshalb ich weitererzählte. »Als ich nach dem Doktor fragte, lachte er mich aus. Arnoît brachte Coco mitten in der Nacht zu seiner Mutter. Sie hat ihn mit Ringelhut geheilt. Ohne die Pflanze hätte er nicht überlebt. Dadurch habe ich die Macht der Natur schätzen und lieben gelernt.« Mit den Fingern strich ich sacht über die Tannennadeln, die in einer großen, schwarzen Tonvase auf dem Schreibtisch standen.

»Wo ist Coco jetzt?«

»Zu Hause. Er ist schon alt, er hätte die Reise vielleicht nicht überstanden.«

»Das tut mir leid.« Cayden klang ernsthaft betrübt.

Schulterzuckend zwang ich mich zu lächeln. Ich tunkte die Feder wieder in das Tintenfass und setzte an der Stelle an, bei der ich mit der Übersetzung aufgehört hatte. Doch ich hielt inne und schaute wieder auf. »Wofür begeistert Ihr Euch?«

Cayden schüttelte den Kopf. »Früher habe ich gern gemalt und gezeichnet. Mein Vater hat es mir verboten. Er sagte, es sei Zeitverschwendung, wenn ich nicht Karten anfertigte. Ich könne mit meiner Zeit Sinnvolleres anfangen, um Darington zu dienen. Trotzdem habe ich weitergemacht. Als er meine Zeichenmappe fand, verbrannte er sie samt Kohlestift.«

Ich starrte ihn mit offenem Mund an. »Und dann?«

»Habe ich nie wieder gemalt. Er hatte recht. Meine Aufgabe ist dieses Reich und wenn ich schöne Bilder erstelle, hilft das niemandem.«

»Genau so wenig bringt es jemanden um, wenn Ihr es tut. Ihr solltet wieder damit anfangen.«

Cayden presste die Lippen zu einer dünnen Linie zusammen und senkte den Kopf. »Danke.«

Ein kleiner See aus Tinte bildete sich um den Kiel. Ich schaute überrascht auf. »Wofür?«

»Für Euer Vertrauen.« Er lächelte mich an. Ein kleines, unscheinbares Lächeln. Kaum mehr als ein Zucken der Mundwinkel nach oben. Aber das erste, das an mich gerichtet war. Das erste überhaupt. Das kribblige Gefühl in meinem Bauch kam wieder und verschwand auch nicht, als Cayden weiterlas.

15

Meine Finger glitten über die ledernen Buchrücken. Es roch nach Staub und feuchtem Papier. Ich fragte mich, wieso ich nicht früher auf die Idee gekommen war, in der Bibliothek zu stöbern.

»Und, Eure Königliche Majestät, schon etwas Spannendes gefunden?«, fragte Jarson und lehnte sich mit verschränkten Armen an das verzierte Bücherregal, vor dem ich stand. Durch die Spitzbogenfenster fielen Sonnenstrahlen und färbten seine Haare fast golden.

»Ein paar Bücher über Pflanzen, die ich noch nicht kannte. Ihr habt kein Interesse, nehme ich an?«

»Die Mondgöttin bewahre!«

Ich rollte mit den Augen. Trotzdem schmunzelte ich ein wenig. Ich zog einen weiteren Band über Pflanzenkunde heraus und legte ihn auf den Stapel, den Feanne neben mir hertrug. Jarson grinste, zuckte mit den Schultern und warf sich auf den Sessel neben dem hölzernen Getränkewagen. Mit den Zähnen zog er den Korken von der Weinflasche und spuckte ihn auf den Boden, bevor er sich sein Glas fast bis zum Rand füllte. Ich musterte ihn tadelnd und hob den Korken auf.

»Wollt Ihr auch?«, fragte er.

»Nein danke. *Ich* möchte noch einen klaren Kopf behalten.«

Jarson leerte das Glas in einem Zug und schenkte nach. »Wir Werwölfe verarbeiten Alkohol viel zu schnell. So oder so bleibt unser Kopf klar.«

Ich zog ein Buch aus dem Regal, das sich näher mit Pflanzenheilkunde befasste. Die meisten Krankheiten ließen sich mit einem Trank oder einem anderen Gebräu heilen, das musste auch für die Mondkrankheit funktionieren. Ich setzte mich in den kleinen Alkoven und schlug das Buch auf, während Feanne auf dem Beistelltisch neben mir die restlichen Bücher stapelte. Jarson schenkte sich das dritte Glas ein. Ich tippte mit den Fingerspitzen auf das Inhaltsverzeichnis. Eine Sache ging mir nicht aus dem Kopf.

»Kann ich Euch eine Frage stellen?«

»Habt Ihr das nicht gerade?« Jarson grinste frech. Feanne war dazu übergegangen, die Regale mit einem Lappen abzustauben, und gluckste.

Ich rollte mit den Augen. »Als ich Cayden gesagt habe, dass Ihr mein Leibwächter sein sollt, war er nicht sonderlich begeistert.«

»Das überrascht mich nicht.« Er nahm wieder einen großen Schluck aus seinem Weinglas. »Er misstraut mir. In Eurer Gegenwart erst recht.«

»Was? Wieso? Er ist Euer Bruder.«

Jarson seufzte und verschränkte die Hände hinter dem Kopf. »Ihr werdet es früher oder später sowieso erfahren. Besser, ich erzähle es Euch.«

Ich klappte das Buch zu, griff nach dem Becher mit Tee und lehnte mich nach vorne.

»Es könnte sein, dass ich versucht habe, ihn zu entthronen«, sagte Jarson.

Ich verschluckte mich am Tee und hustete. Feanne sprang sofort neben mich und reichte mir ein Taschentuch. Sie klopfte mir energisch auf den Rücken. »Entschuldigt bitte«, sagte ich mit Tränen in den Augen.

»So eine Reaktion habe ich auch noch nicht ausgelöst.« Jarson grinste, als würden wir uns über den neusten Klatsch vom letzten Ball unterhalten.

Ich wischte mir mit dem Baumwolltaschentuch die Tränen aus den Augenwinkeln. Mein Schleier verrutschte dabei und entblößte einen Teil meiner Narben. Schnell zupfte ich ihn wieder zurecht. Wenn ich überlegte, was Wyler erzählt hatte und wie Cayden sonst mit Streitigkeiten umging ... »Wieso, bei der Sonnengöttin, seid Ihr noch am Leben?«

»Mein Bruder mag zwar stärker, schlauer und schneller sein, aber der Wortkünstler war immer ich. Ich habe ihn davon überzeugt, dass er die einzige Familie ist, die ich habe, und am Ende des Tages hat er unter seiner Stahlhaut ein Herz.«

Silberzunge, hatte Wyler gesagt, deshalb der Name. »Wieso wolltet Ihr ihn entthrohnen?«

Jarson zuckte mit den Schultern. »Ich war nicht mit allen Entscheidungen glücklich, die er getroffen hat. Außerdem hat ein kleiner Teil gehofft, dass meine Mutter zurückkommt, wenn ich König bin«, sagte er. Über sein Gesicht huschte ein schmerzvoller Ausdruck. Für einen Moment sah er wie ein verlassener, kleiner Junge aus.

»Das tut mir leid«, sagte ich.

»So ist das Leben. Mal verliert man und mal gewinnen die anderen.«

»Wart Ihr wütend, dass sie Euch nicht mitgenommen hat?«

Jarson pulte das Etikett der Weinflasche ab, Papierstreifen für Papierstreifen. Er knüllte sie zu Kügelchen und warf sie gegen das Fenster. »Ein Teil von mir vielleicht. Aber wer will schon eine Frau begleiten, die einen nur in die Welt gesetzt hat, um Macht zu erlangen?«

»Sie war Eure Mutter. Sie hat Euch bestimmt geliebt.«

»Vielleicht.«

Ich ging auf ihn zu und legte die Hand sacht auf seinen Oberarm. Er war angenehm warm, die Haut weicher als gedacht. Jarson schaute überrascht auf. »Eines Tages werdet Ihr das hinter Euch lassen können und Eure Bestimmung finden.«

Jarson nickte und leerte sein Glas. »Womöglich besteht sie darin, Leibwächter für eine reizende Königin zu sein.«

Ich rollte mit den Augen. »Bei Eurem Charme wundert es mich, dass hier nicht schon Dutzende uneheliche Kinder von Euch herumspringen.«

Jarson schüttelte den Kopf. Seine braunen Wellen flogen. »Zu viel Arbeit. Bis die stubenrein sind …«

»Unzumutbar.«

»Endlich jemand, der mich versteht.« Er grinste. »Außerdem haben wir Werwölfe das Problem nicht.«

Ich verstand nicht genau, was er meinte, traute mich aber nicht nachzufragen. Stattdessen räusperte ich mich und schlenderte wieder zu meinem Platz. Jarson reckte sich und gähnte. »Bibliotheken machen mich immer so müde.«

Ich schmunzelte, schlug das Buch wieder auf und kuschelte mich in den Sessel. Bald drang Jarsons sanftes Schnarchen durch den Raum und ich vertiefte mich weiter in die Wirkweise von Wasserminze.

Ich spürte *seine* Präsenz, noch bevor die schwere Tür aufging. Jarson grunzte und fuhr hoch. Cayden nickte ihm zu. Ein Schatten, der fast den ganzen Türrahmen einnahm. »Jarson.«

»Bruderherz.« Er gähnte und Cayden verengte die Augen.

Die beiden starrten sich an, bis Jarson den Blick senkte. Dann wandte sich der König mir zu. »Ich hatte gehofft, Euch heute Nachmittag beanspruchen zu können.«

»Du beanspruchst sie doch schon jeden Abend. Reicht das nicht?«, fragte Jarson.

Cayden ignorierte ihn und streckte die Hand nach mir aus. Er hatte die schwarzen Ärmel seines Hemds hochgekrempelt und die Riemen eines Lederrucksacks spannten sich über seinen Schultern. So könnte er eher auf Wanderschaft gehen als zu einem wichtigen Treffen.

»Fällt Eure wichtige Verabredung aus?«, fragte ich.

Cayden zog die Augenbrauen hoch.

»Wegen der Ihr Euer Treffen abgesagt habt.«

»Die wichtige Verabredung seid Ihr. Das funktioniert aber nur, wenn Ihr mitkommt«, sagte Cayden und streckte noch mal ungeduldig die Hand aus. Er war es offensichtlich nicht gewohnt, warten zu müssen. Das Blut schoss mir in den Kopf und ich räusperte mich. Er hatte mich noch nie am Tag gesehen – freiwillig zumindest.

»Kommt Jarson mit?«, fragte ich.

Cayden schüttelte den Kopf. »Wenn ich dabei bin, habt Ihr nichts zu befürchten. Außerdem würde er sich in Oakshaw nur langweilen.«

»Viel Spaß mit deinen Bälgern. Eines Tages beißen sie dir noch ins Bein oder jagen dich aus dem Land, wenn du weiterhin so nachgiebig mit ihnen bist. Spätestens, wenn sie groß sind. Sag dann nicht, ich hätte dich nicht gewarnt.« Jarson entkorkte die nächste Weinflasche mit einem Ploppen.

Ich gab Feanne mein Buch, nahm dem protestierenden Jarson im Vorbeigehen die Weinflasche aus der Hand und knickste vor Cayden. Ein mulmiges Gefühl breitete sich in meiner Magengegend aus. Trotzdem würde ich nicht kneifen. Nicht, wenn er so einen großen Schritt auf mich zuging. »Ich bin bereit, Eure Majestät. Auch wenn die Aussicht, gebissen zu werden, nicht so verlockend erscheint.«

»Habt keine Sorge, sie beißen nicht – meistens jedenfalls.«

Caydens Schritte waren so groß, dass ich fast hinter ihm herrennen musste. Erst vor den Toren von Blackstone wurde er etwas langsamer. Feanne hatte mir erzählt, dass Werwölfe stundenlang in ihrem Tempo trotteten, während mir nach nur wenigen Minuten die Luft ausging. Die fehlenden Ausritte und das mangelnde Training mit Arnoît waren meiner Kondition nicht zuträglich. Ich biss die Zähne zusammen und gab mir Mühe, weiter Schritt zu halten.

»Was ist Oakshaw und was machen wir dort?«, traute ich mich nach einer Weile zu fragen. Mein Herz hatte sich an die Schrittgeschwindigkeit angepasst. Wir folgten der gepflasterten Straße bergabwärts.

»Das nächste Dorf. Ich möchte Euch etwas zeigen.«

»Tiere, die beißen?« Beim Gedanken, dass Cayden Tiere hielt, die nicht einmal Werwölfe bei sich in der Burg einquartieren wollten, drehte sich mir der Magen um.

Zu meinem Erstaunen lächelte er. »Keine Angst, Ihr habt nichts zu befürchten.«

»Dem würde ich eher Glauben schenken, wenn ich wüsste, was mich erwartet.«

»Ihr werdet Euch wohl überraschen lassen müssen.«

Eine Weile gingen wir schweigend nebeneinanderher, bis wir am Fuß des Berges ankamen und einer Straße durch den Wald folgten. Dort wuchsen Winterflechten und Westmoos zwischen den Steinen. In den Tannen und Fichten rauschte der Wind und fegte einige verdorrte Blätter über den Weg vor uns. In mir breitete sich eine Ruhe aus, wie ich sie lange nicht mehr gespürt hatte.

»Wieso ist eigentlich der Boden gepflastert? Ihr habt so gut wie keine Kutschen und ein Fußweg ist schmaler«, fragte ich.

»Es überrascht mich, dass Ihr darüber nichts gelernt habt.«

»Ich habe meine Unterrichtsstunden öfter geschwänzt.«

»Wie konnte ich etwas anderes erwarten?« Cayden schmunzelte, aber ich hatte nicht das Gefühl, dass er mich auslachte. »Das sind Überbleibsel der Menschen, die hier vor den Chimären gelebt haben. Für uns Werwölfe war es ein Glücksfall, als wir hierhin verbannt wurden. Viele Häuser waren noch intakt, auch Blackstone war einfach zu reparieren.«

»Gab es noch andere Menschen hier zu der Zeit?« Ein umgefallener Baumstamm lag quer über dem Weg, die Rinde von Schnee bedeckt. Ohne zu zögern, umschloss Cayden meine Taille und hob mich darüber. Es war nur eine kurze Berührung, aber sie brachte mein Herz zum Flattern. Ihm so nahe zu sein ... Ich biss mir auf die Unterlippe und trat einen Schritt zur Seite. Cayden selbst machte nur einen Satz über den Stamm. »Wenige. Mit der Zeit sind sie verschwunden«, sagte er.

Meine Wangen glühten. Ich musste mich dringend zusammenreißen und löste meine trockene Zunge vom Gaumen. »Habt ... habt Ihr sie getötet oder vertrieben?« Meine Stimme klang zittrig und das lag nicht am Thema.

»Nein, natürlich nicht. Wenn ein Mensch und ein Werwolf ein Kind bekommen, ist es mit hoher Wahrscheinlichkeit ein Werwolf. So sind die reinblütigen Menschen mit der Zeit in Darington ausgestorben.«

»Aber wie konnten sie so lange neben Euch bestehen?«

»Gewöhnung. Wie das Rehkitz, das mit den Wolfsjungen aufwächst.«

»Charmanter Vergleich. Aber trotzdem wird das Rehkitz niemals jagen lernen.«

»Muss es das, um glücklich zu sein?«

Wir schwiegen wieder. Meine Schritte wirkten tollpatschig und unbeholfen neben Cayden, der zwischen den hohen, dunklen Bäumen klar in seinem Element war. Vereinzelt lag noch Schnee auf dem Weg und ich war dankbar für die warmen Schnürstiefel. Endlich öffnete sich der Wald zu einer größeren Lichtung. Vor einigen kahlen Eichen drängten sich kleine Steinhäuser, als wollten sie der Kälte entgehen. Wir schritten von der Straße weg über einen Pfad, der aus nackter Erde bestand. Ich entdeckte einen handtellergroßen Pfotenabdruck, der sich neben einer Spur befand, die erschreckend nach Blut aussah. Meine Nackenhärchen stellten sich auf. Was immer es war, das Cayden hier untergebracht hatte, es biss ihn. *Ihn.* Ich wäre dagegen ein leichtes Opfer. Das Herz schlug mir bis zum Hals und ich hätte gerne nach Caydens Hand gegriffen.

»Ist das ein typisches Dorf?«, fragte ich, um meine Nervosität zu überspielen. Wir passierten einen kleinen Gemüsegarten, der mit einigen lose verbundenen Holzlatten vom Weg abgegrenzt war. Eine ältere Frau harkte die Erde und rupfte Unkraut heraus.

»Mehr oder minder. Wir mögen keine Städte. Zu viele Werwölfe auf einmal heißt zu viel Ärger. Wir brauchen Raum zum Atmen.«

Ein alter Mann mit einer Pfeife zwischen den leicht herunterhängenden Mundwinkeln saß auf einer Holzbank vor einem Haus. Er nickte uns zu und ich lauschte, von fern drang Kinderlachen an mein Ohr. Wir bogen ab und gingen auf das größte Haus zu, aus dessen Kamin es rauchte. Ein kleines Mädchen spielte davor mit ein paar Jungen. Die Murmeln sahen den Eisenkugeln, mit denen ich meine Muskete lud, erstaunlich ähnlich.

»Cayden!« Das Mädchen rannte in seine offenen Arme. Er lachte, fing sie auf und warf sie in die Luft. Das erste Mal, dass ich ihn lachen hörte. Es war ein tiefer, warmer Klang, der mir einen wohligen Schauer über den Rücken laufen ließ. Ich wollte mich selbst zurechtweisen, da fiel mir ein, dass ich so über ihn denken durfte. Er war mein Ehemann. Ich lächelte, als ich das Leuchten in den Augen des Mädchens sah. »Hast du uns wieder etwas mitgebracht?«

»Bist du weniger oft ausgebüxt, wie versprochen?«, fragte Cayden. Das Mädchen nickte eifrig. Der König holte aus seinem Rucksack einen kümmerlich aussehenden Ball aus Leinen. Die braunen Augen des Mädchens weiteten sich und es quietschte vor Vergnügen, als Cayden den Ball in einem weiten Bogen warf.

»Aber mit den anderen teilen«, rief er dem rennenden Mädchen hinterher. Ein Junge jagte es lachend, überholte es und stieß den Ball wieder in unsere Richtung.

Ich sprang zur Seite, damit der Ball mich nicht traf. »Das ist Eure Überraschung? Das sind keine Tiere.«

»Eure Beobachtungsgabe ist bemerkenswert.«

Ich verdrehte die Augen. »Was sind das für Kinder?«

»Waisen.«

»Was ist mit ihren Eltern passiert?«

»Manche sind im Krieg gestorben, andere wurden in internen Rudelkämpfen während des Vollmonds getötet. So unterschiedlich, wie sie es sind, sind auch ihre Geschichten.«

Ein kleineres Mädchen folgte auf ihren kurzen Beinen den anderen Kindern, die schneller waren. Ein älterer Junge hob es auf die Schultern und zusammen jagten sie dem Ball hinterher.

»Wieso ist sie hier?«, fragte ich und deutete auf die Kleine.

»Sie kommt aus Ferlacroix«, sagte Cayden. »Vor zwei Jahren ist sie im tiefen Wald in eine Höhle gefallen. Ein Werwolf hat sie gefunden und herausgeholt. Aber als er sie nach Hause gebracht hatte und die Eltern ihn angriffen, hat er sie aus Versehen gekratzt.«

Ich schluckte. »Hat er ihre Eltern getötet?«

Caydens Augen verengten sich. »Allein dass Ihr das annehmt, zeigt, was Ihr von Werwölfen haltet.« Er schnaubte. »Nein, er hat sie nicht getötet. Aber wisst Ihr, was die Eltern mit dem Mädchen gemacht haben?«

Ich schaute ihn erwartungsvoll an.

»Sie haben sie im tiefen Wald ausgesetzt.«

Ein kalter Schauer lief mir über den Rücken, ich zog die Wolljacke enger um die Schultern und wandte den Blick ab. Der eisige Wind rüttelte an den dunklen Tannen hinter dem Steinhaus und die Wipfel wankten. Das eigene Kind im Wald auszusetzen konnte ich mir nicht vorstellen. Ich schluckte. »Bestimmt fühlten sie Reue und hätten das Mädchen wieder nach Hause geholt.«

»Rocal hat sie zwei Tage lang beobachtet, niemand kam. Dann hat er sie hierhergebracht.« Cayden nickte zu einem Mann, der vor dem Haus saß und mich mit grimmiger Miene musterte. Er wirkte mit dem roten Vollbart mehr wie ein Bär als ein Wolf. *Wer ist jetzt das Monster?*, fragte eine leise Stimme in meinem Kopf.

Ein kalter Windstoß fuhr durch die Maschen meiner Strickjacke und ich klapperte mit den Zähnen.

»Ihr friert«, sagte Cayden und ich wusste nicht, ob ich es zugeben oder leugnen sollte.

»Ihr Menschen seid ohne eure dicken Mauern und warmen Feuer so zerbrechlich.« Er schüttelte den Kopf und pirschte auf seine wölfische Art auf das Steingebäude zu. Dort wechselte er ein paar Worte mit Rocal und verschwand dann im Inneren. Ich trat von einem Fuß auf den anderen. Ohne Cayden spürte ich die Blicke der Kinder auf mir, die meisten Augen interessiert auf den Hut gerichtet. Noch mal zupfte ich den Schleier zurecht, damit er die Narben bedeckte. Nach kurzer Zeit trat Cayden mit einem Bündel in der Hand wieder nach draußen.

»Legt das um.« Cayden drückte mir ein schweres, kuscheliges braunes Fell in die Hand. Es roch nach Heu und getrockneten Sommerblumen.

»Woher habt Ihr das?«

»Aus dem Bett.«

Ich schaute ihn empört an, aber er rollte mit den Augen. »Glaubt Ihr ernsthaft, ich würde eine Waise auf dem kalten Boden schlafen lassen, damit Euch warm ist?« Er schnaubte. »Ich werde ihnen das Fell zurückbringen lassen.«

Ich beobachtete wieder die Kinder, wie sie den Ball hin und her schossen. Das Gras auf dem Platz war schon vor langer Zeit nackter Erde gewichen. Zum Teil war der Schnee zu kleinen Pfützen geschmolzen. »Wieso hattet Ihr Sorge, die Kinder in der Burg könnten mir etwas tun, aber diese nicht?«

»Ich bin die ganze Zeit bei Euch. Sie haben Respekt vor mir.«

Es klatschte, als der Ball Cayden am Kopf traf und einige Wasserspritzer auf seiner Wange zurückblieben.

»Kein. Wort«, sagte er und ich biss mir auf die Lippe. Trotzdem konnte ich nicht an mich halten und prustete los.

Cayden versuchte, finster zu schauen, aber seine Mundwinkel zuckten. Das Mädchen mit den braunen Augen kam angerannt und starrte auf meinen Hals. »Was ist das für eine Kette? Kann ich die haben?«

Meine Hand flog zu Floréanes Kette. »Die Kette ist von einer sehr lieben Freundin. Sie besteht wie mein Ring aus einem wertvollen Metall aus der Miene der Sonnengöttin und –«

Das Mädchen gähnte demonstrativ. »Langweilig.«

»Komm, Laddie, spiel mit den anderen. Für Ketten bist du noch zu jung«, sagte Cayden.

»Aber nur wenn du mitspielst.«

Cayden kitzelte Laddie, bevor er sie über die Schulter warf und zu den anderen Kindern joggte. Ich schmunzelte. Schon immer hatte ich mir vorstellen können, eines Tages selbst Kinder zu haben. Einen kleinen Jungen mit Locken wie meine oder ein Mädchen mit braunen Haaren. Doch Weißblond wäre auch eine annehmbare Haarfarbe. Hell und strahlend, wie die Sonne selbst.

Die Sonne stand knapp über den Baumwipfeln, als wir den steinigen Weg zur Burg Blackstone erklommen. Den ganzen Rückweg hatten wir kein Wort gesprochen.

»Warum habt Ihr mich dorthin gebracht?«, fragte ich, kurz bevor die Steinbrücke zum Haupttor in Sichtweite kam.

»Ihr sollt aufhören zu denken, es seien meine Leute. Es sind genauso auch Eure Leute. Ich möchte, dass Ihr an der Heilung für die Mondkrankheit interessiert seid, weil Ihr den Werwölfen etwas Gutes tun wollt, nicht, weil Ihr mir gefallen oder Eure Freiheit erkaufen wollt«, sagte er. Wir gingen um die letzte Biegung und das Tor kam in Sichtweite. Zwei Wachen standen davor, wie immer. Sie plauderten, spähten aber zu uns herüber.

»Ihr könnt sehr gut mit ihnen umgehen«, sagte ich leise.

»Ich liebe Kinder.«

Ich wand die Hände ineinander und dachte an unsere Hochzeitsnacht – oder an das, was unsere Hochzeitsnacht hätte sein sollen. Ein dürres Blatt hatte sich auf das Kleid gemogelt und ich zupfte es ab. »Kümmert es Euch nicht, dass Ihr vielleicht nie Kinder haben werdet?«

»Ich werde Euch zu nichts zwingen.«

»Aber braucht Ihr keinen Thronfolger?«

Cayden schüttelte den Kopf. »Wir sind zwar auch menschlich, aber immer noch Werwölfe. Die Rangfolge oder der König wird nicht dadurch bestimmt, wer wessen Sohn oder Tochter ist. Es spielt eine Rolle, weil Kinder von ranghöheren Packmitgliedern ebenfalls höher in der Hierarchie stehen und sie ihren Platz leichter verteidigen können. Die Nachfolge ist damit aber nicht garantiert. Es könnte jederzeit ein Werwolf kommen und mich herausfordern. Wenn er mich besiegt, übernimmt er den Thron. Bleibe ich kinderlos, wird genau das passieren.«

Ich blieb wie angewurzelt stehen. An der Tanne neben Cayden lief Harz die Rinde hinunter, als würde der Baum weinen. Mit den Fingern klammerte ich mich an den Rock des Leinenkleids. »Was passiert dann mit Euch?«

»Das kommt darauf an. Wenn ich eine zu große Bedrohung darstelle und die Politik eine andere werden soll, werde ich wahrscheinlich im Zweikampf von meinem Herausforderer getötet. Sonst lässt der neue König mich wahrscheinlich in Ruhe.« Die letzten Sonnenstrahlen ließen seine Haare in einem goldenen Glanz erstrahlen. Es sah fast so aus, als hätte er einen Heiligenschein wie die Heiligen im Sonnentempel.

»Das könnt Ihr nicht wollen.« Meine Stimme bebte und mein Herz schlug zu schnell.

»In gewisser Weise sind alle Werwölfe meine Kinder. Ich will nur, dass es ihnen gut geht – dass sie ein sicheres, gutes Zuhause haben. Wenn ein neuer König oder eine neue Königin es besser macht als ich, dann ist das so«, sagte er. Als hätte sein Tod keine Bedeutung. Als hätte

Darington in ihm nicht einen starken und engagierten König.

Ich sah ihn mir das erste Mal genauer an. Die feinen Sorgenfalten um seine Augen, die für sein Alter schon zu ausgeprägt waren. Seine angespannten Muskeln, wie bei einem Wolf kurz vor dem Sprung. Cayden. Den Vater des Volkes. Dabei war er doch so jung. Ich hatte erwartet, dass der Krieg aus einer Eroberungssucht geboren worden war. Aus einem Bedürfnis nach Macht, Blut und einer siegreichen Geschichte. Aber er kümmerte sich nur um seine Kinder. Er wollte das Beste für sein Volk und wenn er dabei selbst auf der Strecke blieb. So sehr ich ihn manchmal hassen wollte, für das, was er Ferlacroix angetan hatte, und dafür, dass ich seinetwegen hier war – ich konnte es nicht. Nicht, wenn er mich so ansah und sein großes, warmes Herz preisgab, das unter dieser kalten Fassade schlug. Es weckte in mir die Sehnsucht, auch darin eingeschlossen zu sein. Dass er sich auch um mich kümmerte, für mich sorgte. Dass ich ein Zuhause bei ihm hatte. Ich schüttelte den Gedanken ab.

»Vielen Dank für Euer Vertrauen«, sagte ich.

Cayden nickte. »Kommt, Feanne erwartet Euch bestimmt schon zum Abendessen.«

16

Wieder einmal saß ich in dem Sessel, fuhr mit dem Finger über den roten Samt und schaute auf den Wald. Cayden hatte heute eine lange Besprechung mit seinen Beratern für den Empfang irgendeines Botschafters. Der gestrige Ausflug mit ihm hatte mir wieder gezeigt, wie wenig ich das Land und seine Bewohner kannte, aber heute würde sich das nicht ändern. Feanne war bei einer Andacht und konnte mir keine Gesellschaft leisten. Wyler und Aradan waren noch unterwegs, weil sie diesen Botschafter abholten, und so hieß es wieder Stubenarrest. Ich hatte den Gedanken kaum zu Ende gedacht, da schwang die Tür auf.

»Kommt mit, ich habe eine Überraschung für Euch«, sagte Jarson. Er hob einen Korb vor sein Gesicht und ließ ihn am Henkel baumeln. Sein weißes Leinenhemd war bis oben zugeknöpft. Als hätte er sich Mühe gegeben, gut auszusehen. Mein Herz machte einen Hüpfer.

»Müsstet Ihr nicht bei der Besprechung sein?«

»Was ist das für eine Besprechung? Eine wichtige? Dann bin ich unerwünscht.«

Ich stand auf, reckte den Hals, aber der Inhalt des Korbs

war unter einer karierten Decke versteckt. »Und was habt Ihr in dem Korb?«

»Tja, wenn Ihr ein Werwolf wärt, könntet Ihr es riechen.«

Ich rollte mit den Augen. »Bin ich aber nicht.«

»Dann müsst Ihr wohl warten, bis ich es Euch zeige.« Jarson zog mich an der Hand in den Gang und durch das Treppenhaus. Seine Handinnenflächen waren weich wie Schlagsahne, nicht von Schwielen übersät wie die seines Bruders. Ich errötete, weil ich die beiden miteinander verglich, und lachte über Jarsons ungestüme Art. Wie zwei Kinder eilten wir Hand in Hand durch die leeren Gänge. Ab und zu kreiste Jarsons Daumen über meinen Handrücken und trieb mir die Hitze ins Gesicht. Es fühlte sich intim an. Als ob ich ihm etwas bedeutete. Als ob ich mehr wäre als nur seine Schwägerin.

Ich atmete tief ein. »Wohin gehen wir?«, fragte ich. Jarson blieb vor einer unscheinbaren Tür stehen und zerrte sie auf. Sofort vermisste ich die Wärme seiner Hand. Das morsche Holz knarrte und eine schmale Holzleiter kam zum Vorschein. Jarson zeigte auf eine Falltür an der Decke.

»Das ist nicht Euer Ernst«, sagte ich.

»Das ist mein voller Ernst. Es ist mein Lieblingsplatz in dieser ganzen verdammten Burg. Kommt, wenn Ihr mal oben seid, ist es gar nicht so schlimm.« Jarson kletterte voraus und ehe ich mich's versah, war er durch das Loch in der Decke verschwunden.

Ich schluckte und umfasste zwei Streben, bevor ich den ersten Fuß auf eine der Holstangen setzte. Das alte Holz knarrte bedrohlich, hielt aber stand. Oben angekommen, tauchte ich unter der großen Glocke hindurch und die Aussicht verriet mir, dass ich richtig vermutet hatte. Auf dem Glockenturm pfiff der Wind und die Brüstung war so niedrig, dass ich leicht hinunterfallen könnte. Ich spähte in den Innenhof, der Dutzende Schritte unter uns lag, und schluckte. »Das ist tief.«

»In der Tat. Fallt besser nicht hinunter.«

»Habe ich nicht vor.«

»Setzen wir uns doch.« Jarson schwang die Beine über die Brüstung und stellte den Korb neben sich. Ich lehnte mich an die Steinsäule, die das Dach trug, und weigerte mich, meine Beine auch nur in die Nähe des Abgrunds zu stellen. Jarson griff unter die Decke in den Korb und reichte mir einen kandierten Apfel. Meine Augen weiteten sich. »Wo habt Ihr den denn her?«

»Ich habe gehört, dass es den in Eurer Heimat immer zum Fest der Sommersonnenwende gibt, und konnte ein paar Gefallen einfordern.« Er beugte sich unbekümmert, obwohl er am Rand zum Tod saß, nach vorn und übergab mir die Köstlichkeit. Der süße Duft ließ mir das Wasser im Mund zusammenlaufen.

»Vielen Dank. Ich habe einmal den Fehler gemacht und in der Küche fragen lassen, ob ich etwas anderes als Fleisch zu essen bekommen könnte. Am Tag darauf haben sie mir nicht einmal einen Kartoffelschnitz mitgeschickt und das Steak war mehr blutig als durchgebraten.« Ich biss in den Apfel und genoss den klebrigen Honig an meiner Lippe, vorsichtig setzte ich mich auf die Kante der Brüstung. Jarson zwinkerte mir zu und ich lachte laut auf.

»Was ist so lustig?«, fragte er.

»Ich musste nur an meine alte Gouvernante denken. Wenn ich mit ihr aß und meine Pose nicht perfekt war, legte sie mir je einen Wälzer unter den Arm und einen auf den Kopf. Glaubt mir, ich habe die *Chroniken der chamgoiser Adelsgesellschaft* hassen gelernt.«

»Das kann ich mir gut vorstellen. Vermisst Ihr es?« Jarson fischte ein Steak aus dem Korb und biss hinein. Das

Blut rann über seine Hände und färbte die Finger tiefrot. Einige Tropfen fielen auf das blütenweiße Hemd.

»Mit zwei Wälzern unter den Armen zu essen?«

»Nein, Euer Zuhause.«

Ich rollte den Apfelstiel zwischen den Fingern und schaute zu, wie er sich drehte. »Ich glaube nicht. Ich vermisse den Kakao, der serviert wird, und die kleinen Törtchen am Sonntag. Aber sonst ... Wirklich dazugehört habe ich nie. Ich vermisse meine Freundin, Floréane. Und ein wenig meine älteste Schwester. Aber sonst ... in Laysolleilée gibt es Tausende Regeln. Mit welchem Löffel die Suppe gegessen wird, welche Comtesse mir welches Kleidungsstück zum Anziehen reichen darf, mit wem ich in welcher Reihenfolge auf den Bällen tanzen muss, wen man beim Gendarme spielen gewinnen lassen muss.«

»Wir sind also rüpelhafter?«

Ich schaute ihn lange an. Jarson hatte Krähenfüße an den Augen, sein Blick war weich. Ich drehte den Sonnenring am Finger und mein Blick fiel auf das weitläufige Tal. Der Fluss glitzerte im Sonnenlicht und die neuen Pflanzentriebe sorgten für hellgrüne Sprenkel im dunklen Wald. Etwas unterhalb von Blackstone stob ein Schwarm Krähen auf und erhob sich in den strahlend blauen Himmel. »Ich würde sagen, freier.«

»Sehr charmant ausgedrückt.« Jarson warf eine Haselnuss in die Luft und fing sie mit dem Mund auf. »Ich an Eurer Stelle wäre schon längst wieder nach Hause gegangen.«

»Euch fehlt auch das Gespür für Verpflichtungen.« Ich schmunzelte und wischte meine klebrigen Finger an einem Baumwolltaschentuch ab. Unten im Hof spielten ein paar Kinder Ball und ich musste an die Waisenkinder denken. Ein Junge schoss zu hoch und der Ball landete im Brunnen in der Mitte des Innenhofs. Zu meinem Bestürzen sah ich ein Mädchen ihm hinterherklettern. Ich beugte mich so weit nach vorne, dass ich fast in die Tiefe gestürzt wäre. »Wir müssen ihr helfen, sonst ertrinkt sie«, sagte ich und zeigte auf das Mädchen.

Jarson schüttelte den Kopf. »Der Brunnen ist ausgetrocknet. Die Kinder klettern dauernd rein und raus, keine Sorge. Sie stemmen sich mit dem Rücken gegen die eine Seite und mit den Füßen gegen die andere. Die können so fast nicht fallen.« Jarsons Blicke brannten auf meiner Wange, während ich nach dem Mädchen sah, das tatsächlich mit dem Ball wiederauftauchte. Ich drehte den Kopf.

»Ich bewundere Eure Selbstlosigkeit. Ihr habt Euch selbst ins Unglück gestürzt, damit Frieden herrscht.«

»Der Krieg konnte nicht ewig so weitergehen.«

Jarson reckte sich und lehnte sich an die Säule mir gegenüber. »Mit diesen Schusswaffen, die Euer Vater aus dem Osten importiert hat, haben sich die Winde gedreht. Ihr hättet den Krieg gewinnen können. Wenn wir nichts gegen die Waffen gefunden hätten. Rüstungen zum Beispiel.«

»Es wäre dennoch lang und blutig geworden. Zu viele sind schon gestorben. Was ist ein miserables Leben im Austausch gegen so viele?«

»So denkt Ihr also?«

Ich zuckte mit den Schultern und genoss die tolle Aussicht über die Waldwipfel. Cayden hatte gesagt, wir hätten den Krieg verloren. Wer nun recht hatte, wusste ich nicht. Es war egal. Die ersten Laubbäume trieben schon aus und die letzten Begegnungen mit Cayden ließen mich hoffen, dass vielleicht doch noch nicht alles verloren war. Mir kam die Geschichte von Königin Belouine und König Fouis in den Sinn, die auf Wunsch ihrer Eltern vermählt worden waren. Trotzdem war ihre Liebe füreinander so gewachsen, dass die Poeten noch heute Liebeshymnen über sie schrieben. Ich lächelte. »Außerdem wird das Leben hier vielleicht gar nicht miserabel.«

»Mir müsst Ihr nichts vormachen. Ihr habt hier keine einzige Freundschaft geschlossen, müsst den Großteil der Zeit auf Eurem Zimmer verbringen und Euer Leibwächter ist tot. Wie viel miserabler kann es noch werden?«

»Ihr könntet mich vom Turm runterstoßen.« Ich grinste.

Jarson verzog den Mund. »Das könnte ich in der Tat. Aber wo bliebe da der Spaß?« Er schaute so ernst, dass ich laut loslachte und Jarson einstimmte. »Außerdem würde Cayden mich in Stücke zerreißen, wenn ich sein Friedenssymbol töte, und wer sollte sich dann um Eure Beerdigung kümmern?«

»Vielleicht habe ich hier doch einen Freund«, sagte ich.

Er warf sich eine weitere Haselnuss in den Mund und zwinkerte mir zu. »Vielleicht.«

Ich legte zwei Walnüsse aus dem Korb auf meiner Hand nebeneinander und schloss sie zur Faust. Es knackte. Jarson zog eine Augenbraue hoch.

»Ich verstehe Euch nicht«, sagte ich und pulte die zerbrochene Schale ab. »Ihr könnt hingehen, wohin Ihr wollt, und doch seid Ihr hier.«

»Ich bin vielleicht sentimental.«

Ich schaute skeptisch und Jarson zeigte auf den Springbrunnen im Garten auf dem mittleren Plateau. »Dort habe ich laufen gelernt. Dort habe ich meine erste Transformation durchgemacht«, er zeigte auf einen Punkt im Innenhof, »und da vor dem Mondtempel habe ich meine erste Schlägerei angefangen.«

»Das müssen wunderbare Erinnerungen sein«, sagte ich mit einem Augenrollen und kaute auf der Walnuss.

Jarson grinste. »Ich habe ein älteres Rudelmitglied herausgefordert und es hat sich zwar zurückgehalten, trotzdem konnte ich danach eine Woche nicht richtig laufen.«

»Ihr wart schon immer ein notorischer Regelfolger.«

»So würde man mich beschreiben, ja.«

Wir grinsten beide, aber Jarson schaute mich nach einer Weile nachdenklich an. Er wischte seine blutigen Hände an der Picknickdecke ab. Der kalte Wind zerzauste seine wuscheligen Haare und verlieh ihm einen fast melancholischen Ausdruck. »Aber im Ernst, der einzige Grund, warum ich überhaupt noch da bin, ist Cayden.«

»Ich wünschte, ich könnte so etwas über eine meiner Schwestern sagen. Argélique war immer darauf fokussiert, die nächste Königin zu werden – vorausgesetzt, unser Cousin zieht sie als potenzielle Braut in Betracht. Sie war nie für einen Spaß zu haben. Ein bisschen erinnert Cayden mich an sie. In vielerlei Hinsicht wären die beiden eine viel bessere Partie gewesen.« Ich wagte es, ein Bein vorsichtig über die Brüstung hängen zu lassen, und baumelte damit. Zum Glück war der Stiefel fest zugeschnürt. Das Leinenkleid zupfte ich zurecht, damit Jarson nicht mehr von meinem Bein zu sehen bekam. Trotzdem blitzte ein Stück Haut auf und er hob eine Augenbraue. Ich biss auf die Innenseite meiner Wange und wandte den Kopf ab.

Jarson räusperte sich und öffnete die obersten zwei Knöpfe seines Hemds. »Mit noch mehr Ernst wären wir mit Sicherheit in eine Katastrophe gelaufen. Vielleicht ist es doch gut, dass Ihr hier seid.«

Ich zuckte mit den Schultern und zwirbelte Flos Diamantanhänger zwischen den kalten Fingern. Etwas bereute ich es, keine Handschuhe angezogen zu haben, aber ohne war es praktischer. Außerdem kam so besser zur Geltung, dass die Halskette und der Ring aus dem gleichen Metall bestanden.

»Und Eure andere Schwester?«

»Larélie ist durch und durch das Kind meiner Mutter. Schöne Kleider, Schminke, Bälle, tanzen mit den vielversprechendsten Bewerbern. Als regierende Königin eher ungeeignet, aber als Schmuckstück an der Hand eines Königs bestimmt perfekt.«

»Und wer wart Ihr in dem ganzen Zirkus?«

»Die aufmüpfige Prinzessin, ist doch klar.«

Jarson holte zwei Tonbecher aus dem Korb, schenkte Wein ein und reichte mir einen Becher. »Auf aufmüpfige Regelbrecher.«

»Auf aufmüpfige Regelbrecher«, sagte ich und leerte den Becher in einem Zug.

Nur das spärliche Tageslicht, das durch die Wolkendecke drang, beleuchtete die einsamen Gänge. Meine Schritte hallten gespenstisch wider und die dunklen Wandteppiche dämpften das Geräusch wenig. Das Herz klopfte die ganze Zeit so laut, dass es ein Werwolf hören musste. Aber ich begegnete niemandem auf dem Weg zu Caydens Arbeitszimmer. Es war riskant, allein unterwegs zu sein, aber mittlerweile sollten sich die Werwölfe an mich gewöhnt haben – außerdem war kein Vollmond.

Cayden hielt immer noch an der Theorie fest, dass mir jemand schaden wollte, was ich für lächerlich hielt. Seit Arnoîts Tod war nichts mehr passiert und ich wäre einfach zu töten. Das war demnach nicht der Grund, warum mein Herz so schnell klopfte. Eine kleine Stimme in meinem Kopf versuchte, mich von meiner Idee abzubringen, aber ich drängte sie zur Seite.

Vor der Tür zum königlichen Arbeitszimmer blieb ich stehen, atmete ich noch mal tief ein, bevor ich sie aufdrückte. Zwei der Berater saßen vor Caydens Schreibtisch und diskutierten mit ihm über eine Landkarte gebeugt. Daneben stapelten sich Schriftrollen und Holzfiguren waren über den ganzen Schreibtisch verteilt.

»Verzeiht die Störung, aber ich brauche den König«, sagte ich. »Dringend.«

Die zwei Berater wechselten einen Blick, verneigten sich vor uns beiden und verließen durch eine Seitentür den Raum. Cayden ging um seinen Schreibtisch herum, die Stirn in Falten gelegt. Er streckte eine Hand nach mir aus, als wollte er mich an der Schulter berühren, aber ließ sie wieder fallen. »Ist etwas geschehen?«

»Vorgestern habt Ihr mich entführt. Heute entführe ich Euch«, sagte ich und zog ihn an der Hand in den Gang.

Er versteifte sich hinter mir, wobei sein Widerstand nur halbherzig war. Also schleppte ich ihn weiter nach draußen. »Das kann nicht warten? Ich war in einer wichtigen Besprechung«, sagte er.

»Nein, kann es nicht. Nur heute ist das richtige Wetter dafür. Wer weiß, wann es wiederkommt.«

Vor der Tür zum Innenhof lehnte mein stolzes Werk. Mit einem triumphierenden Lächeln griff ich nach den Streben und hielt es Cayden vor das Gesicht.

»Was ist das?«, fragte er.

»Was das ist? Das seht Ihr doch! Wir lassen heute einen Drachen steigen.« Ich hielt mich davon ab, vor Freude auf und ab zu hüpfen.

Cayden nahm mir das Holzgestell aus der Hand und drehte den roten Drachen. »Ist das etwa Seide?«

»Natürlich, anderer Stoff wäre zu schwer.«

»Wo habt Ihr Seide gefunden?«

Ich zuckte mit den Schultern. »Ich habe eine Bluse zerschnitten, die ich aus Ferlacroix mitgebracht hatte.«

Cayden grinste. »Und dann habt Ihr einfach einen Drachen gebaut?«

»Arnoît hat es mir gezeigt, als ich noch klein war. Eigentlich nimmt man besser Papier zum Bespannen, aber das hatte ich nicht da. Feanne hat mir die Flussschachtelhalme gebracht.«

»Ihr seid die verrückteste Königin, die ich kenne.«

»Wie viele kennt Ihr denn?« Ich schmunzelte und legte den Kopf schief.

»Guter Punkt.« Er räusperte sich. »Das solltet Ihr übrigens lassen.«

»Was?«

»Den Kopf schief zu halten. Es ist eine Geste der Unterordnung.«

»Wäre das denn schlimm?«

»Andere Leute könnten auf die Idee kommen, Ihr würdet mit mir flirten.«

Ich wollte etwas Kluges erwidern, aber er ging mit dem Drachen in der Hand los und gewann damit unser kleines Wortduell – es störte mich nicht so sehr, wie es sollte. Mit einem Satz holte ich auf.

»Wohin gehen wir? Der Garten wäre perfekt.«

»Aber dort sieht uns jeder. Ich kenne genau den richtigen Ort.«

Er führte mich durch das Außentor und ein Stück den Berg hinunter, wo er auf einen Weg abbog und bergauf ging. Farne überwucherten den Trampelpfad und streiften mein Kleid, große Steine waren vollkommen von Moos überwuchert. Ich war so von diesem zauberhaften Wald abgelenkt, dass ich eine Weile vergaß, wie anstrengend der Aufstieg war. Bis mein Atem rasselte und ich Seitenstechen bekam. Ich wollte schon nörgeln, wann wir endlich da wären, da öffnete sich der Wald zu einer großen abschüssigen Lichtung. An der Kante fiel der Berg steil ab, sodass ich das ganze Tal überblicken konnte. Die letzte Lawine hatte die wenigen Bäume auf der freien Fläche umgefegt und deren Stämme lagen kreuz und quer verteilt.

Ich ging einen Schritt nach vorn und ein scharfer Wind erfasste mein Kleid. Reflexartig hielt ich meinen Hut trotz der Haarnadeln fest. »Fast so schön wie auf dem Glockenturm«, sagte ich.

»Auf dem Glockenturm kann man keinen Drachen steigen lassen. Kommt, ich habe nicht den ganzen Tag Zeit.«

Wir machten uns an das letzte Stück des Aufstiegs. Ich streifte zu nah an einer kleinen Tanne vorbei und mein Kleid verfing sich darin. Mit einem Ruck riss ich es wieder los und murmelte: »Hosen wären weitaus praktischer.«

»Wieso tragt Ihr dann keine?«

Erschrocken blickte ich auf. Cayden hatte sich umgedreht und schaute mich fragend an. Es lag kein bisschen Häme in seinem Gesichtsausdruck.

»Weil es sich nicht ziemt?«

Cayden zuckte mit den Schultern und ging weiter. »Jede Bürgerin von Darington kann Hosen tragen, wenn es ihr beliebt. Solange die Handgelenke bedeckt sind.«

Er sagte kein Wort dazu, dass ich meine Handgelenke nicht immer bedeckte. War ich damit als höheres Rudelmitglied anerkannt oder war ich den Werwölfen so egal? Vielleicht konnte ich Feanne fragen. Keuchend kam ich am oberen Rand der Freifläche an und hielt mir die stechende Seite. Zu meinem Ärger war Cayden gar nicht außer Atem. »Wollt Ihr den Drachen halten oder lieber rennen?«, fragte er.

»Rennt Ihr mal besser. Ich breche mir hier bestimmt ein Bein.«

Cayden drückte mir den Drachen in die Hand und stellte sich etwas weiter unten am Hang hin. »Bereit?«, rief er.

Ich nickte, hielt den Drachen an den Streben hoch und Cayden rannte los. Mühelos machte er einen Satz über einen umgefallenen Baumstamm, der Drachen flatterte und erhob sich in die Luft. Ich jubelte und lachte. Cayden blieb stehen und wickelte die überflüssige Schnur langsam wieder auf die Holzspule, kein Zeichen von Anstrengung in seinem Gesicht. Vorsichtig stieg ich zu ihm hinunter, umrundete die Krone des Baums und schaute zu dem flatternden Stück Stoff und Holz. Ich dachte an Arnoît und ein Stich traf mein Herz. Ich blinzelte die Tränen weg.

»Ihr vermisst ihn sehr.« Cayden musterte mich von der Seite.

Ich versuchte zu lächeln und nickte. »Es ist nur so, dass –« Ein Windstoß erfasste meinen Hut und riss ihn vom Kopf. »Nein«, schrie ich. Der Wind trieb ihn weiter den Hang hinunter und ich stolperte ihm hinterher. Mein Fuß verfing sich in einer Wurzel, ich strauchelte und fiel hin. Warmes Blut füllte meine Handinnenflächen, Dreck und Blätter klebten daran. »Mein Hut!«

Hinter mir erklang das Geräusch von reißendem Stoff und die Erde bebte unter meinen Stiefeln. Ich kauerte mich zu einer Kugel zusammen, als der weiße Werwolf über mich sprang. Mit seinem Maul fing er kurz vor dem Abgrund den Hut auf – und zerbiss ihn.

Der Werwolf drehte sich herum und fixierte mich. Von seinen Reißzähnen tropfte Speichel und in seinen grauen Augen spiegelte sich die Waldlichtung. Ich rappelte mich auf und rutschte auf dem Hintern hangaufwärts. Mit den Fingern wühlte ich durch die kalte Erde und Moos auf der Suche nach einem Stock, einem Stein, irgendwas. Doch fand ich nur vertrocknete Blätter und ein paar Zweige. Aus den Augenwinkeln suchte ich einen Ausweg, eine kleine Höhle oder wenigstens ein Baum, aber nichts.

Der weiße Werwolf trottete auf mich zu. Jede seiner Pfoten so groß wie eine von Caydens Händen. Ein Sonnenstrahl schob sich durch die Wolkendecke und färbte sein Fell golden. Seine Schnauze kam meinem Gesicht bedrohlich nahe und er schnüffelte. Ich kniff die Augen zusammen, mein Herz pumpte zu schnell. Etwas Nasses traf meine Beine und ich schrie. War das sein Speichel? Riss er mir jetzt den Kopf ab?

»Verzeiht. Den könnt Ihr wohl nicht mehr tragen.«

Ich blinzelte verdutzt. Vor mir auf dem Boden lag ein nasses Häufchen Stoff und Cayden stand splitterfasernackt vor mir. Ich quietschte und hielt die Hände vor das Gesicht. Trotzdem hatte sich ein bestimmter Körperteil direkt auf Augenhöhe in mein Gedächtnis gebrannt. Ich würde ihm nie wieder in die Augen schauen können.

»Geht es Euch gut?« Caydens tiefe Stimme war das einzig Beruhigende.

»Ich ... Ihr ... habt mich nicht angegriffen«, sagte ich.

»Wieso auch? Ihr seid keine Bedrohung für mich und ich kann mich kontrollieren.«

Ich schluckte und blinzelte durch meine Finger. Schnell presste ich die Augen wieder zu. »Könntet Ihr ... Wo sind Eure Kleider?«

»Oben am Hang. Es sind sicherlich nur Fetzen übrig.«

Ich wandte den Blick ab. »Hier, nehmt meinen Umhang. So kalt ist mir nicht.« Mit zitternden Fingern löste ich den Knoten am Hals und warf den Umhang in Caydens Richtung.

»Fertig.«

Erleichtert erkannte ich, dass er sich das Stück Stoff um die Schultern gewickelt hatte. Der Umhang reichte ihm nur bis zur Mitte des Oberschenkels. Ich errötete beim Anblick seiner strammen Waden und musterte stattdessen die Überreste meines Huts. Cayden setzte sich neben mich auf einen moosbewachsenen Stein. Mit spitzen Fingern hob ich die Kopfbedeckung hoch. Der Deckel war von zwei Reißzähnen durchbohrt und die Seide tropfte vor Werwolfspeichel. Ich warf ihn über die Klippe.

»Tut mir leid wegen des Huts.« Cayden sah zerknirscht aus.

»Ihr habt Euer Bestes getan.«

Ich atmete ein und mein Blick schweifte über das Tal, in

das sich langsam die ersten Frühlingsboten eingeschlichen hatten. Die hellen Grüntöne der austreibenden Laubbäume mischten sich mit dem dunkleren Farbton der Tannen und Fichten. Hinter uns zirpte ein Vogel im Wald. Arnoît hätte gewusst, welcher. Stück für Stück verzogen sich die Wolken vom Himmel und die Sonne wärmte meine Wangen. Irgendwann fragte Cayden: »Wieso versteckt Ihr Eure Narben?«

Ich stieß ein Geräusch aus, das eine Mischung aus einem spöttischen Lachen und einem Seufzer war. »Habt Ihr mein Gesicht gesehen? Ich war davor schon keine Schönheit, aber mit diesen Narben bin ich entstellt. Sie sind ein Zeichen meiner fehlenden Perfektion. Der Beweis, wie unvollkommen ich bin.«

Cayden schüttelte den Kopf. Seine Hand näherte sich mir langsam und er fuhr mit den Fingerspitzen sacht über die vernarbte Haut. Ein wohliger Schauer rann mir über den Rücken und mir war flau im Magen. Ich wagte es nicht, mich zu bewegen, aus Angst, er würde dann zurückschrecken.

»Das seht Ihr falsch. Die Narben sind Zeugen davon, dass Ihr gekämpft habt. Und Ihr habt gewonnen, sonst wärt Ihr nicht hier. Wenn sie ein Zeichen sind, dann das Eurer Stärke.« Er ließ seine Hand fallen, der Umhang rutschte von seiner Schulter. Cayden deutete auf seinen entblößten Oberkörper und die muskulösen Arme. »Schaut Euch meine Narben an.«

Im Sonnenschein konnte ich die feinen, silbrigen Linien erkennen, die sich kreuz und quer über seine Flanke, seinen Hals und Oberkörper zogen. Aus der Nähe erkannte ich die ausgefransten Enden, wie von Klauen. Unwillkürlich streckte ich die Finger danach aus. Das Zucken eines Muskelstrangs unter Caydens Haut erinnerte mich daran, wie unangemessen ich mich verhielt. Ich starrte ihn an wie einen preisgekrönten Hengst und hätte ihn fast berührt. Einfach so, nur, weil ich es wollte. Schnell zog ich die Hand zurück und wandte den Blick ab.

»Jede Narbe ist das Zeichen eines Kampfes, den ich gewonnen habe. Die meisten zumindest. Aus jeder Auseinandersetzung habe ich etwas gelernt.«

»Wie man besser kämpft?«

Er schüttelte den Kopf. »Ganz unterschiedlich. Dass es sich lohnt, für manche Dinge zu kämpfen. Dass manche Kämpfe unnötig sind und dass wir am Ende des Tages in der Lage sein müssen, uns im Spiegel in die Augen zu sehen.«

»Und woher wisst Ihr, ob es sich gelohnt hat?«

»Das zeigt manchmal nur die Zeit«, sagte er und ich hatte das Gefühl, dass wir nicht mehr über Auseinandersetzungen zwischen Werwölfen sprachen.

Ich zupfte einen vereinsamten Grashalm aus der Erde und zerriss ihn. Die kleinen Pflanzenstücke trieb der Wind davon.

»Könntet Ihr mir einen Gefallen tun?«, fragte er.

»Kommt darauf an.«

»Morgen kommt ein Botschafter aus Marirsk, mit dem ich über Getreideimporte verhandeln will. Ihr Schiff hat vor ein paar Tagen angelegt. Wyler und Aradan begleiten die Delegation zur Burg. Das Getreide ist wichtig und würde einige Revierstreitigkeiten klären. Marirsk hatte vormals Bedenken wegen des Krieges und wenn Ihr dabei wärt –«

Er brauchte den Satz nicht zu Ende zu sprechen. Ich war ein Symbol des Friedens. Jarson hatte es gestern selbst gesagt. Der perfekte Beweis, dass Marirsk aus Ferlacroix keine Konsequenzen zu fürchten hatte, wenn er mit Darington Handel trieb. Die Äußerung traf mich mehr, als sie sollte. Natürlich war ich in erster Linie deswegen hier.

Nicht, weil Cayden mich so sympathisch oder attraktiv fand oder weil ich eine strahlende Persönlichkeit besaß. Wie hatte ich glauben können, dass zwischen uns vielleicht doch mehr sein könnte als die Zweckverbindung?

Ich schluckte und rückte etwas von Cayden weg. Das wohlige Gefühl in meinem Bauch von einer Eiswelle erstickt. »Ich kann gerne am Abendessen teilnehmen.«

Durch Cayden fuhr ein leichter Ruck, als seine strenge Pose sich entspannte. »Habt Dank. Eines solltet Ihr noch wissen.« Er holte tief Luft. »Die Delegation spricht nicht unsere Sprache, weswegen eine alte Freundin übersetzen wird. Sie war nicht unbedingt begeistert von unserer Ehe und wird sich Euch gegenüber vielleicht etwas abweisend verhalten. Aber Ihr habt vor ihr nichts zu befürchten.«

Ich lächelte, aber es war aufgesetzt. »Wie schlimm kann es schon werden? Immerhin ist ein anderer Mensch anwesend.«

17

Ich saß vor dem Spiegel der Frisierkommode und drehte den Hut mit dem grünen Seidenschleier in den Händen. Das Smaragdgrün vertrug sich nicht mit dem Waldgrün des Kleids. Seide in Kombination mit Leinen sah sowieso lächerlich aus, trotzdem hatte ich die letzten Wochen nie darauf verzichtet. Caydens Stimme hallte leise in meinem Kopf wider. Er hielt mich für eine Kämpferin. Ich biss mir auf die Lippe und legte den Hut auf den Beistelltisch. Stattdessen griff ich nach dem kandierten Apfel, den Jarson mir vorbeigebracht hatte, und biss herzhaft hinein. Feanne trat durch die Tür. »Ich habe –« Sie rümpfte die Nase.

»Was ist los?«, fragte ich.

»Irgendetwas riecht hier seltsam.«

Meine Wangen glühten. »Das dürfte mein Parfüm sein. Ich dachte, für so einen wichtigen Anlass – ist es zu viel? Ihr Werwölfe mögt es nicht, aber der Botschafter …«

»Wir haben sehr empfindliche Nasen und auch wenn es für Euch süßlich duftet, riecht ein Werwolf die bittere Note.« Feanne musterte mich. »Es ist zu spät, um noch mal zu baden, und dem Botschafter wird es sicherlich nicht negativ auffallen. Er ist schließlich ein Mensch.« Sie lächelte und streckte mir die hässlichste Krone hin, die ich je gesehen hatte. Die massiven Zacken waren geformt wie Werwolfsfänge. Das Ding wog bestimmt so viel wie ein kleiner Hund. Keine filigrane Goldarbeit und schon gar keine Edelsteine.

»Es ist die traditionelle Krone für Empfänge mit ausländischen Gästen.« Feanne klang entschuldigend.

»Was ist mit der Krone, die ich zur Hochzeit getragen habe? Die mit der Mondsichel?«

»Die ist nur für zeremonielle Anlässe gedacht. Tut mir leid, Eure Majestät.«

Ich seufzte. Wegen einer Krone würde ich mich heute nicht ärgern. Feanne rümpfte die Nase und versuchte sofort, wieder ihr Gesicht zu glätten. Sie kramte in der Tasche ihres Kleids und zog ein Glasfläschchen hervor. »Hier, das ist für Euch.«

»Was ist das?«

»Ein Trank von der Mondpriesterin, gegen die Aufregung.«

»Was ist da drin?«

Feanne zuckte mit den Schultern. Ich entkorkte die Flasche und stürzte den Sud in einem Zug hinunter. Der Geschmack lag mir bitter auf der Zunge und ich verzog das Gesicht. Feannes Augen weiteten sich und ich versuchte zu lächeln. Auf keinen Fall wollte ich nach so einer freundlichen Geste undankbar erscheinen. Vorsichtig setzte ich das unansehnliche Goldding auf. Mit meinem Hut wäre das unmöglich gewesen. Ich warf einen letzten Blick in den Spiegel und nickte mir zu.

Jarson lehnte als mein Begleiter an der Wand im Gang. »Bereit für einen langweiligen Abend?«

Ich lächelte. »So bereit, wie ich sein kann.«

»Ich hoffe, ich konnte ihn Euch wenigstens etwas versüßen.« Er zwinkerte mir zu.

»Konntet Ihr. Der Apfel war vorzüglich. Wobei Ihr mir noch verraten müsst, wie Ihr die Köche dazu gebracht hat, so etwas noch einmal zuzubereiten.« Ich ging langsam die Treppe hinunter. Es fühlte sich seltsam an, in den flachen Lederstiefeln zu einem wichtigen Abendessen zu gehen.

»Das wird wohl für immer mein Geheimnis bleiben«, sagte Jarson. Wir gingen Seite an Seite den Gang zum Speisesaal hinunter. Erst jetzt fiel mir auf, dass in jeder Halterung an den Wänden eine brennende Fackel steckte. Es machte die kargen Steinwände wenigstens etwas gemütlicher.

»Manchmal bewundere ich Euren Einfallsreichtum.« Ich strich das Kleid glatt. Die Krone drückte schwer auf meinen Kopf und ich vermisste den schützenden Schleier meines Huts.

Jarson musterte mich von der Seite. »Sind wir eigentlich nicht längst über den Punkt hinaus, an dem Ihr mich mit ›Euch‹ ansprecht?«

»Sollte nicht ich das Du anbieten?«, fragte ich.

»Ihr kennt mich doch mittlerweile lange genug, um zu wissen, dass ich mich ungern an Konventionen halte.« Jarson grinste und stoppte vor der doppelflügeligen Tür. »Da wären wir. Cayden wartet bestimmt schon.«

»Danke, Jarson, es war nett von dir, dass du mich begleitet hast.«

Jarsons Grinsen füllte sein ganzes Gesicht aus. »Wie immer ein Vergnügen. Hab einen schönen Abend«, sagte er in einem Singsang. »Ich darf jetzt noch einen pausbäckigen Botschafter aus Marirsk abholen und hierherbringen.«

Ich schüttelte mit einem Lächeln auf den Lippen den Kopf, atmete tief ein und öffnete die Tür.

Die Fenster des kleinen Saals waren dem Garten zugewandt, den einige Fackeln festlich beleuchteten. Eine lange, gedeckte Tafel nahm den Großteil des Raums ein, die Dienerschaft dahinter an der Wand war aufgereiht wie Perlen an einer Kette. Der Platz des Botschafters war leer, aber der Stuhl daneben besetzt. Ich blieb wie eingefroren in der offenen Tür stehen. Es war *sie*. *Sie* war die alte Freundin. Cayden hatte sich charmant ausgedrückt.

»Bitte. Sie werden sicher gleich kommen.« Caydens Stimme riss mich aus meiner Schockstarre. Er türmte auf seinem massiven Holzstuhl am Kopf des Tisches, seine hellblonden Augenbrauen zusammengezogen. Langsam schritt ich an der langen Tafel entlang zu meinem Platz an seiner Rechten. Jede Bewegung verfolgte Alandria mit ihren eisblauen Augen. Ihr Blick klebte regelrecht an den Narben, die mein Gesicht verschandelten. Wieso hatte ich diesen verdammten Hut heute weggelassen? Ich hätte wenigstens ein Seidentuch unter die Krone klemmen können.

Ich zog den Holzstuhl an der hohen Lehne zurück und die Stuhlbeine schabten über den Boden. Jeder Werwolf im Raum zuckte mit den Ohren.

»Entschuldigung«, sagte ich und setzte mich langsam.

Count Faroby saß neben mir und lächelte mich an. »Eure Majestät, wie schön, dass Ihr uns heute Abend Gesellschaft leistet.«

»Natürlich«, sagte ich. Kurz wunderte ich mich, was er hier tat. Aber da das Getreide für Edinton bestimmt war, lag es nahe, einen Vertreter bei den Verhandlungen dabeizuhaben.

»Wein?« Alandrias Stimme tropfte vor Verachtung. Sie gab einem Kelch einen Stoß und er schlitterte über den Tisch zu mir. Ich konnte ihn auffangen, bevor der Inhalt sich auf mein Kleid ergoss. Trotzdem schwappte etwas der roten Flüssigkeit über den Rand und färbte meinen Ärmel hässlich braun. Cayden starrte auf einen unsichtbaren Punkt auf dem Tisch, hob erst jetzt den Kopf und nickte mir zu. Der Austausch zwischen Alandria und mir war ihm offenbar entgangen. Ich fixierte die Frau, hob den Kelch und leerte ihn in einem Zug, ohne dabei den Blickkontakt zu unterbrechen. Wenn sie spielen wollte, würden wir spielen. Das schwere Aroma des Weins lag bitter auf meiner Zunge. Oder es lag an dem Trank, den Feanne mir gegeben hatte. Cayden trommelte mit den Fingern auf die Armlehne, die Schultern angespannt. Ich rief mich zur Ordnung. Heute Abend war nicht der Zeitpunkt für Machtkämpfe. Cayden wollte meine Unterstützung und ich würde mein Bestes tun, damit Darington dieses Getreide erhielt. Vielleicht konnte ich so die Last auf seinen Schultern zumindest etwas mindern.

Ein Diener öffnete die Tür. »Eure Majestät, der Botschafter aus Marirsk.«

Cayden richtete sich so plötzlich gerade auf, dass ich zusammenzuckte.

»Botschafter Valomir, es freut mich, Euch hier in Darington willkommen zu heißen.«

»Armiosch Valomir, vatko amasch, hatkirk gamas amascho isk Darington«, sagte Alandria. Ihre Stimme klang erstaunlich sanft und melodisch. Ihr Blick flackerte kurz zu mir und sie spannte ihren muskulösen, wenn auch schlanken Oberarm an.

»Vatko amasch isk.« Der Mann verneigte sich erst vor Cayden und dann vor mir.

»Er freut sich, hier zu sein«, sagte Alandria.

Cayden nickte. »Bitte setzen wir uns doch.« Er deutete auf den leeren Stuhl. Die sandfarbene Gewandung des pausbäckigen Botschafters wallte hinter ihm wie eine Staubwolke, als er erstaunlich zügig zum Stuhl ging. Er wollte den Wächtern an der Tür nicht zu lang den Rücken zukehren, realisierte ich. Die scheppernden Rüstungen seiner Leibwächter waren selbst mir zu laut, als sie ihm folgten. Die zwei muskulösen Männer bauten sich hinter dem Botschafter auf. Ich schmunzelte. Sollte es zu einem Kampf kommen, würden sie nichts ausrichten können. Ihr Verhalten zeugte davon, wie weit Marirsk vom Krieg zwischen Ferlacroix und Darington entfernt gewesen war.

Eine Dienerin schenkte dem Botschafter Wein in einen goldenen Kelch ein und servierte den ersten Gang: eine Kräutersuppe mit Fleischeinlage. Ich löffelte so leise wie möglich und versuchte, keine Aufmerksamkeit auf mich zu ziehen. Das Gespräch floss träge wie Teer dahin. Ich war mir nicht sicher, ob es an der Sprachbarriere lag. Immer wieder schaute der Botschafter sich nervös, fast suchend, um. Als sich unsere Blicke trafen, lächelte er kurz und aß dann weiter seine Suppe. Aber es erreichte seine Augen nicht.

Schweigend servierten die Diener saftige Steaks mit geschnittenem Wurzelgemüse auf silbernen Tellern. Das Kratzen des Bestecks war zu laut in der Stille des Saals. Vorsichtig zerschnitt ich das Fleisch und verzog das Gesicht. Die Mitte war komplett rot, das Blut tropfte heraus. Über meinen Tellerrand spähte ich zu dem Botschafter. Er versuchte, keine Miene zu verziehen, aber an seiner Stirn trat deutlich eine Ader hervor und pochte. Mit zusammengekniffenen Lippen beäugte er einen blutigen Fleck auf dem hellen Tischtuch.

Ich räusperte mich. »Könnte ich … könnte ich bitte noch etwas anderes dazu haben? Wie wäre es mit einem Stück Brot? Vielleicht auch für den Botschafter, wenn er mag?«

Eine Dienerin nickte und verschwand durch den Dienstbotenausgang.

»Ich bin Euch sehr dankbar, dass Ihr den weiten Weg auf Euch genommen habt«, sagte Cayden. Aber auch nach der Übersetzung stocherte der Botschafter nur in seinem Fleisch herum und nickte fast abwesend. »Ihr müsst wissen, wir haben Regionen, die sehr auf dieses Getreide angewiesen sind.«

Botschafter Valomir hob nicht mal den Blick.

»Ich bin mir sicher, dass die Zusammenarbeit hervorragend laufen wird. Wir können Euch mit mehr Erzen oder Werkzeug für die Landwirtschaft versorgen, als Ihr brauchen werdet«, sagte Cayden.

Der Mann nickte und schob den Teller mit spitzen Fingern von sich. Ich meinte, in Caydens Augen einen Hauch von Panik aufblitzen zu sehen.

Alandria sagte etwas zu dem Botschafter, aber er grummelte nur eine einsilbige Antwort. Das Quietschen der Türangeln war zu laut in der Stille, als die Dienerin endlich das Brot brachte. Ich schloss für einen Moment die Augen, als der eisige Blick von Alandria auf mir ruhte. Wieso hatte ich einen Sonderwunsch äußern müssen? Aber als ich das Gesicht des Botschafters sah, strahlte es wie die aufgehende Sonne. Als wäre er in dem Augenblick, in dem ich die Lider geschlossen hatte, durch einen gut gelaunten Doppelgänger ausgetauscht worden. Ich folgte seinem Blick zu dem Korb mit dem frischen Brot. Eilig winkte er die Dienerin herbei und nahm sich einen großen Laib. Mit der Freude eines Kindes zum Sonnenwendenfest brach er ihn in zwei Hälften und presste seine Nase so tief hinein, dass ich kurz Sorge hatte, er würde daran ersticken. Er richtete sich wieder auf und sagte etwas.

Alandria lächelte und wandte sich an Cayden. »Er sagt, dass Weizen das Lebenselixier ist. Ein Essen wäre keine richtige Mahlzeit ohne Brot.«

Cayden nickte und blinzelte verdutzt, als der Botschafter aus einer Scheibe das Innenleben herauspulte, zu einem Ball zusammenknetete und über die linke Schulter warf. Ein Diener in dunkelblauer Leinenkleidung wich blitzschnell aus, die Brotkugel klatschte an die Wand und fiel zu Boden.

»Er sagt, das bringt Glück. Für die Verhandlungen«, sagte Alandria.

Der König versuchte, seine Verwirrung zu verbergen, und nickte dem Botschafter zu. Seine Schultern waren nicht mehr so eisern zurückgezogen, dass der Stoff bis an seine Grenzen spannte. Der Botschafter nickte und reichte mir die andere Hälfte des Brotlaibs. Ich lächelte ihn dankbar an und wie nach einem geplatzten Knoten floss endlich die Konversation. Cayden konnte sogar die Rahmenbedingungen für den Getreideimport festmachen.

Am Ende des Abends war der Brotkorb leer und der Botschafter watschelte zufrieden mit seinen zwei Blechmännern in sein Zimmer. Cayden lehnte sich seufzend in seinem Holzstuhl zurück.

Er stieß einen kurzen Lacher aus. »Ich fasse es nicht. Das wäre fast zu einem Desaster geworden. Woher kanntet Ihr die Tradition?«

»Ich kannte sie nicht, aber ich kann sehr gut verstehen, wie man sich als Mensch unter Werwölfen fühlt«, sagte ich.

Alandria warf mir einen eisigen Blick zu, doch ich würde mir diesen Triumph nicht von einer alten Geliebten madigmachen lassen. Trotzdem rutschte ich auf dem Holzstuhl mit der hohen Lehne hin und her. Cayden nickte ihr mit einem verkniffenen Gesichtsausdruck zu. »Danke, Alandria, du hast uns sehr geholfen. Deine Dienste werden heute nicht mehr benötigt.«

»Eure Majestät.« Sie knickste tief vor Cayden, warf mir einen letzten eisigen Blick zu und verschwand durch die Tür.

Es traf mich mehr, als ich zugeben würde, dass Cayden sie so vertraut ansprach. Dennoch atmete ich erleichtert auf. Alandrias Präsenz war wie ein Stein auf meiner Brust gewesen. Der König musterte mich. »Ihr habt Euren Schleier weggelassen.«

Reflexartig fuhr meine linke Hand an die Wange, um die Narben zu verdecken. Über der Anspannung heute Abend hatte ich sie ganz vergessen.

»Seht Ihr, es hat niemanden interessiert.« Er schenkte mir ein Lächeln. Ein echtes. Eines, das seine Augen erstrahlen ließ. Ein Lächeln, an das ich mich gewöhnen könnte.

Ich presste die Lippen zusammen und nickte.

»Kommt, ich bringe Euch zu Euren Gemächern. Ihr müsst müde sein.«

Wir schritten im kargen Fackelschein durch die leeren Gänge der Burg. Die Stille hätte erdrückend sein können, aber das war sie nicht. Nach dem Abend hatte sie etwas Beruhigendes. Zweimal hätten sich unsere Handrücken beinahe gestreift und ich bereute, dass sie es nicht getan hatten. Stattdessen hatte ich nur eine übermenschliche Wärme gespürt und den Drang unterdrückt, nach Luft zu schnappen. Cayden blieb vor meiner Tür stehen und musterte mich. Kurz blieb sein Blick an meinen Lippen hängen. »Das war eine gute Idee heute. Mit dem Drachen, meinte ich.«

»Freut mich, wenn es Euch gefallen hat, Eure Majestät. Ihr solltet häufiger Lachen, es klingt schön.« Ich hatte die Worte gerade erst ausgesprochen, da biss ich mir schon auf die Zunge und meine Wangen glühten.

Schnell räusperte ich mich und Cayden schmunzelte. »Ich werde es mir merken.«

»Gute Nacht, Eure Majestät.«

»Gute Nacht, Élèntine.«

Ich lehnte mich an die geschlossene Tür und hielt die Luft an. Noch immer spürte ich Caydens Wärme auf meiner Haut und wünschte mir, dass wir auch heute zusammen schlafen würden. In meinen Gemächern war es bis auf den trüben Schein der Glut dunkel. Ich stolperte auf das Himmelbett zu. Feanne hatte die Federdecke zurückgeschlagen und einen Krug Wasser auf den Nachttisch gestellt. Mein Kopf schmerzte mit einem Mal, als hämmerten fünf Waffenschmiede darauf herum. Meine Fähigkeit, Wein zu vertragen, war offensichtlich in Mitleidenschaft gezogen worden.

Noch nie war ich so froh gewesen, mich für ein Leinenkleid entschieden zu haben. Ich warf mich damit auf die Heusäcke. Der Abend war anstrengend gewesen und ich wollte nur schlafen. Es dauert nicht lange, bis ich eindämmerte, zwei warme, graue Augen im Kopf, die mich anblickten.

Die Magenkrämpfe waren so stark, dass ich davon schweißgebadet aufwachte. Ich rollte mich zu einer Kugel zusammen und wimmerte. So schlimm war es nicht einmal während meiner monatlichen Zyklen. Mir war, als läge ein pulsierender, brennender Eisenball in meinem Bauch. Das musste dieses verdammte Steak gewesen sein. Bei dem Gedanken daran zog sich alles in mir zusammen und ich konnte mich gerade rechtzeitig über die Bettkante beugen, damit sich mein Mageninhalt auf dem Fußboden statt im Bett verteilte.

Ich röchelte und wischte die Überreste an den Mundwinkeln mit dem Ärmel ab. Hoffentlich würde es jetzt besser werden. Das Mondlicht fiel durch die Glasfenster auf das Leinenkleid und ich hielt inne. Das waren nicht nur braungrüne Essensreste. Etwas roch nach Eisen und glänzte rötlich im milchigen Licht des Monds. Blut. Aber woher kam es? Ich tastete mein Gesicht ab und erst jetzt bemerkte ich warme, weiche Flüssigkeit, die aus der Nase lief. Das lag nicht am Essen. Das hatte ich noch nie gehabt. Ich schnappte nach Luft, aber eine neue Welle der Übelkeit überkam mich und ich erbrach mich erneut.

Ich zitterte am ganzen Körper. Irgendetwas war falsch. Was war los? »Feanne?« Meine Stimme klang selbst in meinen Ohren kläglich. »Feanne!«

Die Tür schwang auf, ein Dank für Werwolfsohren.

»Eure Majestät.« Sie hielt in ihrer Bewegung inne und schnüffelte. Ihre Augen weiteten sich. »Wieso riecht es hier nach Blut?«

Ich zeigte auf meine Nase. Sie schüttelte den Kopf und stürzte neben das Bett. Ihr Blick fiel auf den versauten Boden und selbst im Mondlicht konnte ich erkennen, dass sie bleich wurde. »Ich hole sofort die Mondpriesterin!«

»Lass mich nicht allein«, ächzte ich, aber sie war schon fort. Durch die offene Tür hallten ihre Schritte aus dem Gang nach. Die Kälte zog in jeden meiner Knochen. Mir war zu kalt und zu warm gleichzeitig und meine Finger waren eigenartig geschwollen. Ich riss an dem Sonnenring am kleinen Finger, der sich nur schwer löste, und warf ihn auf den Nachttisch neben den Krug. So ging es etwas besser. Hätte ich gekonnt, hätte ich ein Fenster aufgemacht, aber ich konzentrierte mich auf meine Atmung, um mich nicht noch einmal zu erbrechen. In meinem ganzen Leben hatte ich mich noch nie so elend gefühlt.

Als die Mondpriesterin, der Mondpriester und Feanne angerannt kamen, zitterte ich schon so, dass die Federdecke auf den Boden gerutscht war.

»Holt sofort den König«, sagte die Mondpriesterin, als sie an mir schnüffelte. Feanne stand wie eingefroren da. »Worauf wartet Ihr? Geht!«

Feanne rannte los, die Mondpriesterin rief ihr hinterher: »Sagt ihm, er soll sich beeilen. Die Königin wurde vergiftet.«

18

Die Mondpriesterin befühlte meine Stirn, schnupperte an dem Erbrochenen und tupfte mir den Schweiß von der Haut. Sie bellte dem Mondpriester Befehle zu, der einen Koffer öffnete. Das Klappern der Tontöpfe war zu laut, aber ich konnte mir nicht die Ohren zuhalten. Die Mondpriesterin stellte in einer Schüssel mit einem Mörser eine Paste her und bei dem stechenden Geruch von Trollfußstängeln überkam mich die nächste Übelkeitswelle. Doch mein Magen war leer und so erbrach ich nur Magensäure. Caydens leichte Schritte verrieten ihn, bevor er durch die Tür stürzte. Mein Kopf schmerzte noch immer und ein seltsamer Nebel erfüllte ihn, der meine Gedanken wegdrückte.

»Was ist geschehen?« Seine Augen waren schreckgeweitet und glitten suchend über meinen Körper. Das Leinenkleid klebte klatschnass geschwitzt auf meiner Haut.

»Vergiftung mit Rialidin. Ich habe noch von keinem Menschen gehört, der das überlebt hat.« Die Mondpriesterin ergriff meinen Kiefer und sperrte ihn auf. »Schlucken«, befahl sie und kippte einen seltsam schmeckenden Brei in meinen Rachen. Ich hustete und wollte ihn wieder ausspucken, aber sie hielt mir die Nase zu. Ich japste nach Luft.

Die Mondpriesterin hielt mir nun den Mund zu. »Das braucht Ihr, Eure Majestät, wenn Ihr eine Chance haben wollt zu überleben. Die inneren Blutungen töten Euch sonst, noch bevor der Mond dem Horizont auch nur nähergekommen ist.«

»Was machen wir jetzt?«, fragte Cayden leise.

»Jetzt warten wir. Wenn sie die Nacht übersteht, sollte sich ihr Zustand wieder bessern.«

Cayden griff nach meiner Hand, seine Haut war zu heiß. Ich hatte nicht die Energie, den Kopf zu drehen. Wann hörte das endlich auf? Wieso ließen sie mich nicht einfach in Ruhe? Wo war Arnoît? Ich wollte nur nach Hause.

Der Griff um meine Hand wurde fester. »Élèntine, hörst du mich? Du hast schon so viel Mist mitgemacht. Du stirbst jetzt nicht an einer verdammten Rialidin-Vergiftung, hast du das verstanden? Nicht so, nicht heute!«

Seine Worte hallten komisch in meinem Kopf nach, dennoch versuchte ich zu nicken. Die Dunkelheit drückte auf meine Augenlider, auf meinen ganzen Körper, und versprach Schmerzfreiheit. Ich wollte nicht kämpfen, ich wollte nachgeben.

»Élèntine, nicht einschlafen! Bleib bei mir.« Caydens Stimme klang fast flehend, aber ich war wie in Wolle eingewickelt. Wann hörte dieser brennende Schmerz in meinem Magen endlich auf? Ich kauerte mich noch kleiner zusammen und als der Druck der Dunkelheit größer wurde, gab ich ihm nach.

Als Erstes merkte ich, dass meine Kehle kratzte und mein Mund staubtrocken war. Mein Kopf pochte immer noch, aber die schlimmen Bauchschmerzen waren verschwunden. Dafür summte eine tiefe Stimme in meinem Kopf und ich sah Fetzen von verzerrten Gesichtern und dunklen Schatten, wenn ich mich darauf konzentrierte. Wahrscheinlich eine Nachwirkung des Gifts. Ich blinzelte in die hellen Sonnenstrahlen und richtete mich auf. Ohne zu überlegen, griff ich nach dem Krug, trank daraus und stellte ihn halb leer wieder zurück. Daneben blitzten mein Sonnenring und Floréanes Kette, die mir wohl jemand abgenommen hatte. Ohne den Ring fühlte ich mich seltsam nackt und ich zog ihn schnell wieder an.

Erst jetzt bemerkte ich, dass ich fror. Das grüne Leinenkleid lag aufgeschnitten am Fuß des Himmelbetts und sah so kläglich aus, wie ich mich fühlte. Ich zog das Federbett nach oben und wickelte mich darin ein.

Als ich ein leichtes Grunzen hörte, wäre ich fast vom Bett gefallen. Schnell strich ich mir eine Haarsträhne aus dem Gesicht. Cayden saß zusammengesackt in meinem Lieblingslesesessel, den er meinem Bett gegenüber positioniert hatte. Er hatte die Augen geschlossen und zuckte im Schlaf mit den Augenbrauen. Es hätte fast schon lustig ausgesehen, wenn sein Gesichtsausdruck nicht grimmiger als sonst gewesen wäre.

Mein Blick wanderte durch den Raum. Auf dem Tisch stand der Holzkoffer der Mondpriesterin, um den herum einige Tontiegel verteilt waren. Erst jetzt traf mich die Realität. Ich hatte wie durch ein Wunder überlebt. Medicus Rorelage, der sich um die königliche Familie und damit auch mich in Laysolleilée gekümmert hatte, wäre ekstatisch gewesen. Eine Fallstudie. Trotzdem blieb es ein Kuriosum. Erst die Werwolfattacke, die mich nicht zu einem Werwolf gemacht hatte, und jetzt ein tödliches Gift, das mich nicht umgebracht hatte. Es war fast so, als ob die Sonnengöttin wollte, dass ich lebte. Als ob ich eine Aufgabe vor mir hätte, die größer war als alles, was ich mir vorstellen konnte.

»Gut geschlafen?«, fragte Cayden. Ich wusste nicht, wie lange er mich schon beobachtete.

»Wie eine Tote.«

»Das kannst du laut sagen.« Er streckte sich und das Leinenhemd gab einen Streifen seines muskulösen Bauchs frei. Hitze stieg in meine Wangen und ich wandte den Kopf ab. Cayden gähnte. »Vielleicht haben die Werwölfe doch einen guten Einfluss auf dich und auf wundersame Weise deine Selbstheilungskräfte verstärkt. Die Tollpatschigkeit war jedenfalls klar menschlich.«

Ich rollte mit den Augen. »Einem Werwolf wäre so etwas natürlich nie passiert.«

»Unwahrscheinlich. Wir hätten das Gift gerochen und selbst wenn wir etwas zu uns genommen hätten, wäre es nicht stark genug gewesen, um uns zu töten.«

Ich wollte antworten, da ertönte ein scharfes Klopfen.

»Herein«, sagte Cayden. Ich war zu müde und zu höflich, um ihn darauf hinzuweisen, dass wir uns in meinen Gemächern befanden.

Wyler trat ein, mit tiefen Ringen unter den Augen. Sein Hemd war schief zugeknöpft. Caydens Miene verfinsterte sich. »Gibt es Neuigkeiten?«

»Er leugnet weiterhin alles, Eure Majestät.«

Ich blinzelte. »Wer leugnet alles?«

»Wir haben gestern Nacht ein Fläschchen mit Rialidin-Essenz beim Botschafter aus Marirsk gefunden.«

»Ich fasse es nicht. Wieso wollte er mich vergiften? Das ergibt doch keinen Sinn.«

Wyler legte den Kopf schief. »Ohne Euch zu nahe treten zu wollen, es gibt eine Vielzahl von Gründen. Offiziell hat sich Marirsk zwar zwischen dem Konflikt von Ferlacroix und Darington herausgehalten, doch würde der Krieg jetzt wieder aufflammen, würden wahrscheinlich auf beiden Seiten die Bauern zum Kriegsdienst herangezogen.

Infolgedessen müsste mehr Weizen importiert werden, sowohl in Darington als auch in Ferlacroix. Ein Gewinn für Marirsk auf ganzer Linie.«

»Der Botschafter hätte doch sowieso mit Euch eine Abmachung getroffen«, sagte ich.

»Aber nicht mit Ferlacroix. Der Umfang wäre weitaus geringer«, sagte Wyler.

Ich massierte mit Zeige- und Mittelfingern die Schläfen, damit das Kopfbrummen abnahm. Als die Federdecke herunterrutschte, zog ich sie schnell wieder nach oben. »Wie wahrscheinlich ist es, dass jemand von hier versucht, mich zu töten, *und* eine andere Person?« Mir ging Alandrias eisiger Blick nicht aus dem Kopf. Und der Wein, den sie mir gereicht hatte.

Cayden lehnte sich nach vorne, die Hände ineinander verschränkt und die Ellenbogen auf die Knie gestützt. »Du meinst wegen des Sonnenglanzes?«

Ich nickte.

»Ihr könntet recht haben. Es war vielleicht nicht der erste Versuch, Euch zur Strecke zu bringen«, sagte Wyler.

»Aber dann ergibt es keinen Sinn, dass es der Botschafter gewesen sein soll. Er war in dieser Nacht gar nicht hier«, sagte ich.

Wyler nickte langsam. »Außer es gab jemand, der das vor seiner Ankunft erledigen sollte. Damit der Verdacht nicht auf Marirsk fällt.«

Caydens Blick verfinsterte sich. »Ein Verräter?«

Wyler presste die Lippen aufeinander und nickte.

»Was ist mit Alandria?«, fragte ich leise.

Caydens Kopf wirbelte herum und ein harter Blick traf mich. »Das würde sie nicht tun.«

Es stach mehr, als es sollte, dass er seine alte »Freundin« vor mir verteidigte. Er zog es nicht einmal in Betracht.

»Schickt jemanden, der den Botschafter weiter befragt«, sagte Cayden.

»Natürlich, Cay.« Wyler verneigte sich und ging.

Ich musterte die tiefen Falten auf Caydens Stirn. Er sah so viel älter aus und mich überkam das Bedürfnis, sie mit meinen Fingerspitzen glatt zu streichen. Ich blinzelte. Wo kam das nur her?

Cayden schaute auf und seine grauen Augen durchdrangen mich so intensiv, dass ich auf dem Bett hin und her rutschte. »Ich werde dafür sorgen, dass du hier sicher bist. Darauf gebe ich dir mein Wort. Und wenn es das Letzte ist, was ich tue.«

Die Schatten der hohen Mauern nahmen große Teile des Innenhofs ein. Ich ließ mich davon nicht stören und hielt mein Gesicht in die wärmenden Sonnenstrahlen. Es roch nach Frühlingsregen. Bald würde diese elende Kälte gänzlich verschwinden. Ich trat ein Steinchen mit dem Lederstiefel weg, das in der moosbewachsenen Ritze zwischen zwei Pflastersteinen gelegen hatte. Der Kiesel traf den ausgetrockneten Brunnen in der Mitte des Hofs und Feanne zuckte zusammen.

»Alles in Ordnung?«, fragte ich. Sie nickte eilig und schaute sich um. Der Innenhof war fast leer und für einen Augenblick betrachtete ich meine Spiegelung in den verzierten Bleiglasfenstern des Mondtempels. Ich hatte immer noch dunkle Ringe unter den Augen und mein Haar war zerzaust. Drei Tage nach dem Anschlag und der Botschafter hatte noch nicht gestanden. Es hatte einige Überzeugungsarbeit gekostet, aber Cayden würde ihn morgen zurückschicken. Einen Eklat konnten wir uns nicht leisten. Doch der Verräter – oder vielmehr die Verräterin – war auf freiem Fuß. Warum zog Cayden nicht mal in

Erwägung, dass Alandria hinter der Vergiftung steckte? Wer hätte ein besseres Motiv als eine zurückgewiesene Liebhaberin? Der Rotwein hatte seltsam geschmeckt und ich ärgerte mich, dass ich ihn nicht verschmäht hatte.

Mittlerweile gaben meine Knie nicht mehr nach, wenn ich aufstand, und es wurde mir auch nicht mehr schwarz vor Augen. Cayden hatte mir gestattet, unter den strengen Augen von Wyler und Aradan spazieren zu gehen. Ich musste mich allerdings auf den Innenhof beschränken. Mein Blick wanderte über die vielen Fenster an der Steinfassade. Wie oft hatte ich selbst im Alkoven in der Bibliothek gesessen und nach unten gespäht. Es wäre einfach, unsere Bewegungen akribisch zu verfolgen.

Ich schüttelte den Gedanken ab und schlenderte zu einer der gemauerten Bänke. Meine Nackenhärchen stellten sich auf und ich drehte den Kopf. Im Rahmen einer Flügeltür des Kreuzgangs stand Alandria. Unsere Blicke trafen sich und sie blieb für einen Herzschlag wie eingefroren stehen. Sie drehte sich auf dem Absatz um.

»Halt«, rief ich.

Alandria knirschte so laut mit den Zähnen, dass sogar ich es hören konnte. »Ja?«

Ich ging einen Schritt auf sie zu, aber Feanne hielt mich am bestickten Saum meines Kleids fest. »Das halte ich für keine gute Idee«, sagte sie leise. »Sie …«

»Ich weiß, wer sie ist«, sagte ich. »Warte hier auf mich.«

Ich zog noch mal die Schultern zurück und drückte den Rücken durch, bevor ich auf Alandria zuging. Der Kies knirschte unter meinen Schuhen und ich wich einem Blumenkasten aus, aber ließ sie nicht aus den Augen.

»Die Königin will mit *mir* sprechen. Was für eine Ehre«, spottete Alandria und lehnte sich an den Türrahmen.

»Ich bin nicht hier, um zu streiten.«

»Wollt Ihr Euch Modetipps einholen? Ihr tragt Euer Halstuch falsch. Wärt Ihr ein Werwolf, würde es nicht Eure Duftdrüsen abdecken. Ihr seid immerhin die Königin.«

Ich presste kurz die Lippen zusammen und atmete tief ein. In der Gesellschaft der Werwölfe galt das Gesetz der offenen Konfrontation. Wenn ich hier bestehen wollte, musste ich mich anpassen. Ich kratzte meinen ganzen Mut zusammen und stützte mich an einer Säule des Kreuzgangs ab, als könnte sie mir Sicherheit geben. »Wenn wir schon bei Fehlern sind, die begangen wurden: Wart Ihr es, die mich vergiftet hat? Wenn Ihr es zugebt, werde ich Cayden davon überzeugen, gnädig bei der Wahl der Strafe zu sein.«

Alandria stieß einen humorlosen Lacher aus. »Das ist jetzt nicht Euer Ernst.«

Ich verengte die Augen und verschränkte die Arme. »Das ist mein voller Ernst.«

»Euch fehlt es an jeglicher Raffinesse, Eleganz und Taktgefühl, die dem Hof in Laysolleilée zugeschrieben werden.« Sie kam einen Schritt auf mich zu. Der Schatten des Kreuzgangs verdunkelte ihr Gesicht, nur ihre hellen Augen blitzten gefährlich. Wyler machte einen Satz nach vorne, aber ich hob die Hand und er zog sich zurück.

Alandria zog ihre linke Oberlippe fast angewidert hoch. »Was glaubt Ihr eigentlich, wer Ihr seid? Ihr habt keinen Einfluss, Ihr seid kein Alpha, Ihr seid nicht mal ein Werwolf. Glaubt Ihr, Cayden kümmert es, was Ihr sagt?«

Ich schluckte. Ihre Worte trafen mich mehr, als ich zugeben wollte. Mein Blick fiel auf eine Efeuranke, die sich an der Steinsäule entlang nach oben schlängelte. Ich atmete tief ein. »Ich bin seine Frau.«

»Weil er Euch heiraten musste, als Pfand für den Frieden. Aus keinem anderen Grund seid Ihr hier.« Sie verengte die Augen. »Aber glücklich ist er nicht. Mit mir lag Cayden näher an der Glückseligkeit.«

»Ich ... Ich ... Ihr seid nicht einmal von adeliger Abstammung.« Es war ein unsinniges Argument, aber das beste, das mir einfiel.

Alandria beugte sich nach vorne. Ich erkannte die goldenen Flecken in ihren Augen, wie Sterne am Abendhimmel. »Glaubt Ihr, ich schere mich darum, dass er König ist? Ich würde mit ihm einsam und verlassen in einer Fischerhütte am Meer wohnen. So viele Tage wünschte ich mir, das wäre wirklich der Fall. Stattdessen ist er an diese verdammte Burg gebunden mit einer Frau, die ihn nicht glücklich macht und nie glücklich machen wird.«

Ich öffnete den Mund und schloss ihn wieder, wie ein Fisch auf dem Trockenen.

»Keine Sorge, ich habe Euch nicht vergiftet. Das hätte ich ihm nicht angetan. Er braucht dieses Getreide. Ihr seid es, die durch reine Anwesenheit eine der wichtigsten Verhandlungen der letzten Jahre ruiniert hat. Der Botschafter sitzt im Kerker und wir waren noch nie so weit entfernt, Getreide aus Marirsk zu bekommen.« Alandria drehte sich um und verschwand durch die Tür in die Dunkelheit der alten Gemäuer. Ich stand wie angewurzelt da. Wieso hasste sie mich so?

»Hier bist du«, sagte Cayden und blickte kurz Alandria hinterher. Ich hatte ihn nicht kommen hören. Es störte mich, dass er ihr nachsah, doch ich war nicht mehr so verunsichert wie bei unserem gemeinsamen Abendessen. Plötzlich verstand ich, warum. Er sprach mich seit der Vergiftung nicht mehr mit »Ihr« an. Es sollte keine große Bedeutung haben, es war nur ein Wort. Doch war es ein Zeichen für die bröckelnden Barrieren zwischen uns, ein Zeichen für eine ganze Welt, die dahinter liegen könnte. Cayden hatte die Stirn in tiefe Falten gelegt. Er raufte sich die Haare, unter seinen Augen dunkelblaue Schatten. »Ich habe nachgedacht. Es wird das Beste sein, wenn du dich in meinen Gemächern aufhältst, bis wir den Verräter haben. Dort wird sich kein Werwolf hintrauen.«

Ich schüttelte den Kopf. »Ich habe die letzten Wochen mehr Zeit in diesen Gemäuern verbracht, als ich es in Ferlacroix jemals musste. Ich vermisse den Wald und meine Ausritte. Nimm mir nicht auch noch die winzigen Spaziergänge. Meine Welt ist sowieso schon auf den Umkreis dieser Burg geschrumpft.«

Cayden schaute mich nachdenklich an. »Du bist dir des Risikos bewusst?«

Ich nickte.

»Gut, aber zumindest nachts solltest du bei mir schlafen.«

Wyler kicherte und stieß Aradan mit dem Ellenbogen in die Seite, der die Augen verdrehte. Cayden presste die Lippen aufeinander und meine Wangen glühten so sehr, dass man darauf Teewasser erhitzen könnte. »Natürlich.«

Hinter uns hallten Schritte durch den Innenhof. Cayden stellte sich schützend vor mich, aber nur ein Bote kam angerannt. Er streckte Cayden einen Brief hin. »Eure Majestät, die Botschaft kam gerade mit einem Raben an.«

»Danke, Larmund.«

Der Diener nickte, verneigte sich und eilte davon. Im Schatten sah seine dunkelblaue Kleidung fast schwarz aus wie die des Königs. Cayden brach ungeduldig das Siegel auf und fluchte leise. »Irgendwer hat getratscht. Es gibt in Edinton schon die ersten Unruhen, weil sie von den geplatzten Getreideverhandlungen gehört haben.«

»Steht es so schlecht um das Volk dort?«, fragte ich.

»Die Werwölfe leben im dicht besiedeltsten Teil von Darington. Der Wald ist nicht so weitläufig wie hier, wodurch sie stärker auf andere Nahrung als Fleisch angewiesen sind als wir hier. Die Territorialstreitigkeiten werden ausufern, wenn sie das versprochene Getreide nicht bekommen.« Die Sorgenfalten auf seiner Stirn vertieften sich. Alandrias Worte hallten in meinem Kopf wider. Mit mir würde er nie glücklich sein. Ich musste ihm helfen. Wenigstens dabei. Cayden bot mir seinen Arm und ich hakte mich unter, der Stoff seines Hemds rau unter meinen Fingern. Seite an Seite schlenderten wir die wenigen Treppen des Kreuzgangs hinunter in den Innenhof.

»Können wir nicht aus Ferlacroix Getreide importieren?«, fragte ich. »Ich könnte meinem Vater schreiben. Gerade warte ich sowieso auf einen Brief von einer Freundin aus Laysolleilée und ob der Bote dann einen oder zwei mit sich nimmt, macht keinen Unterschied.«

»Ich bezweifle, dass Ferlacroix dieses Jahr genug produzieren kann, um überhaupt den eigenen Bedarf zu decken. Zu viele Bauern wurden in die Armee eingezogen.«

Wir spazierten Seite an Seite über die gepflasterten Steine. In den wenigen Sonnenstrahlen rekelten sich seltsam geformten Pflanzen in den Blumenkästen. Jarson hatte sie für mich in den Innenhof bringen lassen. Mit den Fingerspitzen fuhr ich über die zackigen Blattränder. »Könnte man statt Getreide nicht auch Fleisch importieren?«, fragte ich.

»Alles Fleisch, das durch Räuchern oder Pökeln haltbar gemacht wurde, wird kein Werwolf mit etwas Anstand auch nur anschauen.« Cayden zupfte sich den Ärmel seines Hemds zurecht, auf dem meine Hand ruhte. Es war eng geschnitten und brachte seinen dreieckig geformten Oberkörper fast zu gut zur Geltung. »Egal was ich tue, es beginnt und endet alles mit der Mondkrankheit. Wenn wir den inneren Werwolf unterdrücken könnten … Das würde nicht nur die Aggression einschränken, sondern auch den Nahrungsmittelbedarf, da die erhöhte Körpertemperatur wie auch die schnellere Heilung mehr Energie fordern.«

Ich nickte nachdenklich und fuhr mit den Fingern über die austreibenden Äste einer Pflanze in einem runden Topf. »Ich werde noch intensiver recherchieren. Wenn die Argylusbeere Werwölfe davon abhalten kann, sich zu verwandeln, kann es vielleicht auch eine andere Pflanze. Oder wir finden eine Pflanze, die zumindest das Schnappen verhindert.«

Beschwingte Fußschritte hallten durch den Kreuzgang. Mit einem Satz sprang Jarson über die kleine Mauer, die ihn von uns trennte. »Wenn das nicht meine Lieblingskönigin und mein Bruder sind.«

»Was willst du?« Cayden klang schroff und abweisend.

»Na, na, etwas bessere Laune wäre angesagt. Nachdem ich dich von einer deiner größten Sorgen befreien werde. Hoffe ich zumindest.«

»Was meinst du damit?«, fragte Cayden.

»Ich habe mir etwas Sorgen um unseren Lieblingsmenschen hier gemacht und mich selbst auf die Suche begeben. Es war nicht ganz einfach und ich musste die ein oder andere Regel brechen, aber ich bin fündig geworden.« Jarson warf einen schweren Brief vor Caydens Füße. Der machte keine Anstalten, sich zu bücken. Jarson rollte mit den Augen und hob ihn auf. Er streckte ihn Cayden hin, der ihm den Umschlag aus der Hand riss. Meine Hand glitt von seinem Arm.

»Was ist das?«, fragte Cayden.

»Lies selbst und staune.« Jarson verschränkte die Arme und hob das Kinn.

Cayden rupfte den Brief aus dem Umschlag. Das Pergament knisterte beim Entfalten. Mit gerunzelter Stirn las er. »Wo hast du das gefunden?«

»In seinen Gemächern im Schreibtisch, ganz unten in der Schublade«, sagte Jarson.

»Hast du sonst noch etwas gefunden?«

»Leider nein.«

»Wyler, du musst jemanden für mich finden.« Cayden drückte Wyler den Brief in die Hand. Dessen Augen weiteten sich. Jarson setzte sich auf die Brunnenkante und lehnte sich an die morsche Säule der alten Holzüberdachung. »Schon längst geschehen, Bruderherz. Er wartet im Kerker auf dich.«

Cayden drehte sich auf dem Absatz um und stapfte davon, ein Sturm aus unbändigem Zorn. Ich schloss rennend zu ihm auf. »Was ist los?«, fragte ich außer Atem. Cayden stiefelte durch mir unbekannte Gänge und eine Treppe hinunter. Sein Gesichtsausdruck war mörderisch. »Wir haben unseren Verräter.«

Die Wände waren klamm und die wenigen Fackeln vertrieben die Dunkelheit nicht, die in den Gängen hing wie kalter Rauch. Es roch nach feuchtem Stroh und modrigem Wasser. Trotzdem folgte ich Caydens hallenden Schritten weiter in die Tiefe. Nach unendlich vielen Stufen mündete das Treppenhaus in einen breiten Gang. Links und rechts waren Eisengitter fest im Stein verankert, die den länglichen Raum in einzelne Zellen aufteilten. Einer der königlichen Wächter kam auf Cayden zu und verneigte sich tief. »Eure Majestät, in der dritten Zelle.«

»Hat er schon gestanden?«

Der Wächter schüttelte den Kopf. »Er wollte nur mit Euch sprechen.«

Mein Blick schweifte in die Zelle neben mir. Beim Anblick eines metallisch leuchtenden Blaus in der Dunkelheit schreckte ich zurück. Augen schwebten im Dämmerlicht wie zwei magische Kugeln. Das Gesicht des jungen Mannes war dreckverschmiert, aber er lächelte. Er erhob sich langsam von seiner Pritsche und spazierte auf mich zu. In mir sträubte sich alles, aber ich blieb stehen. Irgendetwas an ihm zog mich zu ihm hin. Seine metallisch blauen Haare waren an der einen Seite abrasiert, wobei die ersten Stoppeln schon unter der Haut durchschimmerten. Er streckte seine Hände durch die Gitterstäbe und lehnte sich darauf, als ob wir über eine Mauer plauschten, wie es sie im Garten gab. »Könnte ich mal deinen Ring und die Halskette sehen?«

Meine Hand fuhr zu Floréanes Anhänger und verdeckte ihn. Gleichzeitig stolperte ich einige Schritt zurück und streifte die feuchten Gitterstäbe der Zelle hinter mir.

»Komm ruhig näher, Hübsche«, drang eine krächzende Stimme aus der Dunkelheit. Ich machte wieder einen Satz nach vorn und wäre fast mit Caydens muskulösem Rücken kollidiert.

Er drehte sich um und beäugte mich besorgt. »Alles in Ordnung?«

»Ja.«

»Es wäre besser, wenn du nicht dabei wärst.«

»Wenn jemand versucht hat, mich umzubringen, will ich wissen, warum.«

Cayden musterte mein Gesicht und in seinem Blick lag Bewunderung. Er nickte mir zu und schritt weiter nach vorne. Vor einer Zelle blieb er stehen. Das Fackellicht warf gespenstische Schatten an die Wand und ich blinzelte beim Anblick des Mannes, der zusammengesunken auf der Pritsche saß. Count Faroby, der uns zur Hochzeit den Dolch mit dem Wolfskopf geschenkt hatte. Den ich mit Jarson im Garten getroffen hatte.

»Ihr wollt bestimmt mit mir sprechen.« Seine Stimme klang rau, seine Lippe war aufgesprungen und das rechte Auge zugeschwollen. »Wenn ich ein umfassendes Geständnis ablege, versprecht Ihr mir dann, dass Ihr meiner Familie kein Haar krümmt?« Er presste seine zitternden Hände aneinander, den Blick auf den Boden gerichtet.

Zwischen seinen schlammbespritzten Stiefeln lagen ein paar einzelne Strohhalme.

Cayden stand da, die Schultern zurückgezogen und fast so groß und breit wie die Zellentür. Sein Gesichtsausdruck hart und unnachgiebig wie der einer Marmorstatue. »Sprecht.« Seine Lippen presste er so fest aufeinander, dass sie weiß wie seine Haut waren.

»Ich war es. Ich habe den Sonnenglanz im Garten verteilt und dem Botschafter die notwendigen Informationen zukommen lassen, um die Königin zu vergiften.« Das Geständnis traf mich wie ein Schlag ins Gesicht. Bis jetzt hatte ein Teil von mir gehofft, dass alles nur ein Missverständnis wäre.

Cayden fletschte die Zähne. Aus den Tiefen seiner Brust drang ein Knurren. »Ihr.«

Der Count drückte sich platt wie ein Crêpe an die Wand. Ich japste nach Luft. Cayden sah aus, als würde er Faroby am liebsten zwischen seinen Fäusten zerquetschen.

»Warum?«, zischte er. Farobys Gesicht war kreideweiß und das Blau auf seinen Lippen von der Argylusbeere verlieh ihm fast das Aussehen einer Leiche.

»WARUM?«, brüllte Cayden und rüttelte an den Gitterstäben. Seine Stimme hallte von den engen Wänden wider. Faroby jaulte und drängte sich in die Zellenecke. Der Stoff über Caydens Schultern spannte sich und ich sah zu, wie sich die ersten weißen Haare durch die feinen Lücken im Gewebe drückten. Seine Hände wuchsen zu Pranken, aber ich legte schnell meine Hand um seine und zwang ihn, mich anzusehen. In seinen Augen flammte ein animalisches Feuer, das mir anfangs noch Angst gemacht hätte. Aber das war Cayden. Ich strich mit den Fingerspitzen über seinen Handrücken.

»Bleib bei dir.« Ich verstärkte den Druck um seine Hand und spürte das raue Fell seiner Pfoten unter meinen

Fingern, seinen trommelnden Puls. Obwohl er kurz davor war, sich zu verwandeln, drückte ich fester und blickte ihn eindringlich an. Caydens Brustkorb hob und senkte sich zu schnell, aber er ließ die Gitterstäbe los und ballte die Hände zu Fäusten. »Warum?« Er fixierte wieder Faroby. Seine Stimme war hart und ruhig – zu ruhig.

»Ich ... ich ... Sie gehört nicht hierher.«

»Das ist nicht gut genug«, brüllte Cayden. Ein Mann in der Nebenzelle kugelte sich auf dem strohbedeckten Boden zusammen und presste die Hände an die Ohren.

»Der Frieden war ein Fehler.«

Die Stille war unerträglich. Cayden presste seine Stirn an das kalte Eisen. »Ich werde Euch töten. Langsam und schmerzvoll. Wie konntet Ihr es wagen? Sie wäre fast gestorben. Ich –«

»Cayden.« Ich legte ihm eine Hand auf den Unterarm. Der Muskel unter der warmen Haut war steinhart und gespannt wie ein Seil. »Cayden.« Ich nahm sein Gesicht in beide Hände und drehte seinen Kopf sanft. »Ich bin noch hier«, sagte ich. Caydens Atem kam in Stößen, die Wut funkelte immer noch in seinen Augen. Ich strich sanft mit den Daumen über seine Augenbrauen. »Ich habe überlebt. Er steht in enger Verbindung mit Marirsk. Wenn du ihn tötest, werden sie ihre Beteiligung leugnen und die Strafe als politischen Affront ansehen. Schlimmstenfalls befinden wir uns dann im nächsten Krieg. Lass es. Er ist es nicht wert.«

Cayden hielt meinen Blick für eine kleine Unendlichkeit. Dann senkte er den Kopf auf die Brust. Ich hielt den Atem an. Als Cayden wieder aufschaute, waren seine Gesichtszüge steinhart. »Ich will morgen früh jeden Namen von jeder Person, der er auch nur auf dem Gang begegnet ist, seit er hier ist, verstanden?« Cayden bohrte den Zeigefinger in die Brust des Wächters.

»Natürlich, Eure Majestät.«

Cayden spuckte vor dem Grafen auf den Boden, der zusammenzuckte. »Ihr habt Glück, dass die Frau, die Ihr töten wolltet, einen so mäßigenden Einfluss auf mich hat.« Er schaute zu mir. »Wir gehen«, sagte er und ich wagte es nicht zu widersprechen. Cayden stürmte aus dem Kerker, aber ich drehte mich noch mal um.

»Wie seid Ihr in meine Gemächer gekommen?«, fragte ich.

Faroby glänzte der Schweiß auf der Stirn, er sah verwirrt aus.

»Um den Sonnenglanz zu stehlen«, sagte ich.

»Als Ihr nicht da wart. Es war sehr einfach.«

»Élèntine«, hallte mein Name durch den Gang. Cayden hatte schon fast die Treppe erreicht. Ich warf einen letzten Blick zu Faroby zurück und setzte Cayden nach. Er nahm immer drei Stufen auf einmal und ich kam fast nicht hinterher. Oben brüllte er aus voller Kraft, dass es im ganzen Gang widerhallte, und schlug mit der Faust gegen die Wand. Ein fürchterliches Knacken ertönte, wie wenn Knochen brachen. Cayden fluchte. Seine Knöchel bluteten.

»Lass mich einmal sehen.« Ich nahm seine Hand in meine. Obwohl mich sein Zorn schmerzte, freute sich eine leise Stimme in meinem Kopf. Er war wegen mir wütend, weil ich fast gestorben wäre. Vorsichtig tupfte ich das Blut mit einem Taschentuch ab. Als ich seinen Mittelhandknochen berührte, gab er einen zischenden Laut von sich. »Der ist gebrochen«, sagte ich. »Vielleicht kann ich aus dem Feengras aus dem Garten eine Tinktur machen. Das kühlt und hilft gegen die Schwellung.«

Cayden schüttelte den Kopf und lehnte sich an die Wand, neben ein Spitzbogenfenster der Galerie. »Spätestens übermorgen ist das wieder geheilt. Das wird schon.« Er raufte sich mit der unverletzten Hand die Haare. »Ich dachte, ich hätte alles unter Kontrolle.«

Ich legte den Kopf schief und hielt seine warme Hand. Vorsichtig fuhr ich mit dem Daumen über seinen Handrücken und eine unbändige Freude stieg ihn mir hoch, weil er meine Hand kurz drückte. »Wie meinst du das?«

»Dieser Bastard hätte dich fast umgebracht. Ich war so besorgt, dass die Werwölfe dich nicht akzeptieren, dass mir so etwas nie in den Sinn gekommen ist. Ich hätte vorsichtiger sein müssen. Die Gäste durchsuchen. Ich wusste doch, dass beim Abendessen irgendwas komisch gerochen hat. Wieso habe ich nichts gesagt?«

»Niemand von uns ist perfekt.«

»Aber ich hätte es besser wissen müssen.« Er strich mir eine lose Haarsträhne hinter das zerfetzte Ohr, die sich aus meinem Zopf gelöst hatte. Als seine Fingerspitzen meinen Hals streiften, unterdrückte ich einen wohligen Schauer.

»Wir finden eine Lösung. Für das Getreide, für die Mondkrankheit, unsere Leute werden nicht leiden müssen. Nicht, wenn ich es verhindern kann«, sagte ich.

Cayden strich mit seinen Fingern sacht über meinen Handrücken und hinterließ brennende Spuren. Mein Mund war trocken und ich wagte es nicht, ihm in die Augen zu blicken. Ich wünschte, ich wäre in der Lage, diesen Moment für immer festzuhalten. Ihn in eine leere Weinflasche einzusperren, dass ich ihn immer wieder betrachten könnte. Caydens Stimme riss mich aus meinen Gedanken. »Aber nicht mehr heute. Ich hatte genug Aufregung.«

19

Ich hatte mich in Caydens Lieblingssessel zusammengerollt. Auf dem warmen Schafsfell über meinen Beinen ruhte das Pflanzenbuch, das Jarson mir geschenkt hatte. Irgendwo darin lag die Lösung. Vor vielen hundert Jahren hatte es keine Werwölfe gegeben. Das bedeutete, irgendetwas hatte sie erschaffen. Was immer es war, es musste rückgängig gemacht oder kontrolliert werden können. Menschen konnten keine Magie wirken und das Einzige, was annähernd magisch war, war für die Werwölfe der Mond und für uns die göttlichen Segen der Sonnenpriesterinnen. Oder die Elfen.

Die Tür knarzte und Cayden trat mit einem weißen Baumwolltuch um die Hüfte geschlungen aus dem Waschraum. Es war nass geworden und dadurch durchsichtig. Ich wäre fast vom Sessel gefallen, wenn ich mich nicht rechtzeitig an der Tischkante festgehalten hätte. Wassertropfen fielen von seinen Haarsträhnen auf seinen nackten Oberkörper. Unweigerlich folgten meine Augen ihnen und ich quietschte, als mein Blick zu tief wanderte.

»Alles in Ordnung?«, fragte er.

Ich konnte nur nicken und schluckte. »Vielleicht ist es

eine Idee, den zerriebenen Sternensand mit der Argylusbeere zu mischen. Es ist eine elfische Pflanze, die bei Vollmond blüht, und damit unser bester Ansatzpunkt.«

Cayden runzelte die Stirn und trocknete sich mit einem zweiten Tuch die Haare. »Darüber weiß ich zu wenig. Ich frage morgen die Mondpriesterin.« Er ließ sich breitbeinig auf den Sessel mir gegenüber fallen und ich strengte mich an, nicht auf seine wohlgeformten Bauchmuskeln zu starren – was mir nur mäßig gelang.

»Pflanzen sind unser bester Ansatzpunkt.« Ich strich über das alte Leinen des Buchrückens in meinem Schoß. »Ihr habt in gewisser Weise schon Erfolg mit der Argylusbeere, nur sind die Nebenwirkungen zu gravierend. Aber wenn du recht hast und ihr wirklich eine Schöpfung der Elfen seid, würde es Sinn ergeben, dass der Zustand mit Elfenmagie kontrollierbar ist.« Ich stand auf und schritt vor dem Feuer auf und ab. »Elfenmagie gibt es in zwei Formen: Blut oder Pflanzen. Da wir die Pflanzen nicht auf eine bestimmte Weise wachsen lassen können, müssen wir sie verarbeiten. Ihre Wirkweise werden wir aber nur durch Ausprobieren herausfinden.« Ich nahm Flos Anhänger zwischen Daumen und Zeigefinger und zog ihn an der Kette hin und her. »Wir können für unsere Versuche natürlich nur jemanden heranziehen, der das will. Oder wir nehmen jemanden, der sowieso schon Argylusbeeren nimmt, geben ihm noch andere Pflanzen und dann sehen wir, ob er schnappt.«

»Das könnte Jahre dauern.«

Ich nickte und ließ den Anhänger fallen. Meine Wangen glühten von der Hitze des Feuers. »Außerdem heißt es noch nicht viel, wenn es bei einer Person funktioniert. Wir bräuchten mehr.«

»Ich halte es für sinnvoller, mit einer Pflanze anzufangen. Sonst weißt du nicht, woher der Effekt kommt.« Cayden stand auf, öffnete den Schrank und zog eine schwarze

Tunika heraus. Er zog sie über den Kopf und seine Rückenmuskeln spannten sich an. Ich wollte den Blick abwenden, aber ich konnte nicht und starrte wie gebannt auf diesen breiten Rücken.

»Élèntine?« Cayden drehte sich um und sah mich belustigt an, als hätte er mich erwischt, während er in eine Hose schlüpfte.

»Oh, ja, richtig.« Ich hielt die Faust vor den Mund und räusperte mich. »Wir müssten sowieso erst einmal an andere elfische Pflanzen kommen – abgesehen von dem Sternensand.«

Cayden rollte mit den Augen und warf sich in seinen schwarzen Ledersessel am Schreibtisch. »Dann können wir gleich den Elfen schreiben und fragen, ob sie uns helfen. Das ist hoffnungslos.«

Ich drehte den Sonnenring an meinem kleinen Finger und setzte mich ihm gegenüber. Er hatte recht. Ich knirschte mit den Zähnen. Wieso musste Politik so verdammt kompliziert sein?

»So oder so läuft uns die Zeit davon«, sagte Cayden. »Es wird schon Frühling und bis Herbst müssen die Kornspeicher gefüllt sein oder der Bedarf gedrosselt.«

»Können wir nicht selbst mehr Weizen produzieren? Über Vier-Felder-Wirtschaft oder so etwas?«

Cayden zog eine Augenbraue hoch. Das Kaminfeuer tauchte die eine Hälfte seines Gesichts in warmes Licht, die andere hingegen lag im Schatten. Es brachte auf unfaire Weise seine markanten Wangenknochen zur Geltung. »Du kennst dich mit Vier-Felder-Wirtschaft aus?«

»Ich habe davon gehört.« Meine Wangen glühten und ich wich seinem Blick aus.

»Der Boden hier taugt nicht viel zur Landwirtschaft. Noch dazu müssten wir viel mehr Wald roden und das würde kein Werwolf zulassen.«

Ich lehnte mich in dem Sessel zurück und musterte meine tintenbeschmutzten Finger. »Es tut mir wirklich leid wegen der geplatzten Getreideverhandlungen.«

»Es tut mir leid, dass wir den Kerl nicht einfach umbringen konnten.«

Ich kaute auf der Innenseite meiner Wange. Eine Frage spukte mir abends durch den Kopf, wenn mich der Schlaf nicht finden wollte. Ich fühlte mich verletzlich bei dem Gedanken, sie zu stellen, aber ich musste es wissen. »Bereust du es manchmal?«

»Was?«

»Dass du mich hergeholt hast. Dass du diesen Frieden geschlossen hast.«

Cayden lehnte sich zurück und drehte den Federkiel zwischen den Fingern. Das Leder quietschte leise. »Ich sollte es wahrscheinlich. Es hat mir weitaus mehr Ärger eingebracht als gedacht. Aber seltsamerweise – nein.«

»Und wegen«, ich holte tief Luft, »Alandria?«

Er zuckte mit den Schultern und wieder einmal wurde ich mir seiner massigen Gestalt bewusst. »Unsere Zeit war von Anfang an begrenzt, das wussten wir. Auf Dauer hätten wir beide auch nicht gut funktioniert.« Er verengte die Augen. »Bist du etwa eifersüchtig?«

Hitze stieg in meine Wangen. »Nein.«

»Du bist die furchtbarste Lügnerin der Welt. Ich bin mit dir verheiratet, schon vergessen?«

»Aber nur auf dem Papier.«

»Du warst es, die die Grenze gezogen hat.«

Ich schaute empört auf. »Ich habe nie gesagt, dass ich dich nicht heiraten will.«

»Nein, aber in unserer Hochzeitsnacht habe ich deine Angst gerochen. Du willst diese Ehe nicht, das hast du ganz deutlich gezeigt.«

Ich wandte den Kopf ab und mein Blick glitt über die in

Mondlicht getauchten Baumwipfel. Wie sollte ich ihm sagen, dass sich die Situation geändert hatte? Dass ich ihn … mochte? Vielleicht sogar mehr als das. Seine beschützende Art, die Liebe zu seinem Volk, sein seltenes Lachen. Der Kragen des Kleids wurde mir zu eng. Trotzdem war ich nicht bereit, ihm so zur Verfügung zu stehen, wie es die Verpflichtung einer Ehefrau war. Zumindest vorerst. Ich räusperte mich. »Du kennst mich noch gar nicht richtig.«

Cayden blickte mich so intensiv an, dass ich mich keine Haaresbreite bewegte. Seine Augen geschmolzenes Silber. »Ich weiß, dass du loyal bist. Dass deine Augen schimmern, wenn du etwas im Schilde führst. Dass du ernst sein kannst, wenn die Lage schwierig ist, du aber sonst für jeden Spaß zu haben bist. Ich weiß, dass du schreckliche Angst hattest, deinen Hut abzulegen, und es trotzdem getan hast. Oder dass du das alles hier eintauschen würdest, um ein beschauliches Leben zu führen.« Er stand auf und machte einen Schritt neben den Schreibtisch. Ich sprang auf, die Sesselkanten bohrten sich in meine Kniekehlen. Hinter Cayden prasselte das Feuer und malte seinen Umriss rot. Er ging einen Schritt auf mich zu, langsam, als hätte er Sorge, dass ich bei einer zu schnellen Bewegung aus dem Raum stürmen würde. »Ich weiß, dass du Angst hattest hierherzukommen und es trotzdem gemacht hast. Denn auch wenn du so tust, als ob es dir nichts bedeutet, als ob alles nur Regeln wären, die dich ärgern, liebst du dein Volk genauso wie ich. Sonst wärst du nicht hier.«

Er stand so nah, dass sich unsere Stiefelspitzen fast berührten. Ich wusste nicht, was ich darauf erwidern sollte. Fast panisch schob ich den Sessel zurück, um so viel Platz wie nur möglich zwischen uns zu schaffen. Ich holte das Pflanzenbuch von Jarson, legte das Fell über die Sessellehne und versteckte mich dahinter. »Wir sollten schlafen gehen.«

Ein Ausdruck huschte über Caydens Gesicht, den ich nicht zu deuten vermochte. Der König machte einen Schritt zurück, das Gesicht glatt wie ein See bei Windstille. Er trottete zu seinem Platz neben dem Himmelbett. Der schwarze Teppich dämpfte seine ohnehin leisen Schritte.

»Du könntest ...«

Er fror in seiner Bewegung ein, drehte sich aber nicht um.

»Du könntest mit in dem Bett schlafen. Es ist groß genug.«

»Bist du dir sicher?« Caydens Stimme war rau wie Baumrinde.

Ich starrte auf den Ring an meinem Finger, der im Feuerschein fast orange glühte. »Ich bin mir sicher.« Als Cayden sich nicht rührte, krabbelte ich über die Heumatratze und zog die Federdecke bis zur Nasenspitze. Meine Wangen glühten vor Scham. Sollte er doch auf dem Boden liegen, wenn er es so furchtbar fand, neben mir zu schlafen. Er hatte bestimmt gehofft, dass ich Nein sagte. Ein dicker Kloß bildete sich in meinem Hals und ich blinzelte die Tränen weg. Ich atmete tief ein und versuchte, den Stich in meinem Herzen zu ignorieren, da sank die Matratze etwas ein.

»Dann musst du aber mit diesem Federvieh Platz machen. Das Feuer ist schon zu viel, mit dem Ding sterbe ich einen jämmerlichen Hitzetod.«

Ich kicherte und zog die Decke ein bisschen zur Seite. Cayden legte sich neben mich und streckte sich wie eine Katze. Sollte ich mich ihm zuwenden? Aber dann wären unsere Gesichter zu nah beieinander. Ich machte mich lieber steif wie ein Brett und starrte auf den Baldachin des Himmelbetts. Trotzdem wanderte mein Blick zu ihm hinüber. Sein Gesichtsausdruck war ruhig, fast schon entspannt. Wie viel sich doch geändert hatte, seitdem ich hier angekommen war. Ich schmunzelte.

»An was denkst du?«, fragte Cayden und gähnte.

»An dies und das.«

»Ach so, na dann.« Er rollte mit den Augen.

Ich grinste und strich die Bettdecke glatt. »Cayden?«

»Hm?«

»Was glaubst du, wo wir in einem Jahr stehen?«

Neben mir raschelte das Heu, er veränderte seine Position. »Hoffentlich haben wir bis dahin eine Lösung für die Mondkrankheit und das Getreideproblem«, sagte er und gähnte wieder. »Du hast bis dahin bestimmt den ganzen Hof auf links gedreht und es gibt regelmäßig Kartenspielabende mit viel Wein und wenig Regeln.«

»Das hört sich gut an.« Ich versuchte, mich in eine etwas bequemere Position zu bringen, und meine Hand stieß dabei an Caydens. Ich zog sie so schnell zurück, als hätte ich mich verbrannt, was bei seiner Körpertemperatur durchaus möglich war.

»Ich kann auch auf dem Boden schlafen«, brummte er.

»Nein!« Ich räusperte mich. »Es ist nur ungewohnt.«

»Wie du es auf diesem viel zu weichen Heu bequem findest, ist mir sowieso ein Rätsel.«

Ich lachte. »Die Obsession von Werwölfen, auf harten Untergründen zu schlafen, verstehe ich nicht.«

Wir schwiegen wieder und Caydens Atemzüge wurden gleichmäßiger und ruhiger. Ich konnte kein Auge zutun. Nicht mit ihm so nah neben mir. Mit den Fingern trommelte ich auf meinen Bauch und versuchte, alle Gebete an die Sonnengöttin zu rezitieren, aber ich war zu aufgeregt. »Cayden?«

»Hm?«, grummelte er.

»Bist du sicher, dass die Elfen etwas damit zu tun haben? Vielleicht hast du die ganze Zeit den falschen Ansatz verfolgt.«

Cayden gähnte. »Werwölfe tauchen in der Literatur zur

ungefähr selben Zeit auf wie die Chimären und die werden mit Elfen in Verbindung gebracht. Das kann kein Zufall sein. Aber lass uns morgen darüber reden, jetzt will ich schlafen.« Den gleichen Gedanken hatte ich auch gehabt, aber war zu müde, es auszusprechen.

Als ich aufwachte, tastete ich neben mich. Das Baumwolltuch war kalt. Ich blinzelte in das Sonnenlicht. Auf Caydens Schreibtisch stand ein Teller mit Brot und Äpfeln. Ich streckte mich, wickelte mir die Federdecke um die Schultern und tapste zu meinem Frühstück. Der Tee in dem Tonbecher daneben war schon kalt. Darunter lag sorgfältig zusammengefaltet schwarzer Brokat und ein Streifen Pergament.

Bin am Vormittag in der Sammlung. Komm, wenn du Lust hast. Die Hose ist für dich.

Der Tonbecher gab ein dumpfes Geräusch von sich, als ich ihn wieder hinstellte. Der Stoff der Hose war warm und weich und ich entdeckte die kleinen Sterne und Monde aus Silbergarn, die um den Saum an der Taille und an den Hosenbeinen gestickt waren. Sie erinnerte mich an das Kleid, das ich bei meiner Ankunft hier getragen hatte. Wobei eine Frau in Laysolleilée niemals Hosen tragen würde. Die Vorstellung von wärmeren Beinen und mehr Bewegungsfreiheit in diesen Gemäuern war verlockend, aber traute ich mich das? Ich fuhr über den schillernden Perlmuttknopf. Wenn ich eines *seiner* Leinenhemden unter den Hosenbund steckte, das mir bestimmt bis zur Taille reichte, würde es nicht einmal unförmig aussehen. Zu gut erinnerte ich mich an den Tag, an dem wir Drachensteigen waren und ich mir eine solche Hose gewünscht hätte.

Trotzdem legte ich das Kleidungsstück zur Seite und blieb in dem Kleid, das ich gestern schon getragen hatte.

Ich stürzte den Tee hinunter, biss zweimal vom Brot ab und eilte durch die Gänge. Es fühlte sich immer noch seltsam an, kurze Strecken allein zurückzulegen. Aber Cayden meinte, es sei sicher, und das war es nicht, was mich beunruhigte. Ich hätte meine Haare durchbürsten, mir einen neuen Zopf machen und mich wenigstens waschen sollen. Ich war kurz davor, noch mal umzudrehen, aber als ich aus dem Bogenfenster im Gang sah, stand die Sonne schon hoch am Himmel und ich wollte Cayden auf keinen Fall verpassen.

Mein Herz flatterte wie die Flügel der zitronengelben Kanarienvögel, die in Laysolleilée zur Unterhaltung in goldenen Käfigen gehalten wurden. Wieso war ich so aufgeregt? Nur, weil er nicht wollte, dass ich starb? Das sollte die Mindestanforderung an einen Ehemann sein. Und an einen König, der seine Braut für den Frieden geheiratet hatte, sowieso. Der Gedanke traf mich mitten ins Herz und ich schob ihn zur Seite. Vor der eisenbeschlagenen Tür blieb ich stehen und klopfte.

»Ja«, drang Caydens Stimme durch das Holz. Er stand über einen Tisch gebeugt. Neben ihm lag die überdimensionierte, angerostete Wolfsfalle. Er sah auf und lächelte schief. Meine Knie wurden weich.

»Ausgeschlafen?«, fragte er amüsiert.

Ich nickte und zog die Tür am Eisenring hinter mir zu. Seit Jarsons Führung war ich nie wieder hier drin gewesen.

»Wer ist jetzt der Wolf von uns?«, fragte er. Ich streckte ihm die Zunge heraus und schlenderte an den spärlich befüllten Bücherregalen entlang. Meine Finger schwebten über einem dicken, schwarzen Ledereinband mit eingeprägter Sonne. Die Goldbeschichtung fehlte schon zur Hälfte, nichtsdestotrotz war das Buch wunderschön.

»Darf ich?«, fragte ich.

»Bitte.«

Ich zog den Wälzer aus dem Regal und nieste, weil mir eine Staubwolke entgegenkam. »Du solltest hier öfter sauber machen lassen«, sagte ich.

»Hier darf niemand rein«, murmelte Cayden. »Die meisten Gegenstände waren sehr schwierig zu besorgen.«

»Wegen der Werwolfverfolgung vor hundert Jahren?« Ich öffnete das Buch. Am unteren Rand waren die Seiten gewellt und an vielen Stellen war die Schrift verwaschen. Cayden schwieg und ich blickte auf.

Er schaute aus dem Fenster, als läge draußen im Wald die Antwort. Das Heulen eines Werwolfs drang dumpf durch das Fenster. »Ein dunkles, wenn auch kurzes Kapitel unserer Geschichte. Fast alle Aufzeichnungen wurden damals mit verbrannt. Der Großteil der Gegenstände und Texte hier stammt aus längst vergessenen Kellergewölben der Sonnenkirche oder alten Basteien. Dein Großvater und dein Vater haben es nicht gern gesehen, wenn sie außer Landes gebracht wurden. Deswegen kriegt man solche Bücher nur von Schmugglern und das hat seinen Preis.«

Ich setzte mich auf den Holzstuhl mit der hohen Lehne, an deren oberem Ende ein Wolfskopf ausgeschnitten war. Vorsichtig schlug ich den Buchdeckel auf und versuchte, den Text zu entziffern. Es war eine alte Abhandlung über Sonnenkrieger. Obwohl große Passagen unlesbar waren, versank ich schnell im Fluss der Zeilen. Als ich das nächste Mal auf und aus dem Fenster schaute, hatte die Sonne längst ihren Zenit überschritten. Cayden hatte sich mittlerweile hingesetzt und tunkte die Schreibfeder in das Tintenfass.

»Wolltest du nicht nur am Vormittag hier sein?«, fragte ich.

»Ja.«

Ich traute mich nicht weiterzufragen. Ein scheußlicher Tintenfleck breitete sich an der Stelle auf dem Pergament aus, an der Cayden die Feder drückte. »Wie geht es dir?«

Ich blinzelte überrascht.

»Immerhin wurdest du zweimal fast getötet, seitdem du hier bist, und warst den Großteil der Zeit in deinem Zimmer.«

Ich zuckte mit den Schultern und grinste. »Ich habe nicht viel erwartet, als ich hierhergeschickt wurde.«

Cayden rollte mit den Augen, aber seine Mundwinkel zuckten. Ich klappte das Buch zu, hustete etwas bei dem Staub, der aus den Seiten kam, und spazierte beschwingt zu ihm. Er hatte die Wolfsfalle und den geschnitzten Holzwolf an das obere Ende des Pergaments gelegt, damit es sich nicht einrollte.

Ich setzte mich auf den Tisch und achtete darauf, das Pergament nicht zu berühren. Mit dem Zeigefinger fuhr ich über einen kleinen Brandfleck auf der hölzernen Platte. »Eine Sache verstehe ich nicht. Der Botschafter muss doch gewusst haben, dass ihr gut riechen könnt. Wieso hat er das Gift behalten? Und für Faroby gab es viele andere Gelegenheiten, mich zu töten. Er hätte ein normales Mittagessen vergiften können. Vielleicht können wir ihn noch mal befragen.«

Cayden schaute ernst, ein dunkler Schatten flackerte auf seinem Gesicht. »Können wir nicht. Er hat sich heute Nacht in seiner Zelle erhängt.«

»Was?« Ich blickte auf und erstarrte.

»Wahrscheinlich hatte er mehr Angst vor den Folgen seiner Taten als vor dem Tod. Mein Ruf eilt mir voraus.«

»Dein unverdienter Ruf.«

»Ist er das?«

Ich kaute auf der Innenseite meiner Wange. Am Anfang hatte ich gedacht, er wäre dieses blutrünstige Monster, aber jetzt … Ich nahm den geschnitzten Wolf in die Hand und fuhr fast liebevoll mit dem Zeigefinger über seine Schnauze. Er sah aus, als sei er so gewachsen, wie der Stab des Elfen oder der Vogel, den er uns dagelassen hatte.

»Vielleicht sollten wir doch noch einmal versuchen, die Elfen zu kontaktieren. Jetzt, wo Menschen und Werwölfe friedlich nebeneinander leben«, sagte ich. »Wir sind der beste Beweis und sie müssen etwas wissen.«

»Die Frage ist nur, wie.«

Ich hielt die Holzfigur hoch. »Kann ich die haben?«

Cayden schaute kurz skeptisch, nickte aber dann.

»Danke. Ich –«

Die Tür schwang auf und knallte gegen die Steinmauer des Gangs. »Cayden, Élèntine, was für eine Überraschung, euch hier zu sehen.« Jarson schlenderte durch die Tür und hopste auf den Tisch.

»Was willst du, Jarson? Geh wieder jagen. Wir arbeiten«, sagte Cayden.

»Ich wollte fragen, ob unsere Königin Zeit für einen Ausflug hat. Es kann nicht gesund sein, immer nur in diesen Mauern fernab des Sonnenlichts zu sitzen.«

Ich warf Cayden einen Blick zu.

»Schon in Ordnung. Geh. Heute werden wir sowieso keine Lösung finden und mit Jarson hast du bestimmt mehr Spaß.«

»Das auf jeden Fall.« Jarson grinste und reichte mir eine Hand. »Mylady.«

In der Tür drehte ich mich noch mal um. »Bis heute Abend.« Cayden schaute nicht auf. Er hatte seine Hand so fest um die Feder geschlossen, dass seine Knöchel weiß hervortraten. Draußen hakte ich mich bei Jarson unter. »Wieso bist du so gut gelaunt?«

»Darf es mich nicht freuen, meine Lieblingskönigin zu sehen?«

Ich verengte die Augen. »Was ist los?«
»Nichts. Ich dachte nur, er langweilt dich bestimmt zu Tode. Komm, wir holen deinen Umhang und gehen im Wald spazieren.«

Von draußen drückten die Dunkelheit und Regentropfen gegen die Scheiben. Nur ein Kerzenständer erhellte die Bücherregale und den Tisch in Caydens Sammlung. Er schritt vor der Fensterfront auf und ab und raufte sich immer wieder die Haare. In der Hand hielt er ein Pergament, auf das mehrere Namen gekritzelt waren.
»Ich habe lange nachgedacht«, sagte ich schließlich. »Außer der Argylusbeere und dem Sternensand bleibt uns nichts. Mir ist keine andere Pflanze eingefallen. Lass es uns damit versuchen.«
Cayden tigerte weiter auf und ab.
»Cayden?«
»Entschuldige, ich bin nicht ganz bei der Sache.« Er lehnte sich an die Steinmauer zwischen zwei Fenstern. Ein dumpfes Geräusch hallte durch den Raum, als er den Kopf an die Wand fallen ließ.
Ich stand auf und streckte meine Hand nach ihm aus, bevor sie nutzlos an meine Seite fiel. Kurz überlegte ich, auf ihn zuzugehen, aber mir fehlte der Mut. »Was ist los?«
»Du hattest recht. Ich verstehe auch nicht, warum Faroby das hätte tun sollen. Und jetzt können wir ihn nicht mehr fragen.«
»Es gibt Menschen, die für Geld alles tun würden. Glaub mir, in Ferlacroix am Hof von Laysolleilée habe ich einiges erlebt.« Ich setzte mich wieder und griff nach der Feder. Nachdem ich mit Jarson aus dem Wald gekommen war, lag ein bezauberndes in dunkelgrünes Leder gebundenes Notizbuch auf meinem Bett. Auf der ersten Seite

eine wunderschöne Kohlezeichnung eines Sternensands. Natürlich hatte Cayden es nicht kommentiert. Trotzdem freute ich mich, dass er die Malerei wieder aufgenommen hatte. Ich würde mich revanchieren, indem ich darin alle unsere Rechercheergebnisse zusammenfasste.

Cayden plumpste auf den Stuhl mir gegenüber, warf die Liste auf den Tisch und legte die Füße darauf. »Es wäre auch zu einfach gewesen.«

»Noch ist nicht alles verloren. Uns fällt bestimmt etwas ein. Und wegen der Pflanzen …«

Er zog eine Braue hoch, schnappte sich aus einer der Schalen, die uns eine Magd zum Abendessen gebracht hatte, ein Stück Speck und warf ihn sich in den Mund. »Was schlägst du vor?«

»Wir machen einen Versuch mit Sternensand.«

Cayden kaute langsam und der Speck duftete so köstlich, dass mir das Wasser im Mund zusammenlief. Ich versuchte, nicht zu sehr auf seine vollen Lippen zu starren, als er aß.

»Und wie willst du vorgehen?«

Ich räusperte mich und knöpfte den obersten Hornknopf meines Leinenkleids auf. Plötzlich war mir viel zu warm. Ich rutschte auf dem harten Holz des Stuhls hin und her, fand aber keine gemütliche Position. »Ein Werwolf nimmt Sternensand bei Vollmond zu sich und wir schauen was passiert.«

Cayden schnappte sich ein neues Stück Speck und hielt mir die Tonschale hin. Ich schüttelte den Kopf, obwohl der Gedanke, aus Versehen seinen Finger zu streifen, durchaus verlockend war.

»Du kannst Sternensand roh essen, die Blüten oder die Stängel zu einem Tee kochen oder trocknen. Es gibt zu viele Möglichkeiten.«

»Wie habt ihr denn das mit der Argylusbeere herausgefunden?« Ich kaute auf der Innenseite meiner Wange und wich seinem Blick aus. Stattdessen fuhr ich mit dem größten Interesse Ringe von Krügen, Tintenflecken und Ölrückstände mit dem Zeigefinger nach. Alles nur, um ihn nicht anschauen zu müssen.

»Das ist schon ewig her. Versuch und Irrtum, nehme ich an.«

»Etwas anderes machen wir auch nicht.« Ich blickte auf und zog die Schultern zurück. *Haltung bewahren.* Es hatte sich nichts geändert. Ich war immer noch Élèntine und er Cayden. Kein Grund, nervös zu werden.

»Was, wenn es anders wirkt als erhofft? Wir können nicht einfach einen Werwolf nehmen und es ausprobieren.«

»Ich dachte, ihr könnt nicht vergiftet werden.«

Er reichte mir einen der wenigen Glaskelche, die es am Hof in Darington gab, und schenkte mir Weißwein ein. Ich zog eine Augenbraue hoch. Langsam sollte er wissen, dass ich kein großer Weinfreund war. Cayden rollte mit den Augen. »Probier ihn, du wirst ihn mögen. Es ist ein Eiswein. Zu der Vergiftung: Können wir auch nicht. Aber wir müssen an die Spätfolgen denken. So wie das Schnappen bei der Argylusbeere.«

Ich presste die Lippen zusammen. So sehr ich es hasste, es zugeben zu müssen, er hatte recht. Cayden drehte den Stiel des Weinglases zwischen den Fingern und schwenkte die weiße Flüssigkeit. Er legte den Kopf schief und musterte die Bücher im Regal und die Wolfsfalle. »Ich probiere es aus«, sagte er schließlich.

»Auf keinen Fall.« Ich hatte mich so ruckartig nach vorne gelehnt, dass der Wein einen Fleck auf dem Rock meines Kleids hinterließ und das Dunkelgrün fast zu einem Schwarz verfärbte. »Das ist zu gefährlich.«

»Bevor ich einen meiner Männer oder eine der Frauen opfere, mache ich das selbst.«

»Aber was, wenn dir etwas passiert?« Meine Stimme zitterte und ich streckte eine Hand über den Tisch. Cayden stellte das Glas ab, legte seine Hand auf meine und drückte sie fest. »Mir wird nichts passieren.«

Ich schüttelte den Kopf und wollte widersprechen, aber Cayden legte sich den Zeigefinger an die Lippen. »Kein Widerspruch, kleiner Wolf.«

»Kleiner Wolf?« Ich zog die Augenbrauen hoch.

»Du hast das Temperament eines Werwolfs, auch wenn du keiner bist.« Er beugte sich vor und auf einmal war der Tisch gleichzeitig zu breit und nicht breit genug. Ich spürte seine übermenschliche Wärme in jede Pore sickern und schloss die Augen. Er legte sacht eine Hand an meine Wange und strich mit dem Daumen über das Ende meiner Narben.

Ich legte meine Hand darüber. »Ich will nicht, dass dir etwas zustößt.«

»Wird es nicht – zumindest erst mal.«

Ich öffnete die Augen und blickte in Caydens grinsendes Gesicht. Spielerisch schlug ich seinen harten Oberarm.

»Also, hast du noch Sternensand oder müssen wir auf Vollmond warten?«

Ich nickte. »Zerrieben als Pulver. Wir können es einfach in Wasser auflösen und du trinkst es dann.«

»Ich bin schon gespannt. Vielleicht hat er einen ähnlichen Effekt wie Sonnenglanz«, sagte er und zwinkerte.

Wenn die Göttin es gut mit mir meint, dachte ich. Doch ich wagte es nicht, das auszusprechen, weil mir jetzt schon das Blut in den Kopf schoss.

20

Cayden schritt in seinen Gemächern auf und ab wie ein eingesperrter Wolf. Ich schloss die Tür mit einem Klicken hinter mir. »Alles in Ordnung?«, fragte ich.

»Edinton macht weiterhin Ärger. Es haben sich einige Werwölfe um einen Mann namens Myatt gescharrt. Er ist der Nachfolger von Count Faroby. Die Leute haben Angst vor dem Winter und ich kann es verstehen. Sie wollen eine Lösung. Jetzt. Oder sie verschaffen sich eigenständig mehr Platz zum Jagen.«

Ich lehnte mich an die Holztür. Das geschnitzte, florale Muster drückte sich in meinen Rücken. »Indem sie wieder gegen Ferlacroix in den Krieg ziehen?«, fragte ich.

Caydens Schweigen war Antwort genug.

»Wir haben geheiratet, um den Frieden zu besiegeln.«

»Ich weiß, verdammt!« Cayden schnappte sich einen Glaskelch und pfefferte ihn an die Wand. Es klirrte, als das Glas in tausend Stücke zersprang und die Teile wie Schneeflocken zu Boden fielen. Erschrocken machte ich einen Schritt zurück.

Cayden setzte sich auf das Bett und raufte sich die Haare. »Entschuldige, ich weiß nur langsam nicht mehr weiter und bei Vollmond verliere ich schneller die Kontrolle. Wieso musste dieser verdammte Botschafter aus Marirsk auf die Idee kommen, dich zu vergiften? Ein Getreidehandel mit Darington wäre so viel gewinnbringender für ihn gewesen.«

Ich ließ mich neben ihm nieder und schob meine Hand in seine. Etwas Heu bohrte sich durch das Tuch und ich zupfte es heraus. »Was passiert ist, können wir nicht ändern. Ich habe mit meinem Vater geschrieben. Er versucht, uns etwas Getreide aus Ferlacroix zu schicken. Es ist mit Sicherheit nicht genug, aber zumindest ein Anfang. Wenn du auch noch an I'danija schreiben würdest, könnte es reichen.«

Cayden runzelte die Stirn. »Wie hast du das geschafft?«

»Ich habe meinen Vater angeregt, über die Alternativen nachzudenken. Mit dem Getreide verdient er wenigstens Geld.«

»Du hast also mit Krieg gedroht?« Caydens Gesichtsausdruck war eine Mischung aus Belustigung, Überraschung und Besorgnis.

»Wie er meine dezenten Hinweise interpretiert, liegt ganz in seiner Hand«, sagte ich und grinste.

Cayden lachte und das Kaminfeuer spiegelte sich in seinen Augen. Er drückte meine Hand und obwohl das Licht des Vollmonds durch das Fenster fiel, hatte ich mich in der ganzen Zeit in Darington nie sicherer gefühlt als in diesem Augenblick. Cayden drehte den Kopf zu mir und schaute mich an. Noch immer blitzte das Lachen in seinen Augen und ich konnte nicht anders, als ihn einfach nur anzusehen. Ich leckte meine Lippen und Caydens Blick flackerte zu meinem Mund. Er würde mich küssen. Da war ich mir sicher.

Die kalte Luft des Raums traf mich unterwartet, als Cayden seine Hand aus meiner zog und sich von mir weglehnte. Ich blinzelte, aber Cayden wich meinem Blick aus und räusperte sich. »Hast du das Pulver?«

»Ja.« Ich kramte in der Tasche des schwarzen Kleids und entkorkte das Glasfläschchen. »Hier.«

Cayden nahm es mir aus der Hand, wobei er darauf achtete, dass sich unsere Finger nicht berührten. Er sprang auf, schritt zu dem Servierwagen und schüttete das Pulver in einen Kelch. »Auf uns.« Er goss einen großen Schluck Rotwein darauf.

»Bist du dir sicher, dass du das mit Alkohol mischen solltest? Ist das eine gute Idee?«, fragte ich und rutschte auf dem Heu hin und her.

»Werden wir gleich sehen.« Cayden leerte den Kelch in einem Zug.

Ich hastete zum Schreibtisch, zog mir ein Pergament von einem Stapel und tauchte den Federkiel in schwarze Tinte. »Eine Vorwarnung wäre nett gewesen«, grummelte ich.

Cayden grunzte nur und streckte sich auf seinem Lieblingssessel aus wie eine Katze. Er sah friedlich aus, in sich ruhend – so gar nicht zum Vollmond passend. War das schon die Wirkung? Ich musterte sein Profil, während er aus dem Fenster sah. Sein markantes Kinn, die scharfen Wangenknochen und doch verlieh ihm der Feuerschein etwas Weiches. Ich räusperte mich. »Und, wie fühlst du dich?«

»Geschmeckt habe ich nichts Besonderes.« Er gähnte. »Ich fühle mich eigentlich wie immer.« Cayden stand auf und fläzte sich auf das Bett. Nein, er ließ sich mehr bäuchlings darauf fallen. »Bisschen müde vielleicht«, murmelte er in das Heu. »Oder schwindlig, ich bin nicht sicher.«

Ich tunkte den Federkiel in das Tintenfass und meine Hand flog über das Pergament. »Sonst noch irgendwas?«, fragte ich.

Das Knistern des Feuers erfüllte den Raum. Von draußen drang das Heulen eines Werwolfs durch das dünne Glas. »Cayden?« Ich blicke auf. Er lag ausgestreckt auf dem Bett. »Cayden?«

Seine Brust bewegte sich nicht. Ich sprang so schnell auf, dass ich dabei das Tintenfass umstieß und sich der Inhalt über das Pergament ergoss.

»Cayden«, rief ich. Sein Gesicht war in das Heu gepresst. So konnte er unmöglich atmen. Ich hievte seinen Kopf zur Seite. Seine Augen waren geschlossen. »Cayden, mach keinen Mist.« Ich zog das eine Augenlid hoch. Sein Augapfel war komisch verdreht. Nein, nein, nein, nein. Meine Handinnenflächen waren feucht und mein Herz schlug schneller. Er hatte gesagt, Werwölfe könnten nicht vergiftet werden. Ich legte meine zitternden Finger um seinen Hals, wie Arnoît es mir gezeigt hatte. Sein Puls war da, aber er war schwach. Was hatten wir getan?

»Wyler«, rief ich, bis mir einfiel, dass er im Wald mit den anderen jagte. Genau wie die Mondpriesterin. Ich fluchte. In Laysolleilée würde man ihn zur Ader lassen, aber wo sollte ich jetzt Blutegel herbekommen? Ich sprang auf und ging vor dem Bett auf und ab, mein Atem kam zu schnell und mein Herz wollte nicht langsamer schlagen. Was tat ich jetzt? Ich musste raus, ich brauchte Hilfe. Ich rannte zur Tür und riss sie auf.

»Hallo? Ist hier jemand?« Meine Schritte hallten durch die leeren Gänge, keine einzige Fackel brannte. Ich blickte in den Innenhof. Erschrocken sprang ich einen Schritt zurück. Dort streifte ein kleiner Werwolf um den Brunnen. Ich dachte, sie seien alle im Wald. Den Rücken an die Steinwand neben dem Fenster gepresst, lugte ich nach draußen. Das Mondlicht verfing sich in dem Fell, das mich an jemand erinnerte. Der kleine Werwolf schaute auf und ich wich schnell zurück in die Schatten.

Es war zu spät. Die Transformationen hatten begonnen, Hilfe konnte ich vergessen. Auf Zehenspitzen schlich ich mich zurück zu Caydens Gemächern. Das Letzte, was ich gebrauchen konnte, war, einem Werwolf zu begegnen. Wieso hatte ich meine Muskete nicht vorbereitet? Ich lauschte mit klopfendem Herzen in die Stille, ob ich Pfoten auf dem Steinboden hörte, aber alles blieb ruhig. Ich warf die Holztür hinter mir zu und verbarrikadierte sie mit dem schwarzen Sessel. Dann fiel mein Blick auf das Himmelbett. Ich stolperte erschrocken zurück, die Sesselkante bohrte sich in meine Waden.

Unter dem grünen Baldachin lag ein riesiger, weißer Wolf auf der Seite, alle vier Pfoten von sich gestreckt. Sein Schwanz zuckte hin und her, unter ihm die zerrissene Kleidung. Ich wich zurück und kollidierte mit der Steinwand. Es war alles so schnell gegangen. Konnte ich überhaupt hierbleiben? Was, wenn er aufwachte und der Sternensand ihn aggressiver machte? Ich schauderte bei dem Gedanken, was mir Jarson vom Schnappen nach zu langem Verzehr von Argylusbeeren erzählt hatte. Unkontrollierbar. Selbst Werwölfe wollten so einen nicht unter ihresgleichen wissen.

Aber deswegen hatte ich keine Angst. Meine Brust war wie zugeschnürt, dabei trug ich kein Korsett. Tränen brannten in meinen Augen und ich japste nach Luft. Ich hatte Angst, dass Cayden nicht wieder aufwachen würde. Die Steinwand, an der ich lehnte, war angenehm kalt und der Druck beruhigte mich etwas. Ich atmete tief ein. Es war seine Entscheidung gewesen und jetzt konnte ich nichts tun, um ihm zu helfen, außer für ihn da zu sein. Langsam setzte ich einen Fuß vor den anderen und platzierte mich am Ende des Betts. Cayden jaulte im Schlaf und zuckte mit den Ohren.

»Sch, sch, sch, ist schon gut.« Ich streckte die Hand aus

und sie schwebte über dem weißen Fell. Konnte ich wirklich? Wieso auch nicht? Er schlief oder war bewusstlos. So oder so würde er sich nicht daran erinnern. Meine Finger versanken im schneeweißen Fell. Ich hatte erwartet, dass es struppig wäre, aber es fühlte sich weich wie Seide an. Cayden brummte und der ganze gigantische Körper vibrierte.

»Ich hoffe für dich, dass du nur schläfst«, grummelte ich. »Wenn du mich angelogen hast und Werwölfe tatsächlich vergiftet werden können, haben wir ein ernsthaftes Problem. Dann komme ich an das ewige Himmelszelt, nur um dich wiederzubeleben und noch mal zu töten.« Als hätte er mich verstanden, zuckte er mit dem Schwanz und ich musste trotz der Angst ein Kichern unterdrücken.

Die ganze Nacht machte ich kein Auge zu. Immer wieder vergrub ich die Hände in dem weichen Fell, um sicher zu sein, dass Cayden atmete, oder hielt einen Taschenspiegel unter seine Nase. Jedes Mal war ich erleichtert, wenn er beschlug. Einmal traute ich mich, seine Lefze hochzuziehen und etwas Wasser in sein Maul zu träufeln, aber als er knurrte, zog ich die Finger lieber weg von den gigantischen Reißzähnen.

Das Mondlicht verblasste und stattdessen fielen die ersten Sonnenstrahlen auf Caydens Schreibtisch. Er war immer noch nicht wach. Draußen zwitscherte eine Amsel und ein paar kleine Wolken zogen über den Himmel. Ich gähnte. Bis die Mondpriester zurück und ansprechbar waren, würde es sicher etwas dauern. Die meisten Werwölfe streiften die ganze Vollmondnacht durch den Wald und schliefen bis zum Mittag. Bei aller Sorge wollte ich nicht riskieren, von einer müden, wütenden Mondpriesterin in Wolfsform in Stück gerissen zu werden. Ich würde mich hinlegen, nur ein bisschen. Vorsichtig streckte ich mich neben Cayden aus. Er lag auf der Federdecke und als ich daran riss, knurrte er. Ich seufzte. Der Plan, die Decke unter dem schweren Tier hervorzuziehen, war von Anfang an aussichtslos gewesen.

Schnell ließ ich davon ab und legte mich an den Rücken des großen Tiers, das einen Großteil des Betts einnahm. Die Wärme und das regelmäßige Atmen lullten mich ein. Es fühlte sich ein bisschen an wie früher, wenn ich im Winter mit Arnoît Schlitten gefahren war. Er hatte mich danach in Daunendecken vor den Kamin in der kleinen Bibliothek meines Vaters gesetzt und uns aus der Küche warme Milch mit Honig geholt. Der Gedanke an Arnoît stach, aber die Furcht, Cayden zu verlieren, erstickte ihn fast. Trotzdem gähnte ich. Mir fiel kein Ereignis ein, zu dem ich so lange wach gewesen war. Ich riss die Augen auf, um nicht einzuschlafen. Aber Caydens beständiger Herzschlag beförderte mich doch irgendwann in das Reich der Träume.

»Élèntine?« Caydens Stimme klang rau.

Ich blinzelte und sah den grünen Samtstoff des Himmelbetts, der mir schon so vertraut war. Es dauerte einen Moment, bis ich realisierte, wo ich war. Neben mir saß Cayden. Seine verstrubbelten hellblonden Haare sahen im orangen Licht der Abendsonne fast so aus, als stünden sie in Flammen, aber es schien ihm gut zu gehen. Ich fiel ihm um den Hals. Als mir bewusst wurde, dass er nackt war, ließ ich mit hochrotem Kopf von ihm ab. Ich drehte den Kopf weg. »Ich hatte schon Angst, du würdest niemals aufwachen.«

Cayden fuhr sich durch die Haare. »Sieht so aus, als hätten wir ein gutes Schlafmittel gefunden.«

Ich biss mir auf die Unterlippe und blinzelte zu ihm hinüber. Seine blasse Haut hob sich glänzend wie das Mondlicht vom dunklen Himmelbett und den waldgrünen Vorhängen ab, sein muskulöser Oberkörper wie aus Marmor gemeißelt. Mein Hals wurde trocken und die Zunge klebte pelzig am Gaumen. Cayden betrachtete mich belustigt und das war genug, um mich aus meiner Schockstarre zu lösen. »Hast du sonst etwas gemerkt?«, fragte ich.

»Ich habe komisch geträumt, sonst nichts.«

»Könntest du – bevor wir weiterreden, könntest du dir bitte etwas anziehen?«

Cayden lachte. »Ich fasse es nicht, dass du schon so lange hier bist und immer noch ein Problem mit Nacktheit hast. Du bist schließlich auch nicht in Kleidern geboren worden.«

Ich zuckte mit den Schultern und hastete zu der Kommode, in der Caydens Hosen lagen. Mein Kopf wäre klarer, wenn seine Wärme nicht mehr in jede Faser meines Körpers drang, aber ich hatte die Rechnung ohne seine Kleidung gemacht. Sie roch nach Tannennadeln und frischem Bergwind und ergab eine Geruchskomposition, wie nur Cayden sie verströmte. Mit Mühe widerstand ich dem Drang, eines der vielen schwarzen Kleidungsstücke an das Gesicht zu pressen und die Nase darin zu vergraben. Ich zerrte eine Hose und ein Hemd heraus und warf sie in Richtung Bett. »Ohne Kleidung ist mir kalt und jeder kann alles sehen. Und mit alles meine ich alles.«

»Du magst es also nicht, verletzlich zu sein.«

So hatte ich das nie betrachtet, aber ich war nicht gewillt, dieses Wortgefecht zu verlieren. »Kleidung hebt uns von den Tieren ab«, sagte ich.

»Wenn das das einzige Merkmal ist, das dich von einem Wildschwein im Wald unterscheidet, dann tut mir das arme Wildschwein leid, das für den Vergleich herangezogen wurde.«

Ich verdrehte die Augen.

»Bist du jetzt endlich angezogen und hörst auf, Sprüche zu klopfen?«

»Jawohl, Eure Königliche Majestät«, witzelte er. Ich drehte mich um und Cayden lächelte mich so warm an, dass mir flau im Magen wurde. Das Hemd hatte er nicht zugeknöpft, seine Brust war fast silbern im Vergleich zum Nachtschwarz des Stoffes. Schnell glättete ich mein Gesicht zu einem gleichgültigen Ausdruck. Ich erinnerte mich daran, dass er mich gestern hätte küssen können und sich stattdessen abgewandt hatte. Wenn er mich nicht wollte, sollte er bloß nicht den Eindruck bekommen, dass ich ihn wollte.

Ich schritt zum Schreibtisch. Die verschüttete Tinte über dem Pergament von gestern war schon getrocknet und unter dem Fleck waren nur einzelne Buchstabenfragmente zu erkennen. Nichtsdestotrotz tunkte ich die Feder in das Tintenfass und setzte sie wieder an. »Wir sollten dokumentieren, was du geträumt hast. Vor allem, wenn es ungewöhnlich war.«

»Wieso? Wir wissen jetzt, dass der Sternensand nicht hilft. Außer du willst dauernd alle Werwölfe in Darington schlafen legen.«

»Pflanzen sind so wichtig für die elfische Kultur und ihre Magie, vielleicht war dein Traum ja eine Vision oder ein Blick in die Zukunft oder ein Hinweis für einen geheimen Wunsch.«

Cayden hob den Sessel von der Tür, stellte ihn mir gegenüber hin und setzte sich. Es war unfair, wie sehr ich mich gestern abgemüht hatte, das Ding an die Tür zu bugsieren, und wie leicht er es jetzt zurückstellte. Er strich mit dem Zeigefinger über das zerschlissene Leder der Lehne und legte den einen Fuß auf sein anderes Knie. »Das ist noch verrückter, als das mit dem Sternensand auszuprobieren. Bist du dir sicher, dass du nicht zwischendurch auf den Kopf gefallen bist?«

Ich funkelte ihn an und vollführte mit der Schreibhand eine Geste, die ihn zum Reden bringen sollte. Cayden grinste. Er streckte sich ausgiebig, wobei sich seine Muskeln anspannten, und knöpfte das Hemd zu. Einen Knopf nach dem anderen. Dabei behielt er mich die ganze Zeit im Blick und ich rutschte auf dem Sessel hin und her. Er war sich sicherlich nicht des Effekts bewusst, den er auf mich hatte. Ich schnaubte und wandte den Blick ab. »Also?«

»Na gut. Ich habe geträumt, dass Count Myatt aus Edinton mit seinem Gefolge die Burg stürmt, alle tötet und mich entthront. Zufrieden?«

Ich blickte wieder hoch und mein Mund klappte auf. »Könnte das passieren?«

»Nein, natürlich nicht. Das macht es so absurd.«

»Was würde passieren, wenn er dich stürzt?« Ein eiskalter Schauer lief mir den Rücken hinunter und ich musterte die Schreibtischkante, aus der ein kleines Stück Holz herausgebrochen war.

»Werwölfe sind zu klug, ein Blutbad anzurichten. Das würde auch nicht funktionieren. Die Packs würden sich gegeneinander richten und am Ende gäbe es einen Bürgerkrieg.« Cayden gähnte und streckte sich wieder. »Deswegen gibt es die ungeschriebene Regel, dass nur der Packanführer, also in den Countys die Counts oder für ganz Darington eben ich, herausgefordert wird. Einer gegen einen, Werwolf gegen Werwolf. Der Gewinner wird neuer Anführer und Alpha und die Werwölfe schließen sich ihm an. Kein unnötiges Blutvergießen.«

Ich schaute überrascht auf. Das war zivilisierter, als es in Ferlacroix gehandhabt wurde. Es war nicht ungewöhnlich, dass ein Comte vergiftet in seinen Gemächern aufgefunden wurde und es ein offenes Geheimnis war, dass ein Rivale die Schuld trug. Manchmal führte das zu regelrechten Fehden zwischen den Adelshäusern, offiziellen Duellen und mehr mysteriösen Toden. Nicht einmal Eheleute waren voreinander sicher. Das brachte mich auf einen anderen

Gedanken. Cayden hatte erzählt, dass meist ein Mann und eine Frau für ein Pack sorgten.

»Wie ist das bei Alpha-Pärchen?«, fragte ich.

»Beide müssen besiegt werden.«

Ich kaute auf der Innenseite meiner Wange. Cayden hatte sich mit mir an seiner Seite schwächer gemacht. Nicht, dass jemand seinen Herrschaftsanspruch infrage stellte, aber wenn, wäre ich keine große Hilfe.

»Also doch keine Vision.«

Cayden zuckte mit den Schultern. »Tut mir leid.«

»Planst du, etwas wegen Myatt zu unternehmen?«

»Was denn? Er ist aufmüpfig, aber solange er nicht vor den Toren steht und mich herausfordert, ist er kein Problem. Ich mache mir mehr Gedanken darüber, dass sie versuchen könnten, den Krieg wieder anzufachen.« Cayden beugte sich vor und entzündete den eisernen Kerzenständer auf dem Schreibtisch, während das Sonnenlicht schwand.

Ich lehnte mich in den schweren Sessel zurück, die Lehne drückte unangenehm gegen die Schulterblätter. »Er wird immer mehr Zulauf gewinnen, bis du ihn stoppst.«

»Ja, aber wenn ich hinreise, habe ich mich seinem Willen gebeugt und erscheine schwächer. Das gibt ihm noch mehr Aufwind.« Cayden pustete das Zündholz aus und warf es in Richtung Kamin. Es landete davor auf dem Bärenfell.

Ich wandte mich wieder ihm zu. »Kannst du keinen Grund vorschieben? Dass du die Eisenmienen anschauen willst zum Beispiel? Du machst dir doch sowieso Sorgen wegen des Rückgangs der Fördermenge.«

Caydens skeptischer Blick durchdrang mich und er rollte mit den Augen.

»War nur so ein Gedanke.« Ich drehte den Sonnenring am kleinen Finger hin und her, zog ihn ab und drehte ihn auf der glatten Oberfläche des Schreibtischs. Das schleifende Geräusch von Metall auf Holz füllte die Stille zwischen uns. »Und was, wenn du ihn hierher einlädst? Vielleicht wegen der Lösung für das Getreide? Dann würde er sich dir unterordnen.«

»Das ist in der Tat keine schlechte Idee. Ich denke darüber nach«, sagte Cayden.

»Man könnte fast meinen, ich verstehe langsam eure komischen Regeln.«

»Wollen wir es mal nicht übertreiben, ja?«

Ich versuchte, unter dem Schreibtisch seine ausgestreckten Beine zu treten. Aber er zog sie an, bevor ich ihn traf. Durch den Schwung verlor ich das Gleichgewicht und plumpste auf den Boden. Cayden starrte mich kurz an, aber als er realisierte, dass mein Stolz die einzige Verletzung davongetragen hatte, lachte er laut.

»Das hast du davon.« Er wischte sich eine Träne aus dem Augenwinkel. Ich funkelte ihn an und wollte wütend sein, aber konnte nicht anders als mitzulachen, bis mir der Bauch wehtat und ich seufzte.

»Na dann wollen wir dich mal wieder auf die Füße bringen.« Er stand auf, umfasste meine Taille mit den Händen und stellte mich auf die Beine. Der Duft von Tannennadeln, frischem Bergwind und Wald kitzelte in meiner Nase. Mir stockte der Atem und Caydens Blick flackerte zu mir. Wir waren uns wieder nahe. Sehr nahe. Mein Herz klopfte so stark, dass er die regelmäßige Erhebung meiner Brust mit Sicherheit sehen konnte. Ich griff seine Unterarme, um das Gleichgewicht zu halten, und streichelte mit den Fingerspitzen über den Leinenstoff. Darunter spürte ich, wie seine Muskeln sich zu festen Strängen anspannten.

Cayden trat so abrupt zurück, dass ich fast nach vorne gefallen wäre. Er raufte sich die Haare und wandte sich ab. Eine Weile schaute er schweigend auf die dunklen

Waldwipfel, die Hände hinter dem Rücken verschränkt. Hatte ich einen Fehler gemacht? Vielleicht hätte ich nicht versuchen sollen, ihn zu treten.

»Cayden?«, fragte ich.

Er drehte sich um, aber er sah nicht ärgerlich aus. Seine Gesichtszüge waren weich, fast fürsorglich. »Du hast recht. Ich werde Myatt zum Frühlingsfest einladen. Entweder er fordert mich heraus und die Sache ist schnell erledigt oder seine Anhänger sehen, dass er nicht das Zeug zum Anführer hat. So oder so ist die Angelegenheit damit geklärt.«

Ich blinzelte verdattert. »Gut … ich denke, das ist gut. Freut mich, wenn ich helfen konnte.«

Er lächelte und setzte sich wieder auf den Sessel mir gegenüber. Cayden legte den Kopf schief und fixierte mich mit seinen steingrauen Augen, aber es fühlte sich nicht so an, als würde der Wolf seine Beute ansehen. Vielmehr fühlte *ich* mich gesehen. Mit all meinen Narben und er sah nicht abgestoßen aus. »Du bist weniger übel, als ich dachte«, sagte er.

Ich lächelte. »Das kann ich nur zurückgeben. Meistens jedenfalls.«

Ich raffte den Rock meines Kleids, stieg über eine Wurzel und verfluchte mich kurz, dass ich nicht die Hose angezogen hatte. Die Vögel zwitscherten im dichter werdenden Blätterdach des Waldes und der Geruch von Fichtennadeln lag in der Luft. Jarson stapfte hinter mir her wie eine Horde Trolle aus den nördlichen Ländern, denen man ihren Goldschatz weggenommen hatte.

»Sind wir endlich da, wo du hinwolltest?«, grummelte er.

»Was ist denn los? Du bist die ganze Zeit schon so mies gelaunt.«

»Nenn mir einen Grund, warum ich gut gelaunt sein sollte.«

Ich zeigte auf eine Waldlichtung. Im Sonnenschein tanzten die ersten Pollen und die meisten Büsche trieben erste grüne Blätter aus. »Es ist ein wunderschöner Tag und wir können ihn ungestört im Wald verbringen. Ich habe uns sogar ein kleines Picknick zusammenstellen lassen.«

»Das habe ich schon gerochen. Ich mag keine Marmelade.«

Ich warf einen Blick über die Schulter. Jarson hatte seine Hände tief in den Taschen vergraben.

»Musst du ja auch nicht. Ich habe auch Fleisch dabei.«

Jarson grummelte und beäugte den Korb misstrauisch, der an meinem Arm schlenkerte. Ich ging einen Schritt zurück und hakte mich bei ihm unter. »Das wird lustig. Besser, als in der Burg zu vergammeln.«

Jarson trottete neben mir her, wobei ich ihn mehr ziehen musste. Wir blieben mitten auf der Lichtung stehen. Ich schloss die Augen und ließ die Sonnenstrahlen mein Gesicht wärmen.

»Bist du fertig?«

Ich stieß mit dem Ellenbogen in Jarsons Seite. »Ich habe noch gar nicht angefangen.« Ich zog das Tuch vom Korb und drückte Jarson ein Brötchen in die Hand, damit ich in den Tiefen kramen konnte.

»Und das Picknick konntest du nicht mit Aradan und Wyler machen?«

»Das war nicht der einzige Grund, warum ich in den Wald wollte. Wenn das hier misslingt, macht sich Wyler den Rest des Jahres über mich lustig.«

»Wenn was misslingt?«

Endlich bekam ich das glatte Holz des geschnitzten Wolfs zu fassen, der zwischen einer Pastete und einer Rehkeule vergraben lag. Er hatte ein paar Fettflecke, war sonst aber unversehrt. Ich wischte ihm einen Krümel von dem hölzernen Fell. Zum Glück hatte der Brief nichts abbekommen. Jarson beäugte das schwarze Siegel mit dem Wolf genau.

»Was steht da drin?«, fragte er.

»Wenn es geklappt hat, sage ich es dir. Aber jetzt essen wir erst mal. Dann verschwindet vielleicht auch deine schlechte Laune.« Ich trat ein paar Farne platt und breitete die Decke darauf aus. Ich setzte mich und klopfte auf den Platz neben mir. Jarson seufzte und hockte sich neben mich.

»Es hilft, wenn man darüber redet.« Ich zog eine Weinflasche aus dem Korb und drückte sie ihm in die Hand.

Jarson entkorkte sie wieder einmal mit den Zähnen. »Aber nicht, wenn die andere Person es nicht hören will.«

»Teste mich.«

»Was, wenn es mir nicht passt, dass du jeden Abend bei meinem Halbbruder verbringst?«

»Warum?«, fragte ich, holte das Messer aus dem Korb und legte es auf die Decke.

»Verschiedene Gründe. Zwing mich nicht, es zu sagen.« Jarson stellte die Flasche ab, schüttelte den Kopf und schnipste eine verirrte Ameise von seinem Hosenbein.

Ich hielt mitten im Ausräumen des Korbs inne, die Schale mit Haselnüssen in der Hand. Vor ein paar Wochen hätte ich mich über diese Aussage gefreut. Hätte von einem Steinhäuschen am Meer geträumt, dem salzigen Wind in den Haaren und Jarsons sonnengebräuntem Gesicht neben mir. Wir waren uns so ähnlich. Und doch, seitdem ich hinter Caydens Fassade blickte … Es war so leicht, sich in ihn zu verlieben. So leicht wie atmen.

Die Rehkeule kam mir gelegen und ich streckte sie Jarson hin. Er wandte den Blick ab und schaute zu einem kleinen Nest, das in der Astgabel einer Eiche lag, und nahm einen großen Schluck aus der Flasche. Die Sonne verfing sich in den sanften Locken seiner braunen Haare und verlieh ihm einen goldenen Glanz. Jarson sah ein bisschen aus wie die ersten Sonnenkrieger auf den Bildnissen im Seitenschiff des Sonnentempels in Laysolleilée.

Ich biss in ein Roggenbrötchen und kaute langsam. Außer dem leisen Sausen des Winds und dem Rufen einer Krähe war es still, aber was sollte ich antworten?

Jarson drehte sich zu mir und kramte in dem Korb. »Wieso kommt ihr überhaupt so gut miteinander klar? Ehrlich gesagt hatte ich damit gerechnet, dass ihr früher oder später aneinanderrasselt.«

»Wie charmant.«

Er rollte mit den Augen. »Ich kenne Cayden. Er ist nicht der Einfachste und dir eilte auch schon ein Ruf voraus. Es gab tatsächlich Wetten, wann du wieder nach Ferlacroix zurückgehen würdest. Ich habe auf fünf Tage gesetzt.«

»Danke für dein Vertrauen«, sagte ich sarkastisch.

»Ich kannte dich noch nicht.«

»Und jetzt?«

»Jetzt weiß ich, dass du wie die Flohpocken bist. Hartnäckig und unmöglich loszuwerden.« Jarsons Mundwinkel zuckten nach oben.

»Was auch immer passiert, ich schätze dich sehr als Freund.« Ich legte meine Hand auf seine und drückte sie kurz.

»Es ist nur … Er kriegt immer alles und ich nichts«, sagte er fast lautlos.

Im Unterholz knackte ein Ast und Jarson zuckte mit den Ohren. Ich wischte mir mit langsamen Handstrichen die Krümel vom Rock. »Ich fürchte, das ist das Schicksal von uns Zweitgeborenen. Wir werden stattdessen für politische Allianzen verheiratet. Das ist nicht das schlechteste Leben. Wobei Argélique nach aktuellem Recht auch nicht den Thron besteigen darf.«

Jarson schüttelte den Kopf und ein entschlossener Gesichtsausdruck verfestigte sich auf seinem Gesicht. »Ich will mehr sein. Ich will etwas bewegen, nicht nur als Zuschauer am Rand stehen. Aus diesem Land kann etwas Großes werden, aber Cayden ist zu vorsichtig.«

»Aber du kannst doch etwas tun. Nicht nur der König hat die Möglichkeit, sich für Darington einzusetzen.«

»So wie du dich für deine Leute hier einsetzt?« Seine Stimme tropfte vor Gift. Die Sonne warf einen harten Schatten auf sein Gesicht. Ich presste die Lippen zusammen und verknotete meine Finger ineinander.

»Entschuldige, das war unfair.« Jarson seufzte und raufte seine Haare. Er erinnerte mich damit an Cayden.

Ich atmete tief ein. Es roch nach feuchter Erde und dem ersten Frühlingsregen. »Schon gut. Aber vielleicht kann ich etwas tun.« Ich griff wieder nach dem geschnitzten Wolf. Jarson beäugte ihn misstrauisch, als könnte er ihn jeden Moment anfallen. »Drück mir einfach die Daumen. Wenn das hier klappt, hat Darington viel weniger Probleme.«

Ich umschloss den Wolf fest in meiner Hand und pustete zweimal darauf. Meine Handinnenfläche brannte und die Holzfigur fiel auf die Decke. Ehe ich mich's versah, wuchs sie zu einem lebendigen, dennoch hölzernen Wolf mit klugen, schwarzen Augen heran. Das Tier öffnete das Maul. Neben mir sprang Jarson auf die Füße und knurrte. Jeder Muskel seines Körpers war angespannt und die Naht der Hose knackte bedrohlich.

»Jarson, halt! Lass ihn!«

»Was ist das für eine verdammte Magie?« Jarson fletschte die Zähne, aber der Wolf beachtete ihn nicht. Er legte den Kopf schief und schaute mich erwartungsvoll an. Ich blinzelte.

»Élèntine?« Jarson ging einen Schritt auf den Wolf zu, der mich immer noch fixierte. Das riss mich aus meiner Schockstarre. Ich hatte gehofft, dass es funktionierte, aber nicht damit gerechnet. Auf der Suche nach dem Brief stieß ich die Schale mit den Nüssen um, die über die Decke kullerten. Unter einer Serviette wurde ich fündig, hob den versiegelten Pergamentumschlag auf und hielt ihn dem Wolf hin. Der schloss seine Fänge um den Brief. Sofort drehte er sich um und rannte los. Nach wenigen Herzschlägen verschluckte ihn das dichte Grün.

»Was bei allen Mondphasen war das?«, fragte Jarson.

»Wenn wir Glück haben, eine Lösung, damit ihr eure Fähigkeiten besser beherrscht. Der Wolf ist eine Art magischer Bote.«

»Eine Warnung wäre nett gewesen.« Jarson setzte sich wieder neben mich auf die Decke, aber behielt das Gebüsch im Auge, durch das der Wolf verschwunden war.

»Ich hätte ehrlich gesagt nicht gedacht, dass es funktioniert.«

»Wohin geht er überhaupt?«, fragte Jarson.

»Ich nehme an, zu den Elfen. Wenn jemand mehr über die Herkunft der Werwölfe und die Beherrschung eurer Fähigkeiten weiß, dann sie.«

Jarsons Blick verfinsterte sich. »Elfen kann man nicht trauen.«

»Sie sind gerade unsere einzige Hoffnung.«

»Ich wusste nicht, dass du mit Cayden an einer Lösung arbeitest.«

»Ich stecke voller Überraschungen«, sagte ich und zwinkerte ihm zu. Jarson spannte den Kiefer an, dass es knackte.

Ich holte einen kandierten Apfel aus dem Korb und biss genüsslich hinein. »Dein Buch hätte übrigens fast dabei geholfen«, sagte ich mit vollem Mund.

Jarson legte den Kopf schief. »Wie meinst du das?«

»Ich dachte, Sternensand könnte helfen. Allerdings hat er Cayden nur schlafen gelegt. Er war fast einen Tag und eine Nacht nicht ansprechbar.«

Jarson prustete drauflos. »Ein sehr erfolgreiches Unterfangen.«

»Für die Entdeckung eines Schlafmittels auf jeden Fall.« Ich grinste und Jarson war wieder etwas entspannter. Er knackte eine Haselnuss zwischen den Handflächen und reichte mir den Inhalt. »Woher wusstest du, dass dieser Wolf ein Bote ist?«

»Wusste ich nicht. Ich hatte eine Vermutung. Cayden hat doch diesen seltsamen Elfen einbestellt und der hatte uns einen Holzvogel dagelassen, der genau so aussah. Er hat auch eine Botschaft überbracht.«

»Der Wolf könnte weiß Luna wie alt sein. Der Elf, zu dem er geht, ist vielleicht schon tot.«

»Aber besser, als nichts zu tun, oder?«

Jarson nickte und legte sich auf die Decke, die Hände unter dem Kopf verschränkt. Er blickte in den strahlend blauen Himmel. »Luna erhöre deine Worte.«

21

Feanne flocht das letzte Stück des Zopfs. Die erste Locke hatte sich schon herausgewunden und ich blies sie aus dem Gesicht. Die Schleife an meinem Wollnachthemd hing schräg, ich löste sie und band sie noch mal neu.

»Das ist eine neue Entwicklung, wenn ich mir die Bemerkung erlauben darf«, sagte Feanne. Unsere Blicke trafen sich im Spiegel.

»Was genau?«

»Dass Ihr Euch für den König herrichtet, bevor Ihr abends in seine Gemächer geht.«

Ich presste die Lippen zusammen, um mir ein Schmunzeln zu verkneifen. »Feanne, wie oft muss ich dir noch sagen, dass du mich Élèntine nennen sollst?«

Sie lächelte und wickelte eine dunkelgrüne Seidenschleife um das Zopfende. Ich hatte das Band von einem meiner alten Hüte abgeschnitten. Die Narben fand ich mittlerweile nicht mehr so schlimm.

Es klopfte an der Tür. Cayden hatte versprochen, mich abzuholen. Ich biss mir auf die Lippe und warf meinen Umhang um. »Ich wünsche Euch einen vergnügsamen Abend und eine schöne Nacht, Eure Majestät.«

Ich nickte Feanne zu, öffnete die Tür und blinzelte, da statt Cayden Jarson vor mir stand. Er hatte eine bestickte Weste über ein weißes Baumwollhemd mit Perlmuttknöpfen angezogen. »Ich habe eine Überraschung für dich, ma chérie«, sagte er. Ich zog eine Augenbraue hoch. Sein Blick wanderte an meinem Nachthemd hinunter. »Dafür solltest du dich allerdings umziehen.«

»Vielen Dank, aber kann das bis morgen warten? Ich bin mit deinem Bruder verabredet.«

»Morgen ist es zu spät. Komm schon, das hat mich den ganzen Tag gekostet und das will was heißen. Ich schicke Cayden einen Boten.«

Ich rollte mit den Augen. »Gib mir kurz Zeit, mir etwas anderes anzuziehen. Wie ist die Kleiderordnung?«

»Feierlich und jetzt los.«

Ich wollte die Tür wieder schließen, da hielt Jarson eine Hand dagegen. »Und vergiss einen deiner Hüte mit Schleier nicht. Außer du hast hier zufälligerweise noch eine Maske herumliegen.«

Das schlechte Gewissen nagte an mir wie ein Wolf an einem Knochen, als ich die Arme über den Kopf hob. Cayden wartete bestimmt auf mich, aber nach unserem Gespräch wollte ich Jarson nicht verletzen. Feanne zog mir das einzige bestickte Kleid über den Kopf, das ich neben meinem Hochzeitskleid besaß. Ich würde mich nur verspäten, das wäre hoffentlich nicht schlimm.

Jarson lehnte an der Wand neben der Tür, die braunen Haare fast sittsam zurückgekämmt. »Gehen wir«, sagte er und versperrte mit seinem Arm den Türrahmen, als Feanne mir folgen wollte. »Nur die Königin.«

Sie schaute mich fragend an und ich nickte. »Ist schon in Ordnung. Du hast sowieso damit gerechnet, den Abend freizuhaben. Wieso besuchst du nicht Gerain in der Küche?«

Feannes Ohren röteten sich und sie blickte zu Boden, als sie tief knickste. Jarson bot mir seinen Arm an und ich hakte mich ein. »Dann wollen wir mal.«

Die Gänge waren leer und die meisten Fackeln schon erloschen – außer mir brauchte sie niemand. Viele der Werwölfe schliefen um die Zeit oder waren im Wald unterwegs. Jarsons und meine Schritte hallten von den Steinwänden wider, als gäbe es nur ihn und mich auf der Welt. Ich grub meine Finger etwas tiefer in den weichen Baumwollstoff seines Hemds.

»Wenn du noch mehr Rüschen am Kragen hättest und deine Weste aus Brokat wäre, könntest du fast am Hof von Laysolleilée ein- und ausgehen.«

»Da habe ich wohl Glück, dass ich in Darington bin. Brokat habe ich schon immer gehasst. Viel zu schwer und zu steif.« Er führte mich eine Treppe hinunter, die ich nicht kannte. Von unten drangen Gelächter und Stimmengewirr nach oben. »Wieso wundert es mich nicht, dass du keine schweren, steifen Dinge magst?«, sagte ich und schmunzelte.

Jarson blieb stehen und türmte über mir. Er zog anzüglich eine Augenbraue hoch und grinste. »Ich werde dich nicht daran hindern, wenn du diese Thematik näher mit mir ergründen willst.«

Erst jetzt wurde mir bewusst, was ich gesagt hatte. Ich zog die Hand aus seiner Ellenbeuge und gab ihm einen liebevollen Klaps auf den muskulösen Oberarm. »Prinz Jarson, darf ich Euch daran erinnern, dass ich mit Eurem Bruder verheiratet bin?«

»HALB-Bruder. Und darf ich dich daran erinnern, dass das in der Vergangenheit nicht jede Königin gestört hat? « Er zwinkerte mir zu.

Meine Hand glitt über das feuchte Eisengeländer. »In Ferlacroix gibt es so etwas nicht. Nur der König darf Geliebte haben.«

»Wo bleibt denn da der Spaß, ma chérie?«

Ich räusperte mich, unsicher, ob mir die Richtung gefiel, in die diese Konversation ging. Die Stimmen hallten immer lauter über die Wendeltreppe. »Wo ist denn nun die Überraschung?«

Jarson nahm meine Hand und legte sie wieder in seine Ellenbeuge. »Gleich da.«

Ich schritt die letzten Stufen hinunter und vor mir öffnete sich ein Kellergewölbe. Das grob behauene Gestein des Berges blitzte zwischen den aufgestapelten Weinfässern hindurch. Drei Dutzend Werwölfe tummelten sich an runden Holztischen oder tanzten zu der Musik eines Geigers, den ich aus der Wäscherei kannte.

»Du hast doch gesagt, dass du die Feste aus Laysolleilée vermisst. Nach deiner Nahtoderfahrung dachte ich, du könntest etwas Spaß gebrauchen.«

Ein Diener kam auf uns zu und streckte uns ein silbernes Tablett entgegen, auf dem tatsächlich Gläser standen. Mit der hölzernen Maske, die sein ganzes Gesicht bedeckte, erinnerte er mich an die Waldgötter der Elfen. Jarson nahm zwei Gläser und reichte mir eines. »Auf das Leben.«

Ich stieß mein Glas sacht an seines. »Auf das Leben.«

Als ich einen großen Schluck genommen hatte, spürte ich Jarsons Blick auf mir. »Weißt du, woher der Brauch des Anstoßens kommt?«, fragte er.

»Nein, aber du wirst mich sicher bald erhellen.«

»Wenn früher zwei Handelspartner angestoßen haben, haben sie es so heftig getan, dass der Wein des einen in den Becher des anderen geschwappt ist. So wollten sie verhindern, vergiftet zu werden.«

»Hätte ich das mal besser mit dem Botschafter getan«, murmelte ich.

Jarson schaute mich einen Moment ungläubig an und brach dann in schallendes Gelächter aus. Er lachte so laut, dass sich eine Frau am anderen Ende des Raums nach uns umdrehte. Als Maske hatte sie ein Leinenband genommen und zwei Löcher für die Augen hineingeschnitten. Ihre Haarfarbe erinnerte mich selbst im dämmrigen Kerzenlicht an Alandria. Aber selbst wenn sie es war, von ihr würde ich mir den Spaß nicht verderben lassen.

»Was ist das genau für ein Fest?«

»Wie ich schon sagte, es ist für dich. Was magst du zuerst machen? Karten spielen? Tanzen?«

Mein Blick schweifte durch den Raum und blieb an einer leeren, gemütlich aussehenden Chaiselongue vor den Weinfässern hängen. »Ich denke, ich muss das Ganze erst einmal wirken lassen.«

»Eine vorzügliche Wahl. Im Faulenzen bin ich hervorragend.«

»Ich hätte nichts anderes von dir erwartet.«

Jarson grinste und geleitete mich zu dem Zweisitzer, auf dem ein schwarzes Schafsfell lag. Mein leeres Weinglas stellte ich auf einen der Tische und sank seufzend in die weichen Kissen. »Weiß Cayden davon?«

»Cayden vergräbt sich lieber in seinem Kuriositätenkabinett.«

Das nächste Musikstück war langsamer, melancholischer. Einige Werwölfe verfielen in eine enge Tanzhaltung und schwelgten im Takt. Ich lehnte mich tiefer in die weichen Kissen und blickte Jarson in die Augen. Sie leuchteten im Kerzenschein wie zwei Smaragde. »Das war eine schöne Idee. Vielen Dank. Und nicht nur dafür. Ich habe dir so viel zu verdanken.«

»Wieso?«

»Du warst der Einzige, der sich von Anfang an bemüht hat, nett zu mir zu sein. Ohne dich hätten sich diese kalten Gemäuer hier nie wie ein Zuhause angefühlt.« Ich legte meine Hand auf seine. Sie war warm. Mit dem Daumen fuhr ich sacht über seinen Handrücken und er schauderte leicht unter der Berührung. »Also, danke, Jarson. Das bedeutet mir viel.«

Wir schauten einander an. Ich erkannte die silbrigen Sprenkel in seinen Augen, wie Mondlicht. Die Gespräche rückten in den Hintergrund und für ein paar Herzschläge gab es nur ihn und mich und die melancholischen Klänge der Geige. Unsere eigene Welt. Jarsons Hand schloss sich um meine Finger, langsam, zaghaft. Als fürchtete er, ich würde sie jeden Moment wegziehen.

»Noch Wein, Eure Hoheit?«, fragte ein Diener. Ich blinzelte und der Bann war gebrochen. Er erinnerte mich an einen der Männer, die in der Vollmondnacht draußen gewesen waren, in der Arnoît starb. Aber mit Ledermaske, die sein halbes Gesicht verdeckte, konnte ich unmöglich sicher sein.

»Will sie nicht, geh weg«, sagte Jarson in einem scharfen Ton, den ich bisher nur von Cayden kannte.

»Ich wollte vielleicht noch etwas trinken.«

»Aber nicht von ihm. Das ist Rigarn, er war ein enger Freund von Morgyn. Wer weiß, vielleicht hat er in den Wein gespuckt, nur um dich zu ärgern. Ich hole uns etwas.«

Jarson drückte mir mit einem Lächeln ein neues Glas in die Hand und streifte meine Finger, da spürte ich es auf der Haut. Das Geigenlied endete mit einem quietschenden Ton und alle Köpfe drehten sich zur Wendeltreppe.

»Was ist das hier?« Caydens Stimme war hart wie die Steine der Burg. Auf seinen Wangen zeichnete sich eine Zornesröte ab. »Wieso weiß ich davon nichts? Ich hätte es niemals erlaubt.«

»Du gönnst uns nie den kleinsten Spaß«, sagte Jarson.

»Ich halte es für unverschämt, hier die größte Feierei zu veranstalten, während andere unseres Volkes sich fragen, wie sie nächsten Winter ihre Familie ernähren sollen.«

»Die Werwölfe in Edinton sollen sich nicht so anstellen.« Jarson machte eine abfällige Handbewegung und leerte das Weinglas in seiner Hand in einem Zug.

Caydens Blick fiel auf mich und ich setzte mich aufrechter hin. War das Enttäuschung in seinen Augen? Der Ausdruck war genauso schnell wieder verflogen, wie er gekommen war. Die hallenden Schritte, die von der Treppe in den weiten Raum drangen, retteten mich.

»Eure Majestät, Eure Majestät!« Der Diener japste nach Luft.

»Was ist?«, blaffte Cayden.

»Eine Elfe steht vor den Toren. Die Wächter schwören, sie kam wie aus dem Nichts. Sie möchte die Königin sprechen.«

»Bringt mir die Krone. Die zeremonielle, nicht die mit den Zähnen. Wir wollen zeigen, dass wir kultiviert sind«, wies ich den Diener an.

»Jawohl, Eure Majestät.«

Ich raffte den Rock und hetzte die Treppe nach oben. Meine Hände zitterten und mein Atem kam zu schnell. Meine Nachricht war angekommen und sie waren ihr gefolgt. Aber ich hatte gedacht, dass ich mehr Zeit hätte, um Cayden davon zu erzählen und Vorbereitungen zu treffen.

Mit so viel Würde, wie ich aufbringen konnte, rannte ich die Gänge entlang, vorbei an Rüstungen und Wandteppichen, Cayden und Jarson immer auf den Fersen. Die aufgebrachte Stimme des Königs drang dumpf an mein Ohr, aber ich blendete ihn aus. Ich versuchte zwanghaft, mich an die Auflistung von Madame la Baronesse de l'Amieux zu erinnern, was bei einem staatlichen Besuch zu bedenken war.

Die feierliche Begrüßung war schon schiefgegangen, aber zumindest das Abendessen könnte ein Erfolg werden. Auf dem Weg kam mir eine Magd mit einem hölzernen

Waschzuber in der Hand entgegen. Ihre Augen weiteten sich, als ich mit dem König und dem Prinzen hinter mir auf sie zustürmte.

»Du.« Ich richtete den Zeigefinger auf sie. Die Magd blieb wie eingefroren stehen. »Weck die Köche, wir brauchen ein kleines, feines Abendessen. Zündet dann Licht an und deckt in der Bibliothek einen Tisch und – bei der Sonnen- und der Mondgöttin – bereitet etwas mit wenig Fleisch.«

Die junge Frau nickte und wollte davonhuschen. Ich hielt sie am Ärmel fest, sie zitterte unter meinem Griff. »Sucht jegliche Patisserie von der Feier unten zusammen. Serviert es als Aperitif. Wir sagen, es sei eine Spezialität aus Ferlacroix. Das sollte der Küche genug Zeit verschaffen, ein ordentliches Menü zusammenzustellen.«

Die Magd nickte und eilte davon.

»Und richtet alles gleich auf Tellern an. Wir haben keine Zeit, den Tisch einzudecken«, rief ich ihr hinterher. Ich stürmte weiter, der Rock des Kleids presste sich gegen meine Beine und die kalte, feuchte Luft der Burg klebte in meinen Lungen wie Teer. Wieso trug ich keine Hosen?

»Élèntine? Élèntine, verdammt, rede mit mir.« Cayden klang weniger ärgerlich, als ich befürchtet hatte.

Ich schüttelte den Kopf und blies mir eine Locke aus dem Gesicht. »Der Stil des Wolfs, den du in deiner Sammlung hattest, kam mir so bekannt vor.« Ich japste nach Luft, meine Seite stach. »Das Holzstück war zu perfekt. Irgendwann ist mir eingefallen, warum.« Je näher wir dem Tor kamen, desto schneller schlug mein Herz. Die Lösung und uns trennten vielleicht nur ein paar Mauern und ein Gespräch. Ich stemmte mich gegen die schwere Tür, die in den Hof und zum Eingangstor der Burg führte. Sie schwang knarrend auf und ich kniff die Augen zusammen, um mich an die neuen Lichtverhältnisse zu gewöhnen. »Der Wolf ähnelte dem Vogel, den der Elf uns dagelassen hatte. Da ist mir eingefallen, vielleicht wurde der Wolf nicht geschnitzt. Vielleicht ist er so gewachsen, wie wahrscheinlich der Vogel auch. Er war ebenso ein Bote. Jarson und ich haben ihn im Wald losgeschickt.«

»Du hast geholfen?«, fragte Cayden Jarson.

Vor dem Tor drehte ich mich um. »Darüber könnt ihr später reden. Jetzt gibt es Wichtigeres.« Ich schloss die offenen Knöpfe an Caydens Kragen und strich das Hemd an seinen Schultern glatt. Dann nickte ich den Wächtern zu, die den schweren Flügel des Außentors öffneten. Die alten Eisenangeln quietschten und ich unterdrückte den Impuls, die Augen mit der Hand abzuschirmen. Selbst der Holzstab schimmerte im leuchtenden Glanz, der von der Elfe ausging. Das jämmerliche Exemplar, das Cayden in den Tiefen Daringtons aufgestöbert hatte, war nichts im Vergleich zu ihr. Die langen, silbrigen Haare glänzten wie das Mondlicht. Selbst ihre milchweiße Haut schien zu glitzern.

Sie legte ihre Hand an die Brust und verneigte sich mit einer Eleganz, um die selbst meine Mutter sie beneidet hätte. »Eladriel der Familie Wisperwind aus dem fünften Haus Mondstein, zu Euren Diensten.«

Durch ihre langen eleganten Glieder erschien sie fast wie eine überirdische Figur. Eladriels melodische Stimme verstärkte diesen Eindruck. Es war fast so, als würden zwei Menschen sprechen. Die meiste Zeit im Einklang und doch phasenweise harmonisch verschoben. Im Theater in Laysolleilée hatten einmal Zwillinge gesungen. Es erinnerte mich stark daran. Ich klappte den Mund auf und zu, aber brachte kein Wort heraus. Wie war sie so schnell hierhergekommen?

»König Cayden von Darington.« Cayden verneigte sich und stupste mich an. Das reichte, um mich aus meiner Schockstarre zu befreien.

»Königin Élèntine Amaille Céloire von Darington.« Ich knickste tief und mit so geradem Rücken, dass Madame la Baronesse de l'Amieux in einen anerkennenden Applaus verfallen wäre. »Es ist mir eine große Freude, dass Ihr den Weg zu uns auf Euch genommen habt. Bitte, tretet doch ein.« Ich ging einen Schritt zurück und vollführte eine einladende Geste. »Ich dachte, ein kleines privates Diner in der Bibliothek wäre angemessen. Die Reise muss anstrengend gewesen sein.«

»Das war sie in der Tat nicht. Besonders nicht, wenn Mond und Sonne so stehen wie jetzt.«

Ich verstand nichts, aber lächelte und nickte. Die Burg erhob sich über uns fast wie eine Krone in der dunklen Nacht, aber mit den Lichtern, die in vielen der Fenster brannten, sah sie heute fast freundlich vor dem Bergmassiv aus. »Bitte, folgt mir doch.«

Die Schritte der Elfe neben mir waren für meine Ohren unhörbar und ich warf auf dem Weg durch die Burg ab und zu einen Blick über die Schulter. Cayden nickte aufmunternd, trotzdem biss ich die Zähne fest aufeinander. Eladriels Blick glitt aus dem Fenster zum Mond. »Verzeiht die ungewöhnliche Zeit. Es gab großen Diskussionsbedarf, ob wir einen Boten zu Euch schicken sollten. Doch jetzt, wo die Beziehung zwischen Werwölfen und Menschen wieder harmonisch ist, gab es keinen guten Grund mehr, uns herauszuhalten. Als die Entscheidung gefallen war, wollten wir keinen weiteren Tag verstreichen lassen.«

Ich lächelte und führte die Elfe die Treppe zur Bibliothek hoch. »Wir freuen uns, dass Ihr Euch dazu entschlossen habt, uns einen Besuch abzustatten – nach all den Jahren.« Ich betrat den Raum und war beeindruckt, dass die Bediensteten es in der kurzen Zeit geschafft hatten, ein gebügeltes weißes Tischtuch aufzutreiben und goldene Kelche bereitzustellen. Zwischen den vielen Regalen standen unzählige Kerzenständer in gebührendem Abstand zu den Büchern und die flackernden Flammen tauchten die Bibliothek in ein sanftes Licht.

»Danke für die Begleitung, Jarson. Einen angenehmen Abend«, sagte Cayden. Eladriels Blick flackerte zwischen den Brüdern hin und her, die ein Wettstarren zu veranstalten schienen. Ihr Gesicht verriet nichts, aber ihre Fingerknöchel traten deutlich hervor. Ich stieg Cayden auf den Fuß, der nicht mal mit dem Mundwinkel zuckte.

»Es wäre doch nett, wenn der Prinz sich zu uns gesellt. Immerhin gibt es ein so freudiges Ereignis nicht alle Tage«, sagte ich.

Eladriels Griff um ihren Holzstab entspannte sich und Jarson grinste triumphierend. Ich würde nicht zulassen, dass ein Zwist wegen einer simplen Feier den wichtigsten Moment in Caydens Leben ruinierte.

»Bitte, setzen wir uns doch«, sagte ich und nickte einem Diener zu, der einen weiteren Kelch auf den Tisch stellte.

Die Elfe rührte keinen Finger, aber ihr Stuhl glitt lautlos zurück und sie setzte sich. »Nun, ich muss zugeben, uns hat Eure Verbindung sehr gefreut und Hoffnung gegeben. Weltliche Dinge fallen meinesgleichen oft zur Last. Aber diese Nachricht war ein wahrer Grund zur Freude. Werwölfe und Menschen wieder vereint, so wie es sein soll«, sagte Eladriel.

Cayden hatte sich neben mich gesetzt. Ich legte demonstrativ meine Hand auf seine und drückte sie. Eine Magd huschte um den Tisch und schenkte uns Wein ein, während die Diener auf Porzellan- und Tontellern die Zitronentörtchen servierten.

Ich lächelte. »Wir freuen uns auch, dass *Ihr* hier seid. Hoffentlich bleibt dieser neue Kontakt lange bestehen.«

»Nun, das kommt ganz auf die Entwicklungen an. Wie

gesagt, legen wir größten Wert auf Harmonie und ein friedliches Zusammenleben aller.« Ihr Blick glitt flüchtig zwischen Cayden und Jarson hin und her. Eladriels Griff um die Silbergabel war so elegant, dass selbst meine Mutter neidisch gewesen wäre. Sie hatte das Zitronentörtchen noch nicht angerührt.

»Ich bin mir sicher, dass wir eine Zeitspanne des Friedens angebrochen haben. Es wird keine unerwarteten Entwicklungen geben.« Ich lächelte und nickte ihr, wie ich hoffte, aufmunternd zu.

»Solange die Werwölfe in Edinton keinen Ärger machen«, sagte Jarson leise.

Eladriel hob den Kopf. »Wie bitte?«

Jarson warf Cayden und mir einen unsicheren Blick zu. Cayden umklammerte meine Hand so fest, dass es schmerzte.

»Ich meinte nur, dass es einige unzufriedene Werwölfe gibt, und wie Ihr wisst, geht manchmal unser Temperament mit uns durch. Wir hoffen, wir können einen Zwischenfall vermeiden, der zu unerwünschten Ergebnissen führt.«

Das Klicken hallte laut in der Bibliothek wider, als Eladriel ihr Besteck auf dem Porzellanteller ablegte, das Zitronentörtchen noch immer unangerührt. Die Stille glich der Spannung kurz vor einem Wolkenbruch. Ich spürte Caydens donnernden Puls unter meinen Fingerspitzen und hielt den Atem an. Eladriel musterte Jarson lange und wandte sich dann an mich.

»Es war ein Fehler hierherzukommen«, sagte sie. »Habt trotzdem Dank für die Einladung, Königin Élèntine.«

»Was? Wieso sagt Ihr das?«, fragte ich.

Die Stuhlbeine quietschten nicht, weil der Stuhl einen Fingerbreit über dem Boden schwebte. Die Elfe stand auf und nickte Cayden mit schief gelegtem Kopf zu. »Ich empfehle mich.«

Cayden spannte den Kiefer an und die Gabel in seiner Hand verbog sich. Sein Ausdruck war mörderisch. »Ihr findet selbst den Weg nach draußen.«

Ich warf ihm einen giftigen Blick zu, sprang auf und setzte Eladriel nach. Sie war schon im Gang und hatte die Augen starr geradeaus gerichtet. Ich hielt sie am Ärmel fest. »Bitte bleibt«, sagte ich. »Ihr seid doch gerade erst gekommen.«

»Es ist besser so.« Sie fuhr mit ihrer freien Hand über ihren Ärmel und im nächsten Moment befand sich nur Luft in meinem Griff. Unbeirrt ging sie weiter, ihr Holzstab klackte auf dem Steinboden. Fast als würde sie schweben, glitt sie lautlos die Treppe hinunter.

»Bitte, Ihr seid unsere einzige Hoffnung. Wie ich Euch geschrieben habe, brauchen wir dringend eine Möglichkeit, das Temperament der Werwölfe bei Vollmond zu zügeln. Bitte. Das Überleben meines Volkes hängt davon ab.«

Eladriel schüttelte den Kopf und ihre silbernen Haare wogten wie Blätter in einer Brise. »Es tut mir leid, ich kann nichts für Euch tun.«

»Sagt so etwas nicht. Ich habe so viel über elfische Rituale, Blut- und Pflanzenmagie gelesen. Wenn es einen Ausweg gibt, dann kennt Ihr ihn. Andernfalls wärt Ihr nicht gekommen. Bitte gebt mir irgendwas, damit die Werwölfe sich besser kontrollieren können. Einen Hinweis, eine Pflanze, bitte.«

»Wisst Ihr, warum einige Elfen des Rats des Urzeitbaumes gezögert haben, eine Gesandte zu schicken?« Sie winkte und die Fackel neben ihr entflammte. Ich schüttelte den Kopf.

»Wir haben uns schon einmal in weltliche Angelegenheiten eingemischt und das ist das Ergebnis. Ich hatte die Hoffnung, dass ich helfen könnte. Aber ich fürchte, unter den aktuellen Umständen würde eine weitere Einmischung der Elfen nur zu mehr Blutvergießen führen.«

»Ich verstehe nicht.«

Die Elfe blickte in das flackernde Feuer der Fackel. Schatten tanzten auf ihren feinen Gesichtszügen.

»Sagt mir wenigstens, warum. Vielleicht kann ich dann selbst eine Lösung finden. Meine Leute leiden.«

Sie streckte eine Hand nach dem Feuer aus. Auf ihren Zeigefinger sprang eine kleine Flamme über und spiegelte sich in ihren glänzenden Silberknöpfen. »Die Elfen sind der Grund, warum diese Problematik besteht. Mein Volk hat einen Fehler begangen und wollte ihn wiedergutmachen. Dabei war die Wiedergutmachung der Fehler.«

»Wie meint Ihr das?«

»In der Generation meiner Mutter wurden viele magische Experimente durchgeführt. Experimente, die nicht sein durften.« Ihre silbrigen Augen durchbohrten mich. »Experimente, die dem Interesse aller Götter und der Magie widersprachen. Daraus entstanden furchtbare Kreaturen, die Ihr Chimären nennt. Einige davon konnten ausbrechen und sich vermehren. Die Menschen waren ihnen schutzlos ausgeliefert, besonders in den hellen Nächten des Vollmonds gab es Blutbäder in den Dörfern und Städten.« Die Flamme auf ihrem Finger formte sich zu einer grässlichen Kreatur mit langen Klauen, Zacken und Schuppen.

Ich schlug eine Hand über den Mund.

»Die Menschen beschuldigten uns und sie hatten recht. Ohne uns hätten sie nie leiden müssen, denn ohne mein Volk hätte es die Monster nie gegeben. Also gaben wir den stärksten Kriegern etwas, um sich zu verteidigen. Eine magische Gabe, die von Generation zu Generation weitergegeben wird.« Eladriel betrachtete das Flammenmonster, das auf ihrem Zeigefinger tanzte. Vor meinen Augen wandelte es sich in einen Wolf.

»Die Sonnenkrieger«, flüsterte ich. Cayden hatte die ganze Zeit recht gehabt. Eladriel nickte und schritt nach draußen in die kalte Nachtluft.

»Aber wie konnte das so außer Kontrolle geraten? Die Werwölfe können bei Vollmond nicht an sich halten. Wie –«

»Ich habe schon zu viel gesagt.« Eladriel schloss ihre Faust und die Flamme erlosch. Sie nahm meine Hände in ihre und die Aufregung, die Wut in mir beruhigten sich. »Manchmal ist die Lösung näher, als Ihr denkt.« Sie drückte die Hände noch mal und ließ sie dann los.

»Bitte, ich –« Meine Augen gewöhnten sich langsam an die Dunkelheit der Nacht. Sie war verschwunden. »Eladriel?« Meine Stimme hallte von den kalten Steinmauern wider, über mir nur der klare Sternenhimmel. »Eladriel?« Ich lief zum Tor, an das gelehnt ein Wächter stand. »Ist hier die Elfe vorbeigekommen?«

Er schüttelte den Kopf. Sie war weg. Und damit unsere einzige Hoffnung auf eine Lösung. Wie konnte ein einziger Abend ein solches Wechselbad der Gefühle sein? Vor nicht einmal einer halben Stunde war ich so erfreut gewesen und jetzt ...

Durch die Stille der Burg drangen zwei streitende Stimmen. Ein großer Schatten streifte in der Bibliothek hin und her und ich rannte los. Ein lautes Krachen begleitet von scheppperndem Geschirr hallte durch den Gang gefolgt von einem Brüllen, das ich als Caydens identifizierte. Ich raffte meine Röcke und hetzte zur Bibliothek. Aus der offenen Tür fiel der Schein der Kerzenleuchter. Ich stockte im Türrahmen.

Die Diener pressten sich eng an die Wand, den Kopf zur Seite geneigt. Teller lagen zerbrochen auf dem Boden verteilt, Wein war aus der zersplitterten Glaskaraffe an ein Regal gespritzt und zierte viele der Buchrücken wie Blut.

In der Mitte des ganzen Chaos lag Jarson auf dem in zwei Teile zerbrochenen Tisch. Sein Auge war geschwollen und etwas Blut tropfte von einer Platzwunde neben seiner Braue.

»Wie konntest du es wagen?«, brüllte Cayden ihn an und stürzte sich auf seinen Halbbruder.

»Cayden«, rief ich, aber er hatte Jarson schon am Kragen gepackt und ihn wieder hochgezerrt. Er presste ihn so fest an ein Bücherregal, dass es wackelte und einige Bücher auf den Boden plumpsten. Jarson japste nach Luft und stöhnte. Seine Füße baumelten mindestens eine Handbreit über dem Steinboden.

»Ich hätte dich töten sollen, als ich die Chance dazu hatte!« Cayden bleckte die Zähne und sein Gesicht war Jarsons gefährlich nahe. »Du wusstest, dass das unsere beste – unsere einzige – Chance war, unserem Volk zu helfen. Und du hast uns sabotiert. Du hast dein eigenes Volk sabotiert.«

Endlich war ich bei ihm. Ich zerrte an Caydens Ärmel. »Lass ihn runter. Das war mit Sicherheit keine Absicht.«

Cayden grunzte und presste Jarson fester gegen das Regal. Jarsons Gesicht lief rot an, seine Augen waren angstgeweitet.

»Cayden«, rief ich.

Endlich ließ er ihn los. Jarson schnappte nach Luft und sank zu Boden.

»Geh mir aus den Augen«, zischte Cayden. »Bevor Élèntine etwas mit ansehen muss, das sie ihr Leben lang nicht vergisst.«

Jarson kam auf die Füße und wischte sich mit dem weißen Baumwollärmel das Blut aus dem Gesicht. Er warf einen letzten Blick auf Cayden und hinkte aus dem Raum.

Ich hob drohend den Zeigefinger und bohrte ihn in Caydens Brust. »Wie konntest du es wagen? Er ist dein

Halbbruder! Er hat nicht einmal gelogen.«

»Weißt du, wie lange ich daran arbeite, eine Heilung für die Mondkrankheit zu finden? Jahre! Jahre, Élèntine! Und dann habe ich endlich mal Glück und die Mondgöttin schickt mir dich. Du schaffst es auf wundersame Weise, eine vernünftige Elfe hier an den Hof zu bringen, und das *allererste Mal* in all den Jahren denke ich, wir haben eine realistische Chance. *Unsere* Leute haben eine realistische Chance. Und was macht er? Er ruiniert es. So wie er immer alles ruiniert!« Seine Stimme war immer lauter geworden und hallte mir in den Ohren. Cayden vibrierte fast, jeder Muskel seines Körpers war angespannt, die Nasenflügel bebten. Statt Wärme strahlte er Hitze aus und starrte mich an. Unsere Nasenspitzen berührten sich beinahe und sein heißer Atem strich über meine Wangen.

Ich machte einen Schritt zurück und verschränkte die Arme. »Du verstehst ihn nicht.«

»Wenn du ihn so gut verstehst, wieso bist du noch hier und gehst ihm nicht nach?«

»Weißt du was? Das mache ich auch.« Ich drehte mich auf dem Absatz um und stürmte los zu dem einen Ort, an dem ich Jarson vermutete.

»Élèntine«, rief mir Cayden nach, aber ich ignorierte ihn.

22

Die Sterne strahlten hell und klar und die Mondsichel tauchte die ganze Burg in ein schummriges, silbernes Licht. Jarson hatte die Beine flach auf die Mauer des Glockenturms gelegt und lehnte an einer Säule. In der Hand hielt er ein paar Nüsse, die sich in einer Schale auf dem Tisch befunden hatten. Ich brauchte mich nicht anzukündigen, er hatte mich schon gehört.

Der Wind pfiff leise um meine Ohren und ich setzte mich ihm gegenüber. Jarson nahm eine Haselnuss und warf sie in den dunklen Innenhof.

»Pass auf, dass du niemand triffst«, sagte ich.

»Da ist niemand, ich seh es ja.«

Wir schwiegen eine Weile. Ich holte aus meinem Dekolleté ein Taschentuch heraus und reichte es ihm. Jarson ignorierte es. Ich stand mit einem Seufzen auf und tupfte ihm den Rest des Bluts von der Haut. Als ich der Platzwunde nahekam, zischte Jarson und verzog das Gesicht.

»Ich hatte das so nicht geplant«, sagte er leise.

»Ich weiß.«

Jarson warf die nächste Nuss und traf das löchrige Dach des Brunnens. »Ich dachte, Cayden und ich wären auf einem guten Weg. Dass er mir verziehen hat für das, was ich getan habe. Aber da habe ich mich wohl getäuscht.«

»Ich rede mit ihm. Er kommt schon wieder zur Vernunft.«

Jarson stieß einen Ton aus, der wie eine Mischung aus einem Lacher und einem Seufzer klang. »Du kennst meinen Halbbruder nicht.« Er drehte eine Nuss zwischen Daumen und Zeigefinger. »Es ist wahrscheinlich das Beste, wenn ich für eine Weile verschwinde.«

»Sag so etwas nicht. Dein Platz ist hier. Genau wie meiner.«

Er schaute mich an und erst jetzt merkte ich, wie nah wir uns waren. Sein Atem strich über meine Wangen und erinnerte mich auf unangenehme Weise daran, dass ich Cayden gerade genau so nahe gewesen war. Jarsons Blick war so intensiv, dass ich die Augen schloss. Trotzdem kribbelten meine Fingerspitzen und ich spürte seine Wärme auf der Haut. »Ist er das wirklich, ma chérie?«

»Ich … wir …«

»Liebst du ihn?«

Ich presste die Lippen zusammen. Natürlich nicht. Wir lernten uns erst kennen und Cayden hatte eine dunkle, unberechenbare Seite. Auch wenn sie mich eher wütend machte, anstatt mich zu ängstigen. Aber ein Teil von mir wusste, dass ich imstande wäre, ihn zu lieben. Dass in dem großen bösen Werwolf ein weiches Herz steckte. Ein Mann, der regelmäßig das Waisenhaus im nächsten Ort besuchte. Der sein Volk so liebte, dass er dafür sterben würde. Der für mich eine Hose hatte anfertigen lassen, die die perfekte Mischung aus Laysolleilée und Blackstone war.

Jarson gab ein abfälliges Geräusch von sich. »Warum bist du dann noch hier? Er behandelt dich nicht besser als den Rest von uns.«

»Weil es meine Aufgabe ist. Weil diese Ehe dazu da ist, den Frieden zu erhalten.«

»Aber was ist mit dir? Hast du nicht auch ein Recht auf ein bisschen Glück? Auf Zufriedenheit?«

»Geht nicht beides?«

»Sag du es mir.« Er streckte die Hand aus und fuhr mit den Fingerspitzen sanft über die Narben an meiner Wange. Eine Gänsehaut überzog meine Arme und es lag nicht an der Kälte der Frühlingsnacht. Die Platzwunde in seinem Gesicht heilte schon und bald erinnerte nur noch das Blut am Taschentuch an Caydens Tat. »Was für ein Monster entreißt eine junge Frau ihrer Familie und zwingt sie, unter lauter Kreaturen zu leben, die ihr das angetan haben? Und das alles, um seine verdammte Neugier zu befriedigen«, sagte er leise.

Ich schluckte und leckte mir die Lippen. Jarson legte seine warme Hand an meine Wange und ich erlaubte mir für einen Moment, den Kopf anzulehnen.

»Du kannst hier nicht glücklich werden, Élèntine. Es gab bereits zwei Mordanschläge auf dich. Wer sagt, dass das die letzten waren? Komm, wir gehen einfach. Gleich heute Nacht. Sie werden uns nicht vermissen.«

Ich schüttelte den Kopf, ließ meine Hand mit dem blutigen Taschentuch sinken und machte einen Schritt zurück. »Jarson, ich bin mit deinem Bruder verheiratet.«

»Halbbruder.«

Ich presste die Lippen zusammen. Der Nachtwind löste meine Locken aus dem Zopf und zerzauste sie. Ich pustete mir eine Strähne aus dem Gesicht.

Jarson seufzte und schwang die Beine über die Brüstung. »Dann werde ich allein verschwinden und du solltest lieber Abstand halten. Wenn Cayden mich an dir riecht, will ich nicht wissen, was er tut. Er war schon wütend genug.«

»Kommst du wieder?«

»Irgendwann bestimmt. Du hast es selbst gesagt, mein Platz ist hier.«

»Wohin gehst du?«

Jarson zuckte mit den Schultern und blickte in die Ferne. »Ich werde in Darington bleiben. Ich habe einige alte Freunde. Vielleicht komme ich da eine Zeit lang unter.« Er zog den Mundwinkel hoch. »Wenn ich Myatt dort zur Vernunft bringe, vielleicht verzeiht mir Cayden dann.«

Ich schlenderte zur anderen Seite der steinernen Brüstung und stützte mich mit den Händen auf die kalte Mauer. Auf der Bergkette, die hinter der Burg lag, waren die weißen Spitzen schon an vielen Stellen kleiner geworden. »Jarson, überleg dir das noch einmal. Probleme kannst du nicht lösen, indem du vor ihnen wegläufst. Du kannst es nur in Ordnung bringen, wenn du hier bist.«

Er schwieg. In der Ferne rief ein Uhu und der Wind rauschte in den Baumwipfeln.

»Jarson –« Ich drehte mich um, aber der Platz auf der Mauer war leer. So viel dazu. Ich setzte mich auf die Seite des Turms, von der aus ich in den Garten blicken konnte. An nur einem Abend war die Hoffnung auf eine einfache Lösung mit den Elfen zertrümmert, ich hatte meinen einzigen wahren Freund hier verloren und mich mit Cayden gestritten. Ein Reinfall. Ich knabberte an dem Anhänger der Kette, die mir Flo geschenkt hatte. Wahrscheinlich wollte Cayden mich nicht mehr sehen. Nicht, nachdem ich ihn so behandelt hatte. Allerdings hatte ich Jarson gesagt, dass er vor seinen Problemen nicht weglaufen sollte.

Die Berge auf der anderen Seite des Tals erhoben sich wie Riesen und rissen mit scharfen Zacken dunkle Löcher in den Sternenhimmel. Die Form der meisten war mir schon so vertraut, als würde ich länger in Darington leben. Ich mochte besonders den Hauptgipfel, der auf jeder Seite zwei Nebengipfel besaß. Es war sicher auch als Berg schön, nicht allein dazustehen.

Der Nachtwind spielte mit dem Saum meines Kleids und ich zog die Knie an die Brust. Ich konnte mich nicht ewig hier verstecken. Irgendwann musste ich wieder runter, erst mal wieder in meine eigenen Gemächer, damit Caydens Temperament abkühlte. Aber der morgige Tag würde kommen, ob ich wollte oder nicht. Jetzt, nur für den Moment, genoss ich die Stille der Nacht. Kein Druck, keine Aufgaben, nur ich.

Ein jämmerliches Blöken hallte an den Mauern der Burg wider. Wahrscheinlich ein Werwolf, der ein Reh riss. Oder ein Schaf aus der Herde hinter dem Wald. Im Tal brannte vereinzelt das Licht von Kaminfeuern in den Häusern, aber meist war es dunkel. Wie das Leben von anderen Werwölfen wohl aussah, die nicht am Hof lebten? Ich nahm mir vor, es herauszufinden. Das Blöken verhallte und es kehrte wieder Stille ein mit dem Wind als meine einzige Gesellschaft. Erst als meine Finger steif vor Kälte waren und ich am ganzen Körper zitterte, begann ich den Abstieg.

Jeder Schritt, den ich in die entgegengesetzte Richtung von Caydens Gemächern machte, war schwer. Das Mondlicht malte durch die Fenster Schatten auf den Boden. Mehr als einmal überlegte ich umzukehren, ging aber nie mehr als ein oder zwei Schritte zurück. Ich schlenderte den Gang an Feannes Tür entlang. Sollte ich sie wecken, damit ich jemanden zum Reden hatte? Besser nicht, sie brauchte den Schlaf. Der arme Jarson. Was machte er jetzt da draußen?

Die Tür gab das vertraute Quietschen von sich. Feanne hatte ein Feuer entzündet, aber nur die Überreste glühten vor sich hin. Ich war zu müde, um mich umzuziehen, legte mich samt Kleidung ins Bett und zog die Decke bis unter das Kinn. Draußen heulte ein Wolf und ich drehte mich auf die andere Seite. Hoffentlich ging es Jarson gut. Ich schickte ein stummes Gebet zur Sonnengöttin, damit sie über ihn wachte, und sicherheitshalber auch zur Mondgöttin. Ich gähnte und streckte mich. Wenn ich doch nur eine Uhr gehabt hätte, wie die große Standuhr im Arbeitszimmer meines Vaters. Die Zeit wollte nicht vergehen, zumindest fühlte es sich so an. Meine Augenlider waren bleischwer, aber trotzdem schlief ich nicht ein. Immer wieder wälzte ich im Kopf den Streit mit Cayden durch. Ob er jetzt wieder abweisend zu mir war? Die Elfe war gekommen, aber ich hatte ihm vor den Dienern Paroli geboten, indem ich Jarson verteidigt hatte.

Ich seufzte und schlug die Decke zurück. Mit den schwirrenden Gedanken würde ich kein Auge zutun. Cayden schlief bestimmt schon, aber ich wollte wenigstens versuchen, mit ihm zu reden. Ich wickelte die Decke wie einen Umhang um mich und trottete durch den Gang. Nur das fahle Mondlicht schimmerte auf dem glatten Steinboden wie ausgelaufene Milch, aber meine Augen hatten sich schon an die Dunkelheit gewöhnt. Ich setzte den Fuß auf die erste Treppenstufe, da hörte ich ein Schnauben. Wie eingefroren blieb ich stehen und presste mich an die Steinmauer. Cayden hatte zwar gesagt, dass die Werwölfe mittlerweile an mich gewöhnt sein sollten, aber sicher war es nicht.

Die Schritte klangen leichtfüßig, kamen näher. Es war zu spät, in mein Zimmer zurückzugehen. Hätte ich besser die Muskete mitgenommen, die seit Arnoîts Tod hinten in meinem Kleiderschrank verstaubte.

Aus den Schatten löste sich eine große Figur, immer drei Stufen auf einmal nehmend. Nach dem ersten Zusammenzucken atmete ich aus und legte eine Hand an die Brust. »Bei der Göttin, du bist es. Ich war gerade auf dem Weg zu dir.«

»Und ich zu dir. Ich wollte dich nicht erschrecken.«

»Hast du nicht.« Ich hob das Kinn an und Cayden zog eine Augenbraue hoch, schwieg aber.

»Willst du –« Er machte eine einladende Bewegung in Richtung Treppe. Ich biss mir auf die Unterlippe und nickte. Unsere Schritte hallten in den leeren Gängen wider und ich erinnerte mich an die Nacht, in der Arnoît und ich in den Garten gegangen waren. Es kam mir vor, als läge das Jahre zurück. Ich zog die Decke enger um meine Schultern.

Cayden hielt vor der eisenbeschlagenen Tür seiner Gemächer an. Die eiserne Krone darauf schimmerte im Mondlicht. Seine Hand ruhte auf der Klinke.

»Alles in Ordnung?«

Er lehnte die Stirn an die Tür. »Es tut mir leid«, sagte er leise. »Ich hätte dich nicht so anschreien sollen. Wir waren so nah dran. So verdammt nah und jetzt ist alles zerstört.«

Ich legte meine Hand auf seine und drückte sie kurz. »Es tut mir auch leid. Ich hätte nicht weglaufen sollen.«

Cayden nickte und öffnete die Tür. Das Feuer im steinernen Kamin brannte lichterloh und tauchte den großen Raum in ein warmes Licht. Die dunklen Möbel wirkten fast freundlich.

»Vergessen wir den Abend einfach. Es wäre auch zu schön gewesen. Morgen ist ein neuer Tag.« Cayden zog sich das Hemd über den Kopf und schleuderte es auf den Sessel an seinem Schreibtisch. Er streckte sich und warf sich auf das Bett, wobei er die Stiefel von seinen Füßen stieß.

Zögerlich legte ich mich neben ihn, die Decke umhüllte mich wie ein Kokon. Es sollte hier leichter sein, in den Schlaf zu finden, aber Caydens Nähe brachte meine Haut zum Prickeln. Ich rutschte hin und her bei dem Versuch, eine angenehme Position zu finden. Trotz der zwei Decken fror ich und zitterte. Hoffentlich hatte ich mich auf dem Glockenturm nicht erkältet.

»Kannst du nicht schlafen?«, raunte Cayden.

Ich schüttelte den Kopf.

»Ich auch nicht.«

»Könnten wir das Feuer noch einmal anfachen? Es ist so furchtbar kalt.«

»Machst du Witze? Hier ist der Hochsommer eingezogen. Komm her.« Er drehte sich zu mir und öffnete die Arme. Ich starrte ihn ungläubig an.

»Bitte, deine Entscheidung. Dann frier eben.«

Zögerlich rutschte ich näher. Caydens Oberarm war ein erstaunlich bequemes Kissen und seine Körperwärme drang langsam zu mir durch. Ich strampelte die Decke weg, damit mir schneller warm wurde. Cayden grummelte.

»Was ist?«

»Ich fühle mich, als würde ich einen Eiszapfen umarmen.« Ich versuchte wegzurutschen, aber Cayden hielt mich eisern fest. »Wage es ja nicht«, murmelte er in meine Haare und vergrub seine Nase darin.

Ich gähnte und legte langsam die Wange an seine Brust, Cayden rührte sich nicht. Unter den Fingern spürte ich seinen starken, wenn auch schnellen Herzschlag. Nur für einen Moment ließ ich mich glauben, dass ich ihn genau so nervös machte wie er mich. Ich wagte es, mit den Fingerspitzen sanft über seine muskulöse Brust zu fahren, und er erschauderte unter mir. Caydens Hand schloss sich um meine. Sein Blick durchdrang mich so intensiv, dass mir zu heiß wurde. »Fang nichts an, was du nicht zu Ende führst«, sagte er heiser.

Ich wandte den Blick ab und zog die Hand zurück. Ein Teil von mir war mehr als nur versucht, die Finger wieder an ihre alte Stelle gleiten zu lassen und über die harten Muskeln zu fahren. Doch ein anderer Teil hielt mich zurück.

Cayden hatte in der Vergangenheit immer wieder angedeutet, dass er interessiert war, und doch hatte er mich nie auch nur geküsst. Immer war er es gewesen, der nach zwei Schritten nach vorne einen zurück gemacht hatte. Außerdem war er kein Kind von Traurigkeit, wenn ich an Alandria dachte. Als Mann und Frau zusammen zu sein, würde ihm wahrscheinlich nichts bedeuten, aber für mich bedeutete es die Welt. Es war ein ultimativer Vertrauensbeweis.

Noch dazu war er so viel erfahrener als ich, ich würde mich garantiert blamieren. Kurz überlegte ich, mich aus seiner sanften Umarmung zu lösen, aber ich genoss seine Wärme, die jede Pore meines Körpers auftaute.

»Cayden?«, murmelte ich in seine Brusthaare.

»Hm?«

»Wieso hast du Jarson damals bei dem Putschversuch nicht getötet?«

Cayden seufzte und seine ganze Brust vibrierte. »Er hat doch nur mich. Er ist mein kleiner Bruder. Wer wäre ich, wenn ich ihn getötet oder verstoßen hätte? Er hat es nie besser gelernt. Sein Biest von einer Mutter hat ihm beigebracht, dass nur wer Macht hat, es wert ist, geliebt zu werden. Kann ich ihm verübeln, wenn er danach strebt?«

Ich schüttelte den Kopf.

»Das heißt aber nicht, dass ich ihm alles durchgehen lasse. Jarson denkt manchmal, weil ich ihn damals verschont habe, gibt ihm das Recht, aus der Reihe zu tanzen. Er testet gern seine Grenzen aus. Besser, er bleibt für eine Weile auf Abstand.«

Ich dachte an den Hochzeitstanz mit Jarson und wie wütend Cayden gewesen war. Cayden zeichnete kleine Kringel und Schnörkel auf meinen Oberarm und eine Gänsehaut breitete sich auf meinem Körper aus. Ich leckte meine trockenen Lippen.

»Wirst du ihn bestrafen, wenn er zurückkommt?«

Cayden schüttelte den Kopf. »Aber er sollte sich genug Zeit lassen, damit die Gemüter hier etwas abgekühlt sind. Werwölfe oder nicht, Diener tratschen gern und wenn Jarsons Verhalten keine Konsequenzen nach sich gezogen hätte, wäre das schlecht gewesen. Besser, er geht von allein. Das ist schon Strafe genug, weg von seinem Rudel.«

»Aber was, wenn er an ein gefährliches Pack gerät? Oder wenn jemand denkt, er möchte ihm sein Revier streitig machen? Wird er dann nicht angegriffen?«

»Es ist Jarson.« Cayden gähnte. »Der schlägt sich schon durch. Das tut er immer.«

Ich kuschelte mich tiefer in Caydens Arm und schlief endlich ein.

23

Auf einer Waldlichtung hatte ich auf dem letzten Spaziergang mit Wyler die ersten Narzissen entdeckt. Mit dem sich nähernden ersten Neumond des Frühlings summte Blackstone wie ein Bienenschwarm in Vorbereitung auf das dreitägige Frühlingsfest. Ich hatte es mir in einem Alkoven in der Bibliothek mit einem Wolfsfell über den Knien gemütlich gemacht. Ab und zu sah ich über den Rand des Pflanzenkundebuchs in den Innenhof, in dem ein Diener große Feuerschalen mit Holz belud. Neben mir stapelten sich Caydens Bücher über die Sonnenkrieger.

Jarson war nach zwei Wochen immer noch nicht zurückgekehrt. Langsam glaubte ich, dass es noch eine ganze Weile so bleiben würde. Ich lehnte mich nach vorne und erspähte Feanne, die mit einem Topf Farbe in der Hand die Burgwände mit großen und kleinen Blumen bemalte. Ein Mädchen, das aussah wie Laddie, sprang hinter dem Brunnen hervor und zerrte an ihrem Rock. Mein letzter Besuch im Waisenhaus lag zu lange zurück. Von den Nüssen, die Cayden und ich das letzte Mal mitgebracht hatten, war bestimmt nichts mehr übrig. Wir sollten die Kinder bald wieder besuchen.

»Störe ich?«, fragte eine tiefe Stimme. Schon lange rief seine Präsenz keine Angst mehr in mir hervor.

Ich lächelte und drehte mich um. »Nicht im Geringsten. Auch wenn ich mit den Pflanzen kaum vorankomme.«

»Ich bin unsicher, ob ich den nächsten Schlaftrank so gut überstehe.« Cayden grinste.

Ich streckte ihm die Zunge heraus, aber er zwinkerte mir zu. Holz schabte über den Boden und Cayden setzte sich rittlings auf den Stuhl neben mir. »Ich finde es bewundernswert, dass du immer noch nicht aufgibst, aber leg eine Pause ein. Nur für die Dauer des Frühlingsfests. Das ist eine Zeit der Freude.«

»Du brauchst eine Heilung für die Mondkrankheit. Darington braucht eine Heilung«, sagte ich und presste das Buch an meine Brust.

»Ich warte schon so lange darauf, ein paar Tage mehr oder weniger werden nichts ausmachen.« Ein Lächeln umspielte seine Lippen und Cayden sah so entspannt aus wie schon seit Ewigkeiten nicht mehr. Sein weißblondes Haar war kürzer, Wyler hatte es ihm am Morgen geschnitten, und es brachte seine markanten Wangenknochen zur Geltung.

Für einen Moment verlor ich mich in den steingrauen Augen, in denen heute eine Wärme lag, die mich überraschte. Schnell wandte ich den Blick ab. Laddie zog fest an Feannes Rock, die stolperte. Die gesamte Farbe ergoss sich blutrot über das naturweiße Leinen. Feanne setzte ihr schimpfend nach und ich schmunzelte.

»Du bist aber nicht hier, um mit mir über Pflanzen zu reden.«

»Das ist richtig.« Cayden holte tief Luft, als kostete es ihn Überwindung, die nächsten Worte auszusprechen. Er fuhr mit dem Zeigefinger über die glatt polierte Stuhllehne. »Das Frühlingsfest ist die größte Feierlichkeit in Darington. Und was wäre das für ein Fest ohne ein angemessenes Geschenk für die Königin?«

Ich versteifte mich. Mein Vater hatte meiner Mutter zu solchen Anlässen oft Schmuck geschenkt. Dicke goldene Halsketten, beladen mit Edelsteinen und Diamanten, um den Wohlstand von Ferlacroix zu demonstrieren. Ich hatte solche Zurschaustellungen immer gehasst, solange es Bauernkinder gab, die hungerten. Allein bei dem Gedanken, ein solches Schmuckstück zu tragen, begehrte jede Faser meines Körpers auf. Mir war selbst Flos Kette schon zu viel. Kannte Cayden mich so schlecht?

Er rollte mit den Augen. »Mach nicht so ein Gesicht, du wirst es mögen.«

Ich zwang mich zu einem Lächeln. »Bestimmt.«

»Na dann, los geht es.« Cayden sprang behände auf und ich blickte ihn verdattert an.

»Jetzt?«

»Dein Geschenk wartet draußen auf dich.«

Die Neugier nagte an mir und ich setzte Cayden nach, der beschwingten Schrittes in Richtung des Haupttors aufbrach.

»Wird Myatt kommen?«, fragte ich.

Caydens Blick verfinsterte sich kurz. »Ja.«

»Du hältst es jetzt doch für eine schlechte Idee?«

»Ich weiß es nicht. Es gibt Gerede, dass –«

»Ja?«

»Nicht so wichtig.« Cayden schwieg, seine Stirn in tiefe Falten gelegt. Nach einer Weile sagte er: »Er wird hier übernachten und mir ist beim Gedanken nicht wohl, ihn und dich hinter denselben Mauern zu wissen.«

Ich hielt ihn an der Hand fest und obwohl dieser Riese von einem Mann, der mehr aus Muskeln als aus Haut bestand, sich leicht hätte losreißen können, blieb er stehen. Ich stellte mich auf die Zehenspitzen und glättete mit meiner Zeigefingerspitze sacht seine Stirnfalten. »Mach dir nicht zu viele Sorgen. Du bist da, Wyler ist da, mir wird nichts passieren.«

»Dafür werde ich sorgen.« Sein Blick verfinsterte sich. Ich hörte ein Schnauben, das sich so vertraut und so fremd zugleich anhörte.

»Komm, dein Geschenk wartet am Tor. Nach dir.« Cayden hielt mir die schwere Holztür auf und ich schritt über die paar Stufen auf den Vorhof.

Ich traute meinen Augen nicht. Auf dem gepflasterten Weg zum Haupttor stand ein schwarzes Pferd. Aradan hielt es an den Zügeln. Es war groß, stämmig. Nicht im Ansatz so filigran wie die Pferde, die mein Vater vor die Kutschen spannen ließ. Seine schwarze Mähne war zu leichten Locken gewellt und auf dem Kopf zeichnete sich eine weiße Blesse ab. Ein Kaltblüter, das stand außer Frage. Er scharrte mit dem Huf auf den Pflastersteinen, aber sonst zeigte er kein Zeichen von Nervosität.

Ich ging einen Schritt auf das Pferd zu und fuhr mit den Händen durch die raue Mähne. »Was ist das?«

»Das ist ein Pferd«, sagte Cayden amüsiert.

»Das sehe ich, aber wieso hat es keine Angst?«

Ich legte meine Wange an den warmen Hals und atmete den Geruch des Fells ein. So roch Freiheit. Sacht fuhr ich dem Tier über die Nüstern. Es war wunderschön mit seinem seidig schwarzen Fell.

»Schon vor einigen Jahren habe ich einem der Bauern in Eryeshire den Auftrag gegeben, eine Rasse zu züchten, die keine Angst vor Werwölfen hat. Wir sind zwar stark, aber für viele Arbeiten sind Pferde praktischer. Baumstämme durch den Wald schleppen, Wagen ziehen ... Als er mir vor einiger Zeit geschrieben hat, dass die erste Generation bereit für einen Versuch wäre, musste ich sofort an dich denken.«

Ich fuhr dem Schwarzen mit der flachen Hand über die Kruppe und er peitschte mit dem Schwanz.

»Er ist noch nicht fertig eingeritten und bockt manchmal, das wird Zeit brauchen«, sagte Cayden, aber ich nahm ihn nur am Rande meines Bewusstseins wahr. Ein Pferd. Ausritte waren bald wieder möglich, im Winter Schlittenfahrten. Wenn ich Glück hatte, gab es in der Nähe einen See und wir konnten zusammen schwimmen gehen. Ich konnte das Tal erkunden. In Laysolleilée hatte ich nie ein eigenes besessen, musste mich immer heimlich in die Stallungen schleichen und die Kutscher mit Schmuck bestechen, um eines auszuleihen.

»Danke!« Ich fiel Cayden um den Hals und drückte ihn fest. »Danke, Danke, Danke.«

Er roch nach Wald, Wind und Tannennadeln. Er roch nach Zuhause. Ich ließ ihn los und hielt ihn an den Armen fest. »Aber wir haben gar keinen Stall.«

Cayden lachte. »Dann werden wir einen bauen müssen. Noch steht er mit seinem Freund bei den Schweinen.«

»Du hast zwei?«

»Es wäre nicht nett gewesen, nur eines hier zu halten. Sie lieben Gesellschaft. Allein wäre es sehr einsam an der Spitze … einer Kutsche.« Er zwinkerte mir zu und ich hatte das Gefühl, dass er nicht von den Pferden sprach.

»Vielen Dank, Cayden. Das ist das beste Geschenk, das ich jemals bekommen habe.«

Er versteifte sich plötzlich und schaute über den Rücken des Pferdes zum Tor. Ich musste zur Seite treten, um an dem Schwarzen vorbeizuschauen.

Die Wachen schoben die schweren Holztore des Wachturms wieder zu. Davor zeichneten sich die massigen Gestalten von fünf Männern ab. Die kinnlangen hellbraunen Locken des Manns, der außen ging, hätte ich überall wiedererkannt.

»Jarson!« Ich lachte und fiel ihm um den Hals. Er wirbelte mich herum und setzte mich atemlos ab.

»Wenn das mal nicht meine Lieblingsschwägerin ist. Wie geht es dir, ma chérie?«

Ich machte einen Schritt zurück, meine Wangen glühten trotz der sanften Kälte des Frühlings in den Bergen. »Ich dachte, es dauert noch ewig, bis du wiederkommst.«

»Ich kann mir doch das Frühlingsfest nicht entgehen lassen. Schon gar nicht dein erstes.«

Ich lächelte so sehr, dass meine Wangen schmerzten. Aber die Blicke der anderen Männer, die Jarson begleiteten, lasteten schwer auf meiner Haut. Mein ganzer Körper kribbelte und die Nackenhaare stellten sich auf.

Ich spürte Caydens Präsenz hinter mir und musste mich nicht umdrehen, um zu wissen, dass er sich zu seiner vollen Größe aufgebaut hatte.

»Count Myatt«, sagte er.

Mir gefror das Blut in den Adern. Ich hätte es spätestens bei dem unguten Gefühl ahnen müssen. Er war tatsächlich gekommen. Der mittlere der Männer lächelte und trat einen Schritt nach vorne. Sein Gesicht und seine Statur glichen eher der eines Wiesels als der eines Wolfs. Er war viel zu schmächtig, um Cayden gefährlich zu werden. Und er wollte eine Revolution anzetteln? Trotzdem lächelte er wissend und legte den Kopf schief, gerade einmal so sehr, dass ich nicht sagen konnte, ob es ein Versehen oder Absicht war. Gewieft. »Eure Königliche Majestät. Ich komme in Frieden. Euer Bruder hat mir versichert, dass wir zu einer Einigung kommen werden.«

»Natürlich. Tretet doch ein. Wir werden noch einen trockenen Platz für Euch finden.«

»Das weiß ich zu schätzen.« Er musterte seine Begleiter. »Kommt, wir gehen.«

Ein behäbiger Mann grunzte, seine Haare streng nach

hinten gekämmt und die Gesichtszüge grobschlächtig. Er wollte nah an mir vorbeigehen, aber Cayden knurrte bedrohlich und er entschied sich doch dafür, Abstand zu halten. Dafür blieb er noch einmal stehen. Sein Blick tastete sich an meinem Körper entlang und blieb an meinen Brüsten kleben. Ich hatte mich nie schmutziger gefühlt. Caydens Wärme hinter mir legte sich wie ein schützender Mantel um mich. Sein Atem kitzelte im Nacken. »Ich denke, es ist besser, wenn Ihr jetzt reingeht. Wir wollen heute Abend das Frühlingsfest beginnen und ich würde es verabscheuen, wenn ich auf dem Hof Blut vergießen müsste.«

Der Grobschlächtige brummte leise, legte aber den Kopf schief und ging weiter. Ich ließ ihn nicht aus den Augen und wandte mich erst ab, als die Männer im dunklen Gang der Burg verschwanden.

»Sympathisch«, sagte ich.

»Hoffen wir, sie machen uns keinen Ärger«, knurrte Cayden.

Ich zog den schwarzen Samtumhang enger um meine Schultern. Trotzdem fröstelte ich in der Abendbrise. In den eisernen Schalen knisterten die Feuer und eine beachtliche Anzahl von Werwölfen hatte sich eingefunden. Ich hatte die Stickereien der Werwölfe aus Eryeshire entdeckt, die auf einem Ärmel der Leinenkleidung angebracht waren, wie auch die Hüte aus Challander. Der Mond stand nur noch als hauchdünne Sichel am Himmel. Morgen würde er ganz verschwunden sein.

»Bist du schon aufgeregt wegen der offiziellen Eröffnung morgen?«, fragte eine vertraute Stimme. Ich lächelte und mein Blick flackerte zu Jarson neben mir. Ich hatte ihn nicht kommen hören. Wir hatten noch keine Gelegenheit gehabt zu reden. Die silbernen Knöpfe glitzerten wie Sterne auf seinem dunkelblauen, fast schwarz wirkenden Hemd. Doch sein Lächeln war so strahlend und hell wie die Sonne.

»Es geht. Ich habe eher Sorge, dass ich vor Mitternacht einschlafe.«

Jarson grinste. »Ich kann dir Sternensand aus dem Garten besorgen, wenn du magst. Dann schläfst du garantiert.«

Ich rollte mit den Augen und trat sanft sein Schienbein.

»Au.«

»Ich verstehe immer noch nicht, warum das Frühlingsfest und das neue Jahr mit dem Neumond starten. Wäre Vollmond nicht sinnvoller?« Mein Blick schweifte über die vielen Glasfenster der Burg. Hinter jedem Fenster brannten Kerzen und verliehen der Burg eine feierliche Atmosphäre. Die Flammen färbten die Mauern gelb, rot und orange und gaben Blackstone ein freundliches Aussehen.

»Ein neues Jahr, ein neuer Mond, ist doch klar. Genau wie die neuen Triebe an den Bäumen und Sträuchern.«

Ein Diener trug ein Tablett mit dampfenden Tonbechern vorbei. Jarson nahm zwei herunter und drückte mir einen in die Hand. »Hast du schon die Papiere mit deinen Wünschen ins Feuer geworfen?«, fragte er. Ich zog aus den Falten meines Kleids einen Zettel und hielt ihn zwischen Zeige- und Mittelfinger vor Jarsons Nase. Der schnappte danach, aber ich zog ihn zurück. »Du weißt doch, wenn du es liest, geht es nicht in Erfüllung.«

»Ach, ich glaube nicht an so einen Mumpitz. Für eure Hochzeit hatte ich auch keine vorbereitet, wobei die Verbrennung der Wunschzettel dann sowieso ins Wasser gefallen ist. Aus mir vollkommen unbekannten Gründen.« Er grinste und nahm einen tiefen Schluck aus dem dampfenden Becher. Dann hielt er mir den Arm hin und ich hakte mich ein. »Außerdem glaube ich mehr an Handlungen als an Wünsche.«

»Wie sich einfach aus dem Staub zu machen, wenn es schwierig wird?« Ich grinste und stupste ihn in die Seite.

»Wenn es sein muss. Allenfalls besser, als sich zu wünschen, dass es besser wird. Aber ich begleite dich gern zum Feuer.«

Er führte mich an einer Gruppe Werwölfe vorbei. Ich kannte einige aus der Burg. Sie hoben ihre Becher zum Gruß, die Köpfe schräg gelegt. Ich nickte lächelnd.

»Wieso bist du mit Count Myatt gekommen?«, fragte ich, als wir uns der Feuerschale näherten.

Jarson seufzte. »Ich hatte gehofft, ihn von seinem Unsinn abbringen zu können.«

»Konntest du?«

»Das werden wir sehen.«

Ein händchenhaltendes Pärchen machte uns kichernd Platz. Ich ließ Jarson los und hielt den Papierfetzen über das Feuer. Als ich loslassen wollte, hielt Jarson mich fest. Er kramte in seiner Tasche, streute ein paar körnige, gut riechende Steinchen in meine Hand und nahm mir den Tonbecher ab.

»Hier, schmeiß das mit rein.«

»Was ist das?«, fragte ich.

»Getrocknetes Baumharz. Meine Mutter hat es früher immer mit ihren Wünschen im Feuer verbrannt. Dadurch soll der Wunsch eher in Erfüllung gehen.«

Ich schmunzelte und zog die anderen zwei zusammengefalteten Papierstückchen aus der Tasche meines Kleids – eins für jeden Wunsch. »Ich dachte, du glaubst nicht an solch einen Mumpitz?«

»Manche Traditionen sind es wert, erhalten zu werden. Bereit?«

Ich nickte und streute zuerst die Körnchen ins Feuer. Es entwickelte sich ein angenehmer Duft und ich warf die zwei obersten Zettel mit hinein. Sofort zerfielen sie zu schwarzer Asche.

Jarson musterte den dritten Zettel in meiner Hand. »Was ist damit?«, fragte er.

»Ich habe sie schon vor ein paar Tagen geschrieben, die Wunschpapiere.«

»Und?« Er drückte mir wieder meinen Becher in die Hand.

Mein Blick glitt zu ihm. »Du bist hier, oder?«

Ich präsentierte ihm den Zettel auf meiner Hand. Das Feuer warf flackernde Schatten auf sein Gesicht und sein Adamsapfel hüpfte. Unsere Blicke hatten sich ineinander festgesogen. Vorsichtig, als sei das Papierstück ein Schmetterling, nahm Jarson es aus meiner Hand und steckte es sich in die Tasche, den Blick weiterhin auf mich gerichtet. Schließlich wandte er sich ab und hob seinen Tonbecher. »Auf das neue Jahr, das morgen beginnt«, sagte er.

»Auf das neue Jahr. Möge es uns viele neue Erlebnisse bringen.«

Die Tonbecher klangen dumpf, als wir sie aneinanderstießen. Die Flüssigkeit darin war schon abgekühlt, aber der Tee vermischt mit Apfelsaft und Nelken schmeckte trotzdem hervorragend. Mein Blick wanderte über die feiernde Gesellschaft. Ein paar Kinder hatten sich einen der Farbtöpfe geschnappt, mit denen die Dienerschaft Blumen an die Steinwände des Innenhofs gemalt hatte. Jetzt machten die kichernden Kinder damit Handabdrücke an die Wand. Weiter hinten entdeckte ich Feanne, die in einer dunklen Ecke mit Count Myatt sprach.

»Ich wusste nicht, dass die beiden sich kennen.« Ich deutete zu ihr.

»Ach, sie sind wohl im selben Dorf groß geworden, hat

Myatt erzählt.«

Ich nickte gedankenverloren und entdeckte Laddie aus dem Waisenhaus. Wie sie wohl immer an den Wachen vorbeikam? Wahrscheinlich konnten sie ihrem kindlichen Charme nicht widerstehen. Ein im Feuerschein glänzendes Weißblond fing meinen Blick, darauf befand sich die fürchterliche Krone mit den Fangzähnen, deren Zwilling ich trug. Cayden hatte einen goldenen Kelch in der Hand und sprach mit einem Mann, der mit seinem dunklen Teint und den krausen braunen Haaren nicht aus Darington zu stammen schien. Als hätte der König meinen Blick auf seiner Haut gespürt, schaute er zu mir. Er lächelte und hob den Kelch zum Gruß. Ich lächelte zurück.

Hinter ihm spielte eine Geigerin zum Tanz und die ersten Paare fanden sich zusammen und wirbelten an den Blumenkästen vorbei durch den Innenhof.

»Mit Cayden also wieder alles in Ordnung nach dem Elfendebakel?«, fragte Jarson.

Ich hielt mir die Faust vor den Mund und räusperte mich. »Das hoffe ich doch. Dein Bruder ist nicht immer leicht zu verstehen.«

»Jaja, das kannst du laut sagen.«

»Störe ich?« Caydens tiefe Stimme jagte mir einen wohligen Schauer über den Rücken. Ich drehte mich um und er blickte mich so liebevoll an, dass mir warm bis in die Zehenspitzen wurde. Jarson würdigte er keines Blickes.

»Ich würde es nie wagen, mich zwischen dich und deine Gefährtin zu drängen. Sie gehört ganz dir.« Jarson zwinkerte mir zu. »Wir sehen uns. Tu nichts, was ich nicht auch tun würde.«

»Darf ich um diesen Tanz bitten?« Cayden verneigte sich vor mir und streckte mir die Hand entgegen. Meine Wangen erwärmten sich und ich nickte. Vorsichtig legte ich meine Hand in seine. Sie war trotz der Schwielen weich. Er zog mich nach vorne und ging in Tanzhaltung. Ich schauderte. Sein heißer Atem streifte meine Wange und wir wirbelten los. Cayden führte mich sanft, aber bestimmt, und bald bewegten wir uns so fließend durch die anderen Paare, als hätten wir nie etwas anderes getan. Ich spürte die Blicke einiger Werwölfe auf uns und meine Wangen wurden noch wärmer. Cayden drehte mich um meine Achse und fing mich auf, als mein Fuß an einem Pflasterstein hängen blieb und ich zu fallen drohte. Er nickte unauffällig zu dem Mann in der fremden Kleidung, mit dem er gesprochen hatte. »Das ist der Botschafter aus I'danija. Sie haben nicht viel Getreide, das sie nach Darington exportieren können. Aber wenn dein Vater tatsächlich die Menge schickt, die er uns zugesichert hat, reicht es.«

Ich drückte seine Hand. »Das ist fantastisch, Cayden.«

Sein Blick traf mich, die Pupillen geweitet und ich wandte schnell den Kopf ab. Die meisten Augenpaare der anwesenden Werwölfe waren auf uns gerichtet, einige lächelten wissend.

»Das habe ich auch dir zu verdanken.« Er drückte meine Hand zurück und senkte die Stimme. »Da ist allerdings noch eine Sache, die ich mit dir besprechen wollte.« Er tanzte mit mir an eine abgelegene Stelle, abseits der feiernden Menge. Wir standen neben der Wand des Mondtempels, die über und über mit Blumen und Monden bemalt war. Cayden ließ von mir ab und sofort vermisste ich seine Wärme unter meinen Fingerspitzen. Hitze flammte bei dem Gedanken bis in meine Haarwurzeln und ich räusperte mich. »Ja?«

»Es wäre besser, wenn du bis zum Ende der Feierlichkeiten in deinen Gemächern schläfst.« Caydens Blick schweifte suchend über die Menge. Als ich Alandria mit kunstvoll geflochtenen Haaren in einem nachtblauen

Kleid entdeckte, zog sich mein Herz zusammen. Ich nahm die Schultern zurück und hob den Kopf. Auf keinen Fall würde ich mir anmerken lassen, wie sehr mich das verletzte. Caydens warme Finger streiften meine und ich zuckte zusammen. In seinem Blick lag die vertraute Wärme der letzten Tage. Er nahm meine Hand, so behutsam, als würde er einen kleinen Vogel halten. »Es ist sicherer. Ich weiß nicht, was Myatt vorhat. Vielleicht will er mich im Schlaf überraschen und da ist es mir lieber, du bist weg von dem Geschehen. Wyler und Aradan schlafen nachts vor deiner Tür.« Die Erleichterung, die mich durchströmte, hätte mir beinahe Flügel verliehen. Er presste einen Kuss auf meinen Handrücken. Dort, wo seine Lippen meine Haut verließen, blieb ein brennendes Mal zurück. Ein Mal, das mein Leben in ein Davor und ein Danach teilte.

»Und nach dem Fest?«, fragte ich mit bebender Stimme.

»Hoffe ich doch sehr, dass du zurückkehrst. Wir haben doch noch so viele wichtige ... Dinge zu erledigen.«

Blut stieg mir in die Wangen und mein Nacken war heiß. Ein komisches, glucksendes Gefühl breitete sich in meiner Magengegend aus, als hätte ich zu viel Champagner getrunken. Ich wandte den Blick ab. »Ich sollte jetzt noch eine Runde machen und dann in meine Gemächer gehen. Morgen wird eine lange Nacht.«

Cayden räusperte sich. »Das wäre wohl besser, ja.« Er richtete sich gerader auf und neigte den Kopf. »Gute Nacht, Élèntine.«

»Gute Nacht, Cayden.«

Meine Schritte hallten durch den Gang zu meinen Gemächern. Durch das Fensterglas drangen das Gemurmel und das Lachen der feiernden Meute im Innenhof. Mir schwirrten all die Namen der fremden Werwölfe im Kopf herum, die aus den verschiedensten Teilen Daringtons angereist waren. Nach der ganzen Zeit hier war ich so viel Trubel nicht mehr gewohnt und gähnte. Ich hätte Wyler und Aradan wahrscheinlich Bescheid sagen sollen, dass ich ging. Aber die beiden waren so sehr mit Tanzen beschäftigt gewesen, dass es mir das Herz gebrochen hätte, sie davon abzubringen. Ich lächelte, als ich an ihre perfekte Choreografie dachte. Ob Aradan beide Körper geführt hatte? Solch elegante Bewegungen hätte ich Wyler nie im Leben zugetraut.

Die Tür gab das vertraute Quietschen von sich, als ich die Klinke herunterdrückte. Ich schnupperte. Meine Nase war zwar nicht die eines Werwolfs, aber ein Geruch gehörte nicht hierher. Etwas Blumiges, Rauchiges.

»Hallo?«, fragte ich. Ich schüttelte den Kopf. Was für ein absurder Gedanke, dass jemand hier auf mich wartete. Cayden war übervorsichtig. Count Myatt hatte ich eben unten im Hof mit einem seiner grobschlächtigen Männer gesehen. Feanne hatte sich nicht bemüht, für mich ein Feu-er im Kamin zu entzünden – wieso auch? Die meisten Nächte schlief ich bei Cayden. An den Fenstern hatten sich Eisblumen gebildet. Sie glitzerten im spärlichen Sternenlicht.

Wegen der bitteren Kälte zog ich den Brokatumhang aus dem Schrank, den ich bei meiner Ankunft getragen hatte. Ich wickelte mich fest darin ein. Er roch nach Parfüm und so sehr nach Ferlacroix und Laysolleilée, dass ich etwas Heimweh bekam. Aber außer Flo gab es niemand, der dort auf mich wartete. Zum ersten Mal betrübte mich dieser Gedanke nicht. Ich zog meine Stiefel aus, warf sie in eine Zimmerecke und tapste zum Bett. Erst jetzt bemerkte ich die komische Beule mitten auf dem Bett. Schritt für Schritt ging ich darauf zu, packte die Decke und zog sie zurück.

Ich schrie.

Die Schafsaugen waren schon trüb und an der Stelle, an dem der Kopf vom Körper abgerissen worden war, hatte sich die Wolle dunkelrot verfärbt. Draußen polterte es. Das Blut rauschte in meinen Adern und die Panik presste jeglichen Atem aus meinen Lungen, sodass ich nach Luft schnappte. Ich musste mich verstecken. Sofort. Ich warf mich auf den Boden und zwängte mich unter das Bett. Eine Tür knallte und rennende Schritte hallten durch den Gang, die plötzlich verstummten. Ich spähte unter dem Bett hervor und erkannte die Umrisse zweier Füße auf der Türschwelle. Ich hielt die Luft an, aber mein Herz schlug so laut, dass selbst ich es hörte. Wieso verdammt hatte ich nicht Wyler und Aradan Bescheid gesagt? Cayden hatte doch gesagt, dass es gefährlich war. Jetzt war ich allein. Wenn ich genug Lärm machte, hörte mich Cayden im Innenhof über das Gelächter hinweg oder wenigstens Feanne, die sich früher zurückgezogen hatte?

Die nackten Füße kamen näher. Langsam, fast pirschend. Sie waren kleiner, als ich dachte. Schmächtiger. Der Besitzer wollte seine Aufgabe zu Ende bringen. Die nackten Füße blieben vor dem Bett stehen. Ich kniff die Augen zusammen. Wieso trug ich meine Muskete nicht immer bei mir?

»Eure Königliche Majestät?« Feannes Stimme zitterte, als sie sich zu mir beugte. Ihre Augen glühten fast in der Dunkelheit. Richtig, Werwölfe konnten gut sehen und riechen. Mein Verstecken war lächerlich.

»Feanne, der Sonnengöttin sei Dank«, sagte ich und zwängte mich nach draußen. Wollmäuse hingen an meinem Kleid und in meinen Locken, das war aber meine geringste Sorge.

»Geht es Euch gut, Eure Königliche Majestät?«

Ich zitterte am ganzen Körper, nickte aber.

»Wir müssen dem König Bescheid geben.« Sie schritt zum Tisch und entflammte ein Zündholz, mit dem sie die Kerzen in dem bronzefarbenen Kerzenständer ansteckte. »Allein bin ich schneller und wir sollten keine Aufmerksamkeit auf uns ziehen. Traut Ihr Euch, kurz hier zu bleiben?«

»Ja, natürlich. Ich meine, es ist nur ein Schafskopf, oder?«

Sie kam auf mich zu. Der Kerzenschein warf grausige Schatten auf Feannes Gesicht. Das erste Mal, seit ich sie kannte, packte sie mich fest an den Schultern. »Das ist nicht nur ein Schafskopf. Das ist eine Drohung.« Feanne drückte mir den Kerzenständer in die Hand, nahm den Kopf und wickelte ihn in ein Tuch. Das Blut trieb mir die Galle in den Hals.

»Eure Majestät, ich frage das nicht gerne, aber würdet Ihr Euch bis zu meiner Rückkehr in Eurem Kleiderschrank verstecken? Ich werde auch die Tür verschließen. Wir können nicht vorsichtig genug sein.«

Ich nickte und stellte mit zitternden Händen den Kerzenständer auf den Tisch. Mit weichen Knien kroch ich in den schmalen Schrank.

»Ich bin gleich wieder da«, sagte Feanne. Der Lichtspalt verkleinerte sich und Feannes besorgtes Gesicht war das Letzte, das ich sah, bevor mich die Dunkelheit verschluckte.

Mein Herz wummerte in der Brust und machte es unmöglich, etwas anderes zu hören. Eines meiner alten Kleider aus Laysolleilée versuchte, mich mit seinem ausladenden Rock zu ersticken, und ich presste es zur Seite. Es roch nach Schießpulver. Meine Muskete. Seit Arnoîts Tod hatte ich sie nur einmal angefasst und hinten im Schrank verstaut. Mit zitternden Händen tastete ich an der Rückwand entlang und als ich das kühle Rohr der Waffe zu fassen bekam, hätte ich fast vor Erleichterung geweint. Doch ohne eine regelmäßige Reinigung würde die Kugel nicht gerade fliegen. Wer wollte mich hier unbedingt loswerden? Count Myatt aus Edinton? War das eine geplante Aktion? Woher wusste er, dass das hier meine Gemächer waren? Er hatte mit Feanne geredet, Jarson meinte, sie kannten sich. Aber war Feanne nicht bei Menschen aufgewachsen? So oder so war es egal. Wenn ich starb, würde mein Vater Cayden als Verantwortlichen sehen. Es wäre eine sofortige Kriegserklärung an Ferlacroix. Wieso hatte ich mir nicht gemerkt, wo ich das Schwarzpulver und die Kugel hingelegt hatte? Wieso trug ich sie nicht immer bei mir, wie Arnoît mir eingebläut hatte?

Draußen knallte eine Tür. Ich fror mitten in der Bewegung ein.

»Élèntine?« Caydens Stimme. Ich schlug die Hand vor den Mund, um ein Schluchzen zu unterdrücken.

Holz barst und der eiserne Riegel des Schlosses verbog sich, als Cayden die Türen aufriss. Das war kein so sicheres Versteck gewesen.

»Der Mondgöttin sei Dank, dir geht es gut.« Er hob mich aus dem Kleiderschrank und presste mich fest an sich. Der Lauf der Muskete zwischen uns presste sich unangenehm in meine Brust, aber das störte mich nicht. Ich konnte nicht mehr an mich halten und heiße Tränen rannen über meine Wangen.

»Jemand will mich tot sehen«, schluchzte ich.

»Ich weiß«, murmelte Cayden und strich mir über das Haar. »Hast du etwas gesehen?«, fragte er Feanne.

»Nein, Eure Königliche Majestät. Ich habe geschlafen. Und gerochen habe ich auch nur Ihre Majestät, Jarson und die Magd – und Boswellia.«

Cayden fluchte.

»Was ist?«, fragte ich.

»Boswellia riecht so stark, dass es alles andere übertüncht. Ist aber nicht leicht zu kriegen. Derjenige wusste, was er tat.«

»Oder diejenige«, sagte Feanne.

Caydens Blick flackerte zu ihr und sie sah schnell zu Boden. »Oder diejenige«, sagte Cayden leise. Das Geräusch von raschelndem Heu ließ mich zusammenzucken. Ich blickte an Cayden vorbei und beobachtete Wyler und Aradan, wie sie meine ganze Heumatratze neben dem Bett verstreuten. Ich hatte sie gar nicht reinkommen hören. Jemand hatte den Schafskopf ausgewickelt und auf den Tisch gelegt. Dort trohnte er wie ein Totenschädel, das weiße Tuch darunter blutrot.

»Was ist hier los?« Jarson stand in der Tür.

»Was machst du hier?«, polterte Cayden.

»Entschuldigung, ich war etwas besorgt um Élèntine, weil du, Wyler und Aradan plötzlich losgerannt seid.« Als sein Blick auf den Schafskopf fiel, fror er ein. »Verdammt.«

»Das kannst du laut sagen.« Cayden verzog den Mund, verschränkte die Hände hinter dem Kopf und tigerte vor meinem Bett auf und ab.

»Sieht so aus, als wäre Count Faroby der Falsche gewesen«, sagte Jarson.

»Das weiß ich auch«, knurrte Cayden.

»Oder es gibt mehrere.« Ich hasste es, dass meine Stimme zitterte. Heute war der allererste Abend gewesen, an dem ich das Gefühl gehabt hatte, hier voll und ganz hinzugehören, Werwolf hin oder her. Und jetzt das. Mit wackligen Knien ging ich zum Tisch. » Faroby hat zwar alles gestanden, aber was, wenn er nicht als Einziger beteiligt war?«

»Die Taten deuten auf jeden Fall daraufhin. Unpraktisch, dass er jetzt tot ist«, sagte Wyler und schüttete den letzten Heusack aus. »Hier drin ist jedenfalls nichts.«

Ich betrachtete die Heuhaufen um mein Bett. Das blutige Bettlaken lag über dem Tisch, an dem ich sonst immer aß. Mir drehte sich der Magen um. Ich würgte und stützte mich mit der Muskete in der Hand auf dem Tisch ab.

Cayden entwand mir sanft die Waffe. »Nicht dass jemand aus Versehen verletzt wird.«

Ich unternahm einen halbherzigen Versuch, danach zu greifen. »Ich muss mich verteidigen können. Was, wenn die Person wiederkommt?«

»Du bleibst garantiert nicht hier. Zumindest heute Nacht schläfst du wieder bei mir. Am Tag werde ich die Wachen verdoppeln und alle Gäste werden auf ihren Geruch überprüft. In welchem Loch auch immer dieser Bastard sich versteckt, wir werden ihn kriegen.«

Durch die dünne Glasscheibe drang das Gelächter der nichts ahnenden Gesellschaft aus dem Innenhof. Ich stellte mich ans Fenster und presste die Stirn an das kalte Glas.

Jarson gab ein spöttisches Geräusch von sich. »Du glaubst doch nicht, dass du überhaupt noch etwas anderes riechen kannst als Rauch, der an allen Klamotten haftet. Wer auch immer es war, es ist unmöglich, ihn zu schnappen.«

Cayden raufte sich die Haare und schlug mit der Faust in die Wand. Die Fenstergläser klirrten. Seine Knöchel bluteten. »Wir sollten die Feier absagen und alle in Begleitung von Wachen nach Hause schicken. Ich dulde nicht, dass jemand auf meinem Territorium angegriffen wird, und dieser Bastard soll nicht die Chance haben, heimlich zurückzuschleichen. Ich will ihn weit weg von hier.«

Wyler machte einen Schritt nach vorne. »Das kannst du nicht machen, Cay. Die Werwölfe sind von überallher angereist. Wenn du sie vor dem Start des neuen Jahres morgen Abend losschickst, wird das überall im Land für Unmut sorgen.«

»Brich das Fest ab, es ist zu gefährlich«, sagte Aradan mit leiser, aber fester Stimme. Wyler warf ihm einen warnenden Blick zu, aber Aradan blieb stehen wie ein Fels.

Cayden suchte meinen Blick. »Was meinst du?«

»Ich?«

Er nickte.

»Soweit ich eure Kultur verstehe, würde das Schwäche suggerieren. Ich halte es für weiser, mit den Festivitäten fortzufahren.«

Cayden presste die Lippen zusammen und stieß sich von der Steinwand ab. Er zupfte sich den Ärmel seines schwarzen Hemds zurecht. »Élèntine hat recht und es ist ihre Sicherheit, die hier auf dem Spiel steht. Es schläft jemand vor ihrer Tür und in ihrem Zimmer, auch wenn sie heute Nacht bei mir ist. Jeder, der auch nur diesen Gang betritt, wird mir gemeldet. Wenn die Gäste abreisen, werden sie bis zur Grenze des nächsten Countys begleitet.«

Wyler schüttelte den Kopf und stopfte das Heu wieder in die Säcke. »So viele Leute haben wir nicht. Wir sollten uns lieber auf die Sicherheit des Fests konzentrieren. Élèntine wird sich die meiste Zeit sowieso dort aufhalten«, sagte Wyler.

Feanne trat einen schüchternen Schritt nach vorne. »Ich kann in den Gemächern Ihrer Majestät bleiben und aufpassen, dass niemand hereinkommt. Die Kinder haben mein anderes Kleid sowieso mit der roten Farbe ruiniert.« Sie lächelte mich an.

Ich musterte sie. Das Frühlingsfest war das wichtigste Fest des Jahres. Sie von dort fernzuhalten, glich einer Bestrafung. »Bist du dir sicher, Feanne? Du könntest eines meiner Kleider tragen.«

Sie schüttelte den Kopf und drückte meine Hand. »Alles für meine Königin.«

Ich nickte und griff nach Caydens Hand. Die kleinen Risse an seinen Knöcheln waren schon geheilt. Ich würde nicht zulassen, dass er sich meinetwegen vor unserem Volk blamierte und das Fest abbrach. Ich zwang mich zu einem Lächeln. »Das war nur eine Drohung, kein Anschlag. Es wird schon gut gehen. Von einem Schafskopf werden wir uns nicht einschüchtern lassen.«

Ich lehnte an der Steinbalustrade des Kreuzgangs und schaute Laddie und einem Waisenjungen zu, wie sie um den Brunnen herum Fangen spielten. Ein Werwolf in einer etwas größeren Gruppe hob so missbilligend die buschigen Augenbrauen, dass ich leise lachte. Sein Blick fiel zu mir und mein Gesicht fror ein. Wyler würde gleich von seiner Auszeit wiederkommen. Kein Grund zur Panik. Trotzdem stolperte das Herz in meiner Brust und ich fühlte mich ausgeliefert, auch wenn sich der raue Stein beruhigend in meinen Rücken presste.

»Hier hast du dich also versteckt.«

Ich zuckte zusammen und verschüttete den heißen Gewürztee über meine Hand. Jarson zog aus seiner Hemdtasche ein holunderblütenweißes Taschentuch und tupfte die Hand ab. Der Tee hatte meine Haut etwas verbrüht und ich verzog das Gesicht.

»Tut mir leid, ich wollte dich nicht erschrecken. Ich habe mich immer noch nicht an dein schlechtes Gehör gewöhnt.«

»Schon in Ordnung.« Ich zog meine Hand aus seiner und betrachtete die zornig rote Stelle.

Jarsons Stirn war in tiefe Falten gelegt. »Geht es dir sonst gut?«

Ich überlegte einen Moment und zu meiner Überraschung stellte ich fest, dass ich zwar ängstlich war, aber nicht so, wie ich es sein sollte. Nicht, solange Cayden da war. Ich lächelte. »Ja, es geht mir gut.«

Jarson biss sich auf die Innenseite seiner Wange, als müsste er die nächsten Worte genau abwägen. »Es gibt weitere Aufstände in den Dörfern. Sie halten den Frieden für einen Fehler. Und die Verbindung mit dir.«

»Ich weiß«, sagte ich leise. Cayden hatte gestern mit einigen Alphas aus den Countys geredet und mich nach dem Schafskopfdebakel ins Bild gesetzt. Es war ärgerlich, aber nichts im Vergleich zu den Aufständen, die ich aus Ferlacroix kannte. Ich lächelte Jarson an. »Cayden und ich werden dorthin reisen und sie hoffentlich von dem Nutzen überzeugen.«

Ich drehte den Stiel des Kelchs zwischen meinen Fingern der unverletzten Hand. Jarson löste ihn vorsichtig daraus und stellte ihn mit einem leisen Klicken auf die steinerne Balustrade hinter uns. Sein Blick durchbohrte mich wie ein Dolch. »Das ist für jemanden wie dich ein Selbstmordkommando. Du bist kein Werwolf.«

»Cayden denkt, das ist der richtige Weg.«

»Und er liegt immer richtig?« Jarson massierte sich die Schläfen, er sah frustriert aus. »Wenn noch mehr Werwölfe sich diesen Aufständen anschließen, ist nicht nur Caydens Thron in Gefahr. Du bist es dann ebenfalls.«

»Ich werde die Werwölfe nicht im Stich lassen, die sich auf uns verlassen.«

»Es sind nur Werwölfe, Élèntine. Sie kommen auch so klar.« Jarson klang schroff und abweisend. Fast hätte ich ihn daran erinnert, dass sie mehr seine als meine Leute waren. Im letzten Moment biss ich auf meine Unterlippe. Mein Blick schweifte über die Gäste. Die meisten lachten oder unterhielten sich angeregt. Sie wirkten entspannt. Dieses Fest war genau das, was dieses Land brauchte. Kein Blutvergießen und Krieg. Ich schüttelte den Kopf. Das war jetzt mein Leben und ich würde es nicht aufgeben, weil es brenzlig wurde. In einem Grüppchen stehend, richtete sich Cayden die Krone und lächelte. Eine vertraute Wärme kroch über meine Haut und ich wandte mich Jarson zu. »Lass uns lieber die Feier genießen. Das müsste doch genau dein Ding sein, oder?«

Jarsons Gesicht war so ernst, wie ich es nie gesehen hatte. »Ich habe viel nachgedacht, als ich die paar Tage weg war.«

»Das muss ja ein denkwürdiger Augenblick gewesen sein.« Ich grinste, aber Jarsons Gesicht blieb regungslos.

»Der Schafskopf hat nur noch einmal bestätigt, was ich schon wusste. Du bist hier nicht sicher.«

»Wenn Count Myatt denkt, er könnte mir mit einem abgetrennten Schafskopf Angst einjagen, dann hat er sich getäuscht. Am Ende des Tages ist es auch nur ein Stück Fleisch wie jedes andere, das auf meinem Teller landet.«

Jarson schüttelte den Kopf. »Du verstehst das nicht. Die Werwölfe in Edinton sind mehr als aufgebracht. Ich war da, ich habe es gesehen. Sie machen den geschlossenen Frieden für ihre Misere verantwortlich. Ich rieche eine Rebellion in der Luft.«

»Noch mehr Grund hierzubleiben. Cayden braucht jede Hilfe, die er kriegen kann.«

»Du kannst dich nicht einmal in einen Werwolf verwandeln und verteidigen.« Jarson packte meine Hände, sein Gesichtsausdruck flehend. »Lass uns gehen, Élèntine. Wir verschwinden hier und kommen niemals wieder.«

Ich blinzelte und machte einen Schritt rückwärts, aber ich stieß nur gegen die Wand. »Was? Wieso?«

»Du und ich, wir passen sowieso nicht hierher. Wir haben es nie getan und jetzt ist auch noch dein Leben in Gefahr. Lass uns das Fest nutzen und fliehen. Wir nehmen die Pferde, reisen bis zur Küste, chartern ein Schiff nach

I'danija und fangen ein neues Leben an.« Jarson nagelte mich mit seinem Blick an der Wand fest, der Druck seiner Hände fast schmerzhaft. Wie konnte er das von mir verlangen? Wir waren Freunde, aber noch nicht lange. Wie sollte ich für einen Menschen, den ich erst so kurz kannte, all das aufgeben, was ich mir in den letzten Monaten aufgebaut hatte? Ich leckte meine spröden Lippen, meine Zunge war pelzig. »Ich bin mit deinem Bruder verheiratet.«

»Nur auf dem Papier! Eure Werwolfbindung war niemals gültig. Wenn wir in I'danija wären, würde das sowieso niemanden interessieren.«

Mein Blick fiel auf Cayden, der Laddie und einen anderen Jungen aus dem Waisenhaus auf seinen Schultern wild um das Feuer wirbelte. Seine Stimme hallte in meinem Kopf wider. Das waren auch meine Leute. Wir waren so weit gekommen und es fühlte sich an, als könnte die Verbindung zwischen ihm und mir mehr werden als nur eine Zweckehe. Cayden blickte kurz zu mir und zwinkerte mir zu. Mir wurde warm ums Herz. Vielleicht war sie das auch schon.

»Élèntine?« Die Wärme von Jarsons Händen und ihr leichter Druck ließen mich wieder in sein Gesicht blicken. Seine Augen waren hoffnungsvoll geweitet und ich entfloh seinem Blick.

»Ich kann nicht«, flüsterte ich.

Jarsons Miene verfinsterte sich. »Das wirst du bereuen«, sagte er leise und ließ meine Hände los. Sofort wurden sie eiskalt.

»Jarson –«

Er wand sich zwischen einem Mann mit einem fellbesetzten Umhang und einer Frau in einem Kleid mit Blumenstickereien durch und ich verlor ihn aus den Augen. Ich atmete tief ein und lehnte mich an die schroffe Steinmauer. Mein Herz pochte wie wild und ich spürte den drohenden Schmerz des Verlustes in der Brust.

»Entschuldigung, hat etwas länger gedauert.« Wyler tauchte aus dem Schatten des Kreuzgangs auf und knöpfte sich die Hose zu. Meine Augen fanden Jarsons Hinterkopf wieder, der sich einen Weg durch die Menge bahnte.

»Alles in Ordnung?«, fragte Wyler.

Ich erklomm die zwei Stufen des Kreuzgangs und griff nach meinem Kelch, der Tee war mittlerweile kalt. Über uns stand schon der mondlose Sternenhimmel. Das neue Jahr hatte offiziell begonnen. »Ich hoffe es«, sagte ich.

24

Cayden kletterte auf das löchrige Brunnendach, der funkelnde Nachthimmel über ihm. Bei der rituellen Aufteilung der ersten Beute heute Morgen hatte er noch angespannt gewirkt. Er hatte sogar Count Myatt leise angeknurrt, als er ihm einen Teil der blutigen Rehkeule gegeben hatte. Doch jetzt umspielte ein sanftes Lächeln seine Mundwinkel. »Meine sehr verehrten Gäste.« Seine tiefe Stimme dröhnte über den Innenhof. Augenblicklich war es so still, dass das Rauschen des Windes durch die Wipfel hinter den Mauern hörbar war. »Es gibt noch eine Überraschung zum Abschluss dieses wunderbaren Frühlingsfests. Alle in den Garten.«

Caydens Blick flackerte über die Köpfe. Als er mich neben den Stufen des Kreuzgangs entdeckte, lächelte er. Die ihm entgegenströmende Masse teilte sich, nicht mal ein Ärmelzipfel streifte ihn. Vor mir blieb er stehen. Er nickte Wyler zu, der die Stufen hinuntersprang und zu Aradan ging, der neben dem Brunnen auf ihn wartete.

Mit den zwei Stufen zwischen uns waren Cayden und ich fast gleich groß. Er verneigte sich und streckte mir die Hand entgegen. »Meine Königin.«

Ich schmunzelte und fast wie von selbst glitt meine Hand in seine. Augenblicklich war der stechende Schmerz über den Zwist mit Jarson nur ein dumpfer, pochender Druck in meiner Brust. Seit unserem Streit gestern hatte er mich gemieden. Eines Tages würde ich Cayden davon erzählen. Ich räusperte mich. »Was ist das für eine Überraschung?«

»Du wirst warten müssen, wie die anderen.« Cayden drückte meine Hand und führte mich über den Innenhof zum Durchgang in den Garten.

»Neuigkeiten wegen des Schafskopfs?«, fragte ich.

Cayden schüttelte den Kopf. »Ich habe angewiesen, dass die Gäste morgen nach Hause begleitet werden. So kriegen unsere Leute vielleicht auch das ein oder andere mit.«

Wir blieben im Torbogen stehen, etwas über den Gästen. Auf dem mittleren der drei Plateaus war eine Holzkonstruktion aufgebaut. Ich hatte die letzten Tage schon gesehen, wie Arbeiter die Balken und Latten zu einem Rechteck zusammengehämmert hatten. Mir hatte sich der Sinn nicht erschlossen.

Die Gäste hatten sich über die Kieswege verteilt und das Gemurmel verriet, dass sie genau so wenig wie ich wussten, was sie erwartete. Mit Missfallen sah ich, dass die Sternensandbüsche deutlich von den Wegen zurückgeschnitten worden waren, wahrscheinlich wegen der Gäste. An einem Beet blieb mein Blick hängen. Kurz erfasste mich eine bleierne Traurigkeit. Hier hatte ich Arnoît verloren. Hoffentlich war er nun am Ort der unendlichen Wärme und des ewigen Lichts.

»Alles in Ordnung?«, raunte Cayden in mein Ohr. Ich drückte seine Hand fester und versuchte zu lächeln.

»Was ist das?«, fragte ich und zeigte auf die zylindrischen Gegenstände, die auf der obersten Holzlatte mit jeweils einem Schritt Abstand aufgestellt waren.

»Das sind Bambusrohre. Schießpulver kann für viel lustigere Sachen als Krieg eingesetzt werden. Warte ab.«

Im Gedränge entdeckte ich Jarson, der eindringlich auf Alandria einredete. Er trug Handschuhe und hielt ihr Gesicht in den Händen. Immer wieder huschte sein Blick zu mir. Schließlich nahm er sie an die Hand und zog sie in die Burg. Ich hob eine Augenbraue. Das war seine Art von Rache? Mit Caydens alter Geliebten anzubandeln, wo er doch wusste, wie ich zu ihr stand? Ich hätte ihm mehr Größe zugetraut.

Cayden hob den Arm und einer der Diener entzündete am oberen Teil der Holzkonstruktion ein Feuer. Der Geruch von verbrennendem Schwarzpulver erfüllte die Luft und die Flamme leckte sich entlang der Latte. Das Feuer erreichte das erste Bambusrohr, das in einer roten Flamme und einem kleinen Funkenregen explodierte. Bewundernde Rufe gingen durch die Menge. Das Feuer kroch weiter die Latte entlang und das nächste Bambusrohr explodierte in einem bläulichen Funkenschauer. Die Kinder quietschten vor Vergnügen und in ihren leuchtenden Augen spiegelten sich die Explosionen wider.

»Das nennt sich Feuerwerk«, rief Cayden über den Lärm hinweg, aber ich war vor den strahlenden Gesichtern der Kinder gebannt, die fast schöner anzusehen waren. Ich stupste Cayden in die Rippen und zeigte auf die Waisen. Er lächelte. In einem orangenen Feuerstrahl brannte das nächste Rohr. Die Menge jubelte.

»Ich habe für sie eine Extrakiste bestellt und sie ins Waisenhaus bringen lassen. Wenn wir das nächste Mal zu Besuch kommen, können wir sie mit ihnen anzünden.«

Ich drückte seine Hand. »Das hört sich gut an.«

Um uns herum hörte ich die staunenden Rufe. Die meisten waren vollkommen auf das Feuerwerk fixiert. Ich hingegen konnte meinen Blick nicht von Cayden abwenden. Der dunkle König der Werwölfe. Der Wolf mit dem Herz aus Eisen, hatten die Offiziere in Laysolleilée gesagt, die aus dem Krieg zurückgekehrt waren. Sie hätten sich nicht mehr in ihm täuschen können.

Seine vollen Lippen waren zu einem Lächeln verzogen. Es wäre so einfach, mich auf die Zehenspitzen zu stellen und meine auf seine zu pressen. Aber etwas hielt mich zurück. Wir waren Freunde geworden. Vielleicht sogar mehr als das. Trotzdem hatte Cayden nichts unternommen. Meine Mutter hatte mir eingebläut, einem Mann und einem Hund solle man niemals hinterherlaufen. Und ich wollte auf keinen Fall Schwäche suggerieren, indem ich meine Gefühle für ihn offenbarte. Immer, wenn es in der Vergangenheit eine Gelegenheit gegeben hatte, sich anzunähern, hatte Cayden einen Schritt zurückgemacht. Und wenn ich versuchte, ihn zu küssen? Die Zurückweisung würde mehr schmerzen als der Streit mit Jarson. Aber schlimmer wäre das Mitleid. Ich sah seinen Gesichtsausdruck schon vor mir, wie das kleine, verzogene Mädchen mit den Narben im Gesicht überhaupt auf die Idee kommen konnte, dass er sich für sie interessierte. Meine Fingernägel gruben sich tief in die Handinnenfläche. Der Schmerz tat gut und holte mich aus meinen Gedanken heraus. Ich wandte den Blick ab und wartete auf die letzten Explosionen der Bambusrohre.

Ich setzte mich zwischen zwei Zinnen und meine Beine baumelten über dem Abgrund. Vor mir lag das Tal, eingebettet zwischen den Bergketten. Der dunkle Nachthimmel spannte sich wie der Baldachin eines Himmelbetts darüber. Inmitten der tausend funkelnden Sterne entdeckte ich die Konstellation der Elfendeichsel und das Einhorn.

Die meisten Gäste hatten sich schon in ihre Gemächer verzogen, aber ich wollte nicht, dass der Abend endete. Noch nicht. Der Rausch des Fests pulsierte durch meine Adern, die Wärme, die durch meinen Körper floss, seit Cayden meine Hand gehalten hatte. Morgen früh würden uns die Probleme wieder einholen. Myatt, die Aufstände, die Enttäuschung in Jarsons Augen. Aber heute Nacht war das alles weit entfernt und obwohl Cayden mich nicht geküsst hatte, würde ich diesen Moment festhalten, solange es ging.

»Es wäre sehr einfach, dich da hinunterzustoßen.« Ich hörte das Schmunzeln in seiner Stimme und ein Lächeln schlich sich auf mein Gesicht. Einen Blick über die Schulter werfend, entdeckte ich Cayden, der an der Zinne rechts von mir lehnte.

»Jetzt ist es zu spät, ich bin gewarnt. Schade um die Gelegenheit«, sagte ich.

»Mir fallen bestimmt noch andere Möglichkeiten ein, dich zu töten. Sollte nicht Wyler oder Aradan bei dir sein?«

Ich zuckte mit den Schultern. »Sie schlafen vor meiner Tür.«

Cayden seufzte und streckte mir eine Hand entgegen. »Wieso weise ich dir überhaupt Leibwächter zu, wenn du ihnen immer entkommst?«

Ich legte meine Hand in seine und ließ mich von ihm hochziehen. »Vielleicht weil du genauso stur bist wie ich?«

Cayden bot mir seinen Arm an und als hätte ich mein Leben lang nichts anderes gemacht, hakte ich mich bei ihm ein. Wir schlenderten auf das Treppenhaus des Nordturms zu. Plötzlich hielt er inne und zeigte auf den Sternenhimmel. Ein Schauer Sternschnuppen zischte über den Himmel.

»Du kannst dir etwas wünschen«, sagte er.

»Habe ich vorgestern am Feuer schon.«

»Doppelt geht es mit Sicherheit eher in Erfüllung.«

Ich schloss die Augen und erinnerte mich an den Wunsch, der mir als Allererstes eingefallen war. Während des Feuerwerks hatte er so fern erschienen. Aber jetzt, wenn ich Caydens Wärme auf meiner kalten Haut spürte, war er nicht ganz so hoffnungslos. Ich lächelte und schaute zu ihm auf. »Hast du dir auch etwas gewünscht?«

Cayden schüttelte den Kopf. »Nein, ich habe alles, was ich brauche.« Er sah mich an und ein Kribbeln breitete sich in meinem Bauch aus. Ich wandte den Kopf ab.

»Wir sollten schlafen. Es ist schon spät und morgen müssen wir die Gäste verabschieden.«

Cayden räusperte sich und steckte seine Hand in die Hosentasche. Meine Hand glitt aus seiner Ellenbeuge und fiel nutzlos an meine Seite.

25

Unsere Schritte hallten durch die leer gefegten Gänge, als wir Seite an Seite zu Caydens Gemächern gingen. Wir kamen an dem Fenster vorbei, durch das ich in der Vollmondnacht mit dem Sternensandversuch in den Innenhof geblickt hatte. Ich erinnerte mich an die Angst, spürte sie in den Knochen, als sei es gestern gewesen. War das Leben nicht zu kurz, um Angst zu haben und Zeit zu verschwenden? Ich blieb stehen. Cayden drehte sich zu mir um und zog eine Augenbraue hoch.

»Wieso hast du mich noch nicht geküsst?«, platzte es aus mir heraus. »Manchmal denke ich, du würdest es gern tun. Doch wenn es ernst wird, machst du immer einen Schritt zurück.«

»Du hast mich noch nicht darum gebeten«, sagte Cayden, als würde er mir erklären, dass es morgen Reh zum Mittagessen gäbe.

Ich starrte ihn mit offenem Mund an. »Wie bitte?«

»In der ersten Nacht … Du hattest so viel Angst. Ich habe mir geschworen, mich dir nie aufzuzwingen. Nicht einmal für den Frieden. Darum werde ich dich erst küssen, wenn du mich darum bittest.«

Ich lachte. Das konnte nicht sein Ernst sein. Das war lächerlich. Er hatte mich so oft berührt, ich hatte eine Nacht in seinen Armen verbracht, aber Cayden hatte die Lippen so fest aufeinander gepresst, dass sie ganz weiß waren. Sein Gesichtsausdruck war fast verletzlich.

»Das ist ein Witz, oder?«

Cayden verschränkte die muskulösen Arme. »Wenn es weiter nichts ist, gehe ich jetzt schlafen.«

Er wandte sich ab und ging weiter in Richtung seiner Tür. Meine Hand schoss nach vorne und ich hielt ihn am Handgelenk fest. Dieser große Werwolf verharrte, als hätte ich die Kraft eines Riesen. Ich zog sachte an seinem Arm und er drehte sich um.

»Bitte«, hauchte ich.

»Bitte was?« Ein triumphierendes Lächeln umspielte seinen Mund und legte seine blitzend weißen Zähne frei. Spätestens die Hitze in seinen Augen verriet ihn.

»Küss mich.«

Cayden wartete keinen Herzschlag. Er presste seine heißen Lippen auf meine und meine Knie gaben sofort nach. Ich wäre zu Boden gesunken, wenn er mich nicht gegen die Steinmauer gepresst und seine Finger tief in meinen Hintern gegraben hätte. Mit sanftem Druck gegen meine Lippen forderte seine Zunge Einlass. Ich hatte nicht viel Erfahrung, ein, zwei Küsse mit einem Stalljungen – mehr um meinen Vater zu ärgern als alles andere. Aber das hier war anders. Eine unbekannte Hitze wallte durch meinen Körper und ich presste die Oberschenkel zusammen. Cayden stöhnte in meinen Mund und kam näher, bis meine Brüste platt an ihn gepresst waren.

Er fuhr mir in die Haare und löste den Zopf, den Feanne so sorgfältig geflochten hatte. »Nie wieder«, knurrte er. »Nie wieder trägst du sie zusammengebunden. Verstanden?«

Ich schnappte nach Luft und nickte. »Alles, was du willst.«

Cayden griff mir in die Haare und zog daran, bis ich ihm den Nacken präsentierte. Er attackierte mit seinem Mund meinen Hals und ich krallte mich in seinen Haaren fest. Ich stöhnte und Caydens Brust vibrierte, als ein tiefes Knurren durch seine Zähne nach draußen drang. Er löste sich vom Hals und ich wollte ihn zurück an meinen Nacken ziehen, aber er war stärker. Unsere Herzen schlugen im Takt stürmisch wie die zweier Amseln. Mein Brustkorb hob und senkte sich schnell und mein Atem kam in Stößen.

Cayden schluckte hörbar und machte einen Schritt zurück. Sofort vermisste ich den Druck seines Körpers gegen meinen. »Ich sollte dich in deine Gemächer bringen, bevor ich zu weit gehe.« Seine Stimme war angespannt, als kostete es ihn Überwindung, die Worte auszusprechen.

»Erstens sollte ich nicht in meinen Gemächern schlafen, das hast du selbst gesagt.«

»Jetzt auf einmal willst du dich an die Regeln halten?«

Ich trat näher und lächelte gegen seine Lippen.

»Und zweitens?«, murmelte er und nippte an meiner Unterlippe.

Ich zog den Kopf ein paar Finger breit zurück und fixierte ihn. »Was, wenn ich will, dass du zu weit gehst?«

Caydens Augen verdunkelten sich. Er beugte sich nach vorne und streifte mit seinen Lippen meine Wange. »Ich sage es noch mal, kleiner Wolf. Sag nichts, was du nicht halten kannst«, flüsterte er mir ins Ohr.

Ich nahm den Kopf zurück, hob das Kinn und schaute ihm in die Augen. »Ich bin eine Königin. Ich stehe zu meinem Wort.«

Cayden musterte mich einen Herzschlag lang, der mir wie eine Ewigkeit vorkam. Dann warf er mich über die Schulter wie einen Sack Mehl. »Das werden wir sehen.«

Ich quietschte. Cayden trat die Tür auf und warf mich auf das Bett wie eine Stoffpuppe. Ich hatte keine Sekunde Zeit, Luft zu holen, schon war er über mir und griff mit seinen großen Händen in den Ausschnitt des Kleids. Er riss den Stoff in zwei Hälften und übersäte meinen entblößten Brustkorb mit Küssen. Ich schnappte nach Luft. Mir war zu heiß und ich wollte seine Haut auf meiner spüren, um nicht in Flammen aufzugehen. Ich zerrte so lange an seinem Leinenhemd, bis er es sich mit einer Hand über den Kopf zog und es in eine dunkle Ecke pfefferte. Meine Finger vergrub ich in seinen weißblonden Haaren und kratzte mit den Fingernägeln über Caydens Kopfhaut. Er grollte und wanderte tiefer bis zu meinem Bauchnabel. Ich japste nach Luft. Trotzdem war ich erleichtert, als Caydens Mund nicht tiefer wanderte. Seine warmen, starken Hände streiften mein Bein entlang. Er riss so lange an meinen Stiefeln, bis sie von meinen Füßen glitten, und warf sie über die Schulter. Der Rest meines Kleids folgte und ich versteifte mich.

Ein Stoß der Panik durchbohrte mich wie ein Pfeil. Das ging viel zu schnell und ich hatte keine Erfahrung. Es würde furchtbar werden und ich würde ihn enttäuschen.

Cayden hatte seine Finger schon an meinen Schenkeln hoch unter den Steg der Unterhose geschoben, aber er erstarrte und schaute auf. »Alles in Ordnung? Wir müssen hier nicht –« Seine Stimme war rau und er zitterte. Er schloss die Augen und presste die Stirn in meinen Bauch. Als er einatmete, gab er ein Stöhnen von sich und seine Finger gruben sich fast schmerzhaft in meine Hüften. Ich konnte sehen, dass es ihn jedes Fünkchen Selbstbeherrschung kostete innezuhalten. Gerade war er mehr Wolf als Mann.

»Es ist nur ...«, ich schluckte und legte einen Arm über meine entblößten Brüste. »Ich hab das noch nie gemacht. Ich werde nicht gut sein.«

Das Bild von Alandria erschien vor meinem inneren Auge, wie sie mit ihrem perfekten, leichten Hüftschwung und den wallenden Haaren Cayden zuzwinkerte. Nichts im Vergleich zu dem Nest aus Locken auf meinem Kopf.

Cayden hob den Kopf und es lag eine Sanftheit in seinen fast schwarzen Augen. Er umschloss vorsichtig das Handgelenk über meiner Brust, hob es an und presste einen Kuss in meine Handinnenfläche. »Es wird perfekt sein, weil du es bist.« Er küsste mein Handgelenk. »Aber –«, ein weiterer Kuss auf meine Ellenbeuge, »wir machen hier nichts«, ein Kuss auf meinen Oberarm und auf meine Schulter, »was du nicht willst.«

Er stützte sich rechts und links von meinem Kopf ab, sein harter, warmer Bauch auf meinen gepresst und der unmissverständliche Druck von *ihm* zwischen meinen Beinen. Mit dem Nasenrücken streifte er über die Narben auf der Wange und ich erschauderte. »Sag nur ein Wort und ich höre auf«, flüsterte er.

Ich traute meiner Stimme nicht und schüttelte den Kopf.

»Bist du dir sicher? Wir müssen nicht –«

Ich nickte.

»Sag es«, presste Cayden zwischen zusammengebissenen Zähnen hervor, als verlangte es ihm alles ab, diese zwei Worte auszusprechen.

»Ich bin mir sicher.«

»Dank der Mondgöttin«, stöhnte Cayden. Er küsste mich und meine Haut entflammte. Ich konnte nicht sagen, wo er aufhörte und ich begann. Als seine warme Hand unter den Bund meiner Unterhose glitt, hob ich bereitwillig den Hintern. Seine Lippen lösten sich von meinen und ich protestierte. Er lachte leise. »Nur Geduld, kleiner Wolf.«

Seine Hand glitt zwischen meine Beine und ein Zucken ging durch meinen Körper, als er eine sensible Stelle fand.

Er kreiste mit seinen Fingern und die wunderbare Wärme, die durch meinen ganzen Körper strömte, schoss mir bis in die Fingerspitzen. Sie wandelte sich zu einer gleißenden Hitze, die sich zu einer einzigen, heißen Kugel in meinem Unterbauch zusammenballte. Das war nicht das, von dem meine Mutter gesprochen hatte, als sie mich auf meine Hochzeitsnacht vorbereitet hatte.

Das Gefühl verstärkte sich, ich stöhnte und biss auf meine Faust. Cayden nahm sie mir aus dem Mund. »Nein, nein, kleiner Wolf. Ich will dich hören.« Er grinste selbstzufrieden und der Druck verstärkte sich. Cayden hörte nicht auf, sodass ich sinnlose Worte vor mich hinredete und das Stöhnen lauter wurde. Die Hitze in meinem Inneren dehnte sich aus und ballte sich gleichzeitig zusammen, bis sie explodierte wie das Feuerwerk. Ein lang gezogenes Stöhnen glitt aus meinen Lippen und ich warf den Kopf nach hinten.

Eine wunderbare Erleichterung breitete sich in mir aus. Es fühlte sich an, als würde ich auf einer Wolke schweben. Cayden strich mir eine schweißnasse Strähne aus dem Gesicht. »Das ist erst der Anfang«, sagte er und übersäte meinen Hals mit Küssen. »Das wird kurz wehtun. Atme tief ein.«

Etwas Warmes, Hartes presste gegen mich. Ein kurzer, stechender Schmerz fuhr durch meinen Unterleib und ich zischte. Mein Körper wehrte sich gegen die ungewohnte Dehnung und ich verkrampfte mich. Cayden strich mit dem Daumen über meine Wange. »Du musst dich entspannen, kleiner Wolf, sonst klappt es nicht.«

Ich nickte, aber trotzdem zitterte ich. Meine Fingerspitzen gruben sich so tief in seinen Bizeps, dass es schmerzen musste. Er war nicht einmal mit der Spitze in mir und schon wehrte sich mein Körper. Wie machten andere Frauen das? Die Natur konnte das unmöglich so vorgesehen haben.

Cayden schaute mich besorgt an. »Ich kann einen Hauch von Angst riechen. Wir können jederzeit aufhören.«

»Wage es ja nicht«, zischte ich und versuchte, mich zu entspannen. Ich presste die Augen zusammen und zwang mich, tief einzuatmen. Langsam gewöhnte ich mich an die Dehnung und nickte. Cayden drang weiter in mich ein, Stück für Stück. Der Druck war fast nicht auszuhalten. Es war viel. Zu viel. Ich atmete scharf ein. »Ich glaube, ich kann nicht mehr.«

»Lass dir Zeit.« Seine Finger kreisten wieder an *dieser* Stelle und Wärme flammte in mir auf. Cayden presste nicht weiter in mich, sondern hielt inne und hegte diese Wärme in meinem Inneren, bis mein Körper wieder in Flammen stand. Wenn er sich nicht bald bewegte, würde ich implodieren. Ich zappelte unter ihm, aber Cayden machte weiter. Seine Finger waren zu wenig. Ich spürte eine Leere in mir, die nur er füllen konnte.

»Mehr, ich brauche mehr«, stöhnte ich.

Cayden drang weiter in mich ein und atmete scharf ein. Es war, als füllte er einen Platz, der nur für ihn bestimmt war. Seine Hüften berührten meine und ich atmete zitternd aus. Mein Körper gewöhnte sich langsam an ihn.

»Kann ich mich … bewegen?«, presste Cayden heraus. Er sah so aus, als kostete es ihn jegliche Willenskraft, innezuhalten.

»Ich glaube, wenn du dich *nicht* bewegst, sterbe ich.«

Cayden stöhnte und zog seine Hüfte zurück, bis er wieder in mich stieß. Mit jeder Bewegung pulsierte dieses wunderbare, warme Gefühl in meinem Inneren, bis ich dachte, ich könnte es keine Minute mehr aushalten. Wieder explodierte die Wärme in mir und Cayden gab ein lang gezogenes Stöhnen von sich. Er verharrte in seiner Bewegung und legte seine Stirn an meine.

Unsere Herzschläge beruhigten sich langsam und Cayden strich mir sanft mit dem Zeigefinger über die Nasenspitze. »Das war der beste Abschluss des Frühlingsfests.«

Ich lächelte und strich ihm eine schweißnasse Strähne aus dem Gesicht. »Der beste Abschluss bis *jetzt.*«

»Was ist mit –«, er holte tief Luft, »dem Steinhaus am Meer?«

»Wer braucht ein Haus, wenn man eine Burg haben kann?«

Ich gähnte und tastete nach Cayden. Das Bettlaken neben mir war kalt. Verwirrt setzte ich mich auf. Im Kamin brannte ein Feuer und die ersten Sonnenstrahlen malten verzerrte Schatten auf den Schreibtisch. Ich wollte aufstehen, da schwang die Tür auf. Das Lächeln fiel von meinem Gesicht, als ich Wyler sah. Ich zog die Decke über die Brüste und schaute ihn verwirrt an, während ich zur Bettkante rutschte.

Wyler kratzte sich am Hinterkopf und schaute zur Seite. »Cay schickt mich. Ich soll Euch nach Hause bringen.«

Ich purzelte vom Bett hinunter und rappelte mich auf, die Decke immer noch an meinen nackten Körper gepresst. »Bitte was? Das soll wohl ein schlechter Witz sein.«

»Er sagt, sofort. Ich bring Euch in Euer Zimmer, wir packen Eure Sachen und gehen.«

»Was? Wieso? Das ergibt doch keinen Sinn.«

Wyler zuckte hilflos mit den Schultern, während ich mein Kleid vom Boden aufhob. »Er hat nicht gesagt, warum.«

Das musste ein Missverständnis sein. Egal welche Regeln ich gebrochen hatte, Cayden hatte mir nie damit gedroht, mich wegzuschicken. Warum jetzt? Ausgerechnet nach gestern? Ich schüttelte den Kopf. »Ich gehe nicht. Wenn Cayden ein Problem mit mir hat, soll er es mir selbst sagen.«

Wyler presste die Lippen zusammen. »Bitte, Prinzessin. Macht es nicht härter, als es schon ist.«

Er meinte es ernst. Mich erfüllten Wut und Verzweiflung. Ich klammerte mich an die Decke. »Lasst mich zum Anziehen allein. Wir treffen uns in meinen Gemächern.«

Wyler nickte und schloss mit einem leisen Klicken die Tür. Ich streifte ohne Unterwäsche das Kleid von gestern über und band einen losen Knoten in die Schnürung an der Brust. Der Riss im Stoff war so groß, dass ich ein Hemd von Cayden darüber ziehen musste. Meine Haare glichen einem Vogelnest, aber das war mir egal. Ich warf einen letzten Blick in Caydens Gemächer und schmiss die Tür hinter mir zu. Mit jedem Schritt, den ich in Richtung seiner Sammlung stapfte, loderte die Wut in mir auf. Ich ballte die Hände zu Fäusten. Ein Teil von mir hoffte, dass das alles nur ein Missverständnis war. Aber dieser Teil schrumpfte zu einem Maiskorn zusammen, je näher ich der Holztür kam. Ich riss sie auf und sie knallte an die Wand.

Cayden blieb ruhig über seinen Text gebeugt am Tisch sitzen. Nur die zitternde Feder in seiner Hand und das Weiß an seinen Knöcheln verriet, dass ihn mein Auftreten mehr mitnahm, als er zeigen wollte.

»Schließ die Tür hinter dir.« Er sah nicht auf.

»Cayden, was soll das?« Ich klammerte mich am Türrahmen fest und atmete schwer. Die Spannung seiner Schultern verriet mir, dass etwas passiert war. Ich atmete ein und zwang meine Stimme zu einer Ruhe, die ich nicht in mir spürte. »Cayden? Wyler hat mir gesagt, ich soll nach Ferlacroix zurück. Kannst du mir erklären, was los ist?«

Die Stuhlbeine schabten über den Steinboden, als er aufstand. Cayden schritt zum Fenster, die Hände hinter dem Rücken verschränkt, und beobachtete den Nebel, der um die Baumwipfel zog. Im Sonnenlicht sah er aus wie Goldstaub. »Ich habe einen Fehler gemacht«, sagte er leise.

»Was meinst du damit?«

»Es wäre sinnvoller gewesen, fruchtbares Land in den Friedensverhandlungen zu fordern statt eine Braut. Das war eine naive Idee. Du solltest wieder nach Ferlacroix. Heute noch.«

Mir wurde eiskalt und ich verfluchte mich, dass ich nur das dünne Kleid und das Hemd trug. »Das meinst du nicht ernst. Wo kommt das jetzt auf einmal her?«

Er drehte sich um, das Gesicht verzerrt. Dann spiegelte sich in dem Silber seiner Iriden eine Emotion, die ich nicht zuordnen konnte. Cayden verengte die Augen. »Niemand außerhalb von Blackstone sieht dich als Königin, ich habe mit den Werwölfen geredet. Es schadet meinem Ansehen.« Er zog die Schultern zurück und wandte sich wieder ab. »*Meine* Leute haben schon zu viel gelitten. Ich weiß nicht, wie viel sie noch ertragen können.«

Mein Mund klappte auf. »Und das fällt dir jetzt ein? Nach gestern? Wir sind verheiratet.«

Cayden presste eine Hand an eines der Bleiglasfenster. Es zerbarst und Blut tropfte an seinem Handgelenk herunter. »Genau genommen war unsere Verbindung niemals gültig, du bist kein Werwolf.«

»Du schickst mich wieder nach Hause? Im Austausch gegen Land? Du hast jetzt doch genug Getreide.« Das Kleid verfing sich zwischen meinen Beinen, als ich in den Raum trat. Ich landete auf allen vieren.

Cayden hatte sich nicht bewegt, aus meiner Position verdeckte ihn der Tisch halb. »Es ist die beste Lösung für alle.« Er warf einen Blick über die Schulter. Seine Lippen waren zu einer weißen Linie zusammengepresst.

Ich rappelte mich auf und wischte mir Flusen vom Kleid. »Was, wenn ich schwanger bin?«, fragte ich mit zitternder Stimme.

Cayden schnaubte. »Bist du nicht. Wenn das möglich wäre, hätte ich das gerochen.«

»Was?«, fragte ich tonlos. »Du kannst riechen, ob ich ein Kind empfangen kann?«

Cayden nickte.

»Die ganzen Nächte, in denen wir so getan haben … du und jeder andere Werwolf wusstet, dass die meisten Nächte … umsonst waren?«

Sein Schweigen war Antwort genug. Mir wurde schlecht. Er hatte mich benutzt. Angelogen. Eiskalt. Etwa nur, damit er an diese Übersetzung kam? Er hatte mich gebettet und jetzt warf er mich weg wie schalen Tee.

»Wieso?«

Cayden drehte sich zu mir um. Sein Blick war so eiskalt und hart, dass es wehtat. »Ich wollte es schmerzfreier für dich machen, aber du bist wie immer zu stur. Du warst die beste Möglichkeit, eine Heilung für die Mondkrankheit zu finden. Jetzt, da klar ist, dass es keinen Ausweg gibt, hast du keinen Nutzen mehr für mich. Du hast keinen Nutzen mehr für Darington. Geh. Damit hast du deinen Frieden und ich kriege mehr Land.«

»Aber Cayden –«

»Verstehst du es nicht? Ich will dich hier nicht. Geh! Das wolltest du doch von Anfang an«, brüllte er mich an. Ich zuckte zusammen und das Glas in den Fenstern vibrierte. Nicht einmal in unserer Hochzeitsnacht hatte ich solche Angst vor ihm gehabt. Heiße Tränen rannen meine Wangen hinunter und ich wischte sie mit dem Handrücken weg.

»Bist du dir sicher?«, fragte ich dennoch leise.

»Los! Pack deine Sachen und verschwinde. Bevor dich dein Vater in Einzelteilen hier abholen kann.«

Mohnsaft hätte mich nicht mehr betäuben können. Wie eine Marionette erklomm ich die Treppe zu meinen Gemächern. Wie hatte ich mich nur so in ihm täuschen können? Dort, wo eigentlich mein Herz gegen meinen Brustkorb hätte schlagen sollen, war nur ein schwarzes Loch. Die wenigen Dienstboten, die mir entgegeneilten, waren der einzige Grund, aus dem ich die Tränen unterdrückte. Obwohl meine Augen mich verraten mussten. Aber spielte es überhaupt noch eine Rolle, was sie von mir dachten?

Ich hatte alles verloren. Arnoît, mein neues Zuhause, Jarson und Cayden ... Nein, Cayden hatte ich nie gehabt. Jarson hatte mich gewarnt. Er hatte gesagt, dass ich hier nicht glücklich werden könnte und schlecht zu Cayden passte. Ich hätte vorsichtiger sein müssen, wieso hatte ich mich nur geöffnet?

Die Tür zu meinen Gemächern war neu. Das Holz war heller und sie schloss nicht richtig, aber das war die geringste meiner Sorgen.

»Feanne?«, rief ich mit zitternder Stimme. Sie kam nicht. Letztendlich war es egal. Das Schloss des Kleiderschranks war noch kaputt. Ich zerrte alle meine Kleidung heraus und warf sie auf das Bett. Sofort, hatte er gesagt. Das Himmelbett verschwamm vor meinen Augen und ich wischte die Tränen mit den Fingern fort.

Ich zerrte den kleinsten der drei Koffer aus der Abstellkammer, die einst Arnoîts Zimmer gewesen war, und warf wahllos Leinenkleider hinein. Das Pflanzenkundebuch, das Jarson mir geschenkt hatte, schlug ich in einen Umhang ein und legte es darauf. Meine Hand schwebte über dem in Leder gebundenen Notizbuch, das mir Cayden geschenkt hatte, aber ich platzierte es auf dem Tisch. Ich hatte keine Verwendung mehr dafür. Allein der Gedanke, einen Teil von ihm – von uns – mit nach Hause zu nehmen, riss mir ein großes Loch ins Herz. Meine wenigen Habseligkeiten, die ich mitnehmen wollte, waren schnell gepackt. Die ausladenden Kleider mit den mir so verhassten Korsetten hingen im Schrank und dort, ganz hinten, hing die Muskete. Meine Finger glitten über das so vertraute Eisen. Arnoît hatte sie mir besorgt. Er hatte sie heimlich einem Soldaten in der Stadt abgekauft. Aber er war tot. Genau wie ein Teil von mir würde er immer hierbleiben. Die Muskete würde das nicht ändern. Ich versteckte den Rest des Schießpulvers in den Falten eines Kleids. Sollten sie doch alles verbrennen.

»Feanne«, rief ich, aber noch immer keine Spur von ihr. Wie viel Zeit würde Cayden mir zugestehen? Ich wollte es lieber nicht herausfinden.

Mein Blick glitt über das Bett. Die weiße Perücke, die ich bei meiner Ankunft getragen hatte, lag umringt von den Hüten, die ich aus Ferlacroix mitgebracht hatte. Anstatt eines Leinenkleids zog ich die Hose an, die Cayden mir geschenkt hatte. Sie wäre auf der Reise praktischer. Das passende Hemd hatte ich schon an und es roch so sehr nach Cayden, dass sich mein Herz zusammenzog. Wieder rannen mir Tränen über die Wangen. Wie hatte ich mich nur so in ihm täuschen können? Jarson hatte mich gewarnt und ich hatte nicht auf ihn gehört. Geschah mir recht.

Trotzdem schluchzte ich.

Ein leises Klopfen riss mich aus den Gedanken. Ich wischte meine Rotznase an dem Leinenhemd ab.

Wyler schaute betreten. »Aradan und ich sollen dich an die Grenze bringen. Er sucht gerade den Proviant zusammen«, sagte er leise. Immerhin musste ich mich nicht allein nach Ferlacroix durchschlagen, das war ein Gewinn. Ich versuchte zu lächeln, aber meine Mundwinkel gehorchten nicht.

Ich starrte ein letztes Mal aus dem Fenster in den Garten. Die Holzkonstruktion für das Feuerwerk stand noch, nur hatte sie jetzt dunkle Brandflecken. »Ich werde noch Feanne und Jarson suchen, um mich zu verabschieden.«

Wyler presste die Lippen zusammen. »Cayden war sehr eindeutig. Ich weiß nicht, was passiert ist, aber ich habe ihn noch nie so wütend gesehen. Du solltest hier so schnell wie möglich verschwinden, Prinzessin.«

Ich holte tief Luft, strich die Hemdärmel glatt und nickte. »Wenn du zurück bist, sagst du ihnen, dass ich mich verabschieden wollte? Sie können mir schreiben.«

Wyler nickte. »Lass es uns einfach hinter uns bringen.«

Wyler schnallte sich mit einem Lederriemen den Koffer auf den Rücken und ich warf einen letzten Blick zurück. Die kleinen Kreidestriche fielen mir ins Auge, die Feanne während der Zeit gemacht hatte, in der ich um Arnoît getrauert hatte. Mein Blick wanderte zu den kleinen Sternen, Monden und Sonnen, die sie mir auf die Vorhänge des Himmelbetts gestickt hatte. Und natürlich zum Sessel, in dem ich so viele Stunden lesend verbracht und in den Garten geblickt hatte. Das alles würde ich nie wiedersehen.

Hinter mir räusperte sich Wyler.

»Ich komme.« Meine Stimme war rau.

Die ganze Burg summte wie ein Bienennest. Bekannte und unbekannte Gesichter eilten durch die Gänge. Bestimmt gab es nach so einem Fest wie gestern viel zu säubern und nachzubereiten, aber das war nicht mehr meine Sorge. Ich wich einer Magd aus, die meinen Blick mied und den Wäschekorb fester an sich presste, während sie um die nächste Ecke verschwand.

»Wenn es dich tröstet, für mich kam es auch überraschend«, sagte Wyler. »Ich habe versucht, mit ihm zu reden, aber ich komme nicht an ihn ran.«

Das tröstete mich kein bisschen, aber ich lächelte ihn trotzdem an. Ein Teil von mir hätte Cayden gern noch einmal gesehen und wenn es nur dem Zweck gedient hätte, ihm ins Gesicht zu schreien, wie sehr ich mich in ihm getäuscht hätte. Wie sehr er seine Einsamkeit verdiente. Aber tief in mir wusste ich, dass ich es nicht könnte, und das war vielleicht das Schlimmste.

Das Pferd, mein Pferd, stand gesattelt und aufgezäumt vor der Burg. Aradan nickte mir zu, sein Gesicht unbewegt wie immer.

»Was ist das?«, fragte ich.

Wyler kratzte sich am Kopf. »Du sollst das Pferd nehmen, hat Cayden gesagt.«

Ich spuckte auf den Boden. »Sein Geschenk kann er sich sparen. Pferde gibt es auch in Ferlacroix und ihr könnt jedes Tier gebrauchen, das nicht vor euch scheut.«

Wyler trat einen Kieselstein weg. »Um ehrlich zu sein, hast du keine Wahl. Er hat gesagt, du sollst Darington so schnell wie möglich verlassen. Wenn du es nicht behalten willst, können wir es wieder mit nach Blackstone nehmen.«

Neben der Trauer kochte Wut in mir hoch. Ich war kurz versucht, wieder in die Burg zu stiefeln und Cayden in seinen festen Hintern zu treten. Was bildete er sich ein, so mit mir umzuspringen? Ich blickte zu dem Fenster hinauf, das in Caydens Gang lag. Alandria stand am Fenster und schaute zu mir. So schnell wurde ich ersetzt. Von wegen ich müsste mir keine Sorgen machen. Er hatte mich benutzt, von Anfang an, und jetzt warf er mich weg wie einen trüben Spiegel. Ich griff das feste Leder der Zügel. »Je schneller ich von dieser göttinnenverlassenen Burg wegkomme, desto besser.«

Selbst im Trab hielten Wyler und Aradan problemlos mit. Die wenigen Sonnenstrahlen, die es durch die Wolkendecke und die dichten Baumkronen schafften, malten trübe Schatten auf den Boden. Erst als Blackstone ein gutes Stück hinter uns lag, parierte ich das schwarze Pferd in den Schritt durch. Caydens Verrat schmerzte so, dass ich mich gar nicht darüber freuen konnte, nach so vielen Monaten wieder auszureiten. Ich klopfte den dampfenden Hals des Tiers. Zur Grenze war es weit und der Große würde es nicht die ganze Zeit im Trab schaffen.

Aus der Tiefe des Walds drang das Klopfen eines Spechts. Hoffentlich hatte wenigstens er hier in Darington ein Zuhause. Ein dicker Kloß bildete sich in meinem Hals und ich schluckte. Ich wollte nicht wieder anfangen zu weinen.

Wyler schaute zu mir hoch. »Ehrlich gesagt hatte ich gedacht, dass du bei uns glücklich werden würdest.«

»Ich auch, Wyler, ich auch.« Ich zog die Zügel an und trieb das Pferd zu einem flotteren Tempo an.

Die Hufe klapperten über die alten Steine der Brücke, die wir schon auf meiner Anreise überquert hatten. Der Weg führte ab dort wieder aufwärts, hinaus aus dem Tal. Mein Hintern schmerzte und obwohl ich mich zwang, nicht an Jarson oder Cayden zu denken, kehrten meine Gedanken immer wieder zu ihnen zurück.

Arnoît hatte mir gesagt, dass selbst ein gebrochenes Herz mit der Zeit ertragbar wurde. Aber ich war mir sicher, dass dieser unendliche Schmerz selbst Jahre später spürbar sein würde. Ich ritt an dem umgefallenen Baumstamm vorbei, der vollkommen von Moos und Pilzen überwuchert war. An dieser Stelle hatte Aradan damals Wyler über deren mentale Verbindung geohrfeigt. Einem Impuls folgend, zügelte ich das Pferd und schaute über die Schulter zurück. Das Tal lag im Nebel, darüber thronte Burg Blackstone. Eine leichte Brise wehte mir eine Locke ins Gesicht und ich strich sie vorsichtig zur Seite. Sie roch noch nach Cayden. Die Sonne stand hoch am Himmel und spiegelte sich in den Fenstern der Burg wie in Laysolleilée. Wie viel Angst ich das erste Mal gehabt hatte, als ich sie gesehen hatte. Aber es hatte sich so viel verändert. Ich hatte mich verändert.

Das alles ergab keinen Sinn. Wieso schickte er mich jetzt weg? Weil es Probleme gab? Das hatte ihn in der Vergangenheit nicht abgehalten. Unter mir tänzelte das Pferd hin und her und scharrte mit dem Huf.

»Alles in Ordnung, Prinzessin?«, fragte Wyler.

Ich spielte mit dem glatten Leder der Zügel zwischen den Fingern. Der Sonnenring blieb daran hängen und ich drehte ihn auf die Innenseite meiner Hand. Mein ganzes Leben lang war ich davongelaufen. Vor meiner Verantwortung als Prinzessin, vor meinen Pflichten, vor meinem Aussehen. Cayden hatte gesagt, ich sei eine Kämpferin. Die Frau, die an den Hof von Darington gekommen war, war keine gewesen, aber die, die ging …

Ich holte zitternd Luft, die kalte Bergluft brannte in meinen Lungen. Probleme wurden nicht besser, wenn man davonlief, das hatte ich selbst Jarson gesagt. Wir würden eine Lösung finden, Cayden und ich. Wir hatten schon Schlimmeres überstanden.

»Wir gehen zurück«, sagte ich.

»Der König hat gesagt, du sollst gehen«, sagte Aradan leise.

»Aber ich bin die Königin und ich sage, ich bleibe. Ich werde nicht den Schwanz einziehen. Selbst wenn ich durch ganz Darington ziehen muss, um die Werwölfe von mir zu überzeugen. Wir werden den Verräter ausfindig machen und diesem Land den Frieden bringen. Gemeinsam.«

Wyler grinste. »Na endlich. Ich hatte schon Sorge, wir hätten dich verloren. Ich bin so gespannt auf Caydens Gesicht. Ihm hat schon lange niemand widersprochen, schon gar nicht seine eigene Frau. Es ist endlich mal an der Zeit.«

26

Die donnernden Hufe hallten durch den Wald und ein Taubenschwarm stob auf, als wir endlich im Schatten von Blackstone innehielten. Mein Herz pochte wie wild gegen die Brust und ich lenkte das schweißgebadete Tier auf den gepflasterten Weg, der sich den Berg hochwand.

»Irgendetwas stimmt nicht«, murmelte Wyler.

»Wie meinst du das?«, fragte ich.

»Der Geruch ist falsch«, sagte Aradan leise und schnüffelte. »Sonst riecht es hier nach kaltem Wasser, dem eisigen Wind, der von den Bergen pfeift, nassem Moos und Tannennadeln. Aber heute ... Der Geruch von Blut und Schweiß hängt in der Luft – so wie im Krieg.«

Mich überkam eine dunkle Vorahnung. Die schwarzen Ohren des Pferds zuckten, aber das war es nicht, was mich beunruhigte. Der Wald war totenstill. Kein Rufen einer Amsel oder das Zirpen von Insekten.

Ich fasste die Zügel nach. »Wir finden es nur raus, wenn wir zurückgehen.« Mit klopfendem Herzen trieb ich das Pferd weiter, die Hufe klapperten auf den Steinen und hallten gespenstisch im Wald wider. Endlich kam das Tor in Sicht.

»Bei der Göttin.« Ich schlug eine Hand über den Mund. Die beiden Wachen konnten noch nicht lange am Tor hängen, aufgespießt mit zwei massiven Speeren, denn die Blutpfütze unter ihnen war noch nicht angetrocknet.

Aradan rannte auf das Tor zu und rüttelte am Türring, wobei er darauf achtete, die Leichen nicht zu berühren. »Verschlossen«, sagte er.

»Das sind Devor und Arlsay.« Wyler war bleich wie ein Tischtuch.

»Sollten wir nicht wenigstens schauen, ob sie noch leben?«, fragte ich.

Wyler schüttelte den Kopf, ein gequälter Gesichtsausdruck. »Ich höre ihre Herzschläge nicht.«

»Was ist hier passiert?«, fragte ich.

»Ich habe es für ein Gerücht gehalten, aber vielleicht war doch mehr dran.« Wyler raufte sich die Haare. »Wieso hat er mir nichts gesagt? Er meinte nur, alle Gäste sollen nach Hause eskortiert werden.«

»Was? Wovon sprichst du?«

Wyler zog mich abseits des Pfads in den Schatten der Bäume. »Es hieß, Count Myatt plant einen Coup. Ich dachte, das wäre ein schlechter Scherz. Cayden zermalmt ihn mit links und Myatt hat viel zu wenig Leute, um die Burg zu halten, geschweige denn König zu werden. Das wäre Selbstmord.«

Mir wurde übel. Das Gleiche hatte Jarson gesagt. Er hatte gesagt, dass die Menschen in Edinton rebellieren würden. Und ich hatte darauf bestanden, Count Myatt einzuladen. Ich hatte uns den Feind in die eigenen Mauern geholt. Wie hatte ich so naiv sein können? Wo war Cayden? Allein der Gedanke an ihn verknotete meinen Magen. Ich riss die Augen auf, damit keine Träne hinunterkullerte.

»Offensichtlich legt er es darauf an.« Ich griff Wyler am Ärmel und fragte mit zitternder Stimme: »Was heißt das für Cayden? Ist er tot?«

»Du stellst Fragen, die ich nicht beantworten kann.«

»Moment.« Ich drehte mich um und griff die Zügel des Pferds fester. »Wo ist Aradan?«

»Er schaut sich im Garten nach Hinweisen um.«

Ich glitt aus dem Sattel und zog das Pferd tiefer in die Schatten der Bäume. Ich knabberte an meiner Unterlippe. Aradan war immer noch nicht zurück.

Die Anzeichen waren die ganze Zeit da gewesen. Der Schafskopf, die komischen Männer in Myatts Begleitung, aber ich hatte es nicht gesehen. Und jetzt war es vielleicht zu spät. Irgendwer musste ihnen geholfen haben. Sie kannten sich nicht in Blackstone aus. Steckten sie auch hinter der Attacke bei Vollmond? Faroby hatte so seltsam auf meine Frage reagiert, wie er an den Sonnenglanz gekommen war. Ich nagte am Saum meines Hemds.

Wer war die ganze Zeit da gewesen und hätte Zugang gehabt? Nur Aradan, Wyler, Jarson und Feanne kamen uneingeschränkt an mich heran – und Cayden natürlich. Mein Blick huschte zu Wylers Lockenkopf. Wenn er oder Aradan dahintersteckten, verbargen sie es gut. Jarson hatte Rache geschworen, allerdings erst vorgestern. Er hätte auch unzählige andere Gelegenheiten gehabt, mich zu töten. Feanne hingegen … sie hatte gefehlt. Außerdem hatte sie mich über ihre Kindheit angelogen. Sie war nicht bei Menschen aufgewachsen, wie konnte sie sonst Myatt kennen? Mir wurde schlecht. Das konnte nicht sein. Nicht die ruhige, zurückhaltende Feanne. Oder doch Alandria, um sich zu rächen? Ich schüttelte den Kopf, um die nagenden Gedanken loszuwerden. Selbst wenn ich es mir zusammenreimen könnte, würde es mir wenig helfen.

Die Zeit schlich träge dahin wie eine Weinbergschnecke. Von meiner Position hinter dem dicken Baumstamm einer Eiche suchte ich die Fenster ab. Es spiegelten sich aber nur die Wolken, die über den Himmel zogen. Ein Schatten fiel auf uns und ich hätte fast geschrien.

Aradans Miene war grimmig. »Vor der Tür zum Garten stehen zwei von Myatts Leuten.«

Wyler fluchte.

»Ihr seid auch zu zweit. Die besiegt ihr doch einfach«, sagte ich.

»Und dann? Kommt Nachschub, Cayden ist noch immer da drin und sie wissen, dass wir da sind.«

»Wie viele Wachen sind unterwegs, um die Gäste nach Hause zu begleiten?«, fragte ich.

Wyler runzelte die Stirn. »Ungefähr die Hälfte.«

Ich fluchte leise. »Es muss doch irgendeinen Weg hinein geben.«

»Das ist eine Burg. Die wurde dafür entworfen, dass niemand reinkommt, wenn es die Leute drinnen nicht wollen.«

»Was hast du noch gesehen?«, fragte ich Aradan.

Er hatte die Lippen zu einer dünnen Linie zusammengepresst. »Keine Spur eines Kampfs, zumindest nicht im Garten. Die Überreste des Feuerwerks, sonst alles wie immer.«

Ich schritt im Schatten der Bäume auf und ab. Mit jeder Stunde, die verstrich, wurde Caydens Überleben unwahrscheinlicher. Wenn er nicht schon tot war. Tiefer im Wald knackte ein Ast und ein brauner Adler erhob sich in die Lüfte.

»Sie können nicht für immer da drinbleiben. Irgendwann gehen sie jagen. Wir können Hilfe holen und auf sie warten.«

Wyler schüttelte den Kopf und suchte Blackstone mit den Augen ab. »Dann ist es für Cayden und die anderen zu spät. Wir müssen jetzt etwas tun.«

»Können wir nicht einfach aus Oakshaw eine Leiter holen und über das Tor klettern? Einer reicht, er macht den anderen auf.«

»Zu offensichtlich«, sagte Wyler.

Ich griff Wyler am Arm. »Das Feuerwerk! Cayden hat für die Waisen eine Extrakiste bestellt. Sie sollte noch da sein. Vielleicht können wir mit dem Schwarzpulver das Tor sprengen.«

»Das Tor ist zu einfach zu verteidigen«, sagte Aradan.

»Wir müssten heimlich hineinkommen«, sagte ich.

»Selbst wenn wir einen Weg hineinfänden, würde man uns hören oder riechen, noch bevor wir auch nur irgendjemanden gefunden haben.« Wyler schlug mit der Faust gegen einen Baum. Die Rinde bröckelte und es regneten Tannennadeln auf mich herab.

»Mir fällt nur ein Weg ein, aber er wird euch nicht gefallen«, sagte ich.

Wyler verschränkte die Arme. »Hau raus, Prinzessin. Die Zeit ist knapp.«

Das Unheimliche war, dass in Oakshaw alles wie immer aussah. Als hätte nicht eine Gruppe von Werwölfen Blackstone in ihre Gewalt gebracht. Der alte Mann saß wie immer auf der Bank vor seinem Haus und rauchte Pfeife. Er nickte Wyler, Aradan und mir zu. Ich parierte das schweißnasse Pferd zum Schritt durch. Lange würde es nicht mehr durchhalten. Meine Seite stach und ich japste nach Luft. Wenn das hier vorbei war, musste ich wieder mehr ausreiten.

Ich war gerade erst in Sichtweite des Waisenhauses gekommen, da rannte Laddie schon auf mich zu. »Élèntine! Wo ist Cayden? Bist du wieder gekommen, um mit uns zu spielen?« Sie blieb blinzelnd vor dem schwarzen Pferd stehen. »Wow! Ist das deins? Darf ich darauf reiten?«

Ich schüttelte den Kopf und rutschte aus dem Sattel. »Heute nicht, tut mir leid. Ist Rocal da? Wir brauchen die Kiste mit den Feuerwerkskörpern. Habt ihr die noch?«

Laddie schnüffelte an meiner Kleidung. »Du riechst nach Angst. Wer hat dir Angst gemacht? Wenn du es mir sagst, beiß ich ihm in die Nase.«

Ich wechselte einen Blick mit Wyler.

Er nickte. »Sag es ihr. Sie wird es sowieso rausfinden.«

»Myatt hat die Burg gestürmt und will Cayden vom Thron stoßen.«

Laddie knurrte. »Ich komme mit. Ich kann helfen.«

»Cayden würde nicht wollen, dass du dich in Gefahr begibst. Und ich will es auch nicht. Aber du kannst anders helfen«, sagte ich.

Laddie schaute mich mit großen Augen an. Es hatte etwas gedauert, bis sich aus den losen Rätselfäden ein Bild ergeben hatte. Der Schatten, der mich am Anfang verfolgte, die fehlende Puderquaste und die gestohlenen Kugeln. Dann die Fußspuren im Schnee, weg vom Brunnen. Der kleine Werwolf im Innenhof, dessen Fellfarbe mich an jemand erinnert hatte, und Laddies unerwartetes Auftreten bei den Vorbereitungen für das Frühlingsfest.

»Ich will, dass du mir den Weg zum Brunnen im Innenhof der Burg zeigst. Und ich will meine Kugeln wieder.«

Ihre Wangen glühten rot und sie wandte den Blick ab. Vorsichtig nahm ich ihr Gesicht in die Hände und drehte den Kopf zurück. »Ich weiß, dass du dich ab und zu in die Burg schleichst. Zuerst hatte ich gedacht, ich bilde mir das nur ein. Aber im Winter habe ich die Fußspuren gesehen. Oder habe ich unrecht?«

Laddie biss sich auf die Unterlippe und blickte zu Boden.

»Es ist schon in Ordnung, ich werde dich dafür nicht bestrafen. Aber über die Mauer kommen wir nicht und das

Tor ist verbarrikadiert. Oder gibt es noch einen anderen Weg, von dem ich nichts weiß?«

Laddie schüttelte den Kopf.

»Gut, wenn du uns den Eingang zeigst, hast du schon viel geholfen.«

»Was ist hier los?«, fragte Rocal. Ich richtete mich gerade auf und strich die Hose glatt. Der Werwolf überragte mich um mindestens eineinhalb Köpfe, aber ich zog die Schultern zurück und hob den Kopf höher. »Ich brauche die Hilfe von zehn Jungs oder Mädchen, natürlich nur Freiwillige. Sie sollten sich schnell im Wald bewegen können, aber klein genug sein, um nicht aufzufallen. Count Myatt hat die Burg eingenommen und wir wollen sie zurückholen.«

Rocal baute sich noch größer auf und schob Laddie hinter sich. Er funkelte mich an und zog die Oberlippe hoch. Seine Eckzähne spitzten sich schon zu. Wenn ich nicht aufpasste, was ich sagte, würde er sich verwandeln. »Cayden würde nicht wollen, dass sie als Kindersoldaten eingesetzt werden«, knurrte er.

»Sollen sie auch nicht. Sie sollen nur rund um die Burg die Feuerwerkskörper zünden.«

Rocal blinzelte und seine Eckzähne schrumpften. Er spuckte aus. »Viel Glück damit, Freiwillige zu finden. Die Kinder mögen Cayden vergöttern, das gilt aber noch lange nicht für Euch. Was soll das überhaupt bringen?«

»Ich will Verwirrung stiften und je nachdem, wie der Wind steht, sollte der Gestank so schlimm sein, dass unser Geruch verdeckt wird.«

Rocal drehte sich um. Er joggte zu dem zweistöckigen Steinhaus und kam kurze Zeit später mit der Feuerwerkskiste auf der Schulter wieder. Ich schob den Stiefel in den Steigbügel und schwang mich in den Sattel.

»Das hätte ich auch hingekriegt und ich wäre in meiner

Wolfsform schneller gewesen als der Gaul«, knurrte Wyler.

»Die Kinder kennen dich aber nicht.«

Rocal drückte Wyler die Kiste in die Hand. Ich setzte mich aufrechter in den Sattel und räusperte mich. Die jungen Werwölfe, die eben Ball gespielt hatten, hielten inne und schauten auf.

»Ich brauche eure Hilfe. Ich suche mutige Mädchen und Jungen, die im Wald um die Burg ein Feuerwerk zünden. Die Burg wurde eingenommen und wir wollen die Eindringlinge verwirren.« Laddie rannte auf mich zu und blieb neben dem Pferd stehen. Ich lächelte ihr dankbar zu. Keiner der anderen rührte sich.

»Kommt schon. Tut es für Cayden.«

Ein junger Werwolf spuckte aus. »Du bist keine von uns. Wieso sollten wir dir helfen?«

»Pass auf, was du –«, setzte Wyler an, aber ich stoppte ihn mit einer Handbewegung. Ich hielt den Blick des Jungen, der trotzig sein Kinn in die Luft reckte.

»Du hast recht, ich bin kein Werwolf«, sagte ich und schwang mich vom Pferd. Langsam schritt ich auf den blonden Jungen zu. »Aber ihr seid trotzdem mein Volk und ich weiß, dass ihr euren König braucht. Deswegen werde ich ihn befreien. Aber ich schaffe das nicht allein. Ich brauche eure Hilfe. Also, wer ist dabei?«

Der Junge verschränkte die Arme und stieß einen Kieselstein mit dem Fuß weg.

»Kommt schon, bitte. Ihr müsst nur diese Feuerwerkskörper anzünden und könnt dann abhauen. Tut es für Cayden«, sagte ich.

Die Gesichter der Kinder waren hart und unnachgiebig. In der hinteren Reihe wandte sich ein Mädchen mit dunkelbraunen Haaren ab und ein Junge trottete hinterher.

»Halt, bitte«, rief ich.

»Wartet.« Laddies piepsige Stimme hallte nach. Das Mädchen und der Junge, die sich abgewandt hatten, drehten sich um. »Cayden hat viel für uns getan. Wir können ihn nicht im Stich lassen.«

Der Junge mit den blonden Haaren spuckte noch mal aus. »Cayden, ja. Aber was hat sie je für uns getan?«

Laddie stellte sich neben mich und schob ihre kleine, warme Hand in meine. Sie drückte kurz. »Sie hat die Kinder nach Blackstone zurückgeholt. Sie hat Cayden geholfen, nach einer Lösung für die Mondkrankheit zu suchen. Wir sind ihr nicht egal. Oder?« Sie schaute mich mit großen Augen an. Ich drückte ihre Hand und schüttelte den Kopf.

Die Luft knisterte vor der Spannung und der blonde Junge zeigte seine Zähne. Ich war fast davon überzeugt, dass er sich auf mich stürzen würde. Er lächelte grimmig und machte einen Schritt nach vorne. »Für Cayden. Für Darington. Für unsere Königin.«

Ein Mädchen mit wilden Locken tat es ihm nach. »Für unsere Königin.«

Ich stieß den Atem aus, den ich unbewusst angehalten hatte. Nach und nach trat ein Kind nach dem anderen vor.

»Das ist ja alles schön und nett«, sagte Wyler. »Aber wir vergeuden mit diesem sentimentalen Mist Zeit.«

»Du hast recht. Los, sucht alle Kerzen und Laternen zusammen, die ihr finden könnt.«

Die Dornen des Dickichts rissen meine Arme auf und verfingen sich im dicken Stoff der Brokathose. Laddie huschte unter einem umgefallenen Baumstamm hindurch, als sei sie kein Werwolf, sondern eine Haselmaus. Hinter mir fluchte Wyler. Wenigstens das hatte etwas Vertrautes. Wir wanderten den Berg auf der Seite des Glockenturms entlang, wo der Vorläufer auf das Gebirge traf. Es fühlte sich seltsam bestärkend an, in meinem Rücken das große Bergmassiv zu wissen. Immer weiter weg vom Weg schlugen wir uns durch das Dickicht, bis Laddie vor einem Dorngestrüpp stehen blieb.

»Und jetzt?«, fragte ich.

Sie griff beherzt in die Zweige und zerrte sie zur Seite. Ein dunkles Loch kam zum Vorschein, gerade einmal groß genug, dass ein Erwachsener sich auf allen vieren hindurchquetschen konnte. Ich nahm die Laterne, die ich aus dem Waisenhaus mitgenommen hatte, und hielt sie hinein. Zum Glück hatte ich keine Platzangst.

»Wieso gibt es diesen Gang überhaupt?« Ich richtete mich wieder auf.

Wyler wechselte einen Blick mit Aradan. »Ein Bergfluss, der schon lange ausgetrocknet ist, hat hier mal entlanggeführt und den Brunnen gespeist.«

»Bei einer Belagerung war das aber sehr gefährlich. Feinde hätten das Wasser vergiften können.«

»Nur, wenn sie davon gewusst hätten.« Wyler zuckte mit den Schultern.

Der erste Knall hallte durch den Wald. Das war unser Zeichen. Der braunhaarige Werwolf schaute mich ernst an. »Bist du dir sicher?«

Ich nickte und packte Laddie an den Schultern. »Was auch immer passiert, du bleibst der Burg fern, hast du mich verstanden? Wir haben keine Ahnung, was darin auf uns wartet.«

Laddie kaute auf einer Haarsträhne.

»Laddie«, sagte ich warnend und schließlich nickte sie. Ein riesengroßer Stein fiel von meinem Herzen. »Dann mal los.« Ich kniete mich auf knisterndes Laub und kroch in den schmalen Schacht, der leicht bergab führte. Nach wenigen Schritten kniete ich in einer kleinen Pfütze, aber ein nasses Hosenbein war meine geringste Sorge. Angewidert schob ich Knochen von Mäusen, Mardern oder Hasen auf die Seite, die irgendein Tier zum Verspeisen hier hereingetragen hatte. Wyler keuchte hinter mir und sein Atem ging schnell.

»Alles in Ordnung?« Meine Stimme hallte gespenstisch in dem nicht enden wollenden Tunnel wider.

»Ich hasse enge Räume.«

Fast hätte ich gelacht. Der unerschrockene Wyler fürchtete sich vor engen Gängen. »Du schaffst das. Wenn ich das hinkriege, dann du sowieso.«

»Du unterschätzt deinen Wagemut. Oder deine Naivität. Ich bin mir noch nicht sicher.«

Ich schnaubte und kroch weiter, immer die Laterne hochhaltend. Je kälter es unter dem Berg wurde, desto schneller schlug mein Herz. Bis zur Burg hatte ich einen guten Plan, aber danach? Ich wusste nicht, was uns erwartete. Unsere beste Chance bestand darin, Cayden und die anderen zu finden und zu befreien. Sie konnten sich unmöglich alle den Rebellen angeschlossen haben.

Wie weit waren wir schon gekommen? Irgendwann mussten wir doch nach oben. Der Gang machte eine Biegung. Mein Herz hüpfte. Der Kerzenschein der Laterne fiel auf eine Wand. Eine Sackgasse. Beim Gedanken, rückwärts wieder hinauszumüssen, wurde mir schlecht.

»Hier geht es nicht weiter«, zischte ich und blickte über die Schulter. Wyler war ein Schatten hinter mir, der sich so schmal wie möglich machte, damit er überhaupt Platz hatte. »Muss es, das ist der einzige Weg und Laddie hätte uns bei so etwas Wichtigem nie einen Streich gespielt.«

Ich kroch weiter, bis die Knöchel meiner Hand mit der Laterne die raue, kalte Felswand berührten. Mit schmerzendem Rücken fuhr ich über den vom Wasser weich gespülten Stein. Ich suchte nach einer Einkerbung, einer Inschrift, nach irgendetwas, das uns einen Hinweis darauf gab, wie es weiterging. In den Aufzeichnungen der Elfen hatte ich von verborgenen Türen und magischen Barrieren gelesen, aber warum würde jemand so etwas in einen Wasserkanal bauen? Als Absicherung?

»Ich kotz gleich«, sagte Wyler, dessen Atem noch angestrengter in Stößen kam. »Schau mal über dich.«

»Wieso soll ich über mich –«

Er hatte recht. Der Gang führte den Weg zurück, den wir gekommen waren, nur weiter oben. Eine Sicherheitsvorkehrung, damit niemand das tat, was wir vorhatten. Ich stellte die Laterne im Gang über mir ab, drehte mich und wand mich hoch. Der Stein presste gegen meine Rippen und ich stöhnte. Ich hielt die Luft an und das verschaffte mir die Fingerbreite Bewegungsfreiheit, die ich brauchte, um durchzukommen. Für Laddie war das im wahrsten Sinne des Wortes ein Kinderspiel.

»Heilige Mondgöttin.« Wylers Stimme drang dumpf zu mir. Er musste nicht aussprechen, was ich schon befürchtet hatte. Ich holte tief Luft. »Ist schon in Ordnung, Wyler. Wartet in der Nähe des Haupttors auf mich. Wenn es irgendwie geht, mache ich euch auf.«

»Nein, komm zurück. Wir finden einen anderen Weg. Das ist Selbstmord. Selbst ein Werwolf würde da nicht allein reingehen. Du kannst dich nicht verteidigen.«

Der Erdboden bebte. Die Kinder zündeten bereits die Feuerwerkskörper. Ich griff nach der Laterne.

»Ich habe keine Zeit. Hilf Laddie und den anderen. Ich finde Cayden und lasse euch in die Burg, so schnell ich kann.«

»Élèntine?«

»Ja?«

»Bevor du da reingehst und vielleicht … du weißt schon …

Ich bin sicher, dass Cayden dich weggeschickt hat, weil er Angst um dich hatte. Er wollte dich in Sicherheit wissen.«

»Danke, Wyler. Für alles.«

»Bring mich nicht zum Weinen, Prinzessin.«

»Niemals. Wir sehen uns auf der anderen Seite.« Ich holte tief Luft und kroch den ansteigenden Gang weiter.

27

Ich biss die Zähne zusammen und schob mich weiter voran. Wyler hatte recht. Ich hatte keine Chance gegen einen Werwolf, nicht mal mit Muskete. Gegen so viele, dass sie sogar Cayden überwältigt hatten und mit ihm den Hof, sowieso nicht. Meine Hose war an den Knien schon längst aufgeschürft und an den Händen klebten Schmutz und Unrat der Ratten. Wenn mein altes Ich mich jetzt sehen könnte. Ich schnaubte, holte tief Luft und bereute es sofort. Es stank bestialisch. Nach verfaultem Fleisch und nach Küchenabfällen, von vorne fiel jedoch ein schwaches Licht in den Gang.

Noch war die Laterne heller, aber mit jedem Stückchen, das ich weiter vorankam, wurde das Licht der Abenddämmerung stärker, das durch den Brunnenschacht fiel. Der fürchterliche Geruch hielt sich. Ich zwang mich, durch den offenen Mund zu atmen, damit ich mich nicht übergab. Endlich öffnete sich der schmale Gang zum Brunnenschacht. Wie bei der Göttin kam Laddie hier hoch? Mit feuchten Fingern suchte ich an dem grob behauenen Fels Halt. Ein kleiner Steinvorsatz auf der anderen Seite versprach eine gute Ausgangsposition. Ich sprang nach oben

ein dunkler Buchstabe zum Vorschein. Ich zog den Vorhang am Kopfende des Himmelbetts zur Seite.

Verräterin stand dort mit braunschwarzer Farbe geschrieben. Ich tunkte meinen Finger hinein. Die Farbe roch nach Eisen. Blut. Was bei der Sonnengöttin war hier passiert? Wie viele Leute konnten mir nach meinem Leben trachten?

Jetzt auf einmal ergab die neue Tür Sinn. Während ich bei Cayden gewesen war, hatte sich jemand Zugang zu meinen Gemächern verschafft, um mir diese Botschaft zu hinterlassen. Feanne. Wo war Feanne? Meine Brust war wie zugeschnürt und das Atmen fiel mir schwer. Ich ballte die Hände zu Fäusten. Draußen ertönte ein Knall eines Feuerwerkskörpers und brachte mich wieder zur Besinnung. Fragen konnte ich später beantworten, jetzt musste ich das Überraschungsmoment nutzen.

Ich stieß meine alten Kleider aus Ferlacroix zur Seite, wühlte mich durch Tüll und Seide. Vor Erleichterung hätte ich fast geweint, als meine Finger auf das kalte Metall trafen.

Ich tauchte zwischen einem dunkelblauen und einem rosa Kleid in den Schrank und löste die Muskete aus der Verkeilung. Hatte ich nicht in dem roten Rock des Kleids das Schießpulver zurückgelassen? Mit der Hand fuhr ich über die aufgenähten Perlen, aber außer Tüll fasste ich ins Leere.

»Na, das ist ja mal eine Überraschung«, drang eine zu vertraute Stimme von hinten zu mir durch. »Ein guter Putsch ist doch nichts ohne die Königin.«

Ich wirbelte herum. »Du«, keuchte ich.

»Ich.« Jarson lächelte. Er lehnte mit verschränkten Armen im Türrahmen. Hinter ihm erspähte ich die Köpfe von zwei grimmig aussehenden Männern aus Myatts Gefolge. Der Grobschlächtige war dabei.

»Glaubst du wirklich, ich wäre so leichtsinnig und würde das Schießpulver in deinem Zimmer lassen? Nach all den sorgfältigen Vorbereitungen, die ich getroffen habe?«

»Wo ist Feanne?«

»Feanne? Ich bin enttäuscht, dass du nicht nach Cayden fragst. Seit er aus seinem Tiefschlaf aufgewacht ist, kann er die Klappe nicht mehr halten.« Jarson stieß sich vom Türrahmen ab und schlenderte in meine Gemächer. Er nahm einen der Hüte vom Bett, drehte ihn in den Händen und warf ihn in eine Ecke. »Weißt du, eigentlich müsste ich dir danken. Ohne dieses kleine Experiment mit dem Sternensand hätte das alles nicht so reibungslos funktioniert. Die Blüten sind zwar potenter, aber in einer höheren Menge reichen Stiele und Blätter auch.«

Mein Mund klappte auf. Die verstümmelten Sträucher beim Frühlingsfest. Das war nicht wegen der Gäste gewesen, Jarson hatte sie geerntet. Deswegen hatte er am letzten Tag die Handschuhe getragen – wegen der Schnittwunden. Ich hätte es ahnen müssen. Wieso war ich nicht schon früher darauf gekommen?

Jarson seufzte, hüpfte auf den Tisch und legte einen Fuß auf das Knie, wie er es früher manchmal beim Plaudern getan hatte. Er hatte sich schon Caydens Krone aufgesetzt. »Und wegen Feanne ... trotz überzeugender Argumente hat sie sich geweigert, sich uns anzuschließen. Das Blut an der Wand ist von ihr. Keine Sorge, das ist erst der Anfang. Mit Cayden werde ich noch viel mehr Spaß haben.«

Ich war wie betäubt. Jarson hatte Feanne getötet, weil sie bis zum Schluss zu mir gehalten hatte. Und jetzt war Cayden dran. »Wie konntest du das Feanne antun? Wie kannst du das deinem Bruder antun? Nach allem, was er für dich getan hat?« Meine Stimme glich einem Krächzen, dabei wollte ich schreien.

Jarsons Blick verfinsterte sich und seine Schultern spannten sich an. »Was er für mich getan hat?« Er spuckte auf den Boden. »Einen Scheiß hat er getan. Er hat gesagt, wenn wir Ferlacroix einnehmen, wird Darington zu groß sein, um es allein zu regieren. Ich hätte einen Teil bekommen. Eine kleine Entschädigung dafür, dass er mir all die Jahre das Licht zum Wachsen genommen hat. Aber nein, eines Tages musste dieser Tölpel mit der Erkenntnis aufwachen, dass Frieden doch die bessere Lösung wäre. Und das nur, weil er ein Waisenmädchen getroffen hatte.« Seine Stimme triefte vor Hass. Ich konnte es nicht glauben. Jarson. Jarson, der mein Leibwächter gewesen war, der mir die Zeit vertrieben hatte, der mir eine Soiree geplant hatte.

»Du wolltest mich töten«, sagte ich tonlos.

»Die Schnellste bist du heute nicht«, sagte er.

»Was war mit Count Faroby?«

»Oh, du meinst den von Argylusbeeren Abhängigen, der jeden Moment schnappen konnte? Weißt du, das Tragische daran ist, dass die Familien oft schutzlos zurückbleiben. Nicht alle neuen Alphas gehen pfleglich mit den Lieben ihres Vorgängers um. Und wenn man weiß, dass die Uhr tickt ... Es war nicht schwer, ihn zu überzeugen. Myatt hat zu gerne seinen Platz eingenommen.«

Ich presste die Lippen zusammen. »Der Botschafter aus Marirsk hatte nichts damit zu tun.«

Jarson nahm einen Federkiel vom Tisch und zwirbelte ihn zwischen den Fingern. »Natürlich nicht. Die Einfaltspinsel wären nie darauf gekommen. Aber es war so einfach, Cayden auf die falsche Fährte zu führen. Siehst du? Das ist das Tückische. So sehr er auch den Frieden will, traut er euch Menschen doch keinen Schritt über den Weg.«

Ich starrte ihn an. Auf seinen dunklen Haaren sah Caydens Krone so falsch aus. Mein Magen ballte sich schmerzhaft zusammen.

»Aber eins muss ich ihm lassen.« Jarson sprang vom Tisch und schlenderte nach vorne gebeugt auf mich zu. Wie ein Wolf kurz vor dem Sprung. Selbst mit gesenktem Kopf überragte er mich, aber ich würde ihm nicht die Genugtuung geben, dass er mich ängstigte, und drückte den Rücken durch.

»Der Gute war klug genug, dich aus der Schussbahn zu bringen. Es hätte mir eine Menge Ärger eingebracht, wenn ich dich erst wieder aus Ferlacroix hätte zurückholen müssen. Aber das naive Reh ist direkt wieder zurückgetappt.«

»Aber du hast gesagt –«

»Ich sage viel, wenn der Tag lang ist. Silberzunge – schon vergessen? Fesselt sie«, sagte Jarson.

»Wir haben keine Eisenhandschellen mehr«, sagte der Mann, dessen Nase so grobschlächtig war wie die eines Trolls.

»Dann nehmt eben ein Seil. Sie ist ein schwacher Mensch, was kann sie schon ausrichten?«

Durch die Tür meiner Gemächer traten die zwei breitschultrigen Männer. Jarson packte mich an der Schulter, riss mich herum und presste mich an die raue Steinwand. Meine Wange schürfte auf, aber das leichte Brennen nahm ich kaum wahr. Stattdessen spürte ich Jarsons eisernen Griff um die Handgelenke an meinem Rücken.

Ich versuchte, einen von Arnoîts Tricks anzuwenden, dass sie mir die Fesseln nicht zu eng anlegen konnten. Aber der Grobschlächtige entdeckte den dazwischengeklemmten Finger und zog das Seil so fest, dass meine Hand vor Taubheit kribbelte.

»Wunderbar«, sagte Jarson und wickelte meinen Zopf um seine Hand. »Dann kann die Feier jetzt ja anfangen.«

Er schleifte mich aus meinem Zimmer und hinter sich her in Richtung Thronsaal. Ich überlegte fieberhaft, wer mit ihm gemeinsame Sache machte. So viele konnten es nicht sein, dafür hatte er zu vorsichtig agiert.

Mein Mund war staubtrocken, aber ich sagte so selbstbewusst, wie ich konnte: »Die Hälfte der Wachen ist weg, du hast nicht genug Leute, um die Burg zu halten.«

»Das ist richtig. Du hast mehr Ahnung von Strategie, als du denkst.« Jarson hüpfte beschwingt die Stufen hinunter. Er führte mich wie einen Hund an der Leine hinter sich her. »Aber weißt du, was das Schöne ist? Ich muss die Burg nicht lange halten. Nur so lange, bis wir deinen hübschen Kopf deinem Vater geschickt haben und er Darington wieder den Krieg erklärt. Dann werden die Werwölfe sehen, was für ein Fehler es war, Cayden auf seinem Friedenspfad zu folgen, und nach einem neuen König schreien. Wie gut, dass ich schon da bin und mich übe.«

»Ich fasse es immer noch nicht, dass du das alles geplant hast«, platzte es aus mir heraus.

»Natürlich habe ich das geplant, ma chérie. Du warst so einfach zu manipulieren. *Nehmt das Buch, es hat meiner Mutter gehört*«, äffte er sich nach. »Weißt du, was passiert, wenn man ein Buch aufgeschlagen liegen lässt und ein anderes darauflegt? Wenn man das untere durchblättert, geht immer wieder dieselbe Seite auf. Als hätte es jemand gewollt.« Jarson grinste. Er hatte genau gewusst, dass der Sternensand jeden Vollmond blühte, und mich gezielt in den Garten geführt.

Jarson ging beschwingten Schrittes neben mir her. So gut gelaunt war er noch nie gewesen. »Und weißt du, was das Beste ist? Die Rianodinsamen werden sogar im Buch beschrieben, sogar die Herstellung von Rialidin und es ist dir nicht einmal aufgefallen. Wie lange habe ich darauf gewartet, dir das zu sagen.«

»Aber beim Frühlingsfest …«

Jarsons Gesicht verhärtete sich. »Ich habe dir gesagt, du wirst es bereuen.«

Ich blieb abrupt stehen und wurde an den Haaren nach vorne gerissen, da Jarson weiterging. Aber ich stemmte mich mit den Fersen fest in den Steinboden. Er seufzte und drehte sich um. »Sei nicht bockig. Du weißt es und ich weiß es: Das geht nicht gut für dich aus. So oder so.«

Ich starrte ihm in die Augen und verengte meine zu Schlitzen. *Dominanz etablieren,* hatte der königliche Diplomat gesagt. Tatsächlich schien etwas von dem Selbstbewusstsein aus Jarson zu weichen. Ich stolzierte einen Schritt auf ihn zu und hätte am liebsten meinen Zeigefinger in seine Brust gebohrt, aber die Fesseln hielten mich davon ab. »Jarson, egal was passiert ist, hör auf damit. Noch ist es nicht zu spät. Bei einem Krieg gibt es nur Verlierer. Du hast selbst gesagt, damals, auf dem Glockenturm, Ferlacroix hätte mit den Schusswaffen auf lange Sicht den Krieg gewonnen.«

»Ja, aber ich habe auch gesagt, wenn wir uns nichts einfallen lassen. Weißt du, die Werwölfe in Edinton waren sehr wütend darüber, dass es weiterhin Probleme mit ihren Jagdgebieten gab. Es hat nicht viel gefehlt, sie zu überzeugen, vom Eisenerz etwas abzuzweigen und daraus Rüstungen für Werwölfe zu schmieden.«

Ich erinnerte mich an den Morgen, an dem Wyler Cayden von dem Rückgang der Fördermenge erzählt hatte. Ich hatte alles gewusst und doch nicht Eins und Eins zusammengezählt. »Was hast du mit Cayden gemacht?«

»Ach, mein gefühlsduseliger Halbbruder. Er hat dich mit seinen zwei stärksten Leibwächtern weggeschickt und die Gäste mit dem Rest. Er sitzt im Kerker. Noch. Es war etwas riskant, ihn nicht gleich zu töten, aber ich will seinen Gesichtsausdruck sehen, wenn ich ihm deinen Kopf präsentiere. Er soll mit der Gewissheit sterben, dass er alles verloren hat.«

Mir wurde eiskalt. Er würde Cayden töten. Wie konnte ich ihn aufhalten? Ich testete den Sitz des Seiles, aber meine Finger waren schon taub und ich konnte die Hände nicht bewegen. Wieso hatte ich keinen scharfen Gegenstand dabei?

Jarson zerrte an meinem Zopf, aber trotz des Schmerzes wie tausend Nadelstiche auf der Kopfhaut blieb ich stehen. Wenn er sich schon nicht um die Opfer des Krieges scherte, unsere Freundschaft musste ihm doch etwas bedeutet haben. Zeit für eine andere Strategie.

Ich blickte ihn sanft an und legte den Kopf schief. »Du warst mein Freund, Jarson. Wie kannst du mir das antun?«

Jarsons Augen verengten sich so, dass sie fast nicht mehr sichtbar waren. Er beugte sich vor und für einen absurden Moment dachte ich, er würde mir in den Hals beißen. Aber er näherte sich meinem Ohr und raunte: »Ich habe es dir gesagt, Élèntine, du hast dich für die falsche Seite entschieden.«

Er war gekränkt, ich kam nicht an ihn heran. Verzweifelt überlegte ich, wie ihn überzeugen könnte.

»Lass uns gehen, Jarson.« Meine Stimme bebte. »Ich nehme Cayden und wir verlassen Darington. Du kannst hier König sein, wie du willst, aber lass uns in Ruhe.«

»Weißt du, ma chérie, ich fürchte das geht nicht. Ohne dich geht mein ganzer Plan nicht auf. Du bist essenziell. Um genau zu sein, dein Kopf.«

Mir gefror das Blut in den Adern und ich hatte keine Kraft mehr, mich zu wehren. Jarson zog mich in den Thronsaal.

28

Die gute Nachricht war, dass sich deutlich weniger Werwölfe versammelt hatten, als ich erwartet hatte. Die schlechte Nachricht war, dass sie mich ansahen, als wollten sie mich lieber jetzt als später auf einem Scheiterhaufen brennen sehen. Genauso wie ihre Vorfahren vor hundert Jahren. Draußen wurde das blutrote Licht der untergehenden Sonne von den Bergen reflektiert.

Jarson packte mich am Nacken und schleuderte mich vor die Meute. Ich stolperte, fing mich aber wieder. Ich musste hier raus, irgendwie. Mein Blick glitt von einem Gesicht zum anderen. Nur selten kam mir eines bekannt vor. Da entdeckte ich die vertrauten blonden Haare von Alandria. Als sich unsere Blicke trafen, wandte sie den Kopf ab. Die ganze Zeit hatte ich recht gehabt. Natürlich, sie war froh, mich loszuwerden. Aber wie konnte sie Cayden den Tod wünschen? Sie liebte ihn, das war vielleicht unsere Chance. Ich ging einen Schritt auf sie zu.

»Alandria, bitte! Du hast gesagt, du willst, dass Cayden glücklich ist. Er ist glücklich, mit mir. Und du glaubst doch nicht, dass Jarson ihn am Leben lässt?«

Zweifel schlichen sich auf ihr Gesicht, aber als Jarson sie

musterte, schaute sie schnell auf den Boden. Er griff nach meinem Zopf und zog mich fast spielerisch wieder zurück. Der Mann mit der Trollnase und ein paar andere lachten.

»Es wird dir niemand helfen, ma chérie. Keiner hier ist sonderlich begeistert von unserem lieben König.« Jarson zückte ein Messer und ich schrak zurück. Bevor ich mich wundern konnte, warum er meine Fessel gelöst hatte, glitt der kalte Rücken der Klinge über meine Haut. Ich fröstelte. Mit einem Ratschen trennte sich der Stoff. Das Leinenhemd fiel an meinem Körper entlang zu Boden. Die wunderschöne Hose folgte.

»Weißt du? Sie sagen, du bist eine Hexe«, raunte er mir ins Ohr. »Du hast dich zweimal nicht verwandelt. Viele von ihnen haben wegen Ferlacroix geblutet oder Packmitglieder verloren. Sie wollen dich gedemütigt sehen.« Jarson schob die Klinge unter mein Brustband.

»Nicht«, sagte ich. Er zertrennte das weiße, fein gewebte Band aus Leinen. Sofort schlang ich den rechten Arm über die Brüste und legte die linke Hand in den Schritt, weil die Unterhose das gleiche Schicksal erlitt.

»Seht sie Euch an, Eure Königin«, spottete Jarson. »Sie kann sich noch nicht mal vor ihrem Volk offen zeigen. Unter all diesem Stoff ist sie nur ein schwächlicher Mensch.«

Ein Lachen ging durch die Meute und ich verengte die Augen. »Ihr seid Verräter«, zischte ich und heiße Tränen der Wut und Verzweiflung rannen über meine Wangen.

Jarson umkreiste mich wie ein Wolf seine Beute. »Nach all den Büchern von meinem Halbbruder, die du gelesen hast, solltest du doch gelernt haben, dass die Geschichte von den Gewinnern geschrieben wird.« Er blieb hinter mir stehen und beugte sich nach vorne. Seine Lippen streiften meine Wange und ich unterdrückte einen Würgereiz. Einer der goldenen Sonnenstrahlen meines Rings drückte sich in die linke Brustwarze. Meine Tränen tropften auf meine

Brust, aber ich streckte den Rücken nur noch mehr und hob das Kinn. Ich würde nicht einknicken. Nicht vor *ihm.*

»So wirst du ihnen in Erinnerung bleiben. Nackt und würdelos vor den Leuten, die du dein Volk nennen wolltest.« Jarson spuckte aus und ging an mir vorbei. Er trat mir von hinten in die Kniekehlen und ich fiel nach vorne. Meine Hände waren taub, ich fing mich nicht rechtzeitig ab und schlug mit dem Kopf auf. Aus meiner Nase lief eine warme Flüssigkeit. Ich wälzte mich zur Seite und wuchtete mich wenigstens auf die Knie. Wenn ich heute sterben musste, würde ich es mit erhobenem Haupt tun. Mein Blick huschte über die zu Fratzen verzerrten Gesichter. Alle starrten mich an. Als sich meine und Alandrias blaue Augen trafen, presste ich die Lippen zusammen und schaute weg. Ich zitterte in der Kälte, der Wind pfiff durch die Fensterritzen und heulte um die Burg.

Jarson seufzte. »Kein Grund, das länger hinauszuziehen. Es wird nicht schöner dadurch.«

Er schlenderte zum Thron, diesem fürchterlichen, aufgerissenen Wolfsmaul. Daran lehnte ein Schwert. Ich wandte den Blick ab. Der schwarze Teppich dämpfte seine Schritte und das Schleifen des Schwerts, das er aus der Scheide zog, bescherte mir eine Gänsehaut. Ich blickte an die Decke zu dem eisernen Kronleuchter, der an einer schweren Kette hing.

»Lass sie gehen, Jarson.« Ich wandte den Kopf. Alandria hatte einen Schritt nach vorne gemacht. Ihre Stimme und Hände zitterten. »Du kannst auch ohne sie einen Krieg anfangen. Bring Cayden und sie ans Meer. Sie wären nie schnell genug in Ferlacroix oder könnten einen Raben senden, um die Menschen zu warnen.«

»Theoretisch könnte ich das, ja.« Jarson schlenderte zum Thron, fläzte sich darauf und warf seine Beine über die Lehne. »Aber wo bliebe da der Spaß?«

Ich konnte mich nicht so in ihm getäuscht haben. Hinter dieser harten Schale, dieser Abgebrühtheit, steckte immer noch der kleine Junge, der zutiefst verletzt war, weil seine Mutter ihn verlassen hatte. Fast könnte er mir leidtun, aber das würde ihn nicht von seinem Plan abbringen.

»Jarson, es wurde bereits zu viel Blut vergossen.« Alandria ging noch einen Schritt nach vorne.

»Und es wird noch mehr Blut vergossen. Wir sind im Krieg. Du wusstest, wofür wir stehen, als du dich uns vorgestern angeschlossen hast.« Jarson gähnte.

»Ich habe es mir anders überlegt.« Alandrias Kiefermuskeln spannten sich an, die Hände hatte sie zu Fäusten geballt. »Ich fordere dich heraus, Jarson«, sagte sie und streckte den Kopf in die Höhe.

Jarson seufzte und drehte den Schwertknauf in seiner Hand. Er schlenderte auf Alandria zu, bis sich ihre Nasenspitzen fast berührten. Er überragte sie um einen halben Kopf. »Du willst mich also herausfordern.«

»Ja.«

Er rammte ihr so schnell von unten das Schwert durch das Kinn, dass ich die Bewegung fast nicht wahrnahm. Ich schrie, als Blut über den Boden spritzte. Alandrias Körper fiel wie ein Mehlsack zu Boden, die blauen Augen vor Schreck geweitet. Blut rann ihr aus dem Mund.

Jarson wischte die Klinge an seinem schwarzen Leinenhemd ab. »Ich habe schon meinen Bruder in einem unehrlichen Kampf besiegt. Was hat sie dazu verleitet zu glauben, dass es bei ihr anders wäre?«

Einige lachten.

»Sonst noch jemand, der mich herausfordern möchte, um diese Schlampe aus Laysolleilée zu retten?«

Augenblicklich war es wieder still. Die meisten Werwölfe starrten zu Boden oder wandten den Kopf ab. Ich schmeckte das Blut aus meiner Nase auf meinen Lippen. Oder war es Alandrias Blut? Ich wusste es nicht.

»Dachte ich es mir doch. Es sieht so aus, als ob du keine Optionen mehr hast«, sagte Jarson und wandte sich mir zu.

Tief Luft holend ließ ich meine Arme zur Seite sinken. »Ob ihr mich verratet oder nicht, ihr *seid* meine Leute, mein Volk«, sagte ich. »Ihr seid Teil meines Packs.« Ich nahm den Sonnenring, zog ihn ab und warf ihn auf den Boden. Mit einem Klirren rollte der Ring über die unebenen Steine und blieb auf dem schwarzen Teppich liegen, wie ein einziger erlöschender Stern in der dunkelsten Nacht.

»Schöne Rede. Nur leider bringt das nichts«, spottete Jarson. »Aber wenn wir schon dabei sind …« Jarson umfasste meine Halskette und riss brutal daran. Ich hatte nicht einmal Zeit zu betteln, dass er es nicht tun sollte. Floréanes Kette, die ich kein einziges Mal abgelegt hatte, bis auf die Nacht der Vergiftung. Der brennende Schmerz im Nacken vernebelte meinen Geist und ich hörte eine leise Stimme im Hinterkopf, wie durch dicken Stoff.

Muss sie finden. Retten. Was mache ich?

Ich blinzelte. Jarson redete weiter und hörte sich kurz wie sein Halbbruder an. Jetzt spielte mir mein Geist schon Streiche.

Élèntine? Die Stimme in meinem Kopf wurde lauter. Ich wurde verrückt.

Élèntine! Bei der Mondgöttin, wie machst du das? Wo bist du?, fragte die Stimme, die sich wie Cayden anhörte. Ich war verrückt. Die Scham oder der Aufprall am Boden hatten mich verrückt werden lassen.

Er hat dich getreten? Dafür wird er bluten, knurrte Caydens Stimme und ich presste die Hände an die Ohren, kümmerte mich nicht um die entblößten Brüste oder meinen Schritt. Wie hörte diese Stimme nur auf?

Du bist nicht verrückt!

»Das sagst du so leicht.« Ich schüttelte den Kopf. Wie hörte das nur auf?

Élèntine, ich bin es, Cayden.

»Nein, nein, das kann nicht sein«, sagte ich. Jarson starrte mich an, als würde ich mit einem Geist reden. Wahrscheinlich sah es auch so aus.

Beruhige dich, Élèntine! Kleiner Wolf, hör mir zu!

»Cayden, bist du es wirklich?«

Die Meute aus Männern und Frauen starrte mich mit großen Augen und offenen Mündern an, aber mir hätte es nicht egaler sein können.

Ja, ja, ich bin es! Bei Luna, dank der Göttin, der Bund funktioniert!

Ich rappelte mich auf, schüttelte den Kopf. Obwohl es kalt im Thronsaal war, fror ich nicht. Jarson starrte mich verdattert an.

»Wie ist das möglich?«, fragte ich.

Das ist jetzt egal. Wo bist du?

»Im Thronsaal. Er will mich köpfen«, sagte ich.

»Was tust du da?«, brüllte Jarson, aber ich ignorierte ihn.

Verwandle dich! Wenn das Band funktioniert, kannst du dich verwandeln!

»Das kann ich bestimmt nicht! Wie denn?«, rief ich.

»Genug! Die Hexe aus Ferlacroix stirbt jetzt! Derine, halte sie fest.«

»Verwandle dich und reiß ihr einfach den Kopf ab!«, rief ein bärtiger Mann und streckte seine geballte Faust in Richtung Decke.

»Ruhe«, fuhr Jarson ihn an. »Festhalten. Jetzt! Wenn wir ihren Kopf zu ihrem Vater schicken wollen, muss er noch erkennbar sein.«

Ich erschauderte und war so erstarrt, dass ich die Stimme in meinem Kopf für einen Moment verdrängte.

Lass deinen inneren Wolf raus, Élèntine! Du bist nicht allein, ich helfe dir!

»Selbst wenn ich könnte, er ist viel stärker als ich«, rief ich. »Er hat Alandria getötet – und Feanne.«

Jarson zuckte mit den Ohren. Die Menschenmenge teilte sich und eine Frau lief auf mich zu.

Du kannst das! Lass los, lass die Wut zu!, rief Cayden in meinem Kopf so laut und klar, dass ich mich wunderte, dass nur ich ihn hörte. Jarsons rechte Hand schloss sich fester um den Schwertgriff. Die Frau streckte ihre Arme nach mir aus. Ich stolperte rückwärts.

»Du kannst nicht entkommen«, knurrte er.

»Wie mache ich das?«, schrie ich.

»Hexe!«, rief ein Mann aus der Menge, auf dessen nacktem Oberkörper die ersten Blutspritzer trockneten. »Du musst sterben. STIRB!«

»STIRB! STIRB! STIRB«, skandierte Jarsons Meute. Er ging mit einem Grinsen auf mich zu. Die Frau presste meine Hände auf den Rücken und mich nach vorne, sodass mein Rücken gebeugt, mein Blick Richtung Boden gerichtet war.

»Ich wünschte, wir hätten das anders lösen können«, sagte Jarson, klang aber überhaupt nicht reumütig, als er mit seinem Schwert ausholte.

Nein, ich wollte nicht sterben! In mir bäumte sich alles auf. Ich wollte den Kopf wegziehen, aber Jarson hatte mich an den Haaren gepackt. *Lass verdammt noch mal los – lass die Wut zu!*, schrie Cayden mich an.

»Dann wollen wir mal«, sagte Jarson.

Ein brennender Schmerz fuhr mir durch die Knochen und die Haut. Gleißend wie das hellste Feuer und stechend wie die Spitze eines Dolchs. Das musste das Schwert sein. Meine Sicht verschwamm und ich presste die Augen zusammen.

Plötzlich hörte ich eine Maus piepsen, die draußen im Gang entlanglief. Ich roch den Staub, der sich über die Zeit im Teppich gesammelt hatte, und vor allem roch ich die Angst der anderen Werwölfe. Meine Augen entdeckten jede kleine Falte in der Hose des Mannes, der mich Hexe genannt hatte. Der Geruch des Bluts von Alandria mischte sich mit seinem Gestank.

Jarson starrte mich an. Der Steinboden war angenehm kühl unter meinen vier Pfoten. Pfoten? Ich öffnete den Mund, ein tiefes Knurren drang nach draußen. Jarson stolperte zurück. Das Ratschen des Stoffs war zu laut und meine Ohren zuckten, als er seine Wolfsform annahm.

Gutes Mädchen, sagte Cayden in meinem Kopf und ich stellte mir vor, dass er lächelte.

Ich kann das trotzdem nicht gewinnen! Er ist so viel stärker und erfahrener als ich, dachte ich.

Vertraust du mir?, fragte Cayden.

Mit meinem Leben, sagte ich und dann begann der Kampf.

Cayden hatte die Kontrolle über meinen Körper übernommen. Es war, als säße ich auf einem Pferd und jemand anders führte es. Ich hatte alles im Blick, fühlte alles, aber ich war eine Zuschauerin in meinem eigenen Kopf. Der Stein unter meinen Pfoten fühlte sich nicht mehr so rutschig an, meine Hinterläufe stemmten sich im richtigen Winkel dagegen, dass ich Halt hatte. Ich tauchte unter Jarsons aufgerissenem Maul hindurch.

Mit einem Jaulen schlitterte er über den glatten Steinboden und prallte an die Wand. Der Kerzenleuchter bebte unter der Decke.

Du musst nicht alle besiegen, nur ihn, sagte Cayden in meinem Kopf und ich schoss von der Seite auf Jarson zu. Ich wich gekonnt einer Beißattacke von Jarson aus und verbiss mich in seinem Genick. Der Geschmack von Blut legte sich auf meine Zunge und zu meiner Überraschung stieß es mich nicht ab. Jarson wand sich aus meinem Maul und verbiss sich in meiner Flanke. Ich jaulte. Ein spitzer Schmerz fuhr durch meinen Körper. Nur dank Cayden verfehlten mich Jarsons spitze Zähne bei der zweiten Beißattacke.

Keine Panik, es ist nur Schmerz. Das vergeht, sagte Cayden.

Das sagst du so einfach, du fühlst es nicht.

Ich fühle es genauso wie du, ich bin es nur gewohnt.

Ich sprang unter Caydens Führung wieder nach vorne, erwischte Jarson an der Flanke und wir kugelten in einem Knäuel über den Boden.

Ich rappelte mich zuerst wieder auf und bekam seinen Hals zu fassen. Dieses Mal versanken meine Zähne tiefer in dem dichten Fell, aber Jarson warf seinen Kopf gegen meinen. Es knackte. Seine Knochen oder meine? Ich konnte es nicht sagen.

Wir tauschten einige Bisse aus, aber keiner von uns war dem anderen überlegen. Meine Beine waren bleischwer und zitterten, die ersten Erschöpfungsanzeichen. Lange würde ich das nicht mehr durchhalten. Ich hatte Jarson zu Boden gerungen und mein ganzer Körper vibrierte, während sich mein Gegner hin und her wand.

Du hast es gleich geschafft. Er wird aufgeben oder ich komme, sagte Cayden. *Warte kurz.*

Auf einmal fühlte es sich kalt in meinem Kopf an. Es war schwer zu beschreiben. Als wäre ich ein Bild, aus dem ein Stück herausgeschnitten worden wäre.

Cayden?

Mein Maul um Jarsons Hals lockerte sich vor Verwirrung. Er nutzte den Spielraum, entwand sich dem Biss und sprang auf. Knurrend packte er mich am Hals. Ich jaulte vor Schmerzen und spürte, wie warmes Blut – mein eigenes – das Fell tränkte. Mit seinem gesamten Gewicht presste er mich zu Boden.

Cayden, rief ich in Panik. Wo war er? Wieso war das Band unterbrochen?

Mein ganzer Körper schmerzte vor Anstrengung und Jarsons Gewicht presste mir die Luft aus den Lungen. Ich wehrte mich halbherzig mit den Hinterläufen und spannte den Nacken an, damit Jarson nicht zu der lebenswichtigen Schlagader kam. Aber ich konnte nicht mehr.

Auf einmal war die Wärme in meinem Kopf wieder da, der Platz gefüllt.

Laddie ist hier. Wir kommen aus dem Kerker. Halte durch.

Dieses verdammte Mädchen hatte nicht auf mich gehört. Ich wusste nicht, ob ich fluchen oder jubeln sollte. Aber der Kerker lag auf der anderen Seite der Burg. Selbst in Wolfsform wäre Cayden nie schnell genug da, um mich zu retten. Ich hatte keine Kraft mehr. Mein Körper war es nicht gewohnt, ein Werwolf zu sein. Ich hatte Hunger, die Beine zitterten vor Anstrengung und aus meiner Flanke tropfte Blut in das kastanienbraune Fell.

Mit letzter Kraft entwand ich mich Jarsons Biss, sprang auf und zog jaulend den Schwanz ein. Wir starrten uns an. Ich kroch rückwärts, bis mein Hintern an die kalte Steinmauer stieß. Jarson bleckte die Zähne und blieb triumphierend in der Mitte des Thronsaals unter dem eisernen Kronleuchter stehen. Er kostete den Moment aus. Der Kronleuchter. Das war meine einzige Chance.

Mein Blick flackerte an der Wand entlang. Drei Schritt neben mir war die Kette verankert. Das letzte bisschen Energie zusammenkratzend, machte ich einen Satz zur

Seite. Ich verbiss mich in der Kette des Kronleuchters, riss sie aus der Verankerung in der Wand und ließ los. Das schwere Stück Eisen sauste so schnell zu Boden, dass Jarson gerade noch nach oben blicken konnte, bevor es ihn unter sich begrub. Er jaulte und zuckte. Ich atmete schwer und sank zu Boden. Ein leichtes Kribbeln machte sich an meiner schlimmen Halswunde bemerkbar und es floss merklich weniger Blut. Die schnelle Wundheilung der Werwölfe. Ich leckte mir das Blut von der Pfote und musterte Jarson unter dem Ungetüm aus Eisen.

Sein Brustkorb hob und senkte sich kaum, der Schwanz zuckte.

Stirbt er?, fragte ich.

Nein, er ist nur schwer verletzt. Du hast gewonnen.

Obwohl ich keinen Schritt mehr hätte tun können, durchströmte mich eine neue Kraft. Ich hatte es geschafft und in mir kehrte eine unbekannte Ruhe ein. Zuversicht. Ich verwandelte mich zurück und keuchte. Mit der blutigen Hand stützte ich mich an der Wand ab und rutschte beinahe ab, aber ich verkrallte mich in den schmalen Rillen und zog mich auf die Füße. Mit zitternden Beinen, nackt, verwundet und blutverschmiert ließ ich meinen Blick über die Meute schweifen, die das Schauspiel mit aufgerissenen Augen verfolgt hatte. Neugeboren aus Wut und Blut. Der Blick der Frau, die mich festgehalten hatte, flackerte zwischen Jarson und mir hin und her. Der fiepte vor Schmerz.

»Sonst noch jemand, der mich herausfordern möchte?«, fragte ich. Der Mann ohne Hemd wich einen Schritt zurück und die anderen folgten seinem Beispiel.

»Dachte ich mir.«

Das ist mein Mädchen. Ich hörte das Lächeln in Caydens Stimme.

29

Die ersten Sonnenstrahlen des Tages tauchten den dunkelgrünen Baldachin von Caydens Himmelbett in Gold. Obwohl die meisten meiner Wunden schon wieder verheilt waren, hatte Cayden darauf bestanden, dass die Mondpriesterin sie sich ansah. Jeden. Einzelnen. Kratzer. Total übertrieben.

Die Tür klickte leise und ich schloss schnell die Augen.

»Das bringt nichts, kleiner Wolf. Ich kann deine Gedanken hören.«

Ich richtete mich auf und fuhr mit der Hand durch meine verhedderten Locken. Es würde ewig dauern, sie zu entwirren. »Daran muss ich mich erst noch gewöhnen«, murmelte ich.

Cayden setzte sich neben mich auf das Bett und lachte leise. »Das wirst du.«

»Du wirst mich nicht mehr wegschicken?« Meine Augen brannten vor den Tränen, die nicht fallen sollten, und ich wandte den Kopf ab.

Cayden griff mein Kinn sanft und drehte es zurück. Die Wärme und Sorge in seinen Augen drückten mir beinahe die Luft weg. »Wieso sollte ich das tun?«

»Noch gestern Morgen wolltest du, dass ich gehe. Du hast gesagt, es gibt keinen Platz hier für mich.« Ich schniefte.

Cayden strich mir eine braune Locke hinter das linke Ohr. »Wärst du gegangen, wenn ich dir gesagt hätte, dass ich um deine Sicherheit fürchte? Dass ich Angst habe, dass dir etwas passiert und ich dich nicht beschützen kann?«

Ich drückte den Rücken durch und verzog das Gesicht. Meine Muskeln schmerzten noch. »Natürlich nicht. Ich kann selbst auf mich aufpassen.«

»Siehst du, kleiner Wolf, und deswegen hast du mir keine Wahl gelassen.« Er strich mit seinem Daumen über die Narben auf meiner Wange. »Ich habe es dir gesagt. Deine Narben sind kein Makel, sondern das Zeichen einer Kämpferin. Auch wenn du mir damals nicht geglaubt hast.«

Ich legte meine Hand über seine und drückte sie. »Vielleicht glaube ich dir jetzt. Zumindest ein bisschen.«

Wir lächelten uns an und für einen Moment in dieser hektischen, blutigen Welt gab es nur Cayden und mich. Keine Königreiche, keine Kronen, keine Sorgen. Nur uns zwei. Das Morgen war egal, solange er an meiner Seite war.

Caydens Wangen röteten sich. Richtig, er konnte meine Gedanken hören, das hatte ich fast vergessen. Seine Hand glitt von meiner Wange. »Ich habe eine Überraschung für dich.«

Meine Ohren zuckten bei dem viel zu lauten Geräusch, das entstand, als altes Holz über Stein glitt. Unter dem Bett zog Cayden eine flache Truhe hervor und stellte sie auf seinen Schoß. Sie knarrte beim Öffnen und ich musste an mich halten, um mir nicht die Ohren zuzuhalten. Vorsichtig hob er einen in schwarzen Samt eingeschlagenen Gegenstand heraus. Es sah verdächtig wie ein Hut aus. Er schlug das Tuch zurück und mir stockte der Atem. »Ich habe eine kleine Modifikation vornehmen lassen. Eigentlich wollte ich sie dir schon zum Frühlingsfest geben, aber die Goldschmiedin ist nicht fertig geworden.«

Es war die goldene Krone. Die schöne, zeremonielle mit dem Halbmond vorne. Nur dass jetzt unter dem Halbmond eine Sonne prangte, deren dünne Strahlen in alle Richtungen ausfächerten.

»Die andere Krone war dir immer schon zu martialisch. Diese hier passt besser. Sonne und Mond. Wie du.« Er lächelte. »Darington ist jetzt dein Zuhause, aber du wirst immer aus Ferlacroix stammen. Es ist nur fair, dass man das auch an deiner Krone sieht.«

»Sie ist wunderschön«, sagte ich.

»Darf ich?«

Ich nickte. Er nahm die Krone behutsam in seine großen Hände und setzte sie mir auf. Vorsichtig rückte er sie gerade. »Perfekt«, sagte er. »Apropos Goldschmiedin.« Cayden kramte in seiner Hosentasche. »Hier, den habe ich aus dem Thronsaal. Es wird leider eine Weile dauern, bis die Goldschmiedin den Verschluss deiner Kette repariert hat.«

Auf seiner großen Hand sah der kleine, goldene Sonnenring beinahe lächerlich aus. Ich lächelte und nahm ihn vorsichtig von seiner Handfläche. In dem Moment, in dem ich mir den Ring überstreifte, war es augenblicklich still in meinem Kopf. Obwohl Cayden noch nicht lange seinen Platz dort eingenommen hatte, fühlte es sich einsam an. Ich blinzelte irritiert und Caydens Augen weiteten sich. »Zieh den … kannst du den Ring noch mal ausziehen?«

Ich nickte und umfasste das kleine Schmuckstück mit Daumen- und Zeigefinger. Mein Gesichtsausdruck war wahrscheinlich fast so ängstlich wie seiner.

»Bist du bereit?«

Er nickte und ich zog den Ring ab. Sofort war er wieder in meinem Kopf, wie der fehlende Verschluss einer Kette, die letzte Seite eines Buchs, die ersten Sonnenstrahlen am Morgen. Als sei er nie weg gewesen.

»Diese Idee hatte ich schon lange. Aber du hattest den Ring schon einmal abgenommen«, sagte Cayden.

Ich lachte laut. »Den Ring, ja, die Kette nicht. Sie sind aus dem gleichen Metall. Solarin. Dem Metall der Sonnengöttin.«

Cayden schüttelte den Kopf. »Ich hätte früher darauf kommen sollen. Der Ring ist viel zu klein, um einem Erwachsenen zu passen. Selbst du trägst ihn am kleinen Finger.«

»Und?«

»So übermächtig, wie die Sonnenkrieger beschrieben werden, konnten sie nicht klein und zierlich sein. Der Ring hat ganz klar einem Kind gehört. Einem Werwolf, um ihn vor einer unbeabsichtigten Verwandlung zu schützen.« Er schlug sich mit der flachen Hand an die Stirn. »Nur so hast du die Vergiftung überlebt. Du hattest den Ring ausgezogen und ich dir die Kette, weil dein Hals geschwollen war. Eladriel hatte recht. Die Lösung lag die ganze Zeit vor uns.«

»Und jetzt?«

Caydens Blick fuhr über meinen nackten Hals zum Rand der Decke, die ich mir bis zur Brust gezogen hatte, und lächelte wölfisch. »Das kommt drauf an, wie gesund du bist.«

Ich warf den Kopf zurück und lachte. Meine Haare waren jetzt schon ein Desaster. Viel schlimmer konnte es nicht werden. »Und dann?«

»Dann schreibst du deinem Vater. Es sieht so aus, als ob wir Ringe aus Solarin bräuchten.« Cayden grinste. »Viele Ringe.«

Ich drückte seine Hand. »Das hört sich gut an.«

30

Ich stieß die knarrende Holztür zum Vorplatz von Blackstone auf und streifte die schwarzen Reithandschuhe über. Merryn stand gestriegelt und gesattelt ein paar Schritte entfernt, sein schwarzes Fell glänzte im Sonnenlicht. Vom Glockenturm dröhnte das Läuten über die ganze Burg hinweg, aber das Pferd zuckte nur mit dem Schweif. Über vier Mondzyklen war es jetzt schon her, dass Jarson und Myatt verstoßen worden waren. Trotzdem dachte ich jedes Mal beim Glockenklang an ihn. Mein Blick flackerte kurz in Richtung Garten, hinter dem wir Feannes Asche verstreut hatten. Unter einer Eiche im Wald. Das hätte ihr gefallen. Ich schluckte den Kloß im Hals hinunter und trat auf die letzte Treppenstufe.

»Eure Majestät.« Wyler grinste und reichte mir die ledernen Zügel. Ich lächelte ihn dankbar an und strich dem Pferd über die Nüstern. Rosily hatte in seine Mähne die kleinen Perlen eingeflochten, die einst eine meiner alten Ketten geziert hatten. Sanft kraulte ich ihn zwischen den Ohren.

»Bereit für die Reise, kleiner Wolf?« Cayden trat neben mich, ein verschmitztes Lächeln im Gesicht. Er legte seine

Hand in meinen Nacken und streifte kurz mit den Fingerspitzen meinen Hals. Die kleine Berührung reichte aus, dass ich wohlig schauderte. Caydens Nasenflügel blähten sich und er beugte sich weiter zu mir hinunter. »Wir können die Reise auch abblasen und einfach hierbleiben.«

Ich verdrehte die Augen, musste aber schmunzeln. »In Ferlacroix musst du dich benehmen. Wenn du dich so vor dem Hofstaat aufführst, wird mindestens eine der Damen in Ohnmacht fallen.«

»Muss ich das?« Der Schalk blitzte in seinen Augen auf. Zugegebenermaßen stand ihm die neue Reisegarderobe aus schwarzem Samt so gut, dass ich kurz überlegte, seinen Vorschlag anzunehmen. Doch dieser Staatsbesuch war zu wichtig und ich freute mich darauf, Flo von meinem neuen Zuhause zu erzählen. Cayden wollte mir einen Kuss geben, doch ich grinste und schwang mich in den Sattel.

»Der Letzte am Fluss ist ein lahmes Schaf!« Ich fasste die Zügel enger und trieb das Pferd mit dem Druck meiner Unterschenkel an. Zwischen den winkenden Werwölfen auf dem Vorplatz entdeckte ich Laddie hinter zwei Leinenkleidern und zwinkerte ihr zu.

»Das wirst du bereuen«, drang Caydens Stimme an mein Ohr. Er hätte keine Chance. So lange brachte ich ihm das Reiten noch nicht bei. Ich lachte laut und wechselte zu einem flotten Trab. Merryns Hufe klapperten auf dem Steinpflaster der Straße und der warme Spätsommerwind zerzauste meine Locken, als ich durch das Tor in den Wald ritt und Blackstone hinter mir ließ. In der Luft lag der Geruch von Enzian, Glockenblume und feuchter Erde vom letzten Regen. Ich bog rasch auf einen sanft abfallenden Waldweg ab und trieb das Tier zum Galopp an. Hinter mir dröhnten die trommelnden Hufe von Caydens Pferd und ich duckte mich mit einem Grinsen vor einem tiefhängenden Ulmenzweig.

»Gleich habe ich dich«, rief Cayden.

Hast du doch schon, dachte ich und beugte mich weiter nach vorn über den Pferdehals.

ENDE

Liebe Lesende,

das war also die Geschichte von Élèntine und Cayden. Hoffentlich hat sie euch gefallen. An dieser Stelle möchte ich mich bei euch für *euer Vertrauen bedanken*, das ihr einer Debütautorin entgegengebracht habt, in dem ihr das Buch gelesen habt. Das bedeutet mir viel.

Self-Publisher wie ich, ganz besonders neue, sind sehr darauf angewiesen. Nur, damit ich die Kosten für Lektorat, Korrektorat und Co. wieder einspiele, muss ich 4 771 Bücher verkaufen – und damit habe ich keinen Cent Gewinn gemacht. Deswegen möchte ich euch zum Abschluss um einen kleinen Gefallen bitten: Bewertet dieses Buch auf einer Plattform mit einer ehrlichen *Rezension*. Ein Satz reicht vollkommen. Oder empfehlt es Freunden, Bekannten, eurer Oma ;) – wer auch immer es mögen könnte. So kann ich langfristig Bücher für euch schreiben.

Zum Abschluss noch ein kleines *Goodie*, für alle, die mehr wollen: Wenn ihr euch unter diesem Link für meinen *Newsletter* registriert (www.ursajaumann.com/newsletter), bekommt ihr Zugriff auf den privaten Bereich meiner Website und könnt jeweils eine Szene aus Jarsons und eine aus Caydens Sicht lesen. Zudem gibt es andere Bonusmaterialien wie den geänderten Prolog und ihr behaltet den Zugriff auch für *Bonusmaterial* für künftige Bücher.

Wenn ihr sonst noch Fragen zur Geschichte habt, oder euch austauschen möchtet, schreibt mir einfach auf Instagram, TikTok oder über meine Website.

Bis zum nächsten Mal,

eure Ursa

Wenn ein Fluch dich an deinen Erzfeind bindet …

Für Irina ist ihre Magie das Wertvollste, was sie besitzt. Denn nur diejenigen mit Sternenstaub im Blut verfügen über die Macht der Planeten und können sich so eine gute Zukunft sichern. Doch kurz vor Beginn ihres magischen Studiums wird das alles unbedeutend: Ausgerechnet Alexej, der Mann, der ihr Leben beinahe komplett zerstört hätte, taucht wieder auf und offenbart ihr, dass sie mit einem Fluch belegt wurden, der beide irgendwann töten wird. Irina aber ist nicht gewillt, sich ihrem Schicksal kampflos zu fügen und macht sich auf die Suche nach einem Ausweg. Was sie nicht weiß: Der Oligarchensohn hütet ein dunkles Geheimnis, das nicht nur ihrer beider Leben bedroht, sondern auch ihr Herz …

Wenn du dich zwischen der Liebe und deinem Traum entscheiden musst ...

Schon fast ihr ganzes Leben träumt Vic davon, einmal zu den legendären Drachenrittern zu gehören und den Kontinent auf einem Drachen zu bereisen. Allerdings ist Frauen der Zutritt zu der magischen Elite verboten. Vic ist jedoch fest entschlossen, ihr Ziel zu erreichen und ist sogar bereit, sich dafür als Mann verkleidet der Ausbildung zum Knappen zu stellen. Leider hat sie dabei nicht mit dem gefährlich attraktiven und zugleich arroganten Frauenhelden Sir James gerechnet, dem sie nach dem Tod ihres Herren zugeteilt wird. Während der Drachenritter sie im Training an ihre Grenzen treibt, beweist er ihr auf den Maskenbällen der Saison, dass er auch eine charmante Seite besitzt. Doch sollte er jemals von ihrer wahren Identität erfahren, könnte das ihren Tod bedeuten ...

Inhaltswarnung

Psychische Gewalt

Physische Gewalt

Vergewaltigung

Suizid